U0540083

通識教材：國文叢書 211

散文卷	2111
中國詩詞卷	2112
中國小說卷	2113
中國戲曲卷	2114
中國哲學卷	2115
中國文學批評卷	2116
應用中文卷	2117
中國古典文學卷	2118
中國現代文學卷	2119
臺灣文學卷	21110
大陸文學卷	21111
港澳文學卷	21112
中國文學綜合卷	21113

中國小說卷

蔡輝振 編撰

天空數位圖書出版

中國小說卷

目 錄

005 編者序：

007 壹、勉勵篇：

　　一、國文對吾人一生的影響..................008
　　二、文學與人生............................010

019 貳、史跡篇：

　第一章、中國小說之概念與演進 **020**

　　　第一節、概念的起源......................020
　　　第二節、概念的演進......................021

　第二章、中國小說之分期與類型 **024**

　　　第一節、小說的分期......................024
　　　第二節、小說的類型......................025

　第三章、中國小說之起源與發展 **026**

　　　第一節、小說的起源......................026
　　　第二節、小說的發展......................027

059 參、賞析篇：

　第一章、古代神話與先秦小說 **060**

　　　第一節、古代神話選......................060

　　　　　徐整：《三五歷記・盤古》............060
　　　　　劉安：《淮南子・女媧補天》..........062
　　　　　佚名：《山海經・西王母》............064

　　　第二節、先秦小說選......................066

　　　　　佚名：《穆天子傳・卷三》............066
　　　　　佚名：《燕丹子・卷下》..............068

目　錄

第二章、漢魏六朝之筆記小說 080

第一節、神仙小說選……………………080

　　班固：《漢武故事・金屋藏嬌》………080
　　葛洪：《西京雜記・東方朔設奇救乳母》.082

第二節、鬼神志怪小說選……………084

　　劉義慶：鬼--《幽明錄・新鬼》……084
　　干寶：神--《搜神記・弦超與神女》…088
　　張華：志--《博物志・八月槎》………093
　　吳均：怪--《續齊諧記・陽羨書生》…095

第三節、笑話與清談小說選……………099

　　邯鄲淳：笑話--《笑林・楚人、某甲》..099
　　侯白：《啟顏錄・劉道真》………………102
　　劉義慶：清談--《世說新語・劉伶病酒》104

第三章、隋唐之傳奇小說 106

第一節、神怪小說選…………………106

　　佚名：《太平廣記・補江總白猿傳》……106

第二節、愛情小說選…………………115

　　元稹：《太平廣記・鶯鶯傳》……………115

第三節、豪俠小說選…………………131

　　杜光庭：《太平廣記・虯髯客傳》………131

第四章、宋元之傳奇與話本小說 143

第一節、傳奇小說選…………………143

　　佚名：《琳瑯秘室叢書・李師師外傳》…143

第二節、話本小說選…………………159

　　佚名：《京本通俗小說・錯斬崔寧》……159

第五章、元明之章回與擬宋人小說 176

第一節、章回小說選.................176

吳承恩：《西遊記・第三十一回》......176
施耐庵：《水滸傳・第十五回》......190

第二節、擬宋人小說選.................199

馮夢龍：《警世通言・杜十娘怒沉百寶箱》199
凌濛初：《二刻拍案驚奇・程朝奉單…》..216

第六章、清代之章回與擬晉唐筆記小說 228

第一節、章回小說選.................228

吳敬梓：**諷刺**--《儒林外史・第十四回》228
劉鶚：**譴責**--《老殘遊記・第十六回》..235
曹雪芹：**人情**--《紅樓夢・第四十一回》246
李汝珍：**才藻**--《鏡花緣・第三十三回》257
魏秀仁：**狹邪**--《花月痕・第二十四回》263
石玉崑：**俠義**--《三俠五義・第五回》..272

第二節、擬晉唐筆記小說選.................277

蒲松齡：《聊齋誌異・聶小倩》........277
紀昀：《閱微草堂筆記・鬼隱》.......293

第七章、民國之現代小說 296

第一節、五四年代之白話小說選.............296

魯迅：《吶喊・狂人日記》..........296

第二節、三〇年代之左翼與自由小說選........308

茅盾：**左翼小說**--《農村三部曲・春蠶》308
沈從文：**自由小說**--《蕭蕭》..314

第三節、四〇年代之戰爭小說選.............331

錢鍾書：《人、獸、鬼・紀念》........331

353 肆、練習篇：

編者序

　　大學通識國文課程，已從綜合教材教學改為依老師專長開課，依學生興趣選課的**「大學國文興趣分組選課」**方式。但市場並無專門為依興趣分組選課的國文教材流通，殊為可惜。

　　本叢書之問世，即基於上述之理念，特與國立雲林科技大學漢學研究所、數位典藏中心產學合作，由本人忝為主持人，並由李奕璇、李文心、李珊瑾、陳鈺如、陳慧娟、陳若葳、張怡婷、葉宛筠等研究生協助蒐集資料，歷經六年所編撰的成果。當然，人生的第一次難免有所不足，本團隊如有缺失，還望先進指正，研究生蒐集資料如有不慎侵權時請告知，本團隊將立即改正，特此聲明！

　　本叢書依老師的專長，學生的興趣來編撰教材。計有：中國散文卷、中國詩詞卷、中國小說卷、中國戲曲卷、中國哲學卷、中國文學批評卷、應用中文卷、中國古典文學卷、中國現代文學卷、臺灣文學卷、大陸文學卷、港澳文學卷，以及中國文學綜合卷等十三卷叢書，讓授課教師或學生，依其專長、興趣的需要，選擇最適合本身的教材，不假外求。其體例大致以勉勵篇、史蹟篇、賞析篇，以及練習篇來編撰。其中，勉勵篇旨在讓學生知道國文對其一生的重要性，勉勵其用心，進而引發興趣，學習成效自然可成；史蹟篇在於讓學生知道中國各類學術的起源，與其發展的歷史軌跡，並依各類學術發展的主題，以朝代來分期，自先秦以降，一路論述至今，讓學生一窺中國學術之浩瀚，而後自詡於生在大哉的文化中國；賞析篇在於呼應史蹟篇之分期，讓學生一睹每一時期的作品，使其對於中國先賢的智慧能真確體認與掌握，並確實反省自身的生命意義與人生價值，以涵養學生的品格與興趣，進而創造美麗幸福的人生；練習篇則在檢視學生習修本課程的成果。唯應用中文卷體例係依教育部新規定所編著而成之新教材，側重於實務應用，盡可能網羅完整的相關資料，是目前應用中文

教材中內容最新也最完整之一，可讓授課教師自由選擇。

　　為配合教育部之政策，讓學生快樂的學習，本公司不惜花費巨資，建置「**天空**數位學習平臺」。該平臺將本叢書全部數位化，並建置教師與學生雙向互動式數位教學模式，以及練習系統、考試系統、題庫資料庫等。對教師而言：將可免除備課與出題考試、閱卷批改的煩惱，課程內容又可標準化，以及廣深化，資料也可隨時統一更新，非常方便省時。對學生而言：趣味性的數位教學，將可引發學習的動機；教材內容的豐富性，將可增進知識的廣博，尤其是課後的輔導，教師與學生之間，隨時可在互動式數位教學平臺上雙向溝通，也可以不受時空限制反覆的學習，尤其是紙版與數位版的教材可相互為用，非常方便。自此而後，我們將可置身在一個人性化、智慧化、便捷化，以及講究視聽覺享受的操作環境，唾手可得所要的資訊。

　　特別交代，本書原編撰至今日臺灣、大陸、香港、澳門等海峽四地的作品。奈何！因該時期的作品皆有著作權問題，基於取得受權不易，或找不到作者，或授權費過高等因素，只能割愛捨去這單元，僅能在中國文學「發展」這個單元，說明海峽四地的概況，其資料來源多參考《維基百科》等。不能完整呈現中國文學的教材，實是筆者的遺憾，本想在一個文化中國的框架上，讓海峽四地的學生，皆能欣賞到現代作品，以擴展文學視野。只能期待有那麼的一天……。

國立雲林科技大學漢學所教授兼數位典藏中心主任
大學國文分組興趣選課教材叢書編著委員會總編著

蔡輝振　謹識於臺中望日臺
2025.06.19

壹 勉勵篇

一、國文對吾人一生的影響
二、文學與人生

中國小說卷

本單元之用意，在於讓學生知道國文對其一生的重要性，勉勵用心學習，進而引發興趣，國文的教育目的則可成矣！故以下將分國文對吾人一生的影響，以及文學與人生來勉勵諸君。

一、國文對吾人一生的影響

國文對大學生而言，除中文系同學外，一般皆認為不是那麼的重要，在他們心目中，專業科目是「**生命之必須**」，將來就業的飯碗；而國文僅是一門「**營養學分**」，營養多一點、少一點，並不影響他們的生存，加上其本身較枯燥無味，學生自然意興闌珊，興趣缺缺，這是目前各大專院校同學大致上的普遍現象。

學生會主動努力去唸書的科目，主要是建立在兩個基礎上：其一是他認為對其一生有重大的影響，如專業科目，縱是枯燥無味，他們也會強迫自己去讀；其二是本身的興趣（如漫畫、小說類書籍）或他們所喜歡的老師，你就是想禁止他們去讀，恐怕也難。至於他們認為不重要或沒興趣的科目，難免心存應付的態度為之。

試問，什麼科目是我們日常生活中，甚至一生當中，最息息相關的呢？專業科目僅在職業上發生作用，平常用的機會並不多。唯有國文如影隨形的相伴，講話也好，寫文章也罷，舉手投足之間無不展現出一個人的氣質水準。我相信，每一位男士或女士，誰都希望能找個談吐文雅，氣質翩翩的伴侶，誰也都不願意跟低俗粗暴的人做朋友。正如俗語所說：「**龍交龍，鳳交鳳，隱龜配洞慧。**」什麼樣的人會跟什麼樣的人在一起，物以類聚是很自然的事。所以，一個國文程度好的人，在他的人際關係中，自然會受到較多的青睞，結交異性朋友的機會也會較多，如此便使他的人生旅途更為平順。

再者，一個大學畢業生走出校門，能否順利就業，其關鍵往往建立在國文的基礎上。因任何公司行號、金融機構、學校或政府機關的

壹、勉勵篇：一、國文對吾人一生的影響

　　用人，很普遍是透過筆試與口試來篩選人才，尤其是高普考及各種特考等，而國文（論文及公文）即共同的必考科目，有的甚至規定國文不及格者不能晉級參加口試，或直接不予錄取，如司法特考。所以，任你專業知識再豐富，第一關的國文筆試沒能通過也是枉然；進入第二關的口試，也必須藉由國文做為橋樑，適當的遣辭用字，引經據典，方能淋漓盡致地將滿腹專業知識精準地展現出來，國文不好，自難以表達專業知識。

　　中國清代以前的科舉考試，僅考國文一科而已，因從考生的文章中，便可知學生是否學識淵博，見解是否深入，思想是否正確，智慧是否高超，性格是否正常……等，便可判斷可不可以錄取當官。一個人在就業的筆試或口試中，必須將你的思想、經驗、感情及專業表達出來，而不論是手寫或口說，一定要透過文字來傳遞。如果你的國文造詣深，文字運用能力強，便能占盡優勢，優先錄取，進而改變你的一生。

　　由此得知，一個人走出校門踏入社會，能否順利就業進而開創美麗幸福的人生，其關鍵是在國文的基礎上，雖非必然性，卻有較多數的機會，可見國文對吾人一生影響的重大與深遠。李白是舉世公認才華橫溢的人，然他卻一生潦倒，雖曾受唐玄宗的賞識，卻曇花一現後被流放，終究不得志，只因沒有舞臺的緣故。一個人的才華，需靠舞臺才能展現，而舞臺的獲得，對現今而言，往往是建立在國文的基礎上，願藉此勉勵各位。

二、文學與人生[1]

主辦單位、以及在座的諸君們：大家好！

今天我能回到久違的故鄉→彰化，與各位鄉親碰面，本人感到非常的高興。彰化！這個令我又恨又愛的地方，多少童年往事，多少辛酸血淚，曾經因妳而發生。也有多少憧憬、多少夢想，曾經為妳而編織。如今呢？雖事隔多年，不管是好是壞，也僅留下一片片，片斷的殘夢，然而我卻始終不能忘懷。於是我將這些殘夢，寄託於筆端，寫下我的感觸，我的哀愁，我的處女作品《曠野之鴿》，便因而得以完成。這時，我突然發覺，長久以來一直積壓在我內心的憤懣、傷感，由此一掃而光，在那一剎之間，我的精神變得非常舒暢、快樂。於是我在書本的自序上寫下這麼一段話：

我感謝上帝，賜給我一個不同的環境，也給我一個奮鬥的機會，我將要堅決與命運搏鬥一場。人生猶如一道激流，沒有暗礁是掀不起美麗的浪花，我始終相信有朝一日，我會踏著滿地的落葉歸回。

現在，我對於我生長的故鄉，只有感恩沒有怨恨，我甚至慶幸自己能有這樣的一段童年。各位想知道，是什麼原因讓我從怨恨而轉向

---

1. 蔡輝振：〈文學之樂樂無窮〉，《彰化縣文化講座專輯》第十三輯（彰化：彰化縣立文化中心），1998，頁274～285；今更名為〈文學與人生〉。

二、文學與人生

感恩、熱愛我的故鄉嗎？這便是今天我以**「文學與人生」**為演講題目的由來。所以今天我不打算用那較為深澀的學術性來演講這個題目，我只想以我個人的親身體驗，來說明從事文學欣賞或創作，可帶給我們快樂無窮的人生，如果我講的好，那是應該；如果我講的不好，那只好請各位見諒囉！以上是我的開場白。

接著，在我們要進入主題之前，我們有必要先了解一下什麼是**「文學」**；什麼是**「人生」**。基本上，文學這個名詞，曾有很多專家學者為它下過定義，然不管是劉勰在《文心雕龍》上所說的**「聖賢書辭，總稱文章。」**或是章太炎在《國故論衡》上所說的**「文學者，以其有文字著於竹帛，故謂之文；論其法式謂之文學。」**抑是美國文學家亨德（T. W. Hunt）所說的：**「通過想像、感情以及趣味、具有思想性的文字表現即是文學。」**等等，到現在也似乎都沒有定論。但不管怎麼說，人類將其對人生的感觸，運用各種形式如：小說、散文、詩歌等方式表達出來的作品，總在文學的範疇之內這應無疑義。了解這個概念後，對於今天我所要講的題目也就夠了，其他讓專家學者去解決，我們無需傷這個腦筋；而什麼是**「人生」**呢？記得有一個故事說：

> 有幾個學生問他們的老師蘇格拉底（Socrates, 470～399B.C.）說：「什麼是人生？」蘇格拉底帶他們去蘋果園，要大家從果園的這端走到另一端，每人挑選一個自己認為最大的蘋果，並規定不許走回頭路，不許選擇兩次。學生便穿過果園認真挑選自己認為最大的蘋果。等大家到了果園的另一端，蘇格拉底已在那裡等候他們。他笑著問學生說：「你們挑到自己最滿意的蘋果嗎？」大家你看我我看你，都沒有回答。蘇格拉底見狀又問：「怎麼啦！你們對自己的選擇不滿意嗎？」有一個學生請求說：「老師！讓我們再挑選一次吧！因我剛走進果園時，就發現一個很大的蘋果，但我還想找一個更大更好的，當我走到果園盡頭時，才發現第一次看到的就是最大最好的蘋果。」另一個接著說：「我和他恰好相反，我走進果園不久，就摘下一

個我認為最大的蘋果，可是後來我又發現了更大的，所以我有點後悔。」「老師，讓我們再選擇一次吧！」其他學生也不約而同地請求。蘇格拉底笑了笑語重心長的說：「同學們！這就是人生，人生就是一次無法重複的選擇。」

所以，當我們面對無法回頭的人生，我們只能做四件事：第一，鄭重的選擇並努力爭取，不要留下遺憾；第二，有了遺憾就理智面對，並盡力爭取改變；第三，不能改變就勇敢接受，不要後悔繼續往前走；第四，調整心態，因塞翁失馬焉知非福。陳前總統水扁先生，因臺北市長的選舉失利而有機會選上總統，因選上總統而有海角七億的貪瀆，因貪瀆而有牢獄之災，這就是人生。

好！我們現在就正式進入主題，談談為什麼從事文學欣賞或創作，會帶給我們無窮的快樂呢？各位應常聽人家說：「**人生不如意十之有八、九**」，佛家也說：「**人生是苦海**」。可見我們的生命並不怎麼樣的完美，自然界有月圓月缺，春夏秋冬，而人類有生老病死，悲歡離合，也正因為人生的不完美，才讓我們活著有意義、有價值。各位試想，如果沒有月缺，我們怎麼會知道月圓的美麗，如果沒有冬天寒風的刺骨，我們也無從去體會春天陽光的可愛。我們的人生又何嘗不是如此，沒有離別的悲傷，那來相聚的歡樂，這世界如果真的是那麼完美無缺，我還真不知道我們活著要幹嘛！每天吃、喝、拉，然後等死，這樣的人生有什麼意思！所以名作家魯迅就說：

> **蓋凡有人類，能具二性：一曰受，二曰作。受者譬如曙日出海，瑤草作華，若非白痴，莫不領會感動；既有領會感動，則一二才士，能使再現，以成新品，是謂之作。**

這意思是說，我們人類的創作，來自於對天地萬物的感受，沒有感受也就不會產生創作，所以各位要記住，自然科學甚至是哲學，是用領悟的，文學呢？是用感受的，而人生若是太完美，反而讓人感到空虛，失掉人類存在的價值。我們常聽到歐美先進國家有人自殺，卻

二、文學與人生

少有聽過非洲落後國家的人自殺，只有餓死而已，就是這個道理。了解這一層意義後，我們就可更上一層樓的來談文學欣賞與創作，嘗試從苦澀的咀嚼中，咀出甘味來。各位要知道月圓固然是美，月缺依舊也是美，只不過這是兩種不同的美而已，前者讓人的感覺是一種圓滿的美，而後者讓人的感覺是一種帶有淒淒的美，卻也最能觸動我們人類的心靈。現在讓我們來欣賞一下南唐後主李煜的《相見歡》：

無言獨上西樓，月如鉤。寂寞梧桐深院鎖清秋。

剪不斷，理還亂，是離愁。別是一般滋味在心頭。

請各位閉一下眼睛，發揮你們的想像力，去試想一下這首詞的情境：「在一座很大的庭院裏，裏面有幾棟樓房，還有幾棵梧桐樹，然後在一個秋風瑟瑟夜深人靜的晚上，有一個孤獨的人帶著落寞神情，站在西樓的陽臺上，若有所思的望著高掛在天空的殘月。」這種情境讓人的感覺自然是一種淒涼的美，但卻也是最能觸動我們人類心靈的跳躍，引發出情感的一種情境。懂得如何去欣賞殘缺的美後，我們自然就可化悲憤為力量，化哀愁為快樂。各位都知道，既然我們的人生不如意之事十有八、九，這也就是說在我們一生當中，必須常要去面對一些挫折、痛苦，如果你是以哭泣流淚的方式去面對，對事情的解決並沒有任何幫助，畢竟淚填不滿人生的遺憾。如果你是以憤怒、暴力的方式去面對，那也只是徒傷自己的身體而已，甚至因暴力而發生令人終生遺憾的事，對事情的解決也沒有任何幫助。這時，如果你能化悲憤為力量，將挫折、委屈寄託於筆端寫下你的憤懣、你的哀愁，將你的感觸化為美麗的詩篇，當你傾訴於紙張後，你將會發覺心中是多麼的舒暢，多麼的快樂，說不定還能讓你成名，甚至抽不少版費而致富呢？縱然不是美麗的詩篇，也足於讓我們終生回味，各位試想當我們白髮蒼蒼時，成群兒孫聚集一起，傾聽你話說當年南爭北戰的英雄事蹟，那是多麼快樂的一件事啊！再者，各位要知道我們人類的情緒有如一座水庫內的水，經常發脾氣的人，就像水庫經常的放開閘門，

讓水庫的水適時放出，如此就不會造成水庫的崩潰，所以喜歡發脾氣的人，通常是發一發脾氣一下子就好了。而不發脾氣的人，就像水庫的水不放出一樣，一直是一點一滴的累積，等到水庫容納不了而使閘門崩潰時，就會一發不可收拾，那種破壞力自然比愛發脾氣的人大得太多了。然而就像俗話所說的：「**一種米養百樣的人**」，我們實在很難去控制它，其實也不必去控制，只要將下游的引導溝渠建立好，哪怕再多的水也能引導它流入大海。而引導人類情緒的溝渠是什麼呢？那便是從事文學的創作，我們盡可將我們的喜怒哀樂，毫不憚懼的發洩在紙張上，越是波濤洶湧，越是壯觀，發洩完後所帶給我們的，將是一種成就，一種快樂，不信你們可試試看，我是過來人，深知個中的奧妙。記得我十八歲時，便因家庭因素而趁著月黑風高，從我家後門偷跑出來，各位想想看，一個十八歲的鄉下土包子，身上僅帶著伍佰元及幾件衣服，跑到一個舉目無親的繁華都市臺北去奮鬥，這其中之挫折與辛酸可想而知，真是寒天飲冰水，點滴在心頭。我曾經撿過同事丟棄在垃圾筒的罐頭起來吃，也曾在三更半夜偷吃房東的飯菜而被逮個正著，但為了活下去，那是無可奈何的事。各位知道嗎？我讀書時的學費是怎麼來的，那是在同學們正興高采烈的歡度假日時，我戴著斗笠在烈日陽光下，將磚塊一塊塊的挑上四樓賺來的。雖然，我面臨的是如此困境，但我內心卻充滿著鬥志，因每當我顧影自憐於坎坷的遭遇時，我便會讀一讀鄭豐喜《汪洋中的一條船》我就會覺得我比鄭先生幸福得太多了，畢竟我有健全的四肢，足於與環境搏鬥。每當我受盡別人的欺凌恥辱時，我會去唸一唸宋代蘇東坡所說的：

古之所謂豪傑之士，必有過人之節，人情有所不能忍者，匹夫見辱，拔劍而起，挺身而鬥，此不足為勇也。天下有大勇者，卒然臨之而不驚，無故加之而不怒，此其所挾持者甚大，而其志甚遠也。

這時我心中的悲憤也會頓然消失而能一笑置之。每當我遭遇挫敗時，我便想起蔣故總統經國先生在《風雨中的寧靜》書中所說的：「**為**

二、文學與人生

了高尚的目標，甘願歷苦捨生，忍受一切憂傷創痛，來建設永恆的快樂。」如此我便能坦然接受我坎坷的命運。最後我把這段奮鬥的經過，寄託於筆端，寫下我的哀愁，我的辛酸，去參加香港中國文化學會所主辦的全球華人徵文比賽，得了第三名，黃鶯初啼竟然能榜上有名，這心中之喜悅可想而知。從此以後我便喜歡將心裏的感受，不管是喜是悲，讓它跳躍於紙上，慢慢譜成屬於自己的生命之歌。各位知道嗎？那種感覺真是好，沒想到不堪回首的往事，如今竟變成我創作的泉源，我真慶幸上帝給我一個這樣的環境,如果下輩子上帝給我選擇的權利，我想我還是會喜歡今世的我，雖然我過得很辛苦，但我已懂得如何從苦澀的咀嚼中，咀出甘味來，這也就是我在前面會說，故鄉是一個令我又恨又愛的地方的緣故。以上，各位如果能做到的話，那將是打開快樂泉源的閘門，不管是喜是悲，是好是壞，都能讓你的一生，快樂無窮。善用文學它所提供給我們的幻想空間，讓我們的思想可毫無禁忌奔馳於遼闊無際的天空上，任何不可得的事物，在文學中皆可獲得慰藉、滿足。不管你要的是白馬王子、白雪公主，或是王永慶般的財富，皆不成問題，這也就是古人所說的：「**書中自有顏如玉，書中自有黃金屋**」的樂趣。你甚至可嚐一嚐扮演上帝的滋味，操縱你筆下人物的生死，交代月下老人，亂點他們的鴛鴦譜。也可將你最痛恨的人物，成為你筆下的犧牲品，出出你的悶氣而無傷大雅，這又何其樂哉！

至於從事文學的欣賞與創作,可產生哪些功用呢？它的功用很多，不過主要的有下列三點：

第一點、文學可改造社會、淨化人心：

國父孫中山曾說：「**政治之隆污，係乎人心之振靡。**」而我們的人心要如何去提振而去靡，這是非常重要的課題。自古以來，我們的教育方法，無非要我們如何知禮義、懂廉恥，如何克制我們的慾望。問題是這種教育在中國已具有三、五千的歷史，今天我們的社會變好了沒有？沒有，歹徒公然在縣長公館槍殺桃園縣長劉邦友，彭婉如的

命案至今還未破獲，以及藝人白冰冰女兒白曉燕的擄人勒贖案等等，層出不窮的暴力事件，我們彷彿活在野蠻的社會中。以前總是有人把這些罪過推給所謂的**「饑寒起盜心」**，人們為了活下去那是可理解的。而今呢？臺灣這麼富裕，外匯存底位居世界前茅，但我們的社會為什麼還是這麼亂？可見我們的教育方法並不正確。各位回憶一下先秦時代大禹父子治水的故事，大禹父親**「鯀」**，他治水方法是用**「堵」**的方式，雖歷經九年的漫長歲月，洪水依舊沒有消退。而禹治水方法是用**「導」**的方式，將洪水引入大海，終於平息了洪水氾濫。各位想想看，我們的教育要我們克制慾望，這個也禁止，那個也不行，什麼非禮勿聽，非禮勿視，但一個修長的女孩，穿著迷你裙從我們眼前輕盈的飄過，教我們如何不多看她幾眼呢？這種教育與鯀的治水方法有何兩樣。所以人類的情感慾望是不能用堵的，要引導它得到正常的發洩，要讓他們懂得如何以藝術眼光來欣賞這位女孩的美，進而讚嘆上帝的傑作。誠如名詩人朱湘所說的：

> **人類的情感好像一股山泉，要有一條正當的出路給牠，那時候牠便會流為一道灌溉田畝的江河，有益於生命，或是匯為一座氣象萬千的湖澤，點綴著風景；否則奔放潰決，牠便成了洪水為災，或是積滯腐朽，牠便成了蚊蚋、瘴癘、汙穢、醜惡的貯藏所。**

而這條出路便是從事文學的欣賞與創作。我舉一個例子來說明，每個人雖然都有情緒，但發洩的方法卻各自不相同，農人發洩情緒，大概就是三字經滿天飛，嚴重者充其量也只是打打架而已。地皮流氓發洩情緒，不是白刀進去紅刀出來，就是到警察局開它幾槍，示示威。而文藝家發洩情緒，大都表現在作品上，即使在罵人也是冷嘲熱諷，罵得非常斯文。簡單的說，我們的社會若從事文學欣賞與創作的人愈多，社會就愈祥和，就愈能造就一股風氣，進而帶動社會向前邁進，建立一個良性互動的社會環境，從而達到改造社會淨化人心的目的，這也就是俗語所說的：**「喜歡文學的小孩，不會變壞」**的原因。

二、文學與人生

第二點、文學可擴大我們的體驗，增長我們的見聞，提升我們的生存能力：

　　前中央研究院院長吳大猷曾說：「**知識越深，觸角就愈廣。**」各位要知道，一個人對於外界的體驗是非常有限的，不要說那種像驢子轉磨般的農民，他們終生只是黏附在那幾畝有限的土地上，日出而作，日入而息。就是拿哪些閱歷最廣的人來說，他們所經歷的社會各相，比起社會的全相而言，也僅是九牛一毛而已，這說明我們人類要以有限的生命去經歷那無限事物的不可能性。當然，也沒有這個必要凡事皆需親身經歷，我們可從文學上吸取前人的各種經驗，以作為我們的知識，進而引為處事的借鏡，使我們成為先知先覺的第一種人，能拿別人的經驗來做為自己的經驗而不須付出代價。千萬不要去做那後知後覺的第二種人，凡事皆要付出代價才能獲得教訓，各位要記住這種代價有時是非常慘痛的，會造成你終生遺憾。當然，更不能去當不知不覺的第三種人，經驗後仍不知引為借鏡，一直在做錯誤的嚐試，那種代價之高就可想而知。所以我們如果能當第一種人，培養出對文學的愛好，便能從文學中吸取前人那對人生豐富體驗的總和，擴大了我們的觸角，增長了我們的知識，相對的也提昇了我們生存的能力，足以去應付各種環境的挑戰。

第三點、文學可變化我們的氣質，充實我們的人生：

　　在大體上而言，每個人都有每個人的氣質，每一類的人也都有每一類的氣質。基本上，軍人有軍人的氣質，文人有文人的氣質，地皮流氓或殺豬的也都有他們的樣子，這個樣子就是我所說的氣質，我們一看即大致可分辨出來。各位不妨看一看你們四周的朋友，大概也知道哪些是學生，哪些是教師，或從事其他工作的人。當然，如果我們還要細分的話，還可從每一類中加以分割，如教師這一類，體育老師也有體育老師的樣子，文科老師也有文科老師的樣子。如果你的觀察能力很強的話，你甚至連哪位老師較有文學修養，哪位老師的脾氣不

好等,也都可大致上的分辨出來。各位若不相信,我們現在請主辦人瞿毅老師站起來,面向大家,各位總不會把他看成是殺豬的吧!所以說,一個人氣質的表現,來自於其所經歷環境的總和,也就是說一個人的氣質,深受其置身環境的影響。因此,如果我們能培養出對文學的愛好,自然可變化我們的氣質。

再者,文學還可提供一個消愁遣悶的好去處,進而規劃我們的生涯,充實我們的人生。德國哲學家叔本華曾說:「苦是人類的本份。」意思即說明了在我們的一生當中,會有許許多多的愁苦,而這種愁苦煩悶如都蘊結在我們的心中,它最能傷害身體。這時,如果你能讀一讀法國作家雨果的《悲慘世界》(LsMiserables),或是鄭豐喜《汪洋中的一條船》,你將會從埋怨上帝轉而變成慶幸自己有健全的四肢。當然,如果你悶得發慌時,你也不妨看一看魯迅的小說《阿Q正傳》或《離婚》等,你將會從你的嘴角邊露出會心的微笑,在百般無聊中得到慰藉,尤其是在退休後那種空虛的日子裏。各位只要留心一下你四周的親朋好友,你就會發現很多人一旦退休下來,便會頓時失去依憑,整日無所事事,煩悶得很,不是生病就是性情大變。如果他們能夠培養出對文學的愛好,就像瞿老師一樣,雖已退休了,但他熱衷於文學,辦雜誌及各種文藝活動,使他忙得不亦樂乎,生命也更為充實精彩。

綜上所述,我們都知道從事文學的欣賞與創作,不僅能帶給我們個人無窮的快樂,充實我們的人生外,更能建立一個良性互動的祥和社會,真可謂有百利而無一害的事情。如果各位現在就開始培養對文學的興趣,就有如打開了快樂泉源的閘門,你的一生將會過得快樂無限,這就是文學的人生。

好!今天就講到此結束,請各位賢達多多賜教,謝謝!再見!

貳 史跡篇

第一章、中國小說之概念與演進
第二章、中國小說之分期與類型
第三章、中國小說之起源與發展

中國小說卷

本單元之用意,在於讓學生知道中國小說的起源,及其發展的歷史軌跡,並依各朝代學術發展的主題來分期,由先秦以降,一路論述至今,讓學生一窺中國小說之浩瀚,而後自詡於生在大哉的文化中國。故以下將以中國小說之概念與演進、中國小說之分期與類型,以及中國小說之起源與發展來作說明:

第一章、中國小說之概念與演進

在文學的基本體裁中,小說是一種心靈解放、恣意遨遊,不受道德約束,並可扮演上帝腳色的文學樣式,它能夠直接或迂迴地表現作者的生活感受,真實地反映社會生活,也可以透過鋪敘、誇張,甚至虛構來彌補人生的遺憾。其選材範圍非常廣泛,表現手法也是很多樣。其結構嚴謹,有一定的格律限制。在文學:散文、詩詞、小說,以及戲曲等四大類型中,小說是最能讓讀者沉浸於故事情節中,而不能自拔。想當小說家,有一定的困難度,它對於主題思想的呈現,也是最多樣,可以具體、迂迴,或是隱晦等。以下分概念與演進,說明如下:

第一節、概念的起源

所謂的概念亦稱觀念,係指吾人抽象之普遍想法。在它們的外延中忽略事物的差異,所以概念是抽象的。在它們的外延中適用於所有事物,所以它們是普遍的。

「小說」一詞,在中國首見《莊子·外物篇》:「**飾小說以干縣令,其於大達亦遠矣。**」復見《荀子正名篇》:「**故知者論道而已矣,小家珍說之所願皆衰矣。**」荀氏的「**小家珍說**」與莊氏的「**小說**」,意義大致相同,指小家之說的瑣屑雜記,是當時士大夫所輕視,卑賤不足道,難以進入文學殿堂與「**大達**」[1]相提並論。可見,先秦時代對小說的概念,僅止於「**瑣屑雜記**」而已。

---

1. 所謂的大達係指經、史、子、集。

貳、史蹟篇：第一章、中國小說之概念與演進

第二節、概念的演進

　　漢代後，班固始將小說納入史書《漢書‧藝文志》內，成為九流十家中的最後一家。在此之前，雖有劉歆的《七略》，然原書已佚，無從考據，是年班氏即據此書撰成〈藝文志〉，共收錄自〈伊尹說〉以下至〈百家〉止，凡十五家一千三百八十篇。並說：「小說家者流，蓋出於稗官。街談巷語，道聽塗說者之所造也。孔子曰雖小道必有可觀者，焉致遠恐泥是以君子弗為也。」如淳亦注說：「王者欲知閭巷風俗，故立稗官，使稱說之。」依此，班氏的「稗官」，猶古代「採詩官」，而「小說」亦如「國風」，皆是民間諷世寫懷之作。雖僅限「寓言志異」，然與先秦相比，此時對小說的概念，顯然已有轉變，但仍不被重視。如漢‧桓譚《新論》云：「小說家合殘叢小語，近取譬喻，以作短書，治身理家，有可觀之詞。」所謂「短書」，漢‧王充《論衡》說：「在經傳者，較著可信，若夫短書俗記，竹帛胤文，非儒者所見。」可見，當時小說家所作之短書，既非出於經傳，自難為士大夫所接受。故班氏復謂：「諸子十家，其可觀者，九家而已。」其被忽視，尤見一斑。

　　自此凡有〈藝文志〉或〈經籍志〉的史書，就必有小說家一類。如唐‧長孫無忌等撰《隋書‧經籍志》共收錄自〈燕丹子〉以下至〈水飾〉止，凡二十五部一百五十五卷。後晉‧劉煦撰《舊唐書‧經籍志》，則與前書無大異，充其量只刪亡書，另增〈博物志〉。兩書上並說：「小說者，街說巷語之說也。傳載輿人之誦，詩美詢於芻蕘。……孔子曰：『雖小道，必有可觀者焉，致遠恐泥。』」、「九曰小說家，以紀芻辭輿誦。」可見，隋唐兩代對小說的概念，大致承襲漢代。

　　到宋代，歐陽修重撰《新唐書‧藝文志》，便進一步擴充其門類和內容，並將前此歸在史部雜傳類的書，皆入小說內，共收錄自〈燕丹子〉以下至〈封演續錢譜〉止，凡三十九家四十一部三百零八卷。猶如一盤大雜燴，然不可否認，小說領域亦隨之加大。

其後元・脫脫等修《宋史・藝文志》、清・張廷玉等修《明史・志》，大抵延襲該書。

清代，紀昀撰《四庫全書・簡明目錄》時，除將＜山海經＞、＜穆天子傳＞列入小說外，亦進一步將中國小說歸成三類：一曰雜事，如＜西京雜記＞、＜何氏語林＞等屬之，凡八十六部五百八十卷。二曰異聞，如＜山海經＞、＜夷堅支志＞等屬之，凡三十二部七百二十五卷。三曰瑣記，如＜博物志＞、＜清異錄＞等屬之，凡五部五十四卷。並說：「跡其流別，凡有三派：其一敘述雜事；其一記錄異聞；其一綴緝瑣語也……，然則博采旁蒐，是亦古制，固不必以冗雜廢矣。今甄錄其近雅馴者，以廣見聞，惟猥鄙荒誕，徒亂耳目者，則黜不載焉。」在此之前，已有明・胡應麟《少室山房筆叢》為小說做分類，胡氏把它分為六大類：一曰志怪，如＜搜神、述異、宣室、酉陽＞之類。二曰傳奇，如＜飛燕、太真、崔鶯、霍玉＞之類。三曰雜錄，如＜世說、語林、瑣言、因話＞之類。四曰叢談，如＜容齋、夢溪、東谷、道山＞之類。五曰辯訂，如＜鼠璞、雞肋、資暇、辨異＞之類。六曰箴規，如＜家訓、世範、勸善、省心＞之類。

可惜，前舉史書對小說界限與性質，意見分歧，混淆不清。像《漢書》所錄＜周考＞係考周事……顯然與班固所謂「街談巷語」的性質不同；《隋書》所錄＜座右方＞、＜器準圖＞……，根本與小說無關。而＜山海經＞、＜神異經＞、＜東方朔傳＞、＜搜神記＞等，這類神話志怪，反入史部地理類或雜傳類；《新唐書》雖擴充門類和內容，集神鬼、因果、教誡、數典、勘繆、服用等之大成。卻對當時流傳的「傳奇小說」和「講唱變文」，不加採擷；至明代後，傳奇方由胡應麟納入《少室山房筆叢》，成小說範疇。他並說：「小說，子書流也，然談說理道，或近於經。又有類注疏者。紀述事跡，或通於史。又有類志傳者。……究其體製，實小說者流也。」胡氏不僅擴充小說領域，更將它與經、史之間架上橋樑，使小說源於正統文學的支脈；而變文則逕自發展為宋代話本後，才由明・郎瑛納入《七修類稿》。他說：

貳、史蹟篇：第一章、中國小說之概念與演進

「小說起宋仁宗，蓋時太平盛久，國家閒暇，日欲進一奇怪之事以娛之。故小說得勝頭迴之後，即云話說趙宋某年，閭閻淘真之本之起……又非如此之小說。」郎氏此話雖就宋代話本而云，卻已使話本成小說中的一體；《四庫全書》雖為中國小說分類，內容仍延襲舊制，將唐代變文一路發展下來的宋元話本、明清章回，都摒除在外。就連傳奇小說亦僅列＜甘澤謠＞，像＜古鏡記＞、＜李娃傳＞、＜虯髯客傳＞、＜趙飛燕外傳＞、＜李師師外傳＞等重要作品，竟望門興嘆，實另人惋惜。

可見，中國前此對小說的概念，幾於各代，皆有不同，其界限也模糊不清，如繩之以現代所謂的小說標準（大致應包含有：情節、結構、人物、對話、時間、場所、風格及人生觀等），幾無一合適，然對小說輕視，則相差無幾。儘管如此，小說在每個時代都有產生，是不爭的事實。不論史學家收不收錄，或士大夫如何卑視，小說依舊在茁壯成長。誠如胡應麟所說：「子之為類，略有十家，昔人所取凡九家，而其一小說弗與焉。然古今著述，小說家特盛，而古今書籍，小說家獨傳，何以故哉？怪力亂神，俗流喜道……。夫好者彌多，傳者彌眾，傳者日眾，則作者日繁，夫何怪焉。」

民國成立後，中國小說的概念受到西方影響，尤其是在五四運動時期，誕生了現代小說，由陳衡哲與魯迅先後發表的＜一日＞[2]及＜狂人日記＞[3]。隨後、魯迅《阿Q正傳》、郁達夫《沉淪》、茅盾《子夜》、巴金《滅亡》、楊振聲《玉君》、蕭紅《生死場》等書，便陸續出籠，新作家也如雨後春筍的冒出。他們多半使用現代語言，寫出不同題材，不同風格，造就今日輝煌的現代小說史。自此，小說始受到士大夫的尊重，進入文學殿堂與經、史、子等平起平坐，成為文學類別之詩詞、散文、小說、戲曲等之一類。

---

2. 該篇小說發表於民國六年(公元 1917 年)六月《新青年》雜誌。
3. 該篇小說發表於民國七年(公元 1918 年)五月《新青年》雜誌。

第二章、中國小說之分期與類型

文學之分期大致有兩種：一為以朝代分期；二為以年代分期。以朝代分期適用於時間長，如古典文學；以年代分期適用於時間短，如現代文學。本單元以中國小說之分期與類型，說明如下：

第一節、小說之分期

小說分期，學術界至目前止雖尚未獲得一致的共識，然依中國小說之發展過程來看，古典文學應可以朝代分期；現代文學則可以年代分期，而每個年代以 10 年為限並以公元分期，如(1946 年～1955 年)為五〇年代。茲分期如下：

　　壹、古代時期之神話

　　貳、先秦時期之小說

　　參、漢魏六朝時期之筆記小說

　　肆、隋唐時期之傳奇小說

　　伍、宋元時期之傳奇與話本小說

　　陸、元明時期之章回與擬宋人小說

　　柒、清代時期之章回與擬晉唐筆記小說

　　捌、民國時期之現代小說

　　玖、海峽四地之小說

第二章、中國小說之分期與類型

第二節、小說之類型

　　小說之類型，可分為：

　　一、神話故事

　　二、筆記小說

　　三、傳奇小說

　　四、話本小說

　　五、章回小說

　　六、現代小說

中國小說卷

第三章、中國小說之起源與發展

中國小說的起源，向來有爭議，但只要把「小說」一詞，做明確的定義，便能引刃而解。小說有了明確的起源，其發展自能順理成章，而無庸置疑。雖說故事不等於小說，但小說必須建立在故事的基礎上，才能展開。所以，沒有故事也就沒有小說，故事是小說的起源明矣！基於「繁華當知來時路」，故以下將分中國小說之起源與發展來做說明：

第一節、小說的起源

有關「小說」的起源，有下列幾種說法：

一、漢‧班固的《漢書藝文志》中說：「小說家出於稗官說」。稗官在古代官制中，是地位最低的官，專職於市集中，了解百姓的喜怒哀樂與願望，此即該書所謂的「街談巷語，道聽塗說」，並把它傳達給君主，以作為決策依據。此應是小說最初的形態。

二、小說起源於漢武帝時的方士，漢‧張衡的《西京賦》上說：「匪惟翫好，乃有秘書，小說九百，本自虞初，從容之求，實俟實儲。」薛綜注曰：「小說，醫巫厭祝之術，凡九百四十三篇，言九百，舉大數也。」醫巫厭祝之術所指，乃是漢武帝時的方士。

三、魯迅認為：「至於小說，我以為是起於休息的，人在勞動時，既用歌吟以自娛，藉它忘卻勞苦了，則到休息時，亦必要尋一種事情以消遣閒暇，這種事情，就是彼此談論故事，正就是小說的起源。」

然筆者認為，「古代神話」是上古時期的先民，對其所接觸的自然、社會等現象，所虛構出來的口頭創作。它源自原始社會時期的人類，試圖通過推理與想像的方式，對自然現象作出合理解釋，但由於民智未開，故籠罩著神秘的色彩。它僅是故事性的形態，無小說應有情節的描述等，此應是小說的起源。《山海經》成書於戰國時期，是中國最早的一部神話故事集。

第三章、中國小說之起源與發展

第二節、小說的發展

「**古代神話**」係後來小說的濫觴，無論中、外大致如此，雖不能謂神話就是小說，然小說起源於神話傳說，似已無可置疑。古代人類，對自然界的奧秘，晝夜更替，四時運行，風雨雷電等現像，並無能力去理解，於是通過冥想，附在各現象之解釋後，就變成今日的神話。《山海經》、《三五歷記》，以及《淮南子》等書，便是彙集此等神話的產物。

先秦時期的小說，承襲神話故事而有進一步的發展，已脫離故事形態而有情節的描繪，《穆天子傳》及《燕丹子》即是該時期的代表。

漢魏六朝時期的小說，承秦皇漢帝求神仙，好方術的餘風，朝野流行黃白之術、養生之法，故兩漢神仙小說最發達。《漢書·藝文志》所收錄＜伊尹說＞等篇，今已大部份亡佚，無從深考；還好尚有《漢武故事》、《趙飛燕外傳》、《東方朔傳》、《西王母與東王公》、《西京雜記》、《神異經》等書，相傳為漢時作品，雖可能六朝人偽作，然離漢亦不遠，仍可觀出漢代小說的盛況。六朝受佛、道兩家思想影響，因果輪迴與道教傳說，遂為當時最受歡迎的材料。由於民間與士大夫所好不同，小說便朝鬼神志怪和清談筆記兩方面進行，前者自是民間寵物，後者亦成為士大夫所樂聞。在鬼神志怪方面：劉義慶《幽明錄》、顏之推《冤魂志》、王琰《冥祥記》等書，就含有濃厚佛教思想，張華《博物志》、干寶《搜神記》、王嘉《拾遺記》等書，亦處處顯露道教色彩。在清談筆記方面：裴啟《語林》、劉義慶《世說》等書，專輯錄當時士大夫之流的雋語軼聞，一時之間也大受歡迎。

隋唐時期的小說，上承六朝志怪，中受古文運動影響，故能下開「**傳奇小說**」新體，一擺過去筆錄雜記形式之羈絆，作品可分神怪、愛情、豪俠三類。神怪類：除受當時盛行佛、道影響外，係直由六朝鬼神志怪小說演變而來。王度《古鏡記》、李朝威《柳毅傳》、沈亞

之《秦夢記》等書，便是這類的代表。愛情類：在此之前中國並無專寫戀愛小說，唐代後，因受第一位女皇帝「**武則天**」，及繫三千寵一身的「**楊貴妃**」影響，女性地位，如日東昇，她們突破傳統觀念的藩籬，追求自由、愛情，故以愛情為背景的小說，就應運而生。張鷟《遊仙窟》、白行簡《李娃傳》、蔣防《霍小玉傳》、元稹《鶯鶯傳》等書，是該類的代表。豪俠類：是中唐藩鎮割據下的產物，唐代國力雖強，可惜自安史之亂後一蹶不起，遂演成藩鎮割據局面，節度使個個專橫跋扈魚肉鄉民，中央卻無可奈何。因此，百姓轉為寄望路見不平之豪俠劍客，故以行俠仗義為背景的小說，也因而產生。柳珵《上清傳》、袁郊《甘澤謠》、杜光庭《虯髯客傳》等書，為這類的代表。唐代除傳奇外，尚有一種講唱的「**變文**」新體，如《敦煌變文集》、《維摩詰經變文》等，在民間流行，當時並不受注意。

　　宋元時期的小說，以傳奇和話本為主，傳奇續隋唐發展而下，李昉等編修《太平廣記》即是這方面的大結集，陳彭年《志異》、樂史《太真外傳》、秦醇《趙飛燕外傳》等書皆是這時期作品。而話本則由唐代變文發展而來，隨以講故事為生之「**說話人**」興盛，也使宋元話本站一席之地。話本有兩類：其一以說一故事而立知結局者之「**說話的小說**」，另一以敘述史實而雜繪虛辭者之「**講史書**」。前者大都收錄於《京本通俗小說》、《今古小說》，及單行本《大唐三藏取經詩話》等書，後者有《梁公九諫》、《三國志平話》、《宣和遺事》等書。

　　明清時期的小說，係由前此講史書逐一演變而來的章回小說，發軔於元朝，風行於明清兩代。四大奇書中《水滸傳》及《三國演義》，即完成於元末明初，《金瓶梅》、《西遊記》則成於明朝。其後有許仲琳《封神演義》、羅懋登《三寶太監下西洋》、吳元泰《東遊記》等書；清朝是小說史上最熱鬧種類最多的時代，大致有筆記、諷刺、人情、才藻、狹邪、俠義及譴責七種。筆記（擬晉唐小說）以蒲松齡《聊齋誌異》為代表，諷刺以吳敬梓《儒林外史》為代表，人情以曹

第三章、中國小說之起源與發展

雪芹《紅樓夢》為代表，才藻以李汝珍《鏡花緣》為代表，狹邪以魏子安《花月痕》為代表，譴責以劉鶚《老殘遊記》為代表。

民國時期的小說，由於清末民初時，適逢中國海禁開放後，資訊發達，留學劇增，加上翻譯小說：如魯迅、周作人《域外小說集》、林紓《巴黎茶花女遺事》等大量引進，我國文學遂受西方影響，新體白話小說，便在**「話本」**基礎上一一出現。像李寶嘉《官場現形記》、吳沃堯《二十年目賭之怪現狀》、劉鶚《老殘遊記》、曾樸《孽海花》等書，不僅是語言運用的改變，在題材上，也多能反應社會現實面。就整體言之，大抵勾出西方小說輪廓，顯然的，中國小說至此已具現代小說的雛型。接著，白話小說即在**「局勢所趨」**[1]下大量流行，有的水準雖不高，但它的發展快速，影響也逐漸擴大，這種新興文體便在中、西與新、舊的橫縱中，產生互動(Interactions)交錯。終在五四運動[2]前（民國六、七年，公元1917、8年），誕生了現代小說，由陳衡哲與魯迅先後發表的＜一日＞及＜狂人日記＞，開創現代小說之先河。

二〇年代，五四運動時期是中國現代小說之興起，它源於[3]胡適民

---

1. 魯迅說：「光緒庚子(1900年)後，譴責小說之特盛，蓋群乃知政府不足與圖治培擊之意矣。其在小說則揭發伏藏，顯其弊惡，而於時政，嚴加糾彈，或更擴充，並及風俗。雖命意在於匡世，以合時人嗜好，則其度量技術亦遠矣。"可見，當時以白話為主的譴責小說〔《官場現形記》等屬之〕，其流行乃局勢所趨。」見魯迅《中國小說史略》第二十八篇，載於《魯迅全集》卷九，北京人民文學出版社編出，1993年第一版，P.282。
2. 該運動以北京青年學生為主的運動，以及廣大群眾等中下階層廣泛參與的一次示威遊行、請願、罷課、罷工等多形式的運動。事件起因於第一次世界大戰結束後所舉行的**"巴黎和會"**，美、英等列強國家決議把德國在山東的權益轉讓給日本，即後來所稱的**"山東問題"**。當時北洋政府未能捍衛國家利益，國人極端不滿，從而上街遊行表達不滿。當時最著名的口號之一是「外爭強權（對抗列強侵權），內除國賊（懲除媚日官員）」。
3. 新文學的提倡並不始於五四運動，裘廷梁1901年，即以《論白話為維新之本》一文疾呼「文言興而後實學廢」、「白話行而實學興」。後陳榮袞也發表《論報章宜改用淺話》一文，主張「變法以開民智為先，開民智莫如改

中國小說卷

國六年(1917)一月一日,在《新青年》第二卷五號上所發表的〈文學改良芻議〉,提出「**八不主義**」[4],並主張以白話文學為正統文學。陳獨秀繼於二月一日,《新青年》第二卷六號上也發表〈文學革命論〉,提出「**三大主義**」[5],並以歐洲文明為例,聲援胡適之白話文學,尤其是民國八年(1919)五月四日的五四運動,便成為中國追求現代化的一個標誌,故稱為五四時期。其影響層面非常深遠,猶如「**日本如果沒有明治維新,就沒有今日的日本;中國如果沒有五四運動,就沒有今日的中國**」。五四運動的精神在文學表現上,是以白話為書寫基礎的改革運動,中國新文學由此而展開。陳衡哲的〈一日〉,魯迅的〈狂人日記〉、〈藥〉、〈孔乙己〉,郁達夫的〈沉淪〉等,皆為此時期的代表作。其中之魯迅的小說,不論從主題思想、題材內容、語言形式到藝術表現手法,都徹底改變傳統小說的格局。從一九二○年至一九二五年間,他陸續發表二十多篇的小說,集結成《吶喊》與《彷徨》二書,為現代小說的發展奠定基礎。

三○年代,由於俄國積極扶持中國共產黨與國民黨爭鬥政權,於是產生左翼小說與自由小說。左翼小說之稱,源於一九三○年三月由魯迅與創造社、太陽社的代表共同協議,在上海成立「**中國左翼作家聯盟**[6](簡稱左聯)」。該聯盟的成立,加劇文學為政治及革命事業服務的

革文言。」然中國第一篇現代小說〈一日〉是陳衡哲為響應胡適的白話文運動而寫,繼之為魯迅所發表的〈狂人日記〉,開創現代小說之先河,故謂現代小說之興起,源於胡適的〈文學改良芻議〉。

4 該八不主義為:1.不做「言之無物」的文字;2.不做「無病呻吟」的文字;3.不用典;4.不用套語爛調;5.不重對偶→文須廢駢,詩須廢律;6.不做不合文法的文字;7.不摹仿古人;8.不避俗話俗字。

5 1.推倒雕琢的阿諛的貴族文學,建設平易的抒情的國民文學;2.推倒陳腐的鋪張的古典文學,建設新鮮的立誠的寫實文學;3.推倒迂晦的艱澀的山林文學,建設明瞭的通俗的社會文學。

6.該聯盟係中國共產黨在上海領導創建的一個文學組織,目的在於與國民黨爭取宣傳陣地,以吸引廣大民眾的支持,於1936年解散。該聯盟的旗幟人物雖是魯迅,然掌權者卻是兩度留蘇曾任中共總書記的瞿秋白。該聯盟勢力主要是由創造社的成員郭沫若,與太陽社的錢杏邨,整合個人主義立論

第三章、中國小說之起源與發展

創作傾向，從此左傾的作家愈來愈多，也出現許多作品，文學成為階級鬥爭的工具，遭魯迅抨擊為**「只掛招牌，不講貨色」**，認為革命文學**「當先求內容的充實和技巧的上達」**，不可忽視其文藝特性。而自由小說之稱，起因於學術界對三十年代主流小說的區分，至今尚無定論。夏志清之《中國現代小說史》，以左派作家與獨立作家區分；嚴家炎之《中國現代小說流派史》，以新感覺派、社會剖析派、京派、淮流派，以及七月派區分。凌宇等主編之《中國現代文學史》，以左翼小說、京派與海派，以及其他作家區分等不一而定。故筆者主張以自由小說[7]來概括，並相對於左翼小說做區分。

左翼小說主要的代表作有：丁玲於一九二八年在《小說月報》上發表的〈莎菲女士的日記〉，小說採用日記體來書寫，真摯而深入的刻畫一個在五四浪潮衝擊下的知識女性既苦悶，又徬徨的心理，為女性自覺的代表作。茅盾於一九三三年出版《子夜》長篇小說，他的創作理念在於反映時代的全貌，因此有**「社會剖析小說的奠基者和引路人」**之稱。他的短篇小說如：〈林家舖子〉、〈春蠶〉等，也都具鮮明的時代色彩。張天翼於一九三八年發表的〈華威先生〉，收錄在《張天翼小說選集》，該篇小說描寫國民黨官吏華威整天忙碌於開會、演說、吃飯，企圖操縱一切群眾活動，其所作所為遭到人們的鄙視和抵制，最後不得不為此感到害怕，作品以誇張諷刺手法，刻畫一個自命不凡，剛愎自用的國民黨官僚形象，是一篇典型左翼小說的代表作。吳組緗雖非左聯成員，但他參加左聯的文化團體**「社會科學研究會」**，並編輯《中國社會》雜誌。他於一九三〇年發表短篇小說〈離家的前夜〉，正式踏

的語絲派魯迅及文學研究會茅盾等人的內鬥，一致轉向對新月派之胡適、徐志摩、梁實秋等為首進行筆戰，在不斷攻擊與不團結的衝突中，建立起共產黨戰鬥傳統，終在文化大革命自食惡果。
7. 所謂自由，乃指可自我支配，憑自由意志而行動，並為自身的行為負責。當時之作家，除左翼作家群受到共產黨的支配外，其餘作家大都能憑自己的意志寫作，故以自由小說來概括。筆者不以左派、自由派做區分，乃因當時之派別甚多，容易混淆之故。

入文壇，一九三二年發表〈官官的補品〉短篇小說而獲得成功，一九三四年寫成的〈樊家鋪〉，透過一個貧苦的農家婦女的故事，揭示了反抗命運的社會現實，此等作品皆有左翼小說的創作風格。郁達夫雖是左聯創始會員，但不久即退出，他的小說帶有強烈浪漫主義色彩，較無左翼小說的創作風格。

　　自由小說主要的代表作有：沈從文於一九三四年創作中篇小說《邊城》，兩年後在天津《國聞周報》上連載，書中描繪茶峒船家女孩兒翠翠和碼頭掌管人的二兒子儺送的愛情。他曾說書中要表達的是「**一種『優美、健康、自然』而又不悖乎人性的人生形式。**」與他的短篇小說〈蕭蕭〉、〈丈夫〉等，皆以他所生所長的湘西這地方的故事與人物為背景，含有濃郁的地方文學色彩。巴金的長篇小說《家》，於一九三一年在《時報》雜誌上連載，原篇名為《激流》，一九三三年五月開明書店以《家》為名，出版單行本，是巴金的代表作。該部小說以作者青少年時期的親身經歷為題材，具有自傳的性質。巴金曾說：「**要是沒有我的最初二十年的生活，我也寫不出這樣的作品。**」是一部對當年典型的舊父權致家庭敗落史的現實主義作品。老舍的代表作《駱駝祥子》長篇小說，於一九三六年九月在《宇宙風》雜誌上連載。該部小說描寫二十年代，北京一個人力車夫的悲慘命運，情節中大量應用北京口語、方言，還有一些老北京風土人情的描寫，是白話文小說的經典之作。蕭紅於一九三四年完成其成名作《生死場》長篇小說。這部小說以「**女性作者的細緻的觀察和越軌的筆致**」[8]，生動寫出幾個農婦血淋淋的悲慘命運。一九三五年十二月在魯迅的支持下，這部小說成為奴隸叢書之三，由上海容光書局出版，魯迅並為它寫序。

　　四〇年代，是一個充滿戰爭的時期，從一九三七年的對日抗戰，國共第二次內戰，至一九四九年為止，這個時期不論從時代環境或文學表現來看，應可以「**戰爭文學**」來概括。在小說部分主要的代表有：

---

8. 魯迅於該書序上說。

第三章、中國小說之起源與發展

張愛玲是中國現代文壇中最具傳奇性的女作家，著有《傾城之戀》、《金鎖記》、《紅玫瑰白玫瑰》、《半生緣》等作品。其中之《傾城之戀》，是她創作於 1943 年的短篇小說，也是張愛玲的成名之作。該篇小說的故事，以發生在香港為題材，來自上海大戶人家的白流蘇，在經歷婚姻失敗後，備受親戚冷嘲熱諷，看盡世態炎涼。在偶然的機會認識多金瀟灑的單身漢范柳原，她便拿自己當做賭注，以博取范柳原的愛情，爭取合法的婚姻地位。然在白流蘇看似無望時，卻因日本對香港展開轟炸，范柳原為保護白流蘇，在生死交關時，終能真心相見，許下天長地久的諾言。錢鍾書的《圍城》也是該時期最重要的長篇小說之一，他以「**圍城**」比喻人生處境，諷刺知識份子、世家子弟的醜態。他在該部小說、〈貓〉與〈紀念〉等的文化情境中，深沉的刻畫其筆下哪些處在中西文化衝擊間知識份子的心靈結構、精神情態與生存狀況。而趙樹理連續以短篇小說〈小二黑結婚〉、中篇小說《李友才板話》、長篇小說《李家莊的變遷》轟動文壇，茅盾稱讚他的小說是「**走向民族形式的里程碑**」。趙樹理熟悉農村生活，了解農民，在他的小說中反映許多農村現象，也塑造具時代特徵的農民形象。他的小說語言通俗順暢、質樸明快、幽默風趣。〈小二黑結婚〉的內容，描寫青年農民小二黑和小芹自由戀愛，卻受到舊勢力的阻撓，經過他們的努力爭取，最後終能幸福結婚的故事。趙樹理因這一系列的作品，而有「農民作家」之稱。

五〇年代，由於國民黨政府戰敗，於一九四九年退守臺灣，共產黨則取得政權並建立中華人民共和國，於是形成臺灣、大陸、香港、澳門之海峽兩岸四地小說各自發展的情況。故以四地分別作說明：

一、**臺灣小說**：

臺灣[9]位居中國大陸東南方，地理上與中國大陸十分接近。根據文

---

9. 臺灣位於亞洲東部、太平洋西北側，另有寶島、鯤島、大員、東寧、福爾摩沙等別稱。地處琉球群島與菲律賓群島之間，西側隔臺灣海峽與歐亞大

中國小說卷

獻記載[10]推測，三國時代的孫權以及隋煬帝都曾經派兵至臺灣。不過，在清朝以前的中國歷朝都未曾在臺灣本島設官治理，只有元代及明代曾斷斷續續在澎湖設巡檢司。然臺灣文學的啟始是到一六五二年，明儒沈光文因颱風漂泊而來到臺灣後才產生。

明清時期的小說，自沈光文來臺後，便與季麒光等十三人發起「**東吟社（詩社）**」，致力於傳統文學的播種，培養許多詩人。葉石濤稱：「沈光文是臺灣文學史上頭一個有成就的詩人。」從沈光文來臺，到一八八四年澎湖子弟**蔡廷蘭**中進士為止的兩百年間，傳統文學遲遲未能在臺灣生根，主因是臺灣的社會結構使然。臺灣本為一個漢人、原住民雜處的社會，移民而來的漢人多屬目不識丁的庶民階層，尤以農民居多，缺乏熟悉傳統文學的士大夫階層，至於來臺當官的「**宦遊人士**」，只把臺灣當作是暫時居留地，他們的詩文，大多屬於文獻性質的史書，至於個人述懷的詩文，多是傷懷詠吟、富於「**異國情趣**」的作品，缺乏對臺灣本土的認同。此時期的代表作家和作品有：郁永河之《裨海記遊》、黃叔璥之《臺灣使槎錄》、朱士玠之《小琉球漫誌》、藍鼎元之《平臺紀略》《東徵集》、陳夢林之《諸羅縣志》、江日昇之《臺灣外紀》等。但這些作品皆是詩與散文，臺灣小說並沒有得到發展。

陸相望。面積約 3.6 萬平方公里，人口 1,400 萬人左右。主要由最早定居於此的原住民族、與 17 世紀後遷入漢族所構成；若以族群概念劃分，則分為：原住民、閩南人、客家人、外省人、新住民等五大族群。

10. 陳壽之《三國志·吳書·孫權傳》中提到夷洲這個地名，有學者認為是今天的臺灣，也有學者提出質疑。另，唐·魏徵之《隋書·流求國》與唐·令狐德棻之《隋書·陳稜傳》中提到一個在東方海上的島國，法國學者聖丹尼斯(Marie-Jean-Léon, Marquis l'Hervey de Saint Denys)認為這個流求國就是今天的臺灣。元·汪大淵的《島夷志略》則稱琉求，謂「自彭湖望之甚近」而被認為指今日高雄的壽山，並略述其地物產與原住民獵頭習俗。但梁嘉彬於 1958 年發表的〈吳志孫權傳夷洲亶洲考證〉，以東洋針路、季風、洋流等佐證質疑是臺灣說法，並提出流求應是指今日的琉球群島，是最早提出的反對觀點。另施朝暉等人認為，當時的流求應泛指琉球群島、臺灣等地，是中國東方海中的一連串島嶼。

第三章、中國小說之起源與發展

　　在「**宦遊文學**」主宰臺灣文壇的年代，本土的傳統文學也開始發聲，大陸的傳統文學便逐漸移植至臺灣本土上，這些本土作家群，以澎湖進士蔡廷蘭為首，著有《海南雜著》，彰化的陳肇興和黃詮，淡水的黃敬和曹敬，新竹的鄭用錫和林占梅等，皆是這時期的代表作家。到清末年間，臺灣如同大陸般的內憂外患接踵而來，激起知識份子保鄉衛國的情操與覺醒，認為文學並非遊戲應酬的工具，它應反映本土人民的疾苦生活，以及發揚民族精神。在同治與光緒年間，臺灣本土作家的作品水準已與中國不分軒輊，其風格卻有強烈的鄉土色彩，文名遠播大陸。當時之宦遊人士如：王凱泰、楊浚、林豪、吳子光、唐景崧都很有名；本土詩人則以：陳維英、李夢洋、丘逢甲，以及施士浩等人為代表。只可惜這些僅止於詩作，小說並不發達。

　　二○年代前，由於臺灣在一八九五年割讓給日本[11]，以至到一九一九年間，在東京的臺灣留學生改組原先的「**啟發會**」為「**新民會**」，展開該階段各項政治運動、社會運動的序幕。這些擺脫古詩的近代文學，為臺灣新文學運動的肇始者，也被認為與日本的「**言文一致運動（げんぶんいっちうんどう）**」[12]或與大陸的五四運動（白話文運動）息息相關。

　　三○年代，影響臺灣文學、語言、族群意識的臺灣鄉土話文論戰正式展開。臺籍日本居民黃石輝於東京力倡臺灣文學應是描寫臺灣事物的文學、可以感動激發廣大群眾的文學、及用臺灣話描寫事物的文

---

11. 中日甲午戰爭，日本稱日清戰爭（にっしんせんそう），國際通稱第一次中日戰爭（First Sino-Japanese War），係大清帝國與日本帝國在朝鮮半島和遼東半島進行的戰爭。光緒二十年年（1894年）按中國干支紀年為甲午年，故謂甲午戰爭，最終大清戰敗與日本在1895年4月17日簽訂《馬關條約》將臺灣割讓給日本。
12. 該運動係日本明治維新所推動，主張語言和文章應一致，使能自由並正確的表現思想及情感的文體改革運動。該運動發端於明治初期，經由二山田美妙、葉亭四迷、尾崎紅葉等作家嘗試後而逐漸普及，最後演變成為現在的日本口語文，並為日本現代文學的起源。

學。一九三四年之後的兩年，集結臺灣進步作家的臺灣文藝聯盟、臺灣新文學等民間組織相繼成立，表面標榜為文藝運動，實則具有政治性的文學結社。

四〇年代，蘆溝橋事變於一九三七年爆發後，臺灣總督府隨即設立國民精神總動員本部，皇民化運動於是正式展開。臺灣作家大部分只能依附在日本作家為主的團體，如一九三九年成立的臺灣詩人協會，或1940年擴大改組的臺灣文藝家協會等。這個時期最重要的本土作家主要有三人：賴和、楊逵、吳濁流。其中之吳濁流於日據[13]末到臺灣光復後初期著有《亞細亞的孤兒》長篇日文小說、《無花果》、《臺灣連翹》，被後人稱為**「孤帆三部曲」**，成為臺灣大河小說的開創先河，影響後來的李喬《寒夜三部曲》、東方白《浪淘沙》、吳景裕《鄉史補記》等作品，可見這個時期臺灣小說已開始興起。然就語言方面來看，這時期小說所使用的語言，是以中國白話文和日文為主，白話文寫作在歷經臺灣話文論戰後，逐漸將地方方言融入小說語言的傾向，如賴和《離古董》、《棋盤邊》、《一個同志的批信》等篇，都可看出作家將母語整合至文學創作中的苦心。

就整體而言，以日文寫作的小說成就較高，其原因有二：一為日本政府並不真心鼓勵漢文創作，尤其進入皇民化後，漢文即被禁止使用，使臺灣本土作家，尤其受新式教育的年輕作家大多習於使用日文寫作。二為本土作家用以吸收世界思潮，與現代文學知識、典範的媒介語言幾乎都是日語，創作上自然以日文較能駕輕就熟。此乃時代環境限制與影響之必然，無關乎個人的國家與身份認同。依葉石濤對臺灣新文學運動的分期來看：第一期為**「搖籃期」**（1920年～1925年），代表作家與作品有：謝南光之日文〈她將往何處去～致苦惱的年輕姊

---

13. 日本統治臺灣這段時間，在兩蔣時代皆以日據時期稱之，臺灣是中華民國的一部份非常明確。李登輝主政後，即出現國土未定論的主張，故有日治時期、日統時期、日領時期等名稱出現，基於實務及歷史的考查，筆者主張以日據時期稱之。

第三章、中國小說之起源與發展

妹〉、中文〈無知的「神秘的自製島」〉等小說。第二期為**「成熟期」**（1926年～1937年），該時期本土作家輩出，作品的水準與日提升，代表作家有：賴和、楊雲萍、楊守愚、楊逵、蔡秋桐、朱石峰、王詩琅、林越峰、張慶堂、巫永福、張文環、翁鬧、吳天賞等人。第三期為**「戰爭期」**（1938年～1945年），該時期的小說藝術之成就最高，代表作家有：張文環、呂赫若、龍瑛宗、王昶雄、葉石濤、周金波、陳火泉等人。其中，葉石濤的《三月媽祖》是最早以二二八事件[14]為背景寫成的小說。

五〇年代，大陸有大量文人隨國民政府來臺，投入文學創作的行列，使臺灣文學得以蓬勃發展。這個時期是以標榜反共、鼓吹戰鬥的文學為主流，其中以一九五〇年五月成立的**「中國文藝協會（簡稱「文協」）」**最具影響力，是這時期最活躍的官方文藝團體。軍中作家亦活躍於文壇，如朱西寧、司馬中原、姜穆等都有作品表達**「反共」**的主題。描寫抗戰題材的小說也頗流行，著名的作品有：王藍的《藍與黑》、鹿橋的《未央歌》等，也有相當多以懷念大陸家鄉及其親人為題材的作品。該時期的臺灣文壇，幾乎由外省作家所掌控，因本省作家面臨由日文寫作轉換成中文的障礙，又加上二二八事件的衝擊，本省作家多半保持沉寂。在這時期的本省作家中，被稱為**「兩鍾」**之鍾肇政和

---

14. 該事件於1947年2月28日所發生的大規模民眾反抗政府事件，以及3月至5月間國民政府派遣軍隊鎮壓臺灣民眾的事件。包括民眾與政府間的衝突、軍隊鎮壓平民，以及當地人對新移民的攻擊等情事。其導火線係在前1日，臺北市的一件私菸查緝血案而引爆衝突，觸發28日臺北市民聚集臺灣省行政長官公署抗議、請願、示威、罷工、罷市等現象，卻遭衛兵開槍射擊，遂轉變成對抗公署的政治運動，並爆發自國民政府接管臺灣以來因貪腐失政所累積的民怨，造成臺灣人和外省人之間的省籍情結。數日內便蔓延全臺，使原本單純的治安事件演變為社會運動，最後導致官民間的對抗衝突與軍隊鎮壓。該事件造成數萬人傷亡。該事件的發生與臺灣獨立運動並無關係，當時幾乎沒有臺獨的倡議，但當國民政府以**"陰謀叛亂"**、**"鼓動暴亂"**、**"臺灣獨立"**、**"陰謀叛國"**，以及**"臺灣人與共產黨合作"**等為由鎮壓，藉以捕殺林茂生、陳炘、洪炎秋、張秀哲等人。該等人對祖國是懷抱強烈認同的臺灣人，使臺灣人的祖國夢碎，二二八事件因此成為後來臺灣獨立運動興起的重要原因。

鍾理和最具代表性，鍾肇政以自費方式編印十六期《文友通訊》，報導當時本土作家約十人的文學動態，極具歷史意義。鍾理和為高雄美濃客家人，他於一九四五年在北京出版中短篇小說集《夾竹桃》，是生前唯一出版的書籍。

六〇年代，是現代主義文學占主流的時代。一九六〇年《現代文學》創刊，由當時就讀臺大外文系的白先勇、王文興、李歐梵、歐陽子，以及陳若曦等人所創，至一九七三年停刊，培養不少本土作家，如黃春明、七等生、施叔青、李昂，以及林懷民等。他們提倡**「橫的移植」**來代替**「縱的繼承」**，把西方的存在主義、意識流、超現實主義等前衛的文學意識形態與寫作技巧，透過刊物引進國內，造成一時的風行。他們有嚴重西傾的主因，是大陸三、四十年代的作品被禁，無法找到可模仿的對象，只好轉而大量吸收歐美的現代文學潮流。白先勇就曾指出他們這些來臺第二代作家都有一種**「無根與放逐」**的共同意識。探索人存在的意義便成為當時盛行的話題，存在主義因此也風靡整個時期。王尚義的〈野鴿子的黃昏〉小說即充滿此思潮的風格，而受到文壇重視。此外，亦有反映留學生生活的作品也不少，於梨華被譽為**「留學生文學的鼻祖」**，《又見棕櫚，又見棕櫚》是其代表作。七等生的作品幾乎每篇都有存在主義的意味，代表作為〈我愛黑眼珠〉。

此時期，臺灣的文壇亦開始流行武俠與言情通俗小說。武俠小說受香港之梁羽生、金庸等作家的影響而興起，最具代表者，為臥龍生與古龍。臥龍生於一九五九年在《大華晚報》上連載《飛燕驚龍》，獲得驚人的成功而奠定臺灣**「武俠泰斗」**地位，他的作品早期取法於舊式武俠之**「北派五大家」**，以通俗趣味大受歡迎；一九六五年以後，改走**「半傳統半新潮」**的路線，作品卻漸不如前，他從一九五七年到一九九四年創作《新仙鶴神針》、《嶽小釵》等四十八部作品，一九九七年二月二十三日晚間，因心臟宿疾病逝於臺北榮民總醫院，享年六十九歲。古龍則於一九六〇年即出版《蒼穹神劍》處女作，後接連發表

第三章、中國小說之起源與發展

《情人箭》、《大旗英雄傳》、《浣花洗劍錄》、《名劍風流》、《武林外史》，以及《絕代雙驕》等六部長篇小說；一九六七年又出版《鐵血傳奇（即楚留香傳奇）》，集武俠、文藝、偵探、推理、寓言於一身。至一九八五年計產出六十部的作品，躍居臺灣武林盟主的地位，後因肝硬化於一九八五年九月二十一日離世，僅四十七歲即英年早逝。而言情小說之最具代表者為瓊瑤，她的愛情小說繼承五四以來的言情小說傳統，同時又體現現代青年人的感傷情調，因此引起廣大青年人的迷戀。瓊瑤九歲時便發表第一篇小說《可憐的小青》；十六歲時發表小說《雲影》；二十五歲時在《皇冠》雜誌發表《窗外》長篇小說，讓她成名於臺灣文壇，該篇小說是一部關於師生戀的作品，是自身經歷的投射。瓊瑤的小說作品，大多已被改編成電影或電視劇，其中較出名的為：《庭院深深》與《六個夢》系列；《梅花三弄》系列，以及《還珠格格》系列。《還珠格格》系列更在東南亞享譽盛名，不僅在臺灣、香港、中國大陸等地取得收視率冠軍，在日本、韓國，東南亞國家也深受歡迎，讓她成為鴛鴦蝴蝶派的掌門人。

七○年代，鄉土文學的興起，與兩次文學論戰有關。第一次是一九七三年爆發的現代詩論戰，許多報刊、雜誌都捲入該事件，而後「**回歸鄉土**」的呼聲便日益高漲，本土作家有了自覺與反思，認真思考代表臺灣文學要的是什麼[15]。史稱「**唐文標事件**」[16]。到一九七七年的「**鄉**

---

15. 1.臺灣人寫臺灣事（人、事、物），指臺灣本土作家，是標準的臺灣文學範疇；2.臺灣人不寫臺灣事，指出國留學生的作品，也是臺灣文學的範疇，因受臺灣孕育有其精神與風格；3.非臺灣人寫臺灣事，指來臺的留學生或移居臺灣者，也是臺灣文學的範疇；4.非臺灣人雖移居臺灣然不寫臺灣事，指 1949 年移居臺灣的外省人作品，不屬臺灣文學的範疇。
16. 時任臺大數學系客座教授的唐文標，先後在《龍族》詩刊評論專號、《文季》季刊，以及《中外文學》發表〈什麼時候什麼地方什麼人→論傳統詩與現代詩〉、〈僵化的現代詩〉，以及〈詩的沒落→臺港新詩的歷史批判〉等三篇文章，強調詩美好言語的健康特質，應對社會引起正面作用，並批判楊牧、余光中等人對現實的逃避。隨後，顏元叔發表〈唐文標事件〉加以反駁，由此該次的論戰被稱為"**唐文標事件**"。後余光中也發表〈詩人

土文學論戰」時，現代派與鄉土派又進行一次規模更大更為激烈的決戰。經過這場論爭，鄉土文學獲得充實的理論基礎，寫實主義取代過度西化的現代主義，最後鄉土派占了上風。彭瑞金認為這場論戰給本土作家極大的動力，並朝鄉土文學的方向寫作而風行一時。

這個時期活躍的作家與作品，主要有：黃春明的〈兒子的大玩偶〉、〈青番公的故事〉、〈溺死一隻老貓〉、〈看海的日子〉；寫《嫁妝一牛車》的王禎和；寫《在室男》、〈低等人〉的楊青矗；寫《黑面慶仔》的洪醒夫；寫《變遷的牛眺灣》的宋澤萊，寫《寒夜三部曲》的李喬，還有一批年輕的作家如：古蒙仁、小野、吳念真、林雙不等人，也開始嶄露頭角。此外，原住民文學亦在解嚴前後發展起來，主要代表作家有：莫那能、瓦歷斯諾幹、田雅各、阿鄔、孫大川、浦忠成等人。

八〇年代，鄉土文學逐漸被揚棄，取而代之是本土文學。到一九八七年解嚴後，「**臺灣文學**」正式取代本土文學。該時期文壇不再是主流掛帥的局面，而是呈現多流派、多風格、多題材的多元化格局。該時期的小說界，延續鄉土文學傳統的作家如：鍾肇政、李喬、鄭清文、陳映真、王禎和、楊青矗、宋澤萊、七等生、林雙不等，依然活躍於文壇。他們不少作品是以政治現象為題材，反映臺灣的政治問題，如楊青矗的〈選舉名冊〉、林雙不的〈筍農林金樹〉、李喬的〈告密者〉、鄭清文的〈三腳馬〉等。其中，陳映真的政治小說影響較大，他的〈鈴璫花〉、〈山路〉刻畫五〇年代之政治情況，留下生動的見證。

伴隨著婦女解放運動的興起，「挑戰父權、解放女性」也成為八〇年代小說創作上十分興盛的主題。這類作品主要是探討社會複雜環境下現代女性的處境，具有強烈的女性成長與覺醒意識。李昂的〈殺夫〉、

何罪〉，批評唐文標思想危險：「滿口『人民』、『民眾』的人，往往是一腦子的獨裁思想；例子是現成的。不同的是，所謂文化大革命只革古典文化的命，而『僵』文作者妄想一筆勾銷古典與現代。這樣幼稚而武斷的左傾文學觀，對於今日年輕一代的某些讀者，也許尚有迷惑的作用。」並要求《現代文學》之白先勇及姚一葦，不准《現代文學》再發表唐文標的文章。

第三章、中國小說之起源與發展

蕭麗紅的〈千江有水千江月〉、廖輝英的〈油麻菜籽〉、袁瓊瓊的〈自己的天空〉等，有的控訴父權社會對女性的壓迫，有的大膽觸及情慾題材、有的塑造女強人模式、有的顛覆傳統對女性的定位等，帶動女性文學的鼎盛。此時期的通俗小說，亦延續著六、七〇年代的興盛，作家也增加不少。在言情小說的作家有：瓊瑤、玄小佛、郭良蕙、朱秀娟、蕭颯、林黛嫚、楊明，以及張曼娟等人。在武俠小說的作家有：臥龍生、獨孤紅、雲中岳、李莫野等人

　　九〇年代迄今的臺灣文學，是一個多元的時期，基本上延續著八十年代的格局。在小說的藝術手法上，後現代主義成為文學主流。這些後現代思潮包括女性主義、性別論述、後殖民論述、後結構主義、弱勢社群論述等。其中後設小說與情色小說較引人矚目。後設小說係**「以小說探討小說的小說」**，又有**「反小說」**、**「自我衍生小說」**、**「寓言式小說」**等之稱，較具代表性有：黃凡的〈如何測量水溝的寬度〉、蔡源煌的〈錯誤〉、張大春的〈自莽林躍出〉等小說。廖咸浩主編的《八十四年短篇小說選》中，幾乎都具有後現代色彩，由此可看出後現代主義在臺灣的風行程度。情色小說則**「以描寫兩性情慾、性別認同、多元情慾、同性戀等為素材」**，較具代表性有：李昂描寫性與政治的《北港香爐人人插》、朱天文描寫男同性戀的《荒人手記》、邱妙津描寫女同性戀的《蒙馬特遺書》，以及陳雪的《惡女書》女同性戀小說等。此時期也出現科幻通俗小說的興起，主要作家分為三派：黃海之**「太空星際派」**；張系國之**「社會人生派」**，以及倪匡之**「奇幻推理派」**。

　　同時也拜網際網路興起之賜，衍生網路文學[17]的產生，但由於作品發表不需經過審查、校對等機制，每個人皆可隨意在網路上發表，故具水準的作品甚少。較具代表性有：痞子蔡於一九九七年所發表的《7-ELEVEN之戀》及一九九八年的《第一次親密接觸》等；九把刀的《那些年--我們一起追的女孩》；簡士耕《愛你一萬年》與《初戀風暴》

---

[17] 本文所指網路文學，係指新創作，首次在網路上流通閱讀的文學創作。

等小說。

二、大陸小說：

五〇年代，中華人民共和國成立於一九四九年後，大陸的小說創作雖承襲民國時期，但受到建國前延安解放區文學的影響，而有明顯的變化，尤其是隨著政治社會的改變，文學必須承擔起宣傳和歌頌時代的任務，富於社會批判精神的雜文便逐漸消失，繼之而起的發展是以反映國共革命鬥爭歷史、社會主義之共產小說為該年代的主流，而非一般反映現實生活的題材內容；另一類作品以描寫社會主義建設**「新生活」**為主要內容。其中，以反映民主革命為主，描寫中國共產黨領導的革命鬥爭的各個歷史階段，如：吳強的《紅日》、曲波的《林海雪原》，以及杜鵬程的《保衛延安》等作品，皆以反映解放戰爭的長篇小說；短篇小說則有茹志娟《百合花》、峻青《黎明的河邊》等作品，也取材於解放戰爭。而以反映農業及工業建設的作品較受矚目，如趙樹理的《鍛鍊鍛鍊》、《三里灣》；李准《不能走那條路》；周立波《山鄉巨變》，以及柳青《創業史》等作品，此等小說以反映農村生活最多，從土改到農業全作化，從大躍進、人民公社到黨對農村政策的調整，都在小說中得到充分表現。

六〇年代，毛澤東於一九五六年五月提出**「百花齊放，百家爭鳴」**的方針，一批作家受到鼓舞後提出**「干預生活」**的口號，主張提倡按照生活本來面目描寫的現實主義，於是風格題材多樣化，出現一批描述生活矛盾現實、抒發真情的作品，如王蒙的〈組織部新來的年輕人〉、宗璞的〈紅豆〉、鄧友梅的〈在懸崖上〉等。一九五八年發生**「大躍進」**等一連串的政治運動和批判鬥爭，壓制許多文學的創作，作品也有愈來愈明顯歌頌的公式化傾向，如：李准《李雙雙小傳》、《耕雲記》、《兩匹瘦馬》等作品，即是著力於歌頌生活中的光明面，歌頌新時代和新英雄人物，藝術筆調也由犀利的揭露和諷刺轉為歡快和幽默。《李雙雙小傳》後被改編成電影，對社會影響很大。從五〇年代末開始，小說

第三章、中國小說之起源與發展

創作的繁榮局面便日漸消退，使建國初期時期的十七年小說創作成果受到侷限。

　　七〇年代，「**文化大革命**」發生於一九六六年至一九七六年，在這十年間對於意識形態作了絕對的箝制，使小說的發展遭逢嚴重的挫折。這個階段對於文學和社會都是一個巨大衝擊。在四人幫極端化思潮的控制下，文革的風暴不僅剝奪幾乎所有作家從事創作的權利，甚至使不少作家因不堪屈辱而失去性命。在四人幫的政策下，文學只能是宣傳的工具，文學公式化、雷同化、八股化的情形十分嚴重，因此出現所謂的「**樣版小說**」，如：一九七二年在上海出版的長篇小說《虹南作戰史》。此外，還有一批以革命歷史為題材的小說，如黎汝清的《萬山紅遍》、李心田的《閃閃的紅星》，雖不能完全脫離文革意識形態的影響，但尚能堅持一些現實主義的原則。至於有些以手抄本型式秘密流傳的「**地下小說**」，則是這時期的特殊現象，如張揚的《第二次握手》。

　　八〇年代，毛澤東於一九七六年九月九日逝世，文化大革命也宣告結束。接著鄧小平、胡耀邦等人主導了撥亂反正、改革開放的路線。由此，以揭露文革時期所造成傷痛的「**傷痕文學**」興起，最具代表作品為：一九七七年十一月劉心武的短篇小說〈班主任〉；一九七八年八月盧新華的短篇小說〈傷痕〉；一九八一年韓少功的短篇小說〈月蘭〉等。由此傷痕文學，便成為這個時期的主要文學思潮之一。

　　繼傷痕文學之後，一批作家也開始以反思文革，並且進行批判，總結歷史經驗的教訓，以警醒世人。由此，出現了「**反思文學**」為這個時期的主要文學思潮之一，它強調的是要揭示生活的本質，必須穿透生活表象，深入到歷史、文化和人的精神深處去尋找答案，主要代表作有：蔣子龍一九七九年所發表的〈喬廠長上任記〉、一九八〇年的《蔣子龍短篇小說集》；高曉聲《李順大造屋》、《陳奐生上城》等小說作品。

　　反思文學之後，便是「**尋根文學**」的興起。倡導者為韓少功《爸

爸爸》、阿城本名鍾阿城《棋王・樹王・孩子王》、鄭義本名鄭光召《楓》等作家。尋根文學是這個時期中重要的文學思潮之一，作家們大多有意以文學尋求傳統民族文化之根，企圖思索人類現實生活處境，且有意跳出中共政治文化的束縛，並在語言、風格上也極力擺脫窠臼。

尋根文學之後，也出現從前之「**通訊報道**」思潮，再度興起而成為報告文學。劉賓雁、徐遲、柯岩、陳祖芬、錢鋼等都是當時著名的報告文學作家。其中以劉賓雁最具代表性，他於一九七九年發表《人妖之間》報告文學，揭露中華人民共和國建國以來，地方官員最大貪污的王守信案，在民間引起很大的迴響而獲得「中國的良心」稱號。在一九七九年至一九八七年期間，他擔任《人民日報》高級記者，發表大量揭露社會問題的報告文學作品，如《第二種忠誠》、《因為我愛》等。

此時期，文壇受香港及臺灣通俗小說[18]的影響，也出現金庸的武俠小說與瓊瑤的言情小說[19]風行大陸，此等出版數量幾乎無法統計，更有超過正版數量的盜版書銷行，可以肯定，這二位作家在大陸擁有最廣大的讀者，遠非其他作家可比擬，更由於小說改編的電視劇，也助長他們聲勢，一直持續到九十年代還餘熱未消，這種現象是中國現代文學史上罕見。同時，大陸作家亦開始模仿通俗小說的寫作，然其水準並不高。主要代表作有：茹志鵑一九七九年所發表的〈剪輯錯了的故事〉、劉真的〈黑旗〉等。反思文學促成中篇小說的興起，同時也促進小說表現形式的發展，如意識流、蒙太奇手法等都已被純熟運用在小說的創作中。

九〇年代迄今，是一個多元的時期。該時期有甚多年輕的作家加入行列，如：方方（本名汪芳）、池莉、劉恆、劉震雲等，陸續發表明

---

18. 該小說是指武俠小說、言情小說、偵探小說，以及科幻小說等。
19. 該小說又稱羅曼史小說、愛情小說等，其名稱經常混合使用，沒有一定的用法。

第三章、中國小說之起源與發展

顯不同於前一時期的作品。他們探索人的生存本質，不再過份玩弄文字與敘事技巧，回歸到貼近真實自然的生活，被稱為「**新寫實小說**」。其中最早出現且最具代表性的是發表於一九八七年，方方的中篇小說《風景》。而通俗小說經八十年代的模仿，至該時期已成熟，加上 1992 年鄧小平南巡推動市場經濟的熱潮，於是通俗文學有市場的動力而鼎盛一時，此時期最具代表者為王朔。他於一九七八年發表第一篇小說《等待》，在《解放軍文藝》第 11 期上，但並不成功。後又在《現代》雜誌發表《空中小姐》才引起大家的注意。一九八五年與沈旭佳戀愛中，兩人合寫反映他們感情生活的《浮出海面》，發表在《現代》雜誌第六期上。一九八六年陸續發表《一半是火焰一半是海水》、《橡皮人》、《頑主》等作品，名聲逐漸從北京擴大到北方，進而遍及整個中國大陸。王朔的小說是一個非常特殊的文學現象，它標誌著文學的重心由八〇年代的嚴肅文學轉向通俗文學，而他的小說介於嚴肅文學和通俗文學之間，是一種過渡形態既有一定的社會價值和審美價值，又具有通俗性和可讀性，因而擁有廣大讀者群。

此時期，亦有科幻小說的流行，以及拜網際網路興起之賜，衍生網路文學[20]的產生，但由於作品發表不需經過審查、校對等機制，不如雜誌社或出版社對於所發表的作品，皆需經過編輯委員會的審查那麼嚴謹，每個人皆可隨意在網路上發表，故具水準的作品甚少。較具代表性有：少君於一九九一年四月在網路上發表《奮鬥與平等》小說，成為歷史上第一位中文網路作家。邢育森於一九九七年發表《活得像個人樣》小說，在網路上一炮而紅，迅速被甚多中文網站轉載流傳極廣，以及蕭鼎的《誅仙》、《暗黑之路》、《矮人之塔》、《叛逆》等網路小說。

另，高行健之長篇小說《靈山》，獲得二〇〇〇年諾貝爾文學獎；

---

20. 所謂網路文學，係指以網路為載體所發表的文學作品；任何人皆可以是作者亦可是讀者，多數讀者都平視作者，由此體現網路平等的精神。

以及莫言「用理想、魔幻的現實主義，將民間故事、歷史與現實融合起來的人。」[21]而獲得二〇一二年諾貝爾文學獎。莫言之代表作有：《紅高粱家族》、《豐乳肥臀》、《紅高粱家族》、《檀香刑》、《酒國》、《四十一炮》、《生死疲勞》，以及《蛙》等小說。

三、香港小說：

香港[22]位居中國大陸南海沿岸，地處珠江口以東，北接中國深圳，南方為萬山群島，西方為澳門和珠海，由香港島、九龍和新界所組成，於公元前 214 年被秦朝納入中國版圖。並於 1842 年《南京條約》正式割讓香港島、1860 年《北京條約》割讓九龍半島界限街以南部份，以及 1898 年《展拓香港界址專條》，強行租借新界 99 年。後又於 1941 年至 1946 年間為日本所佔領，後又歸英國管轄，直到 1997 年才回歸祖國。

據現有文獻顯示，香港文學的發展歷程，大概從清末始談及 1907 年的文藝雜誌《小說世界》、《新小說叢》、1921 年《雙聲》、1928 年的《伴侶》等。其中，《雙聲》雜誌開始以香港作為小說的背景，用半白

---

21. 諾貝爾文學獎的評語：「who with hallucinatory realism merges folk tales, history and the contemporary（用理想、魔幻的現實主義，將民間故事、歷史與現實融合起來的人。）」
22. 香港原為數千人口的小漁村，今已發展至 600 萬人口以上的大都會。曾因 1842 年中英鴉片戰爭割讓給英國成了殖民地。第二次世界大戰期間，日本攻佔香港有 3 年 8 個月的時間。1945 年日本無條件投降後，英國恢復對香港行使主權。英國對香港人的治理，除國防、外交與政治外，幾乎享有與英國公民一樣的待遇。1997 年 7 月 1 日香港主權移交中華人民共和國，並成立特別行政區，首長為行政長官，實行一國兩制，保有原資本主義和生活方式五十年不變，除國防與外交外，香港人享有其他一切事務的高度自治及參與國際事務的權利。香港在英屬期間，由於是殖民地的身份與地理環境下，免去中國大陸的亂局所影響；太平天國、國共內戰、抗日戰爭，以及文化大革命等期間，有大量難民逃到香港，人口迅速增長而帶來人才、資金和技術，其經濟於戰後便得以快速發展，從漁村發展成現代化國際大都會，被譽為亞洲四小龍和紐倫港之一。

第三章、中國小說之起源與發展

話文寫作小說。在這之前，已有清廷官員黃遵憲、康有為，清廷欽犯王韜、洪仁玕，以及著名報人潘飛聲、胡禮垣等人在香港留下作品。

黃遵憲廣東梅州人，於同治九年(1870)從廣州回家的途中到香港短期旅行，並將他所見所聞寫下《香港感懷十首》。這十首全是五言律詩，內容主要鋪寫晚清香港的風俗面貌，以及淪為英國殖民地的沉痛，字裡行間表現了愛國主義的憤懣情緒。在早期有關香港的文學創作中，應是最有名的詩品。

康有為廣東南海人，於光緒五年(1879)初次遊歷香港，即謂：**「觀西人宮室之瑰麗，道路之整潔，巡捕之嚴密，乃始知西人治國有法度，不得以古舊之夷狄視之。」** 並開始接觸西方文化。戊戌變法失敗後，在英國領事館的協助下到香港，再由香港逃往加拿大。一八九九年在英屬哥倫比亞省組織保皇會，鼓吹君主立憲反對革命，並在北美、東南亞、香港、日本等地設立分會，其機關報為澳門《知新報》和橫濱《清議報》，並發表作品。

王韜江蘇州長洲（金吳縣）人，在旅居香港期間，尋訪故老，收集有關香港的資料，著有：《香港略論》、《香海羈蹤》、《物外清游》等三篇文章，記述香港的地理環境、開埠前的狀況，英軍登陸香港後設立的官府、制度和兵防，以及十九世紀中葉香港的學校、教會、民俗等歷史資料，是香港早期歷史的重要文獻。一八七〇年王韜在鴨巴甸（今香港仔）租了一間背靠山麓的小屋，名為**「天南遁窟」**，從事著述之餘，仍舊出任《華字日報》主筆，並發表《遁窟讕言》等作品。

洪仁玕廣東花縣人，是太平天國領導人之一，因金田起義前往香港避難，並跟隨傳教士學習英文，是早期重要華人傳道人。他提出的《資政新篇》，在當時的中國算是相當先進的思想。

潘飛聲廣東番禺（今廣州市海珠區）人，赴港之年正逢一八九四年中日甲午黃海大戰之際，中國海軍竟全軍覆沒，最後割地賠償，喪

權辱國，舉國憤慨。是年秋，他離開廣州應聘前往香港出任《華字日報》主筆，倡導中華文化，並憤作《七律・甲午冬日珠江舟發》詩，以詩言志，以劍自喻，劍聲錚錚，塑造出長夜未眠的俠影，並借祖逖、王猛等古人自喻其報國無門的長嘆。潘飛聲旅居香港逾十三載，撰社論、寫詩作，仗義執言，非常關心國家的興亡。他曾詩作送給當時駐守九龍城的一位副將馮雍，頗能寫出將軍之氣概，落筆有力，益顯警策。代表作品為：《說劍堂詩集》、《說劍堂詞集》、《在山泉詩話》、《兩窗雜錄》等作品。

胡禮垣廣東三水人，一八五七年隨父親至香港居住，並接受西式教育。他曾在王韜經辦的香港《循環日報》館工作，後至上海，一八八五年返回香港長居，並到《粵報》等經營報業，並發表作品。

雖是如此，然從其內容來看，不難發現很少是以香港本地為其背景的文學作品，可見在二〇年代前的古典文學是非常少數，現代文學亦不多見。誠如盧瑋鑾說：「**二十年代香港新文學資料十分貧乏，通過目前所見的有限資料，可見本港新文學萌芽期應在二十年代中葉以後……而我能找到最早的新文學雜誌是一九二八年創刊的，部分報紙上的副刊也開始接納白話文，因此就以一九二七年為起點。**」[23]

香港長期以來被詬病為**「文化沙漠」**，缺乏文化氣息，以一區域性來看，此有欠公允。香港的文學發展與臺灣非常相似，其蓬勃發展的時期皆在大陸文人南下的參與開始，尤其是一九九七年回歸祖國後，更是蓬勃發展。在此之前，雖說港英政府並不干涉香港文學的發展，但也不鼓勵支持，以致香港文學的發展，是在自由資本主義，也是言論自由的地方生根，相對於臺灣與大陸內地的主流文學差異頗大。

自「五四運動」以來，香港作家的創作便帶有批判現實和啟蒙的作用，如：阮朗本名嚴慶澍的《金陵春夢》小說、《宋美齡的大半生》

---

23. 見盧瑋鑾：《香港文縱》，香港，華漢文化，1987年，P.9。

第三章、中國小說之起源與發展

散文集；夏易本名陳絢文《少女的心聲》小說、《港島馳筆》散文集；侶倫本名李林風《窮巷》小說、《無名草》散文集，以及舒巷城本名王深泉《鯉魚門的霧》小說、《燈下拾零》散文集等人的作品就是如此，具有「偏大眾化」和「偏民間性」的特色，與臺灣、大陸內地文學形成鮮明的對照。究其原因，乃因港英政府並不干涉香港文學的發展，加上當時避難而來的作家，需要靠稿費來生活，自然會以市場導向來寫作，因此造就了香港文學具有民間性和大眾化的特色。臺灣與大陸則不同，在五〇年代政府皆強力干涉並主導文學的發展，那是一個沒有言論自由的年代。

三〇年代，是香港新文學的起點，是在地化新文藝運動的開始。愛好新文藝的作家侶倫、謝晨光、張吻冰，以及岑卓雲等，受到新文學的薰陶，陸續發表於《大同日報》的副刊。張弓、劉火子、李育中、易椿年等則是《南華日報》副刊的作者。莫冰子主編《墨花》綜合性雜誌，內有新文藝的創作，也有舊式文人寫的小說，充分表現新舊交替期間的現象。至一九二八年，由張稚盧主編的《伴侶》，才算純白話的文藝雜誌。該雜誌內容以創作小說為主，翻譯小說、散文小品為副。主要作者有：侶倫、吻冰、小薇、鳳妮、稚子、奈生，以及孤燕等人。舉辦兩次的徵文比賽，題目為《初吻》、《情書》及小說的格調，後因經濟問題停刊，前後不到一年。該雜誌壽命雖不長，但卻標誌香港新文藝踏上第一步。一九二九年由張吻冰主編的《鐵馬》創刊，內容仍以小說、散文、新詩為主，只可惜只出一期。

四〇年代，抗日戰爭於一九三七年爆發後，北方大量文人南下香港加入其創作行列，使香港文學得以蓬勃發展。這個時期的本地作家，仍努力延續三〇年代的成果。而南下作家有些路過，以香港為轉赴後方的中途站，如章乃器、郭沫若等人。有些為逃避戰火，以香港為暫居之所，如蕭紅、施蟄存、端木蕻良、葉靈鳳等人。有些以香港為主要宣傳基地，辦報或從事出版事業，如范長江、薩空了、成舍我、金仲華、茅盾，以及戴望舒等人。不管是辦報或出版，均帶給讀者一種

全新印象。尤其是文藝副刊,如茅盾及葉靈鳳先後主編於一九三八年四月創刊的《立報》,戴望舒主編於一九三八年八月創刊的《星島日報》,蕭乾及楊剛先後主編於一九三八年八月創刊的《大公報》,陸浮、夏衍先後主編於一九四一年四月創刊的《華商報》。由作家主編的文藝或綜合雜誌,也紛紛出籠,如陸丹林主編於一九三八年三月創刊的《大風》,周鯨文主編於一九三八年六月創刊的《時代批評》,金仲華主編於一九三八年八月創刊的《世界知識》,端木蕻良主編於一九四一年六月創刊的《時代文學》,茅盾主編於一九四一年九月創刊的《筆談》,如此陣容可知當時文學發展的盛況,其小說內容也有以抗日戰爭為題材。這個時期也有迎合一般讀者口味的通俗流行小說開始萌芽,如傑克本名黃天石的《癡兒》、《紅巾淚》等,以及望雲的《黑俠》、《粉臉上的黑痣》等作品。[24]

　　五〇年代,小說發展以大陸文化的影響與回顧大陸家鄉生活為主流。此時期的香港文壇壁壘分明,左派和右派作家因國共兩黨,以及南下移民的問題起爭執,大陸文化影響他們的思維方式和創作風格。初期所發行的文學雜誌很少,當然有些文藝性綜合雜誌與一般綜合雜誌,也具推廣文學創作的功用。當時之文藝性綜合月刊《幸福》,創刊於一九四六年,由沈寂主編,至一九四九年後停刊。一般綜合性雜誌《西點》與《星島周報》,於一九五一年底同時出刊。《西點》是一本以譯文為主的雜誌,先在上海創刊,一九五一年十一月在香港復刊,由劉以鬯擔任主編,以一半的篇幅刊登短篇創作。《星島周報》於一九五一年十一月創刊。也由劉以鬯擔任《星島周報》的執行編輯。一九五二年,徐訏獲得新加坡《南洋周報》的支持,回港創辦《幽默》半月刊,並發表《馬來亞的天氣》小說,卻引起新馬讀者的反感。曹聚仁的《酒店的側面》小說,刊於第五期,他勇於反映現實,透過小說人物的遭遇,真實反映所處的時代背景,相較於徐訏在五〇年代初期寫的《彼岸》,更能給讀者精神上的刺激。李輝英於一九五〇年從東北

---

24. 參見盧瑋鑾:《香港文縱》,香港,華漢文化,1987 年,P. 10～16。

第三章、中國小說之起源與發展

到香港，在葉靈鳳編的《星座》上發表長篇小說《人間》等作品。徐速與傑克是當時最受歡迎的小說家之一。徐速於一九五二年在《自由陣綫》發表的《星星、月亮、太陽》大受讀者歡迎。傑克寫有《紅衣女》、《名女人別傳》、《合歡草》、《鏡中人》、《改造太太》，以及《一曲秋心》等作品，被定位成「**港式鴛鴦蝴蝶派**」。侶倫之《無盡的愛》也很受歡迎，該篇小說以日佔時期的香港為題材。也有為宣傳政治目標的作品，如趙滋蕃的《半下流社會》，與洛風的《人渣》就是典型例子。《半下流社會》係描述香港難民營中低等難民的生活；而《人渣》則是香港富戶區內高等難民的生活。由此形成強烈的對比，也間接說明當時香港文化界的一種現象。

六〇年代是香港文學的生長期，出現以經濟利益為導向的流行文學，此時的「**新武俠小說**」[25]大行其道，梁羽生、金庸、崑南及劉以鬯是該時期的代表。梁羽生為新武俠小說的開山鼻祖，他的《龍虎鬥京華》於一九五四年一月，連載於《新晚報》，從一九五四年至一九八四年共創作三十五部武俠小說，與金庸、古龍並稱臺港武俠小說三大家。金庸的作品以小說為主，兼有政論、散文等，自一九五五年的《書劍恩仇錄》起至一九七二年的《鹿鼎記》正式封筆止，共創十五部長、中、短篇小說，從港澳開始，延燒到臺灣，其後是大陸，可說金庸熱潮燃燒至整個華語圈，近年來其小說也被翻譯成日文等其他文字，風靡東亞，其影響為三大家之首，金庸的武俠小說繼承中國武俠小說的傳統，同時又進行現代性的轉化，使其成為雅俗共賞的現代通俗文學，從而適應現代大眾的文學興趣。崑南於一九六一年出版《地的門》小說，該篇小說一開始便仿照西方現代主義文學的神話結構，來對比書中人物的特質。劉以鬯的《酒徒》，於一九六二年在《星島晚報》上連載。該篇小說吸取西方現代主義小說的技巧，對當時香港社會的現象有所批判和反省。崑劉這兩部小說的主角都是對商業社會的現實感

---

25. 該小說指50年代起，以金庸、古龍及梁羽生等港臺作家為代表所創作的武俠小說，以區別於戰前還珠樓主及平江不肖生等人所寫的武俠小說。

到不滿，但又遭受這種現實壓抑，表現對香港所流行意識與功利的價值觀表達不滿情緒，並提出批評和指責。

七〇年代，是中國文化和西方文化雙向激盪的時期，也是資本主義向社會主義觀念妥協的時代。社會國際化程度的提高，也使得現代主義小說創作在年輕一代更加蓬勃發展。西西的《我城》小說，其人物描繪對大眾社會的態度是較認同的。也斯的《剪紙》，描寫的是女性形象與大眾文化的關係，並引用「**粵曲**」這種傳統的文化形式，來對照現代女性的困境。

八〇年代的西西、鍾曉陽，以及吳煦斌三位女性作家的小說，其視野極廣。西西之《哨鹿》長篇作品，是批判性的歷史小說，描述乾隆年間的文治武功與民生百態。她的短篇小說《像我這樣的一個女子》，亦相當受矚目，該篇小說的背景在香港，女主人翁的職業頗為奇特，結局採開放式，留給讀者許多想像空間，小說的重點係女主角的內心世界與心理發展，因此作者採用獨白的方式來敘述這個故事。鍾曉陽在十八歲時就完成長篇小說《停車暫借問》，在臺灣與香港都發表出版，使她成為海外華人的知名作家。她的〈二段琴〉小說，在描寫一個拉二胡男子莫非的悲劇故事，收錄在小說合集《流年》中，整篇小說雖對香港環境的著墨不多，但呈現主角的個性發展方面，卻有一流小說家的水準。吳煦斌的小說，對大自然、生物，以及環境流露深刻的關愛，營造如夢般境界的大自然，既狂野而美麗，如短篇小說〈獵人〉與〈山〉即是如此。這三位女性小說家，處理許多不屬於香港時空的題材，開拓不少小說的新領域，其風格與內容各有千秋。武俠小說也延續六、七十年代繼續發燒，而言情小說則受臺灣瓊瑤等作家的影響，在此時期也逐漸流行，代表者有亦舒，本名倪亦舒，是倪匡的妹妹，她是多產的作家，計《家明與玫瑰》、《香雪海》等小說二百篇以上。

九〇年代迄今，亦如大陸、臺灣一樣是一個多元的時期。各種類型小說與作家數量都有相當的成長，如西西之《飛氈》、也斯之《記憶

第三章、中國小說之起源與發展

的城市》、董啟章之《安卓珍尼》、韓麗珠之《輸水管森林》、湯禎兆之《變色》、羅貴祥之《慾望肚臍眼》等作家作品。言情小說又增加梁鳳儀與李碧華等具代表性的作家。梁鳳儀在八〇年代的中期，便以業餘身份為香港報章撰寫專欄，直至一九八九年起才開始寫言情小說，並創辦**「勤+緣」**出版社，以商業方式將自己的作品大規模推廣至大陸、臺灣、加拿大、東南亞等地，產生所謂**「梁鳳儀現象」**，其作品多以都市商界為背景，演繹職業女性的愛情、婚姻、家庭故事，雖以傳奇為主，但也具一定的現實性，因此被稱為**「財經小說」**，其小說創作有：《盡在不言中》、《芳草無情》、《風雲變》等近百部作品。而李碧華著有小說數十種，較具代表性有《胭脂扣》、《霸王別姬》等，曾改編成電影上映。

與此同時，香港亦如海峽兩岸拜網路的興起，網路小說也發達起來，作家黃易便在網路上發表《大唐雙龍傳》，以及黃世澤、黃力信、鄭立、賴作峰、小芳芳、葉天晴等網路作家。

四、澳門小說[26]：

澳門位於南海北岸、珠江口西側，北接廣東省珠海市，東面與鄰近的香港相距63公里，其餘兩面與南海鄰接，是粵港澳大灣區的中心城市之一。也是於公元前214年被秦朝納入中國版圖。然其本地的文學發展，在二〇年代前的古典文學是非常少數，現代文學亦不多見。僅世居澳門的鄭觀應《羅浮偫鶴山人詩草》、汪兆鏞《澳門雜詩》等人留下的詩作。澳門的文學發展與臺灣、香港非常相似，其蓬勃發展的時期皆在大陸文人南下的參與開始，尤其是一九九九年回歸祖國後，更是蓬勃發展。

從現有史料來看，遠在明清時期，已經有詩人墨客涉足澳門，賦詩紀事明志文稿，時而有之，如：葉權《沙南遺草》之〈夜泊濠鏡澳〉、

---

[26] 資料來源，以參考「澳門筆會」居多。

許孚遠《敬和堂集》之〈請諭處番酋疏〉、喻安性《喻氏疏議詩文稿》之〈澳門立石五禁〉、陳常〈為懇恩禁飭積弊以杜後患以廣皇仁事〉、許弘綱《群玉山房疏草》之〈更置山海將領疏〉、盧驥《長崎先民傳》、張漢喆《漂海錄》、黃高啟《越史要》、姚衡《寒秀草堂筆記》，以及繆艮《塗說》等作品。更有大汕和尚住持普濟禪院，其著作甚豐有：《離六堂集》十二卷、《海外紀事》六卷，以及《濃夢尋歡》等詩作。

三〇年代，便是澳門文學逐漸繁榮的年代，創作舊體詩詞為主的「雪社」成立於一九二七年，是澳門文學史上第一個以本地居民為骨幹的文學團體群落，主要成員為：梁彥明（臥雪）、馮秋雪、馮印雪、黃沛功、劉君卉（抱雪）、周宇賢（宇雪），以及趙連城（冰雪）等人，它的成立標誌著澳門本土文學的自覺。先後出版過六期《雪社》詩刊，一九三四年又出版七人詩詞合集《六出集》。根據澳門記者陳大白的《回憶錄》所述：「在三〇年代有：《朝陽》、《大衆》、《新聲》、《澳門時報》、《民生》和《平民》幾張報紙，有的設有副刊，比較著名的是陳霞子主持的《大衆報》副刊，他先後親自撰寫下不少佳作，其中最有名的偵探小說《偵緝膽》和新派武打小說《芝加哥殺人王》等，刊出後膾炙人口，大受歡迎，成了最暢銷的讀物。」尤其是名小說家余寄萍之言情小說，他在《大衆報》發表《溫柔滋味》，吸引了大量讀者。

四〇年代，抗日戰爭於一九三七年爆發後，北方大量文人南下避難，有少部分作家加入澳門的創作行列，如：淘空了、高戈、李觀鼎、流星子、舒望、陳頌聲，使澳門文學得以進一步的發展。當然，澳門文學的發展受限於土地與人口，自不如臺灣、香港來得鼎盛。該時期較為有名的文學刊物，即是廖平子於一九三九年二月創辦《淹留》詩刊，每期發行十五冊，至一九四一年共發行了四十期。該刊數百首詩

第三章、中國小說之起源與發展

歌，真實地反映了抗日時期一些重大的歷史事件和人物，真實地記錄了日寇鐵蹄所至，中國百姓流離失所、痛苦呻吟的悲慘處境。

五〇年代，由澳門新民主協會創辦的《新園地》周刊，於一九五〇年三月成立，是一份愛國文學的刊物，早期附屬於大眾報出版。該刊尤為重視文學創作，最高發行量曾達數千份，對培養澳門文壇的後進影響深遠。由澳門中華學生聯合會出版的《澳門學生》後期易名為《學聯報》，文藝氣息更濃厚，它在五、六〇年代對短篇小說非常重視，在第一版刊登夏茵的短篇小說《失去的愛情》，胡培周、魯茂本名邱子維、鄧祖基等人，都曾為該刊寫短篇小說。

六〇年代，由澳門一群志同道合、熱愛文學的青年，於一九六三年五月創辦《紅豆》刊物，為澳門文學寫下彌足珍貴的篇章。在民風淳樸、資源匱乏的年代，能有這樣熱情，又有豐富創作力和無私奉獻精神的年輕作家，他們把一顆顆小小的文學種子栽種於當年貧瘠的文學土壤裏，實屬難得。該刊先後共出版了十四期，內有小說、詩歌、散文、漫畫、專訪和外國文學作品等介紹，為當時的澳門文學風景增添無限綠意。

七〇年代，喜愛文藝的青年漸多，為順應潮流所需，《澳門日報》於一九七〇年率先邀請香港名小說家阮朗，來澳門主持一連兩晚文學講座，每晚聽眾座無虛席。中華商會等也附設閱書報室，邀請香港作家李怡來講怎樣閱讀文學作品，反應極好，把閱讀與創作推向高潮，許多青年作家就在這種氛圍之中培養起來。這個時期，澳門作家除在澳門發表外，也把作品寄到香港發表。凌鈍本名危令敦，就把這些作品收集起來，編成兩冊並命名為《澳門離岸文學拾遺》，上冊有新詩、散文和詩評，下冊則是短篇小說。其中以劍瑩和江映瀾本名周落霞，

寫得最多水準也較好。劍瑩所寫大多是知識分子的生活和心態；江映瀾《小芬的一天》，是描寫女工在工廠的生活；《冬暖》描寫一個貧困小家庭的生活；《無從寄出的信》和《母與女》，都充滿人性的溫馨和道義的率直。她著眼於下層人家的生活，寫來筆法簡練，人物形象鮮明。

八〇年代，最成名的小說家，應屬魯茂、周桐本名陳豔華等人。魯茂在五〇年代就為香港《文匯報》撰寫小說、影評、劇本；六〇年代在《澳門日報》發表連載小說《百靈鳥又唱了》、《蒲公英之戀》等作品，並撰寫專欄。從一九六八年至一九九六年間，共寫了《星之夢》、《白狼》等二十多部小說，作品達千萬字。而周桐則在《澳門日報》上連載14部長篇小說，後結集成書的有《錯愛》、《晚晴》等，係以愛情婚姻為題材的小說；《香農星傳奇》、《除卻天邊月沒人知》則為科幻小說。《錯愛》是她的代表作，被中央電視臺改編成電視劇。這兩位，堪稱是澳門作家的代表。至於較少人提起的梁荔玲，她在澳門報紙上連載多篇小說，並連續出版了《童年》、《他來自越南》、《我身我心》和《今夜沒有雨》等幾部短、中篇小說集。

九〇年代迄今，亦如臺灣、大陸、香港一樣，是一個多元的時期。各種類型文學與作家數量都有相當的成長，香港詩刊《現代詩壇》，由傅天虹創辦於一九八七年九月，是一份立足於香港，輻射兩岸四地及海外的刊物，也是澳門作家發表作品的重要刊物。從創刊之日起就以溝通兩岸四地，整合海內外漢語新詩作為宗旨，從**「民族詩運」**的使命承擔，到提出**「大中華新詩」**的概念。至二〇一二年六月第五十八期，先後已有分布全球各地的一百〇一位詩人、學者等，蔚然形成百年新詩史上一道別樣的風采。

一九八七年一月**「澳門筆會」**成立，其宗旨乃為了促進作者聯繫，交流寫作經驗，研究文學問題，輔導青年寫作，積極建立和加強與國際及其他地區文學組織之間的關係。其後於一九八九年創立《澳門筆

第三章、中國小說之起源與發展

匯》，該雜誌是發表澳門文學界新作園地，以刊登澳門作家、翻譯家的作品為主，亦逐步與各地作家交流，發表他們的作品，以立足澳門，走出澳門。

一九八九年，由高戈等人創辦「**澳門五月詩社**」，其成員包括活躍於澳門的老中青三代寫現代詩的詩人三十多人，大量出版澳門詩人的詩集《五月詩叢》，至今已超過十冊。該詩社又於一九九〇年十二月創立《澳門現代詩刊》，是澳門第一部連續出版的新詩雜誌，至一九九九年共十五期，其內容不同於寫實派，力追求前衛的色彩。

一九九〇年七月，「**澳門中華詩詞學會**」正式成立，從事詩詞創作與詩詞藝術研究的民眾性組織，由在地詩詞愛好者、創作者和研究者自願參加的文化團體。該學會致力於培育澳門詩詞新生力量，發展對外交流，蒐集、整理、編纂、研究、出版前人與今人的詩詞作品。成立以來，已出版會刊《鏡海詩詞》與《澳門現代詩詞選》等。九〇年代，還有程祥徽創辦的《澳門寫作學刊》；寂然本名鄒家禮等人創辦的《蜉蝣體》雜誌等。

一九九九年，隨著澳門回歸祖國的文學大家庭，澳門文學的發展呈現新的生態，並空前的繁榮。在國家和澳門特區政府設置「**澳門文學獎**」、「**澳門文學節**」、成立「**澳門基金會**」、建立「**澳門文學館**」等多項文化措施的積極推動下，本土文學社團如雨後春筍般的蓬勃，詩、散文、小說、戲劇、電影、評論等幾乎所有文學門類文學社團均有涉及，傳統詩詞更是普及。新生代作家，如：寂然的《夜黑風高》、《島嶼的語言》等小說，《青春殘酷物語》、《閱讀，無以名狀》等散文集；黃文輝《因此》、《我的愛人》、《歷史對話》等詩集，《不要怕，我抒情罷了》、《偽風月談》等散文集；林玉鳳《詩·想》等詩集、《一個人影，一把聲音》等散文集，以及馮傾城《她的第二次愛情》、《飄逝的永恆》等散文集。他們作品採取多重主題，探索突破傳統，以多元表達的方式來呈現，兼具地域性和開放性的特色。尤

其是澳門回歸後,有大量的內地和海外移民定居於澳門,或是出生於澳門的移民後裔作家的成長,逐漸成為澳門文壇的中堅,他們以**「澳門人」**身份自居的澳門意識和文學自覺,將澳門視為自己的家園,用深情的筆墨書寫這裡的歷史和現實,增強了澳門文學的**「本土性」**和**「草根性」**。

至於葡裔主要作家則有:江道蓮(葡語:Deolindada Conceição)發表在《澳門新聞報》的〈現代女性裏〉及〈現代的狂歡節及狂歡節的時光〉短文、《長衫》小說集;飛歷奇(Henrique de Senna Fernandes)的《愛情與小腳趾》、《大辮子的誘惑》、《南灣:澳門故事》等小說集;高美士(Luís Gonzaga Gomes)有關美國科學家、政治家班傑明·富蘭克林的報導,從此開始了作家生涯,其《澳門傳說》是一本講述澳門及其鄰近諸島的神話傳說的小說。該等作品反映族群生活、關心女性,以及對不同族群和文化之間和平共處。

與此同時,澳門的網路文學也興起,尤其是賀綾聲、甘草等人所創辦的網絡《天詩社》,有甚多網路作家在此發表。該詩社以自由地追求詩的夢想為宗旨,於二〇〇二年宣佈成立,舉辦網路創作比賽、網聚等活動,藉此加強詩社會員創作交流,雖以發表新詩為主,但同時也設立舊體詩、散文和小說的發表區,容納不同類型的文學創作。主要的網路作家有:牛文賢以科幻題材的《地星危機》、劉豔以現實題材的《生活有晴天》、劉吉剛以仙俠題材的《詭秘之上》、李澤民以軍事歷史題材的《左舷》、李杰以現實題材的《強國重器》、張思宇以懸疑科幻的《我在規則怪談世界亂殺》、張柱橋以現實題材的《北京保衛戰》、周密密以現實題材的《歸宿》、尚啟元以現實題材的《長安盛宴》、簡潔的長篇小說《數千個像我一樣的女孩》等作品。該等作家皆是粵港澳大灣區杯**「網路文學大賽」**的獲獎人。

參

賞析篇

第一章、古代神話與先秦小說
第二章、漢魏六朝之筆記小說
第三章、隋唐之傳奇小說
第四章、宋元之傳奇與話本小說
第五章、元明之章回與擬宋人小說
第六章、清代之章回與擬晉唐小說
第七章、民國之現代小說

中國小說卷

本單元將小說分成：一、古代神話與先秦小說；二、漢魏六朝之筆記小說；三、隋唐之傳奇小說；四、宋元之傳奇與話本小說；五、元明之章回與擬宋人小說；六、清代之章回與擬晉唐小說；七、民國之現代小說。並依中國小說之發展歷程中，精選多篇佳作，冀望讓讀者的視野更加寬廣。

第一章、古代神話與先秦小說

古代神話是為小說的濫觴，也是小說的起源；而先秦小說所選之《穆天子傳》及《燕丹子》，其成書年代與作者皆不詳，雖有各種說法，然未得到學術界的認同。從古代神話與先秦小說之間，可以看出小說的發展方向，兩者之間並有傳承關係。茲列舉說明如下：

第一節：古代神話選

《三五歷記・盤古》

內容導讀

盤古是中國神話故事中的人物，有一說認為道教先祖「鴻鈞老祖」便是盤古，也有一說認為盤古是道教中「元始天尊」的化身。關於盤古的傳說有很多版本，但都普遍認同盤古是開天闢地的人物。

作者介紹

徐整（？～？），三國吳國人，任太常卿。據《隋書》記載撰有《毛詩譜》，注有《孝經默注》，另著有收錄中國上古傳說的《三五歷記》[1]及《五遠歷年紀》。

---

1. 《三五歷記》：又作《三五歷》，三國時代吳國人徐整所著，內容論三皇以來之事，為最早記載盤古開天傳說的一部著作，此書已佚，僅部分存於後來的類書如《太平御覽》、《藝文類聚》之中。

叁、賞析篇：第一章、古代神話與先秦小說--盤古

課文說明

【本文】天地渾沌²如雞子，盤古生其中。萬八千歲，天地開闢，陽清為天，陰濁為地。盤古在其中，一日九變，神於天，聖於地。天日高一丈，地日厚一丈，盤古日長一丈。如此萬八千歲，天數極高，地數極深，盤古極長。後乃有三皇。

【翻譯】一開始天地像雞蛋的形狀而且是清濁不分，盤古在裡面誕生。過了一萬八千年，天和地開始分開，清亮的「陽」為天，渾濁的「陰」為地。盤古在天地之間開始變化，一天變化九次，智慧超過了天，能力超過了地。天一日長高一丈，地一日變厚一丈，盤古也一日增長一丈。如此經過了一萬八千年，天的高度很高，地的深度很深很厚，盤古也成了頂天立地的巨人。後來才有燧人氏、伏羲氏及神農氏三皇。

作品賞析

開頭將天地之初譬喻為一雞子，然後「天地開闢，陽清為天，陰濁為地」，這才有了今日的天地，盤古在其中，能一日九變，隨著「天日高一丈，地日厚一丈」，盤古也是日長一丈，後來才出現了燧人、伏羲、神農三皇。

本篇善用類疊、誇飾等手法，藉由描述盤古歷經廣大時空的孕育，從誕生到完全長成的漫長過程，形象鮮明地呈現了原始人類如何解釋天地生成。

問題討論

一、文中運用了哪些修辭法？

二、本文用了許多誇飾的手法來描寫，試找出你感覺最深刻的句子？

三、你對於天地萬物的起源論有何看法？

---

². 渾（ㄏㄨㄣˋ）沌（ㄉㄨㄣˋ）：傳說中天地未形成時，元氣不分、模糊不清的狀態。

中國小說卷

《淮南子・女媧補天》

內容導讀

本篇選自《淮南子・覽冥訓》。女媧是上古人民心目中的女英雄，本則神話以神奇想像的描寫，表現了女媧的英勇、智慧和超能力，也同時反映了婦女在母系氏族社會中的重要地位和能力。

作者介紹

劉安(公元前179年～前122年)，西漢沛郡豐(今江蘇省豐縣)人，為漢高祖劉邦之孫，淮南厲王劉長之子，漢文帝時襲封父親劉長的爵位。劉安好文學，招致賓客方術之士數千人，集體編寫《淮南鴻烈》一書，即今所傳之《淮南子》[1]。

課文說明

【本文】往古之時，四極廢[2]，九州裂[3]，天不兼覆[4]，地不周載[5]。火爁焱[6]而不滅，水浩洋而不息，猛獸食顓民[7]，鷙鳥攫[8]老弱。於是女媧[9]煉五色石以補蒼天，斷鰲[10]足以立四極，殺黑龍以濟冀州[11]，積蘆灰

---

1. 《淮南子》：又名《淮南鴻烈》，共二十一卷，是西漢淮南王劉安及其門客仿照秦呂不韋所著的《呂氏春秋》，集體撰寫的一部著作；書中綜合了先秦儒、法、墨等各家學說，貫穿了道家「自然天道觀」的思想，既有前人的宇宙觀和傳說，又涉及到醫學、煉丹術、物理學、天文學等許多領域，保存了很多中國古代哲學和科學的知識，具有很高的學術價值。
2. 四極廢：極，屋樑柱；廢，壞；指倒塌；上古人認為天的四方有樑柱支撐，樑柱壞了天就會倒塌。
3. 九州：九州，古時天下分為九州，即指中國的版圖。裂，崩裂坍塌。
4. 兼覆：普遍地覆蓋。兼，盡。覆，遮蓋。
5. 周載：周，遍及；遍載萬物。
6. 爁焱：爁(ㄌㄢˋ)，延燒；焱(ㄧㄢˋ)，火焰；火勢蔓延燃燒的樣子。
7. 顓民：善良的人民；顓(ㄓㄨㄢ)，善良。
8. 攫(ㄐㄩㄝˊ)：用爪抓取。
9. 女媧(ㄨㄚ)：古神話中的女神名；傳說在開天闢地時女媧捏黃土造人，創造了人類，成為人類的始祖。
10. 鰲(ㄠˊ)：傳說中的海中大龜。
11. 冀州：位於九州之中，代表四海之內的土地。

女媧補天

以止淫水[12]。蒼天補，四極正，淫水涸，冀州平[13]，狡蟲[14]死，顓民生。

【翻譯】遠古的時候，天的四邊支柱倒塌下來，九州大地崩裂了，天不能完全地覆蓋萬物，地不能全面地容載萬物。熊熊烈火燃燒蔓延而不熄滅，大水四處橫流氾濫而不止息，猛獸吃善良的人民，猛禽則抓取老弱的人民。於是女媧氏煉五色石來補蒼天的缺口，折斷大龜的腳來支撐天的四邊，殺死黑龍以拯救中原的人民，堆積蘆草燒成的灰以阻擋洪水。這樣一來，蒼天補上了，天的四邊支撐起來，洪水也乾了，中原平安下來，惡獸死去了，善良的人民才得以過好的生活。

作品賞析

這篇神話反映了中國上古時代的先民受到多種自然災害威脅，因而渴望控制自然、征服自然所產生的想像和期望。

首先以「四極廢，九州裂，天不兼覆，地不周載。火爁焱而不滅，水浩洋而不息，猛獸食顓民，鷙鳥攫老弱」，一氣呵成地寫出了環境的酷烈，勾勒出一幅宇宙大洪荒的景觀。而補天之後，則以緊湊的三字句連貫寫出「四極正，淫水涸，冀州平，狡蟲死，顓民生」，顯露出一派欣然之情。在語句的使用上短促鏗然，簡約而富動作性，更添緊迫氣氛，尤其在女媧補天部分，不言其容貌身姿，反著重於行動的刻畫，在「煉」、「斷」、「殺」、「積」等動作中，其果決堅毅歷歷在目。

本篇句式富有變化，善用對偶、排比等修辭，自然流暢，層次井然，循序寫出了女媧征服自然災害的過程，塑造了一位解民於水火的救世主，顯現其溫柔且強大的力量，反映了上古時代人民因遭受各種自然災害的威脅，心生出現英雄平息一切災害危難的渴望。

問題討論

一、神話對後世的小說創作有何影響？
二、本篇神話的寫作特色為何？
三、談談你印象深刻的女神祇。

---

[12]. 淫水：氾濫大紅漼，如「平地出水」來危害初民。
[13]. 平：平安。
[14]. 狡蟲：指惡禽猛獸。

中國小說卷

《山海經‧西王母》

內容導讀

　　本篇節選自《山海經‧大荒西經》。西王母[1]又稱王母娘娘、瑤池金母，為道教神靈，也是中國神話中的一個人物。據《山海經》裡記載，為一豹尾、虎齒且善嘯的怪物。但是在後代小說和戲曲裡，因其名為「王母」而被當作是天帝等階的配偶神，故其形象逐漸轉化為一絕美貴婦，蟠桃宴時眾仙於瑤池為其祝壽，又為長生不老的象徵。

　　西王母是中國古老的女性神祇（也有人認為其早期為男性，後逐漸因其名被轉化性別），早在殷商卜辭中，就有「西母」之稱，有論者認為這指的就是西王母。

作者介紹

　　《山海經》[2]一書的作者和成書時間都還未確定，過去認為是大禹、伯益所作。現代中國學者一般認為《山海經》非一時一地之作，作者亦非一人，時間大約是從戰國初年到漢代初年，記載了許多口頭傳說。司馬遷曰：「至禹本紀山海經所有怪物，余不敢言之也。」清初紀曉嵐編《四庫全書》時將《山海經》列入志怪小說一類，民國魯迅則認為「蓋古之巫書也」。

課文說明

　　【本文】西海之南，流沙之濱，赤水之後，黑水之前，有大山，名曰崑崙之丘。有神人面虎身有尾皆白處之。其下有弱水之淵環之。

---

1. 西王母：俗稱王母娘娘，又稱西姥、王母、金母和金母元君。西王母之名最初見於《山海經》。「西」指方位，「王母」即神名。
2. 《山海經》：中國先秦古籍，原本有圖，叫《山海圖經》，魏晉後已失傳。其中包含了關於古代神話、地理、動植物、礦物、巫術、宗教、醫藥、民俗等方面的內容，保存了不少遠古神話傳說，可說是後世志怪小說之源，也是搜集古代地方神話傳說最豐富的一部書。

西王母

其外有炎火之山,投物輒然[3]。有人戴勝虎齒,有豹尾,穴處,名曰西王母。此山萬物盡有。

【翻譯】西海的南邊,流沙的旁邊,赤水的後面,黑水的前面,有一座大山,名叫崑崙丘。有一位神居處在這裡,祂長著人的面孔、老虎的身子,有尾巴,都是白色的。祂的下方有弱水淵環繞。外邊有炎火山,只要投進東西就會燃燒。有一個人頭上戴著玉勝,長著老虎的牙齒,豹的尾巴,住在洞穴裡,名叫西王母。這座山裡萬物應有盡有。

作品賞析

本篇首先以四字句簡單交代了相對方位與四周環境,逐步推進至對西王母的外貌摹寫。關於西王母,在「西山經」裡形容為「狀如人,豹尾虎齒而善嘯,蓬髮戴勝」,是半人半獸的型態,本篇記載中的西王母,則是「有人戴勝,虎齒,有豹尾,穴處」,是人的型態,但具有野獸的特徵,西王母融合野獸的外型,顯露出了原始人類對造成威脅的野獸,其具有的力量與神秘感到敬畏,呈現了對大自然化身的原始崇拜。

作品敘述平暢,形象地勾勒了西王母所居之處及其外貌。

問題討論

一、試找出課文中對仗的句子。

二、西王母居住在怎樣的環境中?

三、文中描寫的西王母形象給你的感覺如何?

---

[3]. 然:同「燃」,燃燒。

第二節：先秦小說選

《穆天子傳》

內容導讀

　　本文節選自《穆天子傳・卷三》[1]。西周時代的周穆王巡狩天下，與西王母分別代表東西兩君王。在《穆天子傳》裡，西王母的言行是溫文儒雅的。文中描述當周穆王周遊天下時，進入了崑崙山區，他拿出白圭、玄璧等玉器去拜見西王母。第二天，穆王在瑤池宴請西王母，兩人都作了一些詩句祝福彼此。西王母與周穆王於瑤池相會的情節成為《漢武故事》、《漢武帝內傳》及六朝小說中常見的內容。

作者介紹

　　《穆天子傳》是記述周穆王事蹟而帶有虛構成分的傳記作品，其中含有大量的神話傳說，為西周的重要典籍之一。又名為《周王傳》、《周王遊行記》，作者已無法考究。晉郭璞為該書作注，其中記西王母部分已由獸形轉變成人相了。

課文說明

　　【本文】吉日甲子，天子賓於西王母，乃執白圭玄璧以見西王母，好獻錦組百純[2]，□組[3]三百純，西王母再拜受之。□乙丑，天子觴西王母於瑤池之上。西王母為天子謠，曰：「白雲在天，山陵自出。道里悠遠，山川間[4]之。將[5]子無死，尚[6]能復來。」天子答之曰：「予歸東土，

---

1. 《穆天子傳》：又名《周王遊行》，作者不詳，約成書於戰國時期，記周穆王巡遊事；西晉時出土，經當時人整理分為五卷，今本將周穆王美人盛姬死事一卷併入，共六卷；《穆天子傳》有別於《左傳》的歷史傳記體裁，以日月為序，雖名為傳，實屬編年體。
2. 純：匹端名。
3. 組：授屬。
4. 間：音ㄐㄧㄢˋ，阻隔。

穆天子傳

和治諸夏。萬民平均，吾顧[7]見汝。比及三年，將復而野。」

【翻譯】 在甲子日這樣的好日子，周穆王到西王母那兒作客，於是拿著白色的圭、黑色的璧玉來拜會西王母，獻上幾百匹華美的絲帛，西王母向他拜見之後收下了。第二天是乙丑日，穆王借瑤池設下筵宴來款待西王母。西王母為周穆王唱了一首歌，那歌道：「白雲高高懸在天上，山陵的樣貌自然顯現出來。道路那麼長遠，你我之間更阻隔著重重的河山。願你身體健康，長生不死，將來有一天你還會再來。」穆王也唱歌回答西王母道：「我回到東方的國土，一定把諸夏好好地治理。等到萬民都安居樂業了，我又可以再來見你。要不了三年的時光，我應該還會回到你的郊野來。」

作品賞析

本篇為記述周穆王西巡史事而帶有虛構成分的傳記作品，其中有大量的神話傳說，又名《周王傳》、《周王遊行記》。

周穆王周遊天下時，進入了崑崙山區，拿出白圭、玄璧等玉器去拜見西王母。第二天，穆王在瑤池宴請西王母，兩人互相唱和，祝福彼此，文辭整齊而優美。西王母於此已擺脫了半人半獸，充滿野性的形象，顯現了一名女性充滿母性的溫情關懷，其並非凜不可犯的神，而是平易近人，使得此處的人神相會，更近於日常。

問題討論

一、文中西王母的言行舉止如何？

二、試與上一篇比較文中西王母的形象。

三、舉出文中優美的句子。

---

[5]. 將：請。

[6]. 尚：庶幾。

[7]. 顧：還。

中國小說卷

《燕丹子》

內容導讀

　　本篇選自《燕丹子》[1]卷下。《燕丹子》是中國現存較早的一部文言小說，內容寫的是戰國末期燕國太子丹質於秦國時，受到秦王的無禮對待，於是發憤復仇，最後募得刺客荊軻，並且百般滿足他的生活需求。荊軻受其感召，於是冒死赴秦，奮力行刺，但最後卻被秦王所誅殺。

作者介紹

　　《燕丹子》是在民間傳說的基礎上寫成的，至於作者是誰，已經無從得知了。「此書文字亦佳，長於敘事，嫻於詞令，筆致典雅，有史傳文之風。」所以胡應麟[2]對它很看重，當作「古今小說雜傳之祖」。魯迅在《中國小說史略》也提到：「《燕丹子》是「漢前」所作」，推定作者為秦朝的諸國遺民。孫星衍則認為此書是燕太子丹死後其賓客所撰，但《漢書·藝文志》並未載《燕丹子》，直到《隋書·經籍志》中才著錄，作一卷。此書久佚，乾隆時四庫館臣自《永樂大典》中輯出成書，但只列入存目。《四庫全書總目》認為：「其文實割裂諸書燕丹荊軻事雜綴而成，其可信者已見《史記》，其他多鄙誕不可信。」

課文說明

　　【本文】荊軻之燕，太子自御虛左[3]，軻援綏不讓[4]。至坐定，賓客

---

[1]. 《燕丹子》：作者失考，內容記述戰國時期，燕太子丹派遣荊軻行刺秦王的故事。《隋書·經籍志》把它列為「小說家」之首，胡應麟把它譽為「古今小說雜傳之祖」。
[2]. 胡應麟：明朝著名學者、詩人和文藝批評家，他在文獻學、史學、詩學、小說及戲劇學方面都有突出成就，著有《少室山房筆叢》。
[3]. 自御虛左：一種表示尊敬的舉動。自御，言太子親自駕車。虛左，即空出車上左邊的座位。古時以左邊為上首。

燕丹子

滿坐，軻言曰：「田光襃揚太子仁愛之風，說太子不世之器[5]，高行厲天[6]，美聲盈耳。軻出衛都，望燕路，歷險不以為勤[7]，望遠不以為遐[8]。今太子禮之以舊故[9]之恩，接之以新人之敬，所以不復讓者，士信[10]於知己也。」太子曰：「田先生今無恙乎？」軻曰：「光臨送軻之時，言太子戒以國事，恥以丈夫而不見信，向軻吞舌而死矣。」太子驚愕失色，歔欷[11]飲淚曰：「丹所以戒先生，豈疑先生哉！今先生自殺，亦令丹自棄[12]於世矣！」茫然良久，不怡[13]民氏日[14]。

【翻譯】荊軻到了燕國，太子丹親自駕駛馬車並空出車上左邊的座位迎接他，荊軻也不客套，一拉繩綏就上車坐下。等荊軻下車坐定後，已是賓客滿座。荊軻說：「田光誇獎太子有仁愛的風範，說太子是天下不可多得的人才，而且品行像藍天一樣高，讚美太子的話可以不斷地被聽到。因此我一出衛國的都城，望見通往燕國的道路，即使歷經艱難險阻也不覺得辛苦，望著遙遠的路途也不感到漫長。如今太子像對待老朋友一樣地款待我，又像迎接新賓客那樣地尊敬我。對此禮敬，我之所以不再謙讓，是因我以為在知己的面前，應該得到伸展。」太子問：「田先生最近可安好？」荊軻回答：「他在送我離開衛國時說，太子曾告誡他不要洩露國家大事，他感到這是大丈夫不被信任的一種恥辱，於是當著我的面咬掉自己的舌頭吞下死了。」太子聽後很錯愕，

---

[4]. 軻援綏不讓：荊軻毫不謙讓地拉住繩子上車。援，拉；綏（ㄙㄨㄟ），上車時作扶手用的繩子。讓，謙讓、客氣。
[5]. 不世之器：不是世上常有的人才。
[6]. 高行厲天：品行像天一樣高；厲，借為「戾」，達到。
[7]. 歷險不以為勤：經歷了許多艱難，也不以為苦。勤，勞苦。
[8]. 遐：遠。
[9]. 舊故：老朋友。
[10]. 信（ㄕㄣ）：伸展。
[11]. 歔（ㄒㄩ）欷（ㄒㄧ）：同「唏噓」；哭泣時呼吸急促的樣子。
[12]. 自棄：自我捨棄；此處是死去、離開人世的意思。
[13]. 不怡：不愉快。
[14]. 民氏日：不可解，疑文字有脫訛。

臉色頓改並痛哭流涕地說：「我告誡他，哪裡是懷疑他呢？而今田先生自殺了，實在使我沒辦法活在世上了。」太子心裡若有所失，經過很長時間還是悶悶不樂。

【本文】太子置酒請軻。酒酣，太子起為壽。夏扶前曰：「聞士無鄉曲[15]之譽，則未可與論行；馬無服輿之伎[16]，則未可與決良[17]。今荊君遠至，將何以教太子？」欲微感之[18]。軻曰：「士有超世之行者，不必合於鄉曲；馬有千里之相者，何必出於服輿？昔呂望[19]當屠釣之時，天下之賤丈夫也；其遇文王，則為周師；騏驥之在鹽車，駑之下也，及遇伯樂[20]，則有千里之功。如此，在鄉曲而後發善，服輿而後別良哉！」夏扶問荊軻：「何以教太子？」軻曰：「將令燕繼召公[21]之跡，追甘棠之化[22]，高欲令四三王，下欲令六五霸。於君何如也？」坐皆稱善。竟酒無能屈[23]。太子甚喜，自以得軻，永無秦憂。

【翻譯】太子丹設置酒宴款待荊軻，當喝酒喝得正暢快的時候，太子丹站起來向荊軻敬酒。此時，夏扶上前說：「我聽說一個人，如果在他的家鄉沒有什麼聲譽的話，就不可評論他的品行；一匹馬如果沒有拉過車，就不能判別牠是好是壞。現在荊先生遠道而來，將幫太子做些什麼呢？」他想用這些話來稍稍打動荊軻，荊軻卻說：「一個人如果有出眾超群的品行，他不一定與鄉人相合而獲得聲譽；一匹馬如果有奔馳千里的本領，又何必只在拉車時顯現出來呢？姜太公呂望在以

---

[15]. 鄉曲：鄉里。
[16]. 服輿之伎：拉車之伎。
[17]. 決良：判別好壞。
[18]. 欲微感之：想稍稍打動他。
[19]. 呂望：即太公望，亦稱姜尚、姜太公。
[20]. 伯樂：秦穆公時人，善於相馬。
[21]. 召公：及周文王庶子，武王之弟。
[22]. 甘棠之化：指召公的德政、教化。
[23]. 竟酒無能屈：直到酒喝完散席了，也沒有人能用話難倒荊軻；竟，盡；屈，謂使理屈詞窮。

燕丹子

宰牛、釣魚維生的時候，可以說是天下卑賤的人了；但等到他遇見周文王後，就成了周朝的太師。千里馬在拉鹽車的時候，連一般能力低下的劣馬都不如，但等到遇見伯樂以後，就顯出了奔跑千里的本事來。像這樣的事例，難道是一個人在鄉里有了名氣後才顯露出美好的品行，馬在拉過車後才可分出好壞嗎？」夏扶又問荊軻能為太子做些什麼事，荊軻回答說：「我將使燕王繼承召公的餘業，追念召公的善政；最高目標是讓燕王與三王功業齊同而成為第四王，最低目標是使燕王與五霸功業並列而成為第六霸。你認為怎麼樣？」在座的人都連聲稱妙，一直到酒喝完，散了席，還沒有人能用話難倒他。太子十分高興，自以為得到了荊軻，燕國就可永遠不必擔憂秦國的威脅了。

【本文】後日，與軻之東宮[24]，臨池而觀。軻拾瓦投龜，太子令人奉槃金[25]。軻用抵[26]，抵盡復進。軻曰：「非為太子愛金也，但臂痛耳。」後復共乘千里馬。軻曰：「聞千里馬肝美。」太子即殺馬進肝。暨[27]樊將軍[28]得罪於秦，秦求之急，乃來歸太子。太子為置酒華陽之臺。酒中，太子出美人能琴者。軻曰：「好手琴者！」太子即進之。軻曰：「但愛其手耳。」太子即斷其手，盛以玉槃奉之。太子常與軻同案而食，同床而寢。

【翻譯】過了幾天，太子和荊軻來到東宮，一同在池塘邊觀賞。荊軻撿了瓦片擲擊烏龜。太子見後，便叫人捧上一盤金子，荊軻就用金子投擲烏龜，擲完了以後，太子有令人送上一盤。荊軻最後不擲了，說：「我並不是替您愛惜金子，只是因為我的臂膀擲疼了。」之後太子又和荊軻一起乘坐千里馬，荊軻說：「聽說千里馬的肝很美味。」太子

---

[24]. 東宮：古代為太子所居之宮。
[25]. 奉槃金：捧著用盤子裝的黃金。奉，捧。槃，同「盤」。
[26]. 抵：投擲。
[27]. 暨：至、及。
[28]. 樊將軍：即樊於期。

丹立刻殺了千里馬，取出馬肝給荊軻吃。直到樊將軍得罪了秦王，秦王急於捉拿他，他便投奔到太子丹這裡避難，太子丹便在華陽臺設宴招待他。喝酒中，太子丹叫善琴藝的美女出來助興，荊軻說：「彈琴美人的手真漂亮！」太子丹聽後立刻把美人送給荊軻。荊軻又說：「我只是很喜歡她那雙手而已。」太子丹又馬上砍斷了美人的手，放在玉盤中送給了荊軻。太子丹常常與荊軻一起同桌吃飯，同床睡覺。

【本文】後日，軻從容曰：「軻侍太子，三年於斯矣。而太子遇軻甚厚：黃金投龜，千里馬肝，姬人好手，盛以玉槃。凡庸人當之[29]，猶尚樂出尺寸之長[30]，當犬馬之用。今軻常侍君子之側，聞烈士之節，死有重於泰山，有輕於鴻毛者，但問用之所在耳[31]。太子幸教之。」太子斂袂[32]，正色[33]而言曰：「丹嘗遊秦，秦遇丹不道[34]，丹恥與之俱生。今荊君不以丹不肖，降辱小國。今丹以社稷干長者[35]，不知所謂。」軻曰：「今天下彊[36]國，莫彊於秦。今太子力不能威諸侯，諸侯未肯為太子用也。太子率燕國之眾而當[37]之，猶使羊將狼[38]，使狼追虎耳。」太子曰：「丹之憂計久，不知安出？」軻曰：「樊於期得罪於秦，秦求之急。又督亢[39]之地，秦所貪也。今得樊於期首、督亢地圖，則事可成也。」太

---

[29]. 當之：享受優厚之待遇。
[30]. 樂出尺寸之長：樂於獻出自己微薄的才能；尺寸之長，喻能力低微。
[31]. 但問用之所在耳：意謂只看其為何而死；問，考察。
[32]. 斂袂：整理衣袖，表示恭敬；袂，衣袖。
[33]. 正色：謂神色嚴肅。
[34]. 不道：不義。
[35]. 以社稷干長者：以國家大事求託於德高望重的人；社稷，代指國家。干，求情；長者，指德行高尚之人，此處指荊軻。
[36]. 彊：同「強」。
[37]. 當：抵抗。
[38]. 使羊將狼：讓羊率領狼；言外之意是羊必然被狼吃掉；「使羊將狼」及下文「使狼追虎」均喻事情必遭失敗；將，帶領。
[39]. 督亢（ㄎㄤˋ）：地名，在燕國南部。

燕丹子

子曰:「若事可成,舉[40]燕國而獻之,丹甘心焉。樊將軍以窮歸我[41],而丹賣之,心不忍也。」軻默然不應。

【翻譯】又過了幾天,荊軻神色泰然地對太子丹說:「我在這裡侍候太子,已經有三年了,太子給我的待遇十分優厚:讓我用黃金投擲烏龜,取千里馬肝給我吃,砍斷美女漂亮的手裝在玉盤裡送給我。就是平常人享受了這種恩惠,也會樂意獻出自己的一點力量,以效犬馬之勞。而今,我常在您身邊侍奉,聽說過哪些建功立業、視死如歸的人死於氣節,其死的意義有的比泰山還重,但有的比鴻毛還輕,這只看他們為什麼而死了。在這個問題上,還請太子多多指教!」太子丹整了整衣袖,神色嚴肅地說:「我曾經在秦國做過人質,秦王待我很無禮,我感到與他同時活在世上是一種恥辱。現在,您不因為我不賢,而受著委屈來到我們這個小國,我就把國家大事拜託給您這位德行高尚的人了,我真不知說些什麼才好。」荊軻說:「現在天下的強國,再沒有比秦國更強大的了。現在太子的力量還不足以威鎮諸侯,而諸侯們也不願意為太子出力幫忙。因此,太子如果率領燕國的民眾與秦國對抗,那就像使羊率領狼、讓狼追虎一樣,不可能取得成功。太子說:「我已經憂慮很長時間了,就是不知道計從何出。」荊軻回答說:「樊於期得罪了秦王,秦王現在急於捉拿他;此外,燕國督亢這塊土地,秦國早就打著它的主意。因此,現在如能拿到樊於期的腦袋和督亢地圖,那麼謀刺秦王的大事就可獲得成功。太子丹說:「如果事情能夠成功,就是把整個燕國奉獻出來,我也心甘情願。只是樊將軍因為走投無路來投靠我,而我卻出賣他,真有些不忍心呀!」荊軻聽後默不作聲。

【本文】居五月[42],太子恐軻悔,見軻曰:「今秦已破趙國,兵臨

---

[40]. 舉:全。
[41]. 以窮歸我:因為走投無路來投奔我;以,因為。窮,謂無路可走。
[42]. 居五月:過了五個月。

燕，事已迫急。雖欲足下[43]，計安施之？今欲先遣武陽，何如？」軻怒曰：「何太子所遣，往而不返者[44]，豎子[45]也！軻所以未行者，待吾客耳。」於是軻潛[46]見樊於期曰：「聞將軍得罪於秦，父母妻子[47]皆見焚燒，求[48]將軍邑萬戶[49]、金千斤。軻為將軍痛之。今有一言[50]，除將軍之辱，解燕國之恥，將軍豈有意乎？」於期曰：「常念之，日夜飲淚，不知所出[51]。荊君幸教，願聞命矣！」軻曰：「今願得將軍之首，與燕督亢地圖進之，秦王必喜。喜必見軻，軻因左手把其袖[52]，右手揕[53]其胸，數以負燕之罪[54]，責以將軍之讎[55]。而燕國見陵雪[56]，將軍積忿之怒除矣。」於期起，扼腕[57]執刀曰：「是於期日夜所欲，而今聞命矣！」於是自剄[58]，頭墜背後，兩目不瞑。太子聞之，自駕馳往，伏於期屍而哭，悲不自勝[59]。良久，無奈何，遂函盛[60]於期首與燕督亢地圖以獻秦。武陽為副。

【翻譯】過了五個月，太子怕荊軻改變入秦行刺的主意，便會見荊軻，對他說：「目前秦國已經攻破了趙國，又出兵到燕國，形式已經

---

[43]. 雖欲足下：此句義不可通，疑文字有脫漏。
[44]. 往而不返者：派遣去了而不能完成使命的人。
[45]. 豎子：不能成就大事的無用之人。
[46]. 潛：暗中。
[47]. 妻子：謂妻室兒女。
[48]. 求：捉拿。
[49]. 邑萬戶：封給萬戶之城。
[50]. 一言：一法。
[51]. 不知所出：不知計從何出。
[52]. 把其袖：抓住其衣袖。
[53]. 揕（ㄓㄣˋ）：刺。
[54]. 數以負燕之罪：一一列舉秦王虧待燕國的罪狀。
[55]. 責以將軍之讎：責備秦王殺害樊於期全家的罪過。讎，同「仇」。
[56]. 燕國見陵雪：意謂燕國被欺侮的恥辱得到昭雪。見陵，被欺。
[57]. 扼腕：用一隻手握住另一隻手的腕部，表示激忿。扼，握住。
[58]. 自剄：用刀割頸自殺。
[59]. 勝：能承受。
[60]. 函盛：用木匣裝著。

燕丹子

很緊迫了。我雖想長期侍奉您,可又怎麼能想得出辦法呢?我想現在先讓武陽去秦國,你覺得怎麼樣?」荊軻聽後大怒,說:「太子為什麼要派這樣的人去呢?這都是些有去無回、不能成事的無用之輩呀!我之所以至今沒有動身去秦國,是在等待我的朋友啊!」於是荊軻暗中會見樊於期,說:「聽說將軍得罪了秦王,父母和妻子兒女都被燒死,秦王懸出了萬戶封侯、千斤黃金的重賞捉拿您。我為您感到痛心。我現在有個辦法能使您的羞辱得到解除、燕國的奇恥得到雪洗,並且白天黑夜暗自哭泣,就是不知該怎麼辦,有幸得到先生的指教,我願聽從您的命令。」荊軻說:「我現在想得到您的腦袋和燕國的督亢地圖一併憲給秦國,想必秦王一定高興;他一高興,必定會接見我。到那時,我就乘機用左手抓住它的衣袖,右手拔劍擊刺他的胸膛,並一一列舉他虐待燕國的罪狀,指斥他殺害您全家的冤仇。這樣,燕國被欺侮的恥辱就可得到洗雪,您胸中長期鬱積的忿怒也就可以解除了。」樊於期站了起來,忿激地握住自己的手、拿起刀說:「這正是我日思夜想的,現在我就暗您的旨意去做。」於是他就割斷自己的脖子,頭往背後落下,睜著兩眼死去了。太子知道此事後,親自駕車趕來,伏在樊於期的屍體上大聲痛哭,悲痛得難以自持。過了很久,太子感到人死不能復活,於是用匣子裝著樊於期的頭顱和燕國的督亢地圖叫荊軻去獻給秦國,並派武陽作荊軻的副手。

【本文】荊軻入秦,不擇日而發。太子與知謀者[61],皆素衣冠,送之易水之上。荊軻起為壽,歌曰:「風蕭蕭兮易水寒,壯士一去兮不復還!」高漸離擊筑,宋意和之[62]。為壯聲則髮怒衝冠,為哀聲則士皆流涕。二人皆升車[63],終已不顧[64]也。二子行過,夏扶當車前刎頸以送二子。行過陽翟,軻買肉,爭輕重,屠者辱之,武陽欲擊,軻止之。

---

[61]. 知謀者:知道刺殺秦王之謀的人。
[62]. 和之:跟著音樂而唱和。
[63]. 升車:上車。
[64]. 終已不顧:始終不再回頭一看;已,語助詞,無義。顧,回頭看。

中國小說卷

　　荊軻進入秦國，也不選擇日子就出發了。太子和知道這一計謀的人都穿著白衣、戴著白帽，在易水邊上為他們送行。荊軻站起來向眾人敬酒，並悲歌道：「風蕭蕭啊易水清冷，壯士這一去啊就再也不回！」高漸離敲擊著筑弦，宋意隨著他的筑聲唱和著。發出的悲壯之聲，使人怒髮衝冠；發出的哀痛之聲，則叫人雙淚橫流。然後荊軻和武陽都上了車，連頭也不回就走了。當車子從夏扶跟前走過時，夏扶對著車子割斷了自己的脖子為他們送行。荊軻和武陽經過韓國的都城陽翟時，荊軻買肉，為斤兩與賣肉人發生了爭吵，賣肉人侮辱他，武陽想大打出手，荊軻制止了他。

　　【本文】西入秦，至咸陽，因中庶子[65]蒙白[66]曰：「燕太子丹畏大王之威，今奉樊於期首與督亢地圖，願為北蕃臣妾[67]。」秦王喜。百官陪位[68]，陛戟數百[69]，見燕使者。軻奉[70]於期首，武陽奉地圖。鐘鼓並發，群臣皆呼萬歲。武陽大恐，兩足不能相過[71]，面如死灰色。秦王怪之。軻顧武陽前，謝[72]曰：「北蕃蠻夷之鄙人，未見天子。願陛下少假借之[73]，使得畢事於前[74]。」秦王曰：「軻起，督亢圖進之。」秦王發圖，圖窮而匕首出。軻左手把秦王袖，右手揕其胸，數之曰：「足下負燕日久，貪暴海內，不知厭足[75]。於期無罪而夷其族[76]。軻將[77]海內報讎。今燕王

---

[65]. 中庶子：官名。
[66]. 白：稟告。
[67]. 願為北蕃臣妾：願作北方藩國的奴僕；藩國，屬國。臣妾，奴僕之意。
[68]. 陪位：陪侍。
[69]. 陛戟數百：數百名武士持戟排列在殿階兩旁；陛，殿階。
[70]. 奉：捧。
[71]. 兩足不能相過：兩腿不能向前移動；此極言其恐懼緊張。
[72]. 謝：道歉。
[73]. 願陛下少假借之：希望陛下稍稍寬容一下；少，通「稍」。假借，寬恕。
[74]. 使得畢事於前：讓他在大王面前完成其使命。
[75]. 厭足：滿足；厭，通「饜」。
[76]. 夷其族：滅了他的親族；夷，誅滅。
[77]. 將：將為。

燕丹子

母病，與軻促期[78]，從吾計則生，不從則死。」秦王曰：「今日之事，從子計耳！乞聽琴聲而死。」召姬人[79]鼓琴，琴聲曰：「羅縠單衣[80]，可掣而絕[81]。八尺屏風，可超而越。鹿盧[82]之劍，可負而拔。」軻不解音。秦王從琴聲負劍拔之，於是奮袖[83]超屏風而走，軻拔匕首擿之，決秦王耳[84]，刃入銅柱，火出。秦王還斷軻兩手。軻因倚柱而笑，箕踞[85]而罵曰：「吾坐輕易[86]，為豎子所欺。燕國之不報，我事之不立[87]哉！」

【翻譯】向西走，進入了秦國，到達咸陽時，荊軻他們便通過秦中庶子蒙嘉告秦王說：「燕國太子丹畏懼大王的聲威，現在派人獻上樊於期的首級和燕國督亢地圖，情願作秦國北方屬國的奴僕。」秦王聽後十分高興，於是召集文武百官陪侍，吩咐數百名衛士持戟列於殿階之下，準備接見燕國使者。荊軻捧著樊於期的頭顱，武陽端著督亢地圖，進入了大殿。此時殿上鐘鼓齊鳴，秦國群臣同聲高喊秦王萬歲。武陽見場合非常害怕，嚇得兩腳都不敢向前移動，臉色如死灰一樣慘白。秦王見他這樣，感到十分奇怪。荊軻回頭看了看武陽，走到秦王面前抱歉地說：「他是北方蠻夷之地的粗人，從未見過天子，希望陛下對他稍稍寬容一些，好讓我們把奉獻禮物的使命完成。」秦王對荊軻說：「把地圖拿來獻上。」秦王打開荊軻獻上的地圖，等地圖全部展開時，匕首露了出來。荊軻於是用左手一把抓住秦王的衣袖，右手拿起

---

[78]. 與軻促期：太子給荊軻限定了行刺的日期。
[79]. 姬人：宮女。
[80]. 羅縠（ㄏㄨˊ）單衣：指用非常細薄的紗綢做的單衣。
[81]. 可掣（ㄔㄜˋ）而絕：可以扯斷。
[82]. 鹿盧：古時劍柄鑲嵌玉時作鹿盧（即轆轤）形者，稱鹿盧劍；鹿盧，同「轆轤」。
[83]. 奮袖：謂秦王舉起衣袖掙脫荊軻的糾纏；奮，振起。
[84]. 決秦王耳：穿破了秦王的耳朵。
[85]. 箕踞：伸足坐在地上，兩腳叉開，其狀像箕，故稱「箕踞」。
[86]. 吾坐輕易：意謂我把事情看得太容易了；坐，因為。
[87]. 我事之不立：我今日之事未能成功。

匕首對著秦王的胸口，數落其罪行說：「你欺負燕國很久了，你在四海之內貪婪兇暴，不知滿足。樊於期無罪，你卻殺了他全家。我荊軻將要為天下受你所害的人報仇。現在燕王的母親病危，太子已給我限定的復仇的日期。你如聽從我所說的，就讓你活，不聽從就要你死！」秦王說：「今天的事，就聽您的了。只請求您讓我聽聽琴曲再死。」於是叫來宮女演奏琴曲。琴曲的意思是：「紗綢做成的單衣，一扯就可撕斷；八尺高的屏風，一跨就可越過；鹿盧長劍，推到背上可以拔出。」荊軻不明白琴曲的意思，而秦王卻依照琴聲的暗示，把劍負在背上拔了出來，並用力舉起衣袖掙脫荊軻的拉扯，跨過屏風就準備逃走。荊軻舉起匕首朝秦王投了過去，匕首刺穿了秦王的耳朵，而後就插進了銅柱之中，引得火星四濺。秦王轉回來，砍斷了荊軻的兩隻手。荊軻靠著柱子大笑起來，伸開了兩腿，坐在地上，大聲罵道：「我只因把事情看得太容易了，才被你這小子欺騙，致使燕國的仇恨沒有報，我的舉事也沒有成功！」

作品賞析

　　戰國末期燕國太子丹質於秦國時，受到秦王的無禮對待，於是發憤復仇，最後募得刺客荊軻，本篇的主要焦點在燕太子丹如何禮遇荊軻，荊軻受其感召決意冒死赴秦，出發前往秦國的送行場面與奮力行刺的過程，最後卻功敗垂成，使人嘆息不已。

　　本篇在刻畫人物形象與情節鋪陳與情境的烘托上，均有值得注意之處。

　　燕太子在傾心結交的過程中，對荊軻百般迎合，「黃金投龜，千里馬肝，姬人好手，盛以玉槃」，毫不猶豫地一一應允，顯現出其為達目的，不擇手段的性格。而在這樣的深情厚意之下，荊軻自然願為其效死。

燕丹子

　　蕭瑟的易水邊，一去不返的英雄，帶著眾人的希冀將要出發，夏扶自刎權當送行一舉，表現出雖不能同行卻能同死，寥寥數語，卻完全渲染出壯烈慷慨的氣氛，「風蕭蕭兮易水寒，壯士一去兮不復還！」

　　當荊軻捧著樊於期首級來到秦王面前，隨行的武陽卻「兩足不能相過，面如死灰色」，使得秦王生疑，埋下了行刺注定失敗的伏筆。故事於秦王落入荊軻手中，請求聽完琴音再死一段出現轉折，「軻不解音。秦王從琴聲負劍拔之，於是奮袖超屏風而走」，短兵交接，急轉直下的發展令人屏息相待，大勢已去的荊軻，最後仍奮力一搏，擲出的匕首刺穿秦王耳朵後，擊入銅柱，火花迸射，而荊軻動人心魄的刺殺行動亦似火花一般，轉瞬即逝，一閃而滅，清末秋瑾更為此寫作〈寶刀歌〉：「不觀荊軻作秦客，圖窮匕首見盈尺。殿前一擊雖不中，已奪專制魔王魄。」

　　本篇長於敘事，嫻於辭令，狀物寫景、議論抒情，乃至於表現人物性格等方面，均展示了高超的技巧，根據歷史事件為原形，融合民間傳聞虛構情節，以小說技巧加以渲染，塑造了不同類型的人物，形象血肉飽滿，使故事具體生動，充滿了悲壯慷慨的氣氛，可以看作古代小說的雛形。

問題討論

一、本文最精彩的部分為何？

二、荊軻是否為有勇無謀的人？試分析之。

三、你對燕太子丹的人格評價為何？

第二章、漢魏六朝之筆記小說

漢魏六朝之筆記小說，可分為：神仙小說、鬼神志怪小說，以及笑話與清談小說等。茲列舉如下：

第一節、神仙小說選

《漢武故事·金屋藏嬌》

內容導讀

本篇節選自《漢武故事》[1]。成語「金屋藏嬌」典故的核心人物有兩個：漢武帝劉徹與陳氏。漢武帝在中國歷史上是赫赫有名，「嬌」就是指陳氏，也就是漢武帝劉徹的元配妻子--大漢孝武陳皇后，從血統上來說也是漢武帝的嫡親姑表姐。

陳氏的小名叫「阿嬌」，世人稱之為陳阿嬌或者陳嬌。她的父親是堂邑侯陳午。堂邑侯府是漢朝開國功勳貴族之家，母親是漢景帝劉啟唯一的同母姐姐館陶長公主劉嫖，是當時朝廷中舉足輕重的人物。陳阿嬌自幼就深得其外祖母漢景帝之母竇太后的寵愛。

作者介紹

班固（前92年～前32年），東漢史學家班彪之子，字孟堅，扶風安陵人（今陝西咸陽）。東漢明帝時校理國家藏書，續寫父親班彪所著《漢書》，二十餘年才完成，和司馬遷的《史記》同為漢朝的史學鉅著。

課文說明

【本文】帝以乙酉[2]年七月七日生於猗蘭殿，年四歲，立為膠東王。

---

[1]. 《漢武故事》：又名《漢武帝故事》；記載漢武帝一生傳聞軼事之書，敘述他求仙的部分尤其詳細；其行文簡雅樸拙，不加雕琢，然能注意渲染氣氛，人物對話亦有個性，對後代傳奇小說具有一定的影響。

[2]. 乙酉：景帝元年。

第二章、漢魏六朝之筆記小說--金屋藏嬌

數歲,長公主³抱置膝上,問曰,「兒欲得婦不?」膠東王曰,「欲得婦。」長主指左右長御百餘人,皆云不用。末指其女問曰,「阿嬌好不?」於是乃笑對曰:「好。若得阿嬌,當作金屋貯之也。」長主大悅,乃苦要上⁴,遂成婚焉。

【翻譯】漢武帝於乙酉年七月七日在猗蘭殿出生,他四歲的時候,被封為膠東王。數年後有一天,長公主劉嫖把年幼的武帝抱在膝上問道:「徹兒長大了要討媳婦嗎?」膠東王劉徹說:「要啊。」長公主於是指著左右的宮女、侍女百多人問劉徹想要哪個,劉徹都說不要。最後長公主指著自己的女兒陳阿嬌問:「那阿嬌好不好呢?」劉徹於是就笑著回答說:「好啊!如果能娶阿嬌做妻子,我會造一個金屋子給她住」。長公主聽後十分高興,於是苦苦要求皇上,便訂了劉徹和阿嬌的婚約。

作品賞析

本篇以史實為基礎,描繪了一個青梅竹馬的美好童話,核心人物有兩個:漢武帝劉徹與陳氏。漢武帝年幼時,長公主笑著要把阿嬌嫁給他,阿嬌是武帝青梅竹馬玩伴,武帝本來就很喜歡她,便很高興地應允:「如果我將來娶了阿嬌,一定會建造一棟華麗的房子給她住!」後來,在長公主的撮合下,武帝果然和阿嬌成婚,即位之後也立阿嬌為皇后,金屋藏嬌成為一個傳頌千年的婚姻傳奇。

這便是成語「金屋藏嬌」典故的由來,原指營建華屋給所愛的美人居住,後則用以比喻男人納妾或有外遇之事。

問題討論

一、這個故事的時代背景為何?

二、文中哪個人物令你印象最深刻?

三、文中最吸引你的對話是哪一段?

---

³. 長公主:武帝的姑母。
⁴. 要上:要求皇帝;上,指景帝。

《西京雜記‧東方朔設奇救乳母》

內容導讀

　　本篇選自《西京雜記》。漢武帝在歷史上是一個雄才大略而經常受到歌頌的君主，本篇透過漢武帝欲殺自己的乳母，而東方朔設計相救的故事，諷刺了這個漢代君王殘忍、自私和剛愎自用的一面，同時讚揚了東方朔的機智、勇敢和富於同情心。

作者介紹

　　葛洪（283年～343年），字稚川，號抱朴子，人稱葛仙翁，丹陽句容（今屬江蘇）人，是晉朝時代的陰陽家，醫學家、博物學家和製藥化學家，煉丹術家，著名的道教人士。他在中國哲學史、醫藥學史以及科學史上都有很高的地位。

　　《西京雜記》是中國古小說集，共129則，每則短篇僅十餘字，長篇也不過千餘字，是葛洪所撰，托名西漢劉歆編著。原為二卷，後世分為六卷。全書「采輯既富」記敘西漢遺聞軼事及神話傳說。「西京」指的是京都長安。

課文說明

　　【本文】武帝[1]欲殺乳母[2]，乳母告急[3]于東方朔。朔曰：「帝忍[4]而愎[5]，旁人言之，益死之速耳。汝臨去，但屢顧我，我當設奇[6]以激[7]之。」

---

[1]. 武帝：即漢武帝（前156年～前87年），名劉徹；漢景帝之子，前140年～前87年在位，期間加強中央集權的統治，為西漢的鼎盛時代。
[2]. 乳母：奶娘。
[3]. 告急：在危急時向人求救。
[4]. 忍：殘忍。
[5]. 愎：剛愎自用。
[6]. 設奇：安排奇計。
[7]. 激：使人感動。

東方朔設奇救乳母

乳母如言。朔在帝側曰：「汝宜速去。帝今已大，豈念汝乳哺時恩邪！」帝愴然[8]，遂舍之。

【翻譯】漢武帝想要殺死自己的奶媽，奶媽著急地向東方朔求救。東方朔說：「皇帝生性殘忍，又剛愎自用，旁人為你說情，只會讓你死得更快。你快要被押走時，只要不斷地回頭看我，我自當施展奇計使皇帝受到感動。」奶媽按照他的話去做了，東方朔站在武帝身旁對奶媽說：「你應該快快離去。皇帝如今已經長大了，哪裡還會記得你當初給他餵奶時的恩情呢？」武帝聽了很悲傷難過，於是就赦免了奶媽的死罪。

作品賞析

本篇透過漢武帝欲殺自己的乳母，而東方朔設計相救的故事，諷刺了這個漢代君王殘忍、無情和剛愎自用的一面，同時讚揚了東方朔的機智、勇敢和富於同情心。

東方朔深知「帝忍而愎」，若是一味的哀求哭泣，不僅得不到寬赦，反而會讓武帝反感，所以故意使計要乳母「臨去，但屢顧我」，並在一旁大聲疾呼「汝宜速去。帝今已大，豈念汝乳哺時恩邪！」武帝眷念起舊情養育之恩，動了惻隱之心，乳母幸而免於一死。東方朔此舉，表面上是為武帝發了脾氣，實際上卻是做了一個順水人情給武帝，深知理不可強，故以情動之，對帝王心理的把握十分準確。

問題討論

一、讀完這個故事，你覺得東方朔是個怎麼樣的人？

二、你對漢武帝的評價為何？

三、你還聽過哪些和以「機智」化解危機有關的故事？

---

[8]. 愴然：悲傷。

第二節、鬼神志怪小說選

鬼--《幽明錄‧新鬼》

內容導讀

　　本篇選自《幽明錄》[1]，具有寓言的性質，說明了「近朱者赤，近墨者黑」的道理。故事中的新鬼為了免於飢餓之苦，向胖鬼求助，取得謀食的方法，胖鬼教其「嚇人以謀食」，但新鬼起先不得其門而入，白白做了苦工，卻一口飯也沒吃到。第三次到了平常百姓家，終於飽餐一頓。新鬼不當的謀食方式都是胖鬼朋友教會的。

作者介紹

　　劉義慶（403年～444年），彭城（今江蘇徐州市）人，南朝宋文學家。他是劉宋宗室，也是武帝劉裕的侄兒、長沙王劉道憐之子，但過繼給劉裕另一弟弟劉道規，襲封臨川王，任荊州刺史等官職，在政八年，政績頗佳。

課文說明

　　【本文】有新死鬼，形疲瘦頓。忽見生時友人，死及二十年，肥健[2]，相問訊曰：「卿那爾[3]？」曰：「吾饑餓，殆不自任，卿知諸方便[4]，故當以法見教[5]。」友鬼云：「此甚易耳，但為人作怪[6]，人必大怖，當

---

1. 《幽明錄》：亦作《幽冥錄》、《幽冥記》，南朝宋劉義慶所撰志怪小說集，三十卷，原書已散佚；魯迅《古小說鉤沉》中輯得二百六十五則。書中所記鬼神靈怪之事，變幻無常，合於此意，故取此名；書中有不少故事與《列異傳》、《搜神記》、《搜神後記》相同。
2. 健：同「健」。
3. 那爾：怎麼會這個樣子？
4. 諸方便：各種竅門。
5. 故當以法見教：應該可以把方法教給我。
6. 但為人作怪：只要在人的面前做點鬼祟之事。

新鬼

與卿食。」

【翻譯】有個剛死的新鬼，外貌憔悴疲累、身體消瘦困頓。半路上，新鬼遇見生前的朋友，這個朋友已經死了二十多年了，長得又肥又健壯，他問新鬼說：「你怎麼會這個樣子？」新鬼說：「我餓得發慌，快要撐不下去了，老兄這麼胖，大概知道不少竅門，趕快教教我吧。」胖鬼說：「這個太簡單啦，你只要到老百姓家作怪，他們一害怕，就會給你吃的東西。」

【本文】新鬼往入大墟[7]東頭，有一家奉佛精進[8]，屋西廂有磨，鬼就推此磨，如人推法。此家主語子弟曰：「佛憐我家貧，令鬼推磨。」乃輦[9]麥與之。至夕磨數斛，疲頓乃去。遂罵友鬼：「卿那詒我？」又曰：「但復去，自當得也。」

【翻譯】新鬼來到東邊大市場的一戶人家，這一家人十分信佛，西廂房裡有一個石磨，新鬼就像人那樣推起石磨來。這家主人看見後，就向他的兒子們說：「佛祖可憐我們家窮，因此派鬼來為我們推磨。」於是主人在石磨上堆了許多麥子。新鬼磨了好幾十斗麥子，直到累得半死才逃跑。就跑去找胖鬼，口中罵道：「你怎麼騙我？」胖鬼說：「你再去另外一家，保證能夠行得通。」

【本文】復從墟西頭入一家，家奉道，門傍有碓，此鬼便上碓[10]，如人舂狀。此人言：「昨日鬼助某甲，今復來助吾，可輦穀與之。」又

---

[7]. 墟：臨時設立的市場。
[8]. 精進：佛家語，誠心盡力之意。
[9]. 輦：音ㄋㄧㄢˇ，載運。
[10]. 碓（ㄉㄨㄟˋ）：舂穀物的設備，用木或石製成。

給婢簸篩[11]，至夕力疲甚，不與鬼食。鬼暮歸，大怒曰：「吾自與卿為婚媾[12]，非他比，如何見欺？二日助人，不得一甌[13]飲食。」友鬼曰：「卿自不偶[14]耳。此二家奉佛事道，情自難動。今去可覓百姓家作怪，則無不得。」

【翻譯】新鬼又到西邊大市場找另外一戶人家，這一家信道教，門旁有個舂米的石碓，新鬼就上了石碓，像人一樣搗起穀來。主人說：「昨天有鬼幫助某甲，今天他來我們家幫助搗米，快給他多運些穀子來。」又讓婢女們跟著新鬼又簸又篩，新鬼一直幹到天黑，直到累壞了，主人也沒有給他一口飯吃。到了晚上，他回去見胖鬼，大發脾氣說：「我們倆在人世間是姻親關係，感情和一般人不同，你怎麼總是騙我呢？我白白幫人幹了兩天活，卻連一碗飲食也得不到。」胖鬼說：「老兄也太不湊巧了，你找的這兩家，不是信佛就是通道，他們是不怕鬼怪的人。你現在可以到平常百姓家去試試，保證你一定能夠成功。」

【本文】鬼復去，得一家，門首有竹竿。從門入，見有一群女子，窗前共食。至庭中，有一白狗，便抱令空中行，其家見之大驚，言自來未有此怪。占云：「有客鬼索食，可殺狗，並甘果酒飯，於庭中祀之，可得無他。」其家如師[15]言，鬼果大得食。此後恆作怪，友鬼之教也。

【翻譯】新鬼就又去了一家，這家門口有竹竿。新鬼進了門，看見一群女子在窗前吃東西。到了院子裡看見一隻白狗，新鬼就把狗舉起來在空中走，家裡人看見了，大吃一驚，說：「從來沒見過這樣的怪事。」於是請來巫師占斷吉凶。巫師說：「有個外來鬼到你們家討吃的，

---

[11]. 簸（ㄅㄛˇ）：一種清除糠粃的竹器；篩（ㄕㄞ）：一種用以分離粗細顆粒的設備。

[12]. 婚媾（ㄧㄣ）：指親家或有親戚關係；媾，「姻」的異體字。

[13]. 甌（ㄡ）：小盆子。

[14]. 不偶：沒有遇到合適的對象。

[15]. 師：巫師。

新鬼

你們把狗殺掉，並多準備一些酒飯果品，放在院子裡祭祀，就可以平安無事了。」這家人照著辦了，於是新鬼飽餐了一頓。從此以後，新鬼就常常作怪，這都是鬼朋友教會的。

作品賞析

　　本篇具有寓言的性質，借述鬼事，隱微譏刺世故人情，說明了「近朱者赤，近墨者黑」的道理。

　　故事中的新鬼為免受飢餓之苦，向胖鬼求助，取得謀食的方法，胖鬼教其「嚇人以謀食」，但新鬼起先不得其門而入，白白做了兩次苦工，一口飯也沒吃到。第三次到了平常百姓家，終於飽餐一頓。新鬼不當的謀食方式都是胖鬼朋友教會的。雖言鬼事，實是人事。鬼與人同，有好也壞，好鬼不懂得作怪，所以自己吃虧；壞鬼狡詐多怪，所以佔盡便宜，「鬼善被人欺，馬善被人騎」，做人和做鬼實是一件事。

　　本篇敘事娓娓動人，場景描繪逼真，幽默生動地反映了人世間的現實和人們追求美好生活的願望，提高了志怪小說的表現力和文學性。

問題討論

一、為了免於飢餓之苦，新鬼謀食的方法有錯嗎？

二、如果你是新鬼，會選擇什麼樣的方法謀食？

三、這則故事給你什麼啟示？

中國小說卷

神--《搜神記‧弦超與神女》

內容導讀

本篇選自《搜神記》[1]卷一。這一故事先見於曹丕「列異傳」,「太平御覽」七百六十一引云:「濟北弦超神女來遊,車上有壺榼青白琉璃五具。」後有張華「神女賦序」。本文為一描寫「神人戀」的佳作,字裡行間透露出神女與弦超的恩愛之情。

作者介紹

干寶(?年~336年),字令升,新蔡(今屬河南)人。東晉時期的史學家、文學家,更是小說家的一代宗師。他的《搜神記》是一部短篇小說集,在中國小說史上有著極其深遠的影響。干寶學識淵博,著述豐富,橫跨經、史、子、集四部。

課文說明

【本文】魏濟北郡[2]從事[3]掾[4]弦超,字義起,以嘉平[5]中,夜獨宿,夢有神女來從之。自稱:「天上玉女,東郡人,姓成公,字知瓊,早失父母,天帝哀其孤苦,遣令下嫁從夫。」超當其夢也,精爽感悟,嘉其美異,非常人之容,覺寤欽想,若存若亡。如此三四夕。

【翻譯】三國時,北魏魏齊王曹芳嘉平年間,濟北郡有個擔任從事的叫做弦超,字義起,一天夜裡睡覺時,夢見一個仙女來和他相會。那仙女自稱:「我是天上玉女,東郡人,姓成公,字知瓊,父母很早就過世了,天帝可憐我孤身一人無依無靠,便下令讓我下嫁凡間與你結

---

1. 《搜神記》:晉代干寶所搜集撰寫的記錄神仙鬼怪的著作;干寶原撰《搜神記》有三十卷,流傳至今只有二十卷,共四百六十四篇。
2. 濟北郡:今山東省肥城市。
3. 從事:漢朝時相當於刺史的副官。
4. 掾(ㄩㄢˋ):州郡的佐史。
5. 嘉平:魏廢帝年號。

弦超與神女

為夫妻。」弦超醒來雖然知道這是一個夢，但是夢中的一切卻是如此真實，夢中的姑娘又是如此的美麗，美得非凡間美女可比。雖然現在已經醒來，但腦袋裡仍然都是她的倩影，恍惚中覺得她彷彿就在眼前，卻又不見芳蹤。這樣過了三四天。

【本文】一旦，顯然來游，駕輜軿車[6]，從[7]八婢，服綾羅綺繡之衣，姿顏容體，狀若飛仙。自言年七十，視之如十五六女。車上放有壺榼[8]，青白琉璃五具。食啖奇異，饌具醴酒，與超共飲食。謂超曰：「我，天上玉女，見遣下嫁，故來從君，不謂君德[9]。宿時感運[10]，宜為夫婦。不能有益，亦不能為損。然往來常可得駕輕車，乘肥馬；飲食常可得遠味異膳；繒素常可得充用不乏。然我神人，不為君生子，亦無妒忌之性，不害君婚姻之義。」遂為夫婦。贈詩一篇，其文曰：

　　飄颻浮勃逢[11]，敖曹雲石滋[12]。芝英不須潤，至德與時期。

　　神仙豈虛感，應運來相[13]之。納我榮五族，逆我致禍災。

此其詩之大較，其文二百餘言[14]，不能盡錄。兼注「易」七卷，有卦有象，以彖[15]為屬。故其文言，既有義理，又可以占吉凶，猶揚子[16]之「太玄」，薛氏之「中經」也。超皆能通其旨意，用之占候[17]。

---

[6]. 輜（ㄗ）軿（ㄆㄧㄥˊ）：四周有帷的車。
[7]. 從（ㄗㄨㄥˋ）：後面跟隨著。
[8]. 榼（ㄎㄜˋ）：酒器。
[9]. 不謂君德：不是來報你的恩。
[10]. 宿時感運：前世緣會所感。
[11]. 勃蓬：勃同「渤」字；逢借作「蓬」字，意思說浮游於渤海、蓬萊之間。
[12]. 敖曹雲石滋：敖曹：同「嗷嘈」，眾聲喧雜的狀態；雲石或者指樂器，不能斷定。
[13]. 相（ㄒㄧㄤˋ）：幫助。
[14]. 言：字。
[15]. 彖（ㄊㄨㄢˋ）：判斷。
[16]. 揚子：揚雄，字子雲，西漢末成都人，仿「易經」作「太玄」。
[17]. 占候：推斷吉凶。

【翻譯】一天，知瓊真的來了，駕著掛帷幕的車子，後面跟著八個婢女。知瓊穿著綾羅繡花的衣服，那容貌體態，樣子就像凌空飛翔的仙子。雖然知瓊自稱年紀已七十歲了，但是看上去卻像只有十五六歲的少女一般。車上放有酒壺以及青白色的琉璃杯盤共五件，而拿出來食物都是稀奇古怪的東西，酒喝起來是又順喉又夠勁。知瓊和弦超相互飲著酒，席間對弦超說：「我是天上玉女，被派遣下凡嫁人，所以來追隨夫君，並沒想到你的為人確是如此忠厚。也是命運注定吧，所以我們應當結為夫妻。你娶了我，雖然談不上有什麼益處，但也沒有什麼損害。但是從此之後，你進出往來，可以經常駕著輕便的車子、騎著肥壯的馬匹；也能常常吃到遠方的珍饈和奇異的食品；也可以經常得到穿的素絹綵繒，不必擔心會缺乏。不過因為我是神仙，不能替你生孩子，但我也沒有妒忌心，不會阻止你另選女子結婚。」就這樣，兩人成了夫妻。知瓊寫了一首二百多字的詩送給弦超，其詩文是：「飄飄浮勃逢，敖曹雲石滋。芝英不須潤，至德與時期。神仙豈虛感，應運來相之。納我榮五族，逆我致禍災。」這是這首詩的大要，全詩有二百餘字，設法全部錄上，知瓊又對於易經做了註釋一共七卷，包括了卦象及其相對應的定論。所以她的書中所言既有道理，又可以做為占卜吉凶的參考。著作的內容結構就像是揚雄所寫的《太玄經》，薛氏寫的《中經》。弦超讀了知瓊所註釋的易經後都能夠了解箇中的精義，也試著練習做了占卜預測，懂得了其中的奧妙之處。

【本文】作夫婦經七八年，父母為超娶婦之後，分日而宴，分夕而寢。夜來晨去，倏忽若飛，唯超見之，他人不見。雖居閨室，輒聞人聲；常見蹤跡，然不睹其形。後，人怪問，漏泄其事；玉女遂求去，云：「我，神人也，雖與君交，不願人知，而君性疏漏，我今本末已露，不復與君通接。積年交結，恩義不輕，一旦分別，豈不愴恨？勢不得不爾。各自努力！」又呼侍御[18]下酒飲啖，發簏，取織成[19]裙衫兩副遺

---

[18]. 侍御：僕人。

[19]. 織成：絲織品。

弦超與神女

超。又贈詩一首,把臂告辭,涕泣流離,肅然升車,去若飛迅。超憂感積日,殆至委頓[20]。

【翻譯】二人做了七八年夫妻後,弦超的父母親給他娶了房媳婦,弦超便輪流和媳婦、知瓊伴宿。知瓊經常是夜裡到來,一到早晨就離開,快捷如飛,只有弦超能見到她,別人是看不見的。旁人只是奇怪弦超一個人在陰暗的房內,卻傳出男女對談的聲音。知瓊有時也露一點蹤跡,卻從未現過人形。就有人向弦超探問,問久了,弦超不小心露了口風,把仙女知瓊的事給說溜了嘴。知瓊便要求離去,說:「我是神仙,雖然和你同居,卻不願別人知道。想不到你竟然如此粗心漏了口風,我的事都被說了出去,因此不能再和你來往。但是多年來的情分恩義如此深厚,今日卻要分別了,豈不令人傷心遺憾。但情勢已經如此,不得不分別了。以後讓我們各自努力吧!」又喚出丫環侍從們擺上酒食與弦超對飲,從竹編的箱子中取出織好的裙衫兩套送給弦超留作紀念,知瓊還寫了一首詩送給弦超。兩人拉著手痛哭告別,然後知瓊登上車子如飛般地離去。弦超內心憂傷了好幾天,幾乎委靡困頓病倒了。

【本文】去後五年。超奉郡使至洛,到濟北魚山[21]下,陌上西行,遙望曲道頭,有一馬車,似知瓊。驅馳至前,果是也。遂披帷[22]相見,悲喜交切。控左[23]援綏,同乘至洛。遂為室家,克復舊好。至太康[24]中,猶在,但不日日往來,每於三月三日,五月五日,七月七日,九月九日,旦,十五日,輒下,往來經宿而去。張茂先[25]為之作「神女賦」。

---

[20]. 殆至委頓:幾乎病倒。
[21]. 魚山:在今山東省東阿縣。
[22]. 帷:車帷。
[23]. 控左:駕車的馬,在兩旁的叫驂馬,「左」就是左驂。
[24]. 太康:晉武帝年號。
[25]. 張茂先:張華,字茂先,是晉初有名的文學家;這一篇「神女賦」沒有傳下來。

【翻譯】過了五年。弦超奉郡守之命到洛陽辦公事，走到濟北魚山（今山東省北部）山腳下沿著小路往西走，遠遠看到彎道口馳來一輛車子，上面坐著的似乎是知瓊。弦超便驅馬迎上去一看，果然是她。於是拉開車上帷幕和她相見，真是悲喜交集。弦超便和她乘車同行，來到洛陽，重為夫妻，修復舊日恩愛之情。直到晉朝太康年間，知瓊仍在弦超家出現過，不過和以前比起來少得多了，只有像是三月三日、五月五日、七月七日、九月九日，及每月初一、十五，知瓊才會下凡到弦超家中，過了一夜後便離去。此事傳開後，晉朝的文學家張華還為知瓊寫了一篇《神女賦》以紀念此事。

作品賞析

天上的女仙攜帶大筆的財富或奇妙的能力降臨人間，嫁與凡人，與其相伴，從而衣食無憂，歡欣度日，這樣的故事不可勝數，正顯現了平民百姓對安定生活的嚮往之情。本文即為一典型的「人神戀」故事，敘事簡明，節奏輕快，字裡行間透露出神女與弦超的恩愛之情。

問題討論

一、本篇故事有什麼吸引你的地方？

二、如果你是神女，會因弦超不小心露口風而離開他嗎？你的抉擇為何？

三、文中哪些句子可看出神女對男女之情的嚮往與追求？

八月搓

志--《博物志‧八月槎》

內容導讀

《博物志》是晉朝人張華所著的一部志怪書籍，內容包羅萬象：有山川地理知識、奇異的草木蟲魚和飛禽走獸，也有歷史人物傳說與神仙方技紀錄，其中保存了不少古代神話材料，很有參考價值。該書卷十〈雜說下篇〉有一段相當神妙的紀錄，一方面可以神話的觀點來解釋，另一方面也可視為「外星旅行」。

作者介紹

張華（232年～300年），字茂先，范陽方城（今河北固安縣）人。西晉文學家、詩人、政治家。父張平，曹魏時漁陽郡太守。華幼年喪父，家境貧窮仍勤奮好學。曹魏末期，因憤世嫉俗而作了《鷦鷯賦》，通過對鳥禽的褒貶，抒發自己的政治觀點，引起巨大反響。後在范陽郡太守鮮於嗣推薦下任職太常博士，又屢遷佐著作郎、長史兼中書郎等職。西晉取代曹魏後，又屢遷黃門侍郎，封廣武縣侯，官至司空。晉惠帝時，遭司馬倫殺害。詩今存三十二首，少數描寫自己的壯志和對貴族豪門的不滿，寫有《情詩》五首，描寫夫婦離別思念的心情。編纂《博物志》一書。《博物志》是他根據好學所得以及耳聞的異事編撰成的，不全然為虛構作品。

課文說明

【本文】舊說云天河與海通。近世有人居海渚者，年年八月有浮槎[1]去來，不失期。人有奇志，立飛閣於槎上，多齎糧，乘槎而去，十餘日中猶觀星月日辰，自後茫茫忽忽亦不覺晝夜。去十餘日，奄至一處，有城郭狀，屋舍甚嚴。遙望宮中多織婦，見一丈夫牽牛渚次飲之。牽牛人乃驚問曰：「何由至此？」此人具說來意，並問此是何處，答曰：

---

[1]. 浮槎：木筏；槎，音ㄔㄚˊ。

「君還至蜀都訪嚴君平[2]則知之。」竟不上岸,因還如期,後至蜀,問君平,曰:「某年月日有客星犯牽牛宿。」計年月,正是此人到天河之時。

【翻譯】在遠古的時候,傳說天上的銀河和地球上的大海是相通的,近代有一個住在海中小沙洲上的人,看見每年八月都有一艘木筏,去來準時不會擔誤時間準時到達,這個人覺得很好奇,就在木筏上蓋了個小閣樓,多帶了一些糧食,乘木筏過去。在十幾天之內還看得到星斗日月,以後就飄飄忽忽,也感覺不出日夜的交替。再過了十幾天,忽然來到一個地方,有城牆的模樣,房子看起來很整齊,遠看宮中有許多織布的婦女,只見一男子牽著牛停在水邊讓牛飲水,這牽著牛的人見到這個陌生人就吃驚地詢問:「你怎麼到這裡來的?」這人把來的情況加以說明,並問牽牛人這是什麼地方。牽牛人回答說:「你回到蜀郡訪問嚴君平就知道了。」這人竟然不上岸,就如期回去,後來到了蜀郡問嚴君平,君平說:「某年某月某日有客星侵犯到牽牛星座。」時間上一計算,這日期正好是這個人到銀河的時間。

作品賞析

在好奇心的驅使之下,故事中的主角進行了一場神妙的「太空旅行」,情節新奇,浮海通天的傳說,雖篇幅短小,卻耐人尋味,勾勒出一幅寧靜秀美的「天堂」。

問題討論

一、這篇故事讓你聯想到什麼?

二、讀完本文,你腦中浮現什麼畫面?

三、如有機會,你期盼去外星旅行嗎?為什麼?

---

[2]. 嚴君平:名嚴遵,漢朝成都人,是著名的算命先生,會看天象。

陽羨書生

怪--《續齊諧記‧陽羨書生》

內容導讀

本篇選自《續齊諧記》[1]。故事透過一個書生吐出一個女人，女人又吐出一個男人，經過吃喝談笑，直到最後又一個吞掉一個，仍只剩下書生的奇幻情節，說明人性的虛偽、爾虞我詐的現象，反映了封建士大夫生活醜惡的一面。

作者介紹

吳均（469年～520年），字叔庠，南朝梁史學家、文學家。天監初年，柳惲任吳興郡太守，召為郡主簿。後由臨川王蕭宏推薦，受梁武帝重用，曾私撰《齊春秋》，書成奉呈武帝。吳均史學著作很多，均已散佚，文章以描寫山水景物見長，「清拔有古氣」。時人多效法，有「吳均體」之稱。

課文說明

【本文】陽羨[2]許彥於綏安[3]山行，遇一書生，年十七八，臥路側，云腳痛，求寄鵝籠中。彥以為戲言，書生便入籠，籠亦不更廣，書生亦不更小。宛然與雙鵝並坐，鵝亦不驚。彥負籠而去，都不覺重。

【翻譯】在陽羨這個地方有一位叫許彥的人，某日挑著鵝從綏安山下經過時，遇到一位書生，年約十七八歲，躺在路邊，說他腳痛，懇求許彥能讓他坐到鵝籠裡。許彥以為對方是在開玩笑，但書生忽然就鑽進了鵝籠裡。奇怪的是，鵝籠並沒有變得更寬，但也不覺書生變得更小。只見他怡然自得地和兩隻鵝坐在籠子裡，鵝也沒有因此而受到驚嚇。許彥挑起鵝籠繼續前行，也不覺得鵝籠變得更重。

---

[1]. 《續齊諧記》：《莊子‧逍遙遊》有「齊諧者，志怪者也」的說法，於是以此為名；書中所記，都是怪異之事。
[2]. 陽羨：漢朝縣名，屬吳郡，故城在今江蘇省宜興縣南。
[3]. 綏（ㄙㄨㄟ）安：故城在今江蘇省宜興縣西南八十里。

中國小說卷

【本文】前行息樹下，書生乃出籠，謂彥曰：「欲為君薄設[4]。」彥曰：「善。」乃口中吐出一銅奩子[5]，奩子中具諸肴饌，珍饈[6]方丈。其器皿皆銅物。氣味芳美，世所罕見。酒數行，謂彥曰：「向將一婦人自隨。今欲暫邀之。」彥曰：「善。」又於口中吐一女子，年可十五六，衣服綺麗，容貌殊絕[7]。共坐宴。

【翻譯】走了一段路後，許彥到一棵樹下休息。書生從鵝籠裡走出來，對許彥說：「多謝你挑我一程，我想招待你吃些東西。」許彥說：「好啊！」書生於是從口中吐出一個精美的食盒，食盒裡有各式的山珍海味，都盛在銅製的器皿裡，氣味芬芳，是世上所少見的。酒過數巡，書生又對許彥說：「我帶了一個女人同行，現在想邀她出來同樂。」許彥說：「好啊！」書生於是又從口中吐出一名女子。只見她年約十五六歲，衣服華麗，姿色絕倫。她挨著書生坐下來，三人一起吃喝談笑。

【本文】俄而書生醉臥，此女謂彥曰：「雖與書生結妻，而實懷外心，向亦竊得一男子同行，書生既眠，暫喚之，君幸勿言。」彥曰：「善。」女子於口中吐出一男子。年可二十三四，亦穎悟[8]可愛。乃[9]與彥敘寒溫[10]。書生臥欲覺，女子口吐一錦行障[11]遮書生，書生乃留女子共臥。

【翻譯】不久，書生就喝得醉醺醺，躺下來睡著了。女子看看書生，對許彥說：「我雖然和他結為夫妻，但內心卻想著別的男人。我也偷偷帶了一個男人同行，現在丈夫睡著了，我想邀情人出來同樂，你可不要洩漏我的秘密。」許彥說：「好啊！」
女子於是從她口中吐出一名男子，年約二十三四歲，長得也聰明可愛，

---

4. 欲為君薄設：打算請你吃飯；設，備酒食；薄，是自謙的話。
5. 奩子：小箱子、盒子。
6. 珍饈：珍品美味。
7. 殊絕：出眾。
8. 穎悟：聰明。
9. 乃：晉宋人常作「因」字用。
10. 寒溫：同「寒暄」，應酬的話。
11. 行障：屏風。

陽羨書生

他和女子擠眉弄眼，也大方地和許彥聊天。過了半晌，睡著的書生身體忽然動了動，好像就要醒過來。女子連忙吐出一道錦幕，遮住她的情人。書生醒過來，就拉著女子躺下來，陪他睡個午覺。

【本文】男子謂彥曰：「此女子雖有情，心亦不盡，向[12]復竊得一女人同行，今欲暫見之，願君勿洩。」彥曰：「善。」男子又於口中吐一婦人，年可二十許，共酌，戲談甚久，聞書生動聲，男子曰：「二人眠已覺。」因取所吐女人，還納口中。

【翻譯】此時，錦帳外的男子又悄悄對許彥說：「這個女人雖然對我有情，但也不是全心愛著我，我也偷偷帶了一個女人同行，現在想和她見個面，請你不要張揚。」
許彥說：「好啊！」男子於是從他口中吐出另一名女子，年約二十來歲。她也坐下來一起吃喝，還不時和那個男子打情罵俏。許久，錦帳裡傳出書生翻身的聲音，男子驚聲說：「兩個人要醒來了！」於是連忙張口，將他吐出來的女子又納入口中。

【本文】須臾，書生處女乃出謂彥曰：「書生欲起。」及吞向男子。獨對彥坐。然後書生起，謂彥曰：「暫眠遂久，君獨坐，當悒悒[13]耶？日又晚，當與君別。」遂吞其女子，諸器皿悉納口中，留大銅盤可二尺廣，與彥別曰：「無以藉[14]君，與君相憶[15]也。」

【翻譯】片刻之後，書生的妻子從錦帳裡走出來，對許彥說：「我丈夫就要起來了。」說完，也張口吞下她吐出來的男人，然後坐到許彥的對面。又過了半晌，書生起身，對許彥說：「我原本只是暫時小憩一下，想不到竟睡了這麼久，你一個人獨坐，一定很無聊吧？天色已晚，我想就在這裡和你告別了。」於是就張口將女人和各式器皿都吞入口中，但特別留下一個大約二尺寬的大銅盤，送給許彥道別說：「我沒有什麼好送你的，這個銅盤就給你留作紀念吧！」

---

12. 心亦不盡向：我的心也不全向著她。
13. 悒悒：鬱鬱不樂。
14. 藉：貢獻。
15. 與君相憶：給你作紀念。

【本文】彥大元[16]中為蘭臺令史[17]，以盤餉侍中張散；散看其銘[18]題，云是永平[19]三年作。

【翻譯】到了大元年間，許彥出任蘭臺令史，將銅盤贈送給侍中張散；張散看銅盤上的題刻，才知道是漢朝永平三年所製的古器。

作品賞析

本篇出自《續齊諧記》，源於佛經《舊雜譬喻經》中的〈梵志吐壺〉，是一篇詭異離奇，富於想像力的奇幻故事。

小說主要敘述陽羨人許彥的一段山中奇遇。許彥道逢一位能入鵝籠的書生，書生自口中吐物、吐人，吐出的女人又吐出一個男人，經過吃喝談笑，直到最後又一個吞掉一個，最後只剩下書生的奇幻情節。本篇以荒誕不經的故事情節寄寓對真實人性虛偽矯作、爾虞我詐的不滿，反映了封建士大夫生活醜惡的一面。

情節安排書生自口中「吐」物、「吐」人，強烈暗示一吞一吐間正是常見於世人心中的「綺念」，內心深處的秘密不想為人所知，卻又忍不住吐露出來，藉由書生等人口中吐人吐物的過程，象徵內在私欲一一的揭露，腹中各懷鬼胎，人情變化之瞬，叵測難猜，而許彥四度曰「善」，對欺瞞背叛的行為表現出漠不關心的態度，情義實薄如紙，更是巧妙地傳達作者的不滿與揶揄，相當傳神靈動。

問題討論

一、讀完本文後，你有什麼感想？

二、情節荒謬是本文的一大特色，你覺得作者這樣寫有什麼作用？

三、你覺得文中最有趣的部分為何？

---

[16]. 大元：晉孝武帝年號。
[17]. 蘭臺令史：官名，管典校圖籍，治理文書。
[18]. 銘：刻在盤上的文字。
[19]. 永平：東漢明帝的年號。

楚人 某甲

第三節、笑話與清談小說選

笑話--《笑林·楚人、某甲》

內容導讀

　　此二篇選自《笑林》[1]。《笑林》是中國古代第一部笑話集，所選內容有關於嘲諷上層統治階級的吝嗇無知，如〈漢世老人〉、〈楚人有擔山雞者〉；亦有關於巧言善辯的人物和事件的如〈某甲夜暴疾〉、〈甲齧乙鼻〉。《笑林》所收民間笑話反映了一些人情世態，諷刺了悖謬的言行，生動有趣。但也有一些笑話趣味性不高。

作者介紹

　　邯鄲淳（132年～？年），一名竺，字子叔，潁川人。東漢獻帝初，客居荊州，曹操平荊州，召來相見，很敬重他。所作「孝女曹娥碑」最有名，蔡邕稱之為「絕妙好辭」。

課文說明

　　【本文】楚人貧居，讀《淮南方》[2]：「得螳螂伺[3]蟬自障[4]葉，可以隱形。」遂於樹下仰取葉。螳螂執葉伺蟬，以摘之，葉落樹下。樹下先有落葉，不能復分別，掃取數斗歸。一一以葉自障，問其妻曰：「汝見我否？」妻始時恆答言見，經日[5]乃厭倦不堪，紿[6]云：「不見。」默

---

1. 《笑林》：原書凡三卷，到宋代亡佚，現在僅存遺文二三十則，散見於「藝文類聚」、「太平御覽」及「太平廣記」等書，都是調侃庸愚的諧謔故事。
2. 《淮南方》：漢淮南王劉安喜歡神仙方術之士，著有《淮南子》。《淮南方》或許是淮南王所作論方術的書。
3. 伺：偵察等候。
4. 障：掩蔽。
5. 經日：經過一整天（表示時間很長）。
6. 紿（ㄉㄞˋ）：欺騙。

然大喜。齎葉入市，對面取人物，吏遂縛詣縣。縣官受辭[7]；自說本末[8]。官大笑，放而不治。

【翻譯】楚國有個人，家境貧苦。一天他讀《淮南方》一書，見上面有「螳螂窺探蟬時用樹葉遮蔽自己，可以用這種方法隱蔽自己的形體」這一句話，頓時來了興趣。於是急忙來到樹下，全神貫注地仰起頭搜尋螳螂捕蟬時藉以隱蔽的那片樹葉，就用手摘那片樹葉，結果那片葉落到樹下，而樹下原先就有落葉，無法分別那片是剛剛落下的葉，就把所有的落葉掃攏在一起裝了滿滿幾斗帶回家中。他一片葉子一片葉子拿在手裡，問妻子：「你能看見我嗎？」妻子接連幾次都說看得見。這樣下去，妻子終於被問得不耐煩了，就欺騙他說：「看不見了！」這人聽了高興極了，以為樹葉的確能隱形。就急急忙忙拿著那片樹葉來到市集上，竟當著人家的面直接拿人家的東西，吏卒們立刻上去把他綁到縣衙問罪。縣官聽了這人的一番自白，被他的荒誕離奇逗笑了，也沒治他的罪就把他給放了。

【本文】某甲夜暴疾，命門人鑽火[9]。其夜陰暝，不得火，催之急。門人忿然曰：「君責人亦太無理！今暗如漆，何以不把火照我？我當得覓鑽火具，然後易得耳。」孔文舉[10]聞之，曰：「責人當以其方[11]也。」

【翻譯】某人夜裡突然發病，他慌忙喊僕人鑽火燃燭，好出去請醫生看病。深更半夜，一團漆黑，僕人忙亂了好長時間也沒點著火，主人卻一遍一遍地催問。於是，僕人氣忿忿地說：「您催問得這麼急真是沒道理。現在漆黑一團，您為何不拿火來給我照照？這樣，我找到鑽火器具，不也容易了嗎？」孔文舉聽聞這件事之後，說：「責備人應

---

[7]. 受辭：接受訴狀。
[8]. 本末：事情的來龍去脈。
[9]. 鑽火：鑽木取火。
[10]. 孔文舉：即孔融，漢末魯國人，任北海相，善文章，好賓客，後來被曹操所殺。
[11]. 方：道理。

楚人　某甲

當責備得有道理才是。」

作品賞析

　　兩則故事形式上短小精悍，對世態人情之譏諷，妙趣橫生，值得玩味。

　　楚人百般詢問妻子自身學習隱身術的成效如何，不堪其擾之下妻子只得回應「不見」，料想不到楚人竟自以為習成，便用葉片遮住自己前去竊取他人東西，至此才揭露出楚人其實並非真正熱衷於隱身之術，而是隱身之後可以任意妄為，不勞而獲的貪婪，最後官府也因其愚不可及「放而不治」，彷彿愚昧正是對其最大的羞辱與懲罰，本則引人發笑之處正是由於此不切實際的妄想，告誡貪婪將使人醜態百出。

　　取火照燭故事中，病急主人與慌亂的門人在黑暗中的對話，顯現出因情急而產生的趣味，藉由門人思緒紊亂，提出不合理的要求，與主人的急躁不合情理點出責人當以其方，不可不分青紅皂白就任意責怪。本篇取材自日常生活，氛圍親切活潑。

問題討論

一、笑話除了娛樂大眾之外，還有什麼其他的作用？

二、笑話的寫作特色為何？試以本課所錄兩則分析之。

三、你認為笑話需具備哪些要素

中國小說卷

《啟顏錄・劉道真》

內容導讀

本篇選自《啟顏錄》[1]。《啟顏錄》是繼《笑林》之後較早的一部笑話專集，專記調侃諧謔之事，與《笑林》並稱為中國最早的笑話書。與《笑林》相比之下，《啟顏錄》雖然也是以滑稽可笑之事為內容，但逗樂的旨趣已有變化，即把經典、詩文、佛經資料等作為笑話題材，顯示出鮮明的文人特色。

作者介紹

侯白（？～？），字君素，隋代魏郡臨漳（今屬河北）人，為楊素屬下。史傳[2]上說他「好學有捷才，性滑稽，尤辯俊，舉秀才，為儒林郎，好俳優雜說，人多愛狎之。所在之處，觀者如市。」著《旌異記》十五卷、《啟顏錄》十卷，皆佚，《太平廣記》引用甚多，本篇小說及轉錄自《太平廣記》。

課文說明

【本文】晉劉道真[3]遭亂，於河側為人牽船，見一老嫗操櫓。道真嘲之曰：「女子何不調機[4]弄杼[5]，因甚傍河操櫓？」女答曰：「丈夫何不跨馬揮鞭，因甚傍河牽船？」又嘗與人共飯素盤草舍中，見一嫗將兩小兒過，並著青衣，嘲之曰：「青羊引雙羔。」婦人曰：「兩豬共一槽。」道真無語以對。

【翻譯】晉代的劉道真遭逢戰亂，便到河邊去給人家拉船，見一

---

1. 《啟顏錄》：共十卷。這是《笑林》以後一部比較重要的諧謔故事集，但是久無存本，僅「太平廣記」等類書裡保存了一部分。
2. 史傳：《隋書》卷五十八〈陸爽傳〉。
3. 劉道真：即劉寶，字道真，高平人。
4. 機：織布機。
5. 杼：織布用的梭子。

劉道真

老婦也在河上搖櫓划船。他就嘲諷道：「女人怎麼不用織布機和梭子去織布，為什麼到河上來搖櫓？」婦人聽後，隨即反駁說：「一個大丈夫，怎麼不去騎馬揮鞭，為什麼來到河上拉船？」又有一次，劉道真與人共用一個盤子在一間茅草屋裡吃飯，看見一個老婦牽著兩個小孩從門前走過，都穿著青黑色衣服，他便嘲諷人家道：「黑羊領雙羔。」那婦人道：「兩豬共一槽。」結果劉道真無言以對。

作品賞析

　　劉道真遭逢亂世，不得已之下只得當縴夫，自以為嘲笑別人有理有趣，沒想到不但笑人未果，反被將了一軍，當場落得啞口無言，自討沒趣。「青羊引雙羔」與「兩豬共一槽」間的強烈對比下，諷刺幽默盡出，前句貶人為羊，後句則貶人為豬，而且夠同一槽吃飯，貶抑意義更為深重，又對得太工穩，使劉無言以對。本篇善用對句與類疊，使得婦人之反唇相譏氣壯理直，用語雖俗，讓人捧腹。

問題討論

一、本文中運用了哪些修辭法？這樣寫有什麼作用？

二、試比較古、今笑話並舉出兩者的異同之處。

三、本則笑話給你什麼啟發？

中國小說卷

清談--《世說新語‧劉伶病酒》

內容導讀

本篇選自《世說新語‧任誕》篇。描寫「竹林七賢」中嗜飲酒的劉伶日常縱酒的情景，透過對話生動地刻劃出劉伶的性格，反映了魏晉文人名士風流的一面。

作者介紹

見同前

課文說明

【本文】劉伶[1]病酒[2]，渴甚，從婦求酒。婦捐[3]酒毀器，涕泣諫曰：「君飲太過，非攝生之道[4]，必宜斷[5]之！」伶曰：「甚善。我不能自禁，唯當祝[6]鬼神自誓斷之耳！便可具酒肉。」婦曰：「敬聞命[7]。」供酒肉於神前，請伶祝誓。伶跪而祝曰：「天生劉伶，以酒為名，一飲一斛[8]，五斗解酲[9]。婦人之言，慎不可聽！」便引酒進肉，隗然[10]已醉矣。

【翻譯】劉伶患酒病，口渴得厲害，就向妻子要酒喝。妻子把酒倒掉，打碎酒器，哭著勸告他說：「您喝得太過分了，這不是保養身體的辦法，一定要把酒戒掉！」劉伶說：「很好。不過我自己不能戒掉，只有在鬼神面前禱告發誓才能戒掉啊。你該趕快準備酒肉。」他妻子

---

[1]. 劉伶：字伯倫，沛國人；性好酒，曾作《酒德頌》。竹林七賢之一。
[2]. 病酒：酒癮發作。
[3]. 捐：倒掉。
[4]. 攝生之道：養生之法；攝，養。
[5]. 斷；斷絕、戒除。
[6]. 祝：禱告。
[7]. 聞命：聽從吩咐。
[8]. 斛：古時以十斗為一斛。
[9]. 解酲（ㄔㄥˊ）：解除酒病。
[10]. 隗（ㄊㄨㄟˊ）然：頹然，醉倒的樣子。

劉伶病酒

說：「遵命。」於是把酒肉供奉在神前，請劉伶禱告、立誓。劉伶跪著禱告說：「天生我劉伶，靠喝酒出名，一喝就十斗，五斗解除酒病。婦人家的話，千萬不可聽信啊！」說完就喝酒吃肉，一會兒就喝得醉醺醺地倒下了。

作品賞析

　　本篇描寫「竹林七賢」中嗜飲酒的劉伶日常縱酒的情景，行文極簡，情節雖然簡單，卻饒富趣味，於平鋪直述中仍跌宕有致，透過對話生動地刻劃出人物性格，敘事寫人，相當傳神。尤其是劉伶最後的一段誓詞：「天生劉伶，以酒為名，一飲一斛，五斗解醒。婦人之言，慎不可聽！」借由整齊的四言句式更將劉伶不羈的性格表現得栩栩如生，有如神來之筆，反映了魏晉文人名士風流倜儻的一面。

問題討論

一、你欣賞劉伶的性格嗎？談談你對他的看法。

二、本文藉劉伶病酒一事反映出怎樣的時代風貌？

三、你會喝酒嗎？「酒」對人們的日常生活有什麼影響？

第三章、隋唐之傳奇小說

隋唐之傳奇小說，可分為：神怪小說、**愛情**小說，以及豪俠小說等。茲列舉如下：

第一節、神怪小說選

《太平廣記・補江總白猿傳》

內容導讀

本文選自《太平廣記》[1]卷四四四，原題作〈歐陽紇〉。《新唐書・藝文志》題作〈補江總白猿傳〉。內容敘述歐陽紇攜妻率兵征戰，妻子不幸被白猿盜走。經一個多月的搜索，歐陽紇深入險境，殺死白猿並救出妻子。一年後歐陽紇之妻生下一子，模樣極似白猿，長大後以才學著稱，他也就是唐初的名臣歐陽詢。歐陽詢其貌不揚，在當時廣為人知，長孫無忌[2]曾作詩譏笑他。本文作者很可能據此而虛構了這篇小說。

作者介紹

佚名。這篇傳奇的作者已經無法考究，而且很可能是作者故意不具名的。因為歷年來的研究者都認為這是和歐陽詢[3]不合的人嘲弄他的一篇作品，自然就不肯署名。江總是歐陽紇的朋友，又收養過歐陽詢，而江總並沒有替歐陽詢父子作傳，可能將總已做了「白猿傳」，因關係歐陽洵父子生育，而未發表，或已發表或他人已有其傳，而因本篇小

---

[1].《太平廣記》：是宋代李昉等人所編著的大型類書，凡五百卷。書中絕大部分小說都是唐代的作品，如六朝志怪、唐人傳奇等。
[2]. 唐初大臣。
[3]. 歐陽詢：唐初有名的一位文人兼書法家。

第三章、隋唐之傳奇小說--捕江總白猿傳

說內容太過怪誕離奇，或簡略帶過，故幾人加以續補。所以作者便補上江總尚未完成的作品。題名便有點戲謔的味道。胡應麟著《四部正偽》中說道：「《白猿傳》，唐人以謗歐陽詢者。詢狀瘦削，像猿猴，故當時無名子造言以謗之。此書本題《補江總白猿傳》，蓋偽撰者托總為名，不只誣詢，兼以誣總。」

課文說明

【本文】梁大同[4]末，遣平南將軍蘭欽南征，至桂林[5]，破李師古陳徹[6]。別將歐陽紇[7]略地至長樂[8]，悉平諸洞深入深阻。紇妻纖白，甚美。其部人[9]曰：「將軍何為挈[10]麗人經此？地有神，善竊少女，而美者尤所難免，宜謹護之。」紇甚疑懼，夜勒兵環其廬，匿婦密室中，謹閉甚固，而以女奴十餘伺守之。爾夕，陰風晦黑，至五更，寂然無聞。守者怠而假寐，忽若有物驚寤[11]者，即已失妻矣。關扃[12]如故，莫知所出。出門山險，咫尺迷悶，不可尋逐。迨明，終無其跡。紇大憤痛，誓不徒還。因辭疾，駐其軍，日往四邐[13]，即深凌險以索之。

【翻譯】梁朝大同末年，朝廷派平南將軍蘭欽南征，大軍一路殺至桂林，大破李師古、陳徹軍。別將歐陽紇率軍攻城掠地到了長樂，平定了各洞府，深入崇山峻嶺。歐陽紇的妻子身材纖細，皮膚白皙，十分美麗。他的部下說：「將軍為何帶夫人來此地？當地有個神靈，善於盜竊年少女子，將軍要好好保護夫人。」歐陽紇聽了將信將疑，十

---

[4]. 大同：梁武帝年號。
[5]. 桂林：南朝時郡名。
[6]. 破李師古陳徹：李師古，事不詳；陳徹，疑為陳文徹。
[7]. 歐陽紇（ㄏㄜˊ）：字奉聖；其子即名書法家歐陽詢。
[8]. 長樂：洞名，在今廣西境內。
[9]. 部人：即部下。
[10]. 挈（ㄑㄧㄝˋ）：攜帶。
[11]. 驚寤（ㄨˋ）驚醒。
[12]. 扃（ㄐㄩㄥ）：門戶。
[13]. 邐：遠方。

分恐懼，夜裡派士兵環衛屋廬，將妻子藏匿在密室裏，緊鎖室門，又派了十多個女奴伺候守護著。一天夜裏，陰風陣陣，室外黑得伸手不見五指，到了五更天，寂靜無聲。守護的女奴因倦怠而打起了瞌睡，忽然有什麼東西驚醒了她們，一看紇妻已經不見了。而室門關閉如故，沒人知道是從哪出去的。室外山巒疊嶂，走沒多遠就會迷途，無法尋找追逐。到了天明，仍然沒有歐陽紇妻子的蹤影。歐陽紇悲痛萬分，發誓找不到人就絕不回去。於是他託病留下，將軍隊駐紮下來，自己整天四出各處，涉險深入山區搜尋妻子。

【本文】既逾月，忽於百里之外叢篠[14]上，得其妻繡履一隻，雖雨浸濡，猶可辨識。紇尤悽悼，求之益堅。選壯士三十人，持兵負糧，巖棲野食[15]。又旬餘，遠所舍約二百里，南望一山，蔥秀迥出。至其下，有深溪環之，乃編木以度。絕巖翠竹之間，時見紅綵，聞笑語音。捫蘿引綆[16]，而陟其上，則嘉樹列植，間以名花；其下綠蕪，豐軟如毯。清迴岑寂，杳然殊境。東向石門，有婦人數十，帔服鮮澤[17]，嬉遊歌笑，出入其中。見人皆慢視遲立。至則問曰：「何因來此？」紇具以對。相視歎曰：「賢妻至此月餘矣。今病在床，宜遣視之。」入其門，以木為扉。中寬闢若堂者三。四壁設床，悉施錦薦[18]。其妻臥石榻上，重茵累席[19]，珍食盈前。紇就視之。回眸一睇[20]，即疾揮手令去。諸婦人曰：「我等與公之妻，比來久者十年。此神物所居，力能殺人，雖百夫操兵，不能制也。幸其未返，宜速避之。但求美酒兩斛，食犬十頭，麻數十斤，當相與謀殺之，其來必以正午。後慎勿太早，以十日為期。」因

---

[14] 篠（ㄒㄧㄠˇ）細竹。
[15] 巖棲野食：宿在山巖下，吃野菜野果渡日。
[16] 捫蘿引綆：牽著藤蘿，拉著繩子。綆，大索。
[17] 帔（ㄆㄟˋ）服鮮澤：衣著光鮮亮理麗。帔，披肩。
[18] 錦薦：錦繡的墊蓆。比喻華貴。
[19] 重茵累席：重重的墊褥。茵，褥席。
[20] 睇（ㄉㄧˋ）：稍微看了一下。

第三章、隋唐之傳奇小說--捕江總白猿傳

促之去。紇亦遽退。

【翻譯】過了一個多月，這批搜索隊在離長樂坡百里之遙的竹叢上，發現了歐陽紇妻子的一隻繡花鞋。雖然被雨浸得濕透，還是可以辨認出來。歐陽紇看到妻子的鞋子，傷心極了，尋找妻子的意念更為堅定。便從部屬中挑選了三十個壯士，帶著兵器和糧食，夜宿山洞，野外就食，繼續找下去。又過了十幾天，在離駐地大約二百里的地方，看到南邊一座山特別青綠突出。到了山下時，發現有條深溪環繞著，就編好木筏渡了過去。只見斷崖翠竹間，不時有紅色綵帶閃現，又聽到有人說話和嘻笑的聲音。他們便攀著藤蘿拉著繩索爬上去。到得所崖上面，看到排列成行的大樹中間，點綴插著許多有名的花，地上綠草如茵，又厚又軟，像毯子一般。清靜悠然，與一般景色大不相同。山的東邊有個石門，幾十個婦人都穿著鮮艷的衣服，歌笑嘻遊，往來其中。看到有人走來，都停住了腳步，望了望。等歐陽紇等人走到面前，才問說：「為什麼到這裡來？」歐陽紇把詳情說了一遍。這些婦人聽了，都相對嘆息著說：「您的妻子被抓到這裡來，已經有一個多月了。現在正生病躺在床上，應該去看看她！」歐陽紇等跟著婦人們走進洞。洞門是用木頭做的。洞內寬敞，闢設好像廳堂的房間有三間，四邊靠牆的地方都是床，鋪設了錦墊。歐陽紇的妻子躺在石床上，墊的東西很厚，床前擺了一大堆珍美的食物。歐陽紇上前去看她，她只翻了翻眼看了一下，就馬上揮手叫歐陽紇趕快離開。其他的婦人說：「我們和您的妻子到這裡來，最久的有十年了。這裡是神物所住的地方，他的力量大得足以殺人，即使人帶著兵器，也制服不了他。幸虧他還沒回來，你們得趕快避開。如果想制住他的話，請帶來兩斛好酒，十條狗，幾十斤麻，我們自會幫你們殺掉他。他一定會在正午時候來，下次你們不可太早來。就約定十天後吧。」說完，就催他們快快離去。歐陽紇等人也就匆匆退回。

【本文】遂求醇醪[21]與麻、犬，如期而往。婦人曰：「彼好酒，往往致醉。醉必騁力，俾吾等以綵練縛手足於床，一踊皆斷。嘗紖三幅[22]，則力盡不解，今麻隱帛中束之，度不能矣。遍體皆如鐵，唯臍下數寸，常護蔽之，此必不能禦兵刃。」指其傍一巖曰：「此其食廩，當隱於是，靜而伺之。酒置花下，犬散林中，待吾計成，招之即出。」如其言，屏氣以俟。日晡[23]，有物如匹練[24]，自他山下，透至若飛，徑入洞中。少選，有美髯丈夫長六尺餘，白衣曳杖，擁諸婦人而出。見犬驚視，騰身執之，披裂吮咀[25]，食之致飽。婦人競以玉杯進酒，諧笑甚歡。既飲數斗，則扶之而去。又聞嘻笑之音。良久，婦人出招之，乃持兵而入。見大白猿，縛四足於床頭，顧人蹙縮[26]，求脫不得，目光如電。競兵之[27]，如中鐵石。刺其臍下，即飲刃，血射如注。乃大歎咤曰：「此天殺我，豈爾之能？然爾婦已孕，勿殺其子，將逢聖帝，必大其宗。」言絕乃死。

【翻譯】於是準備了美酒、狗和麻等，按約定的日期前往。婦人們說：「這個神物喜歡喝酒，一喝往往不醉不停。醉了後就會逞強使力。讓我們用綵帶把他綁在石床上，他用勁一拉就斷了。有一次用三條綵綢揉成繩索綁住他，才使他用盡力氣都掙不開。現在把麻繩放在布條裡綑住他，相信他是掙不開了。還有他全身都像鋼鐵一般，只有肚臍下數寸的地方，常常保護遮蔽著，大概這裡不能抵禦兵刃。」又指著洞旁一個石窟，說：「這是他的糧倉，你們都躲到裡頭去，靜靜的等候信息。你們把酒擺在花下，把狗放在樹林中，等我們的計謀實現後，

---

21. 醇（ㄔㄨㄣˊ）醪（ㄌㄠˊ）：味醲的美酒。
22. 紖三幅：用三條帶子綁住；紖，綑綁。
23. 日晡（ㄅㄨ）：下午以後。
24. 匹練：一匹白絹。
25. 披裂吮（ㄕㄨㄣˇ）咀（ㄐㄩˇ）：撕裂開來，吸牠的血，吃牠的肉；吮，吸取；咀，嚼碎。
26. 蹙（ㄘㄨˋ）縮：掙扎萎縮；蹙，收縮。
27. 兵之：用兵器砍殺牠。

第三章、隋唐之傳奇小說--捕江總白猿傳

叫你們時就出來。」歐陽紇一班人都依照他的話所說藏到糧倉裡，屏住氣息等候著。到了下午時分，有一個白絹布匹般的東西自他山而來，動作像飛一般，直接進入洞中。沒多久，有一個長著漂亮鬍子的男子，約有六尺多高，穿著白色衣服，拖著手杖，擁著婦人們走出洞外。看到了狗，極為吃驚興奮，飛起身子，就把狗抓來活活的撕開，喝血吃肉，吃到飽為止。婦人們爭著用玉杯斟酒給他喝，大家嘻嘻哈哈，樂成一團。喝了數斗酒以後，便把他扶進洞中去。又聽到洞裡面一片嘻笑聲。過了好久好久，婦人們才出來招手叫歐陽紇。歐陽紇等人都帶著兵器，進入洞中。只見一隻大白猿四隻腳被綑綁在石床上，看到有人進來，收縮了身子，掙扎著想起來，卻動彈不得。眼光銳利，如電光一般。歐陽紇等競相以兵器去砍刺他，卻像打在鐵石上一般。刺他的肚臍下方，這才刺得進去，頓時鮮血直噴。白猿大大的嘆了一口氣，說：「這真是天意要殺我，那裡是你的本領！只是你的太太已經有了身孕，請不要殺了孩子，將會遇到聖明天子，必能光大你的門楣。」說完便死了。

【本文】搜其藏，寶器豐積，珍羞[28]盈品，羅列几案。凡人世所珍，靡不充備。名香數斛，寶劍一雙。婦人三十輩，皆絕其色。久者至十年。云，色衰必被提去，莫知所置。又捕採唯止其身，更無黨類。旦盥洗，著帽，加白袷[29]，被素羅衣，不知寒暑。遍身白毛，長數寸。所居常讀木簡，字若符篆，了不可識；已，則置石磴[30]下。晴晝或舞雙劍，環身電飛，光圓若月。其飲食無常，喜啖果栗；尤嗜犬，咀而飲其血。日始逾午，即欻然[31]而逝。半晝往返數千里，及晚必歸，此其常也。所須無不立得。夜就諸床嬲[32]戲，一夕皆周，未嘗寐。言語淹詳，華旨會

---

[28]. 珍羞：珍美的食品。
[29]. 白袷（ㄐㄧㄚˊ）：白色夾衣。
[30]. 石磴：石階。
[31]. 欻（ㄏㄨ）然：忽然。
[32]. 嬲（ㄋㄧㄠˇ）：戲鬧。

利[33]。然其狀，即猳玃[34]類也。今歲木落之初，忽愴然曰：「吾為山神所訴，將得死罪。亦求護之於眾靈，庶幾可免。」前月哉生魄[35]，石磴生火，焚其簡書。悵然自失曰：「吾已千歲，而無子。今有子，死期至矣。」因顧諸女，汍瀾[36]者久，且曰：『此山複絕，未嘗有人至。上高而望，絕不見樵者。下多虎狼怪獸。今能至者，非天假之，何耶？」紇即取寶玉珍麗及諸婦人以歸，猶有知其家者。

【翻譯】 歐陽紇搜索白猿所藏的東西，只見各種寶器堆積如山，珍美食品羅列滿桌，凡是人間的珍奇寶物無所不備。還有數斛名香，一雙寶劍。婦人三十來個，都是天姿國色。來得最久的已經有十年了，都說，假如衰老不中看了，一定被帶走，不知棄置到那兒去。他平日擄掠婦女都單獨行動，也沒有其他同伴。早上爬起來就去梳洗，然後戴上帽子，穿上白色夾衣，外罩白色細質羅袍，冬夏都一樣。全身都是好幾寸長的白毛。平日常讀木簡書，字好像篆書和符籙一般，我們都不認識；讀完了，便放在石階下。天氣好的話，有時候會帶著雙劍到外頭舞弄一會兒，舞起來劍光閃閃，快如閃電，圍繞周身，就像月亮光圈一般。飲食沒有定規，喜歡吃果栗，尤其喜歡吃狗肉，吃了狗肉還喝狗血。平常只要正午一過，就離開了。半天之內可以往返數千里，到了天黑一定會回來，這是他的慣例。他所要的東西沒有不能馬上得到的。晚上和婦人們戲耍，一夜之間要淫遍每一個女子，從來沒睡過。言語周詳，旨趣高妙。可是他的樣子卻像大猴子一般。今年初秋的時候，忽然很悲傷的說：「我被山神告了一狀，大概會被判死罪。我曾請求其他神靈保佑，希望能倖免。」上個月十六日，石階忽然起火，把他讀的簡書都燒光了，他懊惱的說：「我已活了一千年，卻都沒有兒子，現在有了兒子，死期卻到了。」回頭看了看婦人們，哭泣了

---

[33]. 華旨會利：旨趣高妙合乎利害關係。會，合乎。
[34]. 猳（ㄐㄧㄚ）玃（ㄐㄩㄝˊ）：大猴子。
[35]. 哉生魄：即農曆月之十六日。
[36]. 汍（ㄨㄢˊ）瀾（ㄌㄢˊ）：哭泣時涕淚縱橫的樣子。

第三章、隋唐之傳奇小說--捕江總白猿傳

好久，又說：「這座山高峻危險，從來沒有人到過。爬到高處去看，也看不到一個樵夫。山下又有虎狼怪獸。現在能上來的人，不是老天幫忙，那又會是什麼呢？」歐陽紇就把白猿所有的珍寶和婦女們都帶回來。婦人中還有些記得自己家的便各自回去了。

【本文】紇妻周歲生一子，厥狀肖焉。後紇為陳武帝[37]所誅。素與江總[38]善，愛其子[39]聰悟絕人，常留養之，故免於難。及長，果文學善書，知名於時。

【翻譯】歐陽紇的妻子一年後生下一個男孩子，他的樣子長得很像白猿。歐陽紇後來被陳武帝所殺。而歐陽紇一向和江總很要好，江總很喜歡歐陽紇兒子的聰明過人，常常把他留在自己家中，因此才倖免於難。這孩子長大後，果然精通文學，擅長書法，在當時很有名氣。

作品賞析

內容敘述將軍歐陽紇攜妻率兵南征，妻子竟被白猿盜走。經一個多月的搜索，歷經艱辛，歐陽紇終於殺死白猿，並順利營救出妻子與其他女子，一年後歐妻生下一子，樣貌極似白猿，「聰物絕人」，取名為「詢」。唐朝書法大家歐陽詢其貌不揚，在當時廣為人知，長孫無忌曾作詩譏笑：「聳膊成山字，埋肩不出頭。論證家麟角上，畫此一獼猴」。本文作者很可能據此而虛構了這篇小說。

本篇故事骨架基本上和《博物志・猴玃》相去不遠，但更具備了文學的藝術價值。故事起頭並未明確說明神秘大盜之身分究竟為何，甚至以神靈稱之，直到歐陽紇等人攻進洞中才揭露，在此之前完全沒有以「猿」稱之，故弄玄虛的懸念直接地引發讀者的期待，是唐人在

---

[37]. 陳武帝：姓陳，名霸先，梁末封陳王，受禪登位三年。
[38]. 江總：考城人，字總持，梁時歷太子中舍人；入陳為太子詹事；後主即位，擢僕射尚書令，世稱江令。
[39]. 子：指歐陽詢；字信本，仕隋為太常博士。

傳奇的情節鋪陳技巧上的一大進展。在失妻尋妻，一盜一奪中，寫出人類與異類的相爭，白猿即便被奉為神祇，仍不能遠離凡境；即便身懷絕技，力敵千鈞，仍不敵凡人計謀，藉由歐陽紇尋妻的堅定真情，終於手刃白猿，高揚了人類智慧的突出。

猿猴劫盜人間女子為妻的傳說，漢焦延壽《易林・坤之剝》已有記載：「南山大玃盜我媚妾。」西晉張華《博物志・猴玃》中亦有具體的描述，只是沒有本篇來得細緻完整，在構思上本篇當受影響。

本篇在內容上沿襲六朝志怪小說遺風，結構完整，情節安排曲折緊湊，高潮迭起，白猿形象刻畫生動，富於藝術想像，在唐傳奇發展中有其價值，後代小說多有模仿，宋元話本《陳巡檢梅嶺失妻記》即脫胎於本篇，白猿自此成為中國奇幻文學中一個鮮明獨特的形象。

問題討論

一、由寫作目的來看，這篇作品有什麼特殊之處？

二、從故事內容可看出，這篇作品還明顯殘存著志怪小說的特點，請找出來。

三、本文在人物刻劃和結構安排上與隋唐之前的小說相比，有何突破之處？

鶯鶯傳

第二節、愛情小說選

《太平廣記・鶯鶯傳》

內容導讀

本篇選自《太平廣記》卷四八八。內容敘述讀書人張生在蒲州普救寺巧遇富家女崔鶯鶯，兩人一見鍾情，透過紅娘從中牽線，於是私訂終身。後來張生進京考試，卻拋棄了鶯鶯，最後各自婚嫁，戀情化為烏有。

作者介紹

元稹（779年～831年），字微之，河南（屬今河南洛陽）人。中唐文學家，創作以詩成就最大，與白居易齊名，兩人共同提倡「新樂府運動」，並稱「元白」。著有《元氏長慶集》。在詩歌形式上，元稹是「次韻相酬」的創始者，均依次重用白詩原韻，韻同而意殊。他在散文和傳奇方面也有一定成就，首創以古文制誥，格高詞美，為人效仿。作有傳奇《鶯鶯傳》，又名《會真記》，為後來《西廂記》故事所由。

課文說明

【本文】貞元中，有張生者，性溫茂，美風容，內秉堅孤，非禮不可入。或朋從游宴，擾雜其間，他人皆洶洶拳拳，若將不及，張生容順而已，終不能亂。以是年二十三，未嘗近女色。知者詰之。謝而言曰：「登徒子[1]非好色者，是有凶行。余真好色者，而適不我值。何以言之？大凡物之尤者，未嘗不留連於心，是知其非忘情者也。」詰者識之。

【翻譯】唐代貞元年間，有位張生，他性格溫和而富於感情，風

---

[1]. 登徒子：宋玉有「登徒子好色賦」，後人即稱貪色的人為登徒子。

度瀟灑，容貌漂亮，意志堅強，脾氣孤僻。凡是不合於禮的事情，就別想讓他去做。有時跟朋友一起出去遊覽飲宴，在那雜亂紛擾的地方，別人都吵鬧起鬨，沒完沒了，好像都怕表現不出自己，因而個個爭先恐後，而張生只表面上逢場做戲般敷衍著。他從不參與始終保持穩重。雖然已是二十三歲了，還沒有真正接近過女色。與他接近的人便去問他，他表示歉意後說：「登徒子不是好色的人，卻留下了不好的品行。我倒是喜歡美麗的女子，卻總也沒讓我碰上。為什麼這樣說呢？大凡出眾的美女，我未嘗不留心，憑這可以知道我不是沒有感情的人。」問他的人這才了解張生。

【本文】無幾何，張生游於蒲[2]。蒲之東十餘里，有僧舍曰普救寺，張生寓焉。適有崔氏孀婦，將歸長安，路出於蒲，亦止茲寺。崔氏婦，鄭女也。張出於鄭，緒其親，乃異派之從母[3]。是歲，渾瑊[4]薨於蒲，有中人[5]丁文雅，不善於軍，軍人因喪而擾，大掠蒲人。崔氏之家，財產甚厚，多奴僕。旅寓惶駭，不知所托。先是，張與蒲將之黨有善，請吏護之，遂不及於難。十餘日，廉使杜確將[6]天子命以總戎節，令於軍，軍由是戢[7]。

【翻譯】過了不久，張生到蒲州遊覽。蒲州的東面十多里處，有個廟宇名叫普救寺，張生就寄住在裡面。當時正好有個崔家寡婦，將要回長安，路過蒲州，也暫住在這個寺廟中。崔家寡婦是鄭家的女兒，張生的母親也姓鄭，論起親戚，算是另一支派的姨母。這一年，渾瑊死在蒲州，有宦官丁文雅，不會帶兵，軍人趁著辦喪事進行騷擾，大肆搶劫蒲州人。崔家財產很多，又有很多奴僕，旅途暫住此處，不免

---

[2]. 蒲：在今山西永濟縣。
[3]. 從母：姨母；《爾雅》：「母之姊妹為從母。」
[4]. 渾瑊：蘭州人，因破吐蕃有功，封寧郡王，於貞元十五年（公元799年）卒於河中絳州節度使任內。
[5]. 中人：有權勢的人。
[6]. 將：音ㄐㄧㄤ，秉奉。
[7]. 軍由是戢：軍隊從此就安定下來；戢，音ㄐㄧˊ，收斂。

鶯鶯傳

驚慌害怕，不知依靠誰。在此以前張生跟蒲州將領哪些人有交情，就託他們求官吏保護崔家，因此崔家沒遭到兵災。過了十幾天，廉使杜確奉皇帝之命來主持軍務，向軍隊下了命令，軍隊從此才安定下來。

【本文】鄭厚張之德甚，因飾饌以命張，中堂宴之。復謂張曰：「姨之孤嫠[8]未亡，提攜幼稚。不幸屬[9]師徒大潰，實不保其身。弱子幼女，猶君之生。豈可比常恩哉！今俾以仁兄禮奉見，冀所以報恩也。」命其子曰歡郎，可十餘歲，容甚溫美。次命女：「出拜爾兄，爾兄活爾。」久之，辭疾。鄭怒曰：「張兄保爾之命。不然，爾且擄矣。能復遠嫌乎？」久之，乃至，常服睟容[10]，不加新飾，垂鬟接黛，雙臉銷紅而已。顏色豔異，光輝動人。張驚，為之禮。因坐鄭旁，以鄭之抑而見也，凝睇怨絕，若不勝其體者。問其年紀。鄭曰：「今天子甲子歲之七月[11]，終於貞元庚辰[12]，生年十七矣。」張生稍以詞導之，不對。終席而罷。

【翻譯】鄭姨母非常感激張生的恩德，於是大擺酒席款待張生。在堂屋的正中舉行宴飲，又對張生說：「我是個寡婦，帶著孩子，不幸正趕上軍隊大亂，實在是無法保住生命，弱小的兒子年幼的女兒，都是虧你給了他們再次生命，怎麼可以跟平常的恩德一樣看待呢？現在讓他們以對待仁兄的禮節拜見你，希望以此報答你的恩情。」便叫她的兒子拜見。兒子叫歡郎，大約十多歲，容貌漂亮。接著叫她女兒拜見：「出來拜見你仁兄，是仁兄救了你。」過了好久未出來，推說有病。鄭姨生氣地說：「是你張兄保住了你的命，不然的話，你就被搶走，還講究什麼遠離避嫌呢？」過了好久她才出來。穿著平常的衣服，面貌豐潤，沒加新鮮的裝飾，環形的髮髻下垂到眉旁，兩腮飛紅，面色豔麗與眾不同，光彩煥發，非常動人。張生非常驚訝她的美貌急忙跟她

---

[8]. 嫠：音ㄌㄧˊ，守寡。
[9]. 屬：音ㄓㄨˇ，適值。
[10]. 睟容：豐潤的面孔。睟，音ㄙㄨㄟˋ。
[11]. 今天子甲子歲：指德宗興元元年。
[12]. 貞元庚辰：指德宗貞元十六年。

見禮，之後她坐到了鄭姨的身旁。因為是鄭姨強迫她出見的，因而眼光斜著注視別處，顯出很不情願的樣子，身體好像支持不住似的。張生問她年齡，鄭姨說：「現在的皇上甲子那年的七月生，到貞元庚辰年，今年十七歲了。」張生慢慢地用話開導引逗，但鄭的女兒根本不回答。宴會結束了只好作罷。

【本文】張自是惑之，願致其情，無由得也。崔之婢曰紅娘。生私為之禮者數四，乘間遂道其衷。婢果驚沮[13]，腆然[14]而奔。張生悔之。翼日，婢復至。張生乃羞而謝之，不復云所求矣。婢因謂張曰：「郎之言，所不敢言，亦不敢泄。然而崔之姻族，君所詳也。何不因其德[15]而求娶焉？」張曰：「余始自孩提，性不苟合。或時紈綺閑居[16]，曾莫流盼。不為當年，終有所蔽。昨日一席間，幾不自持。數日來，行忘止，食忘飽，恐不能逾旦暮，若因媒氏而娶，納采問名[17]，則三數月間，索我於枯魚之肆[18]矣。爾其謂何？」婢曰：「崔之貞慎自保，雖所尊不可以非語犯之。下人之謀，固難入矣。然而善屬文，往往沉吟章句，怨慕者久之。君試為喻情詩以亂之。不然，則無由也。」張大喜，立綴〈春詞〉二首以授之。是夕，紅娘復至，持彩箋以授張，曰：「崔所命也。」題其篇曰〈明月三五夜〉，其詞曰：「待月西廂下，近風戶半開。拂牆花影動，疑是玉人來。」張亦微喻其旨。是夕，歲二月旬有四日矣。

【翻譯】張生從此念念不忘，心情再也不能平靜，想向她表白自己的感情，卻沒有機會。崔氏女的丫環叫紅娘，張生私下裡多次向她

---

13. 驚沮：嚇壞了。沮，音ㄐㄩˇ。
14. 腆然：害羞的樣子；腆，音ㄊㄧㄢˇ。
15. 德：指救護崔氏一家免於兵亂的功勞。
16. 紈綺閑居：和婦女們在一起；紈綺，女子穿的美麗絲織品，此處代指婦女。
17. 納采問名：都是中國古代訂婚的手續；納采就是首先使女家受禮，問名就是問女方的姓名。
18. 索我於枯魚之肆：就是說將如魚之不得水而乾死，陳之市店；見《莊子‧外物》。

叩頭作揖，趁機說出了自己的心事。丫環果然嚇壞了，很害羞地跑了，張生很後悔。第二天，丫環又來了，張生羞愧地道歉，不再說相求的事。丫環於是對張生說：「你的話，我不敢轉達，也不敢洩露，然而崔家的內外親戚你是了解的，為什麼不憑著你對她家的恩情向他們求婚呢？」張生說：「我從孩童時候起，性情就不隨便附合。有時和婦女們在一起，也不曾看過誰。當年不肯做的事，如今到底還是在習慣上做不來。昨天在宴會上，我幾乎不能自我控制。這幾天來，走路忘了到什麼地方去，吃飯也感覺不出飽還是沒飽。恐怕過不了早晚，我就會因相思而死了。如果通過媒人去娶親，又要『納采』，又要『問名』，手續多得很，少說也得三四個月，那時恐怕我也已經不在人世了。你說我該怎麼辦呢？」丫環說：「崔小姐正派謹慎很注意保護自己，即使是她所尊敬的人也不能用不正經的話去觸犯她。奴才的主意，就更難使她接受。然而她很會寫文章，常常思考推敲文章寫法，被它們感動得久久不能平靜。您可以試探地做些情詩來打動她，否則，是沒有別的門路了。」張生非常高興，馬上做了兩首詞交給了紅娘。當天晚上，紅娘又來了，拿著彩色信紙交給張生說：「這是崔小姐讓我交給你的。」看那篇詩的題目是〈明月三五夜〉，那詩寫道：「待月西廂下，迎風戶半開。拂牆花影動，疑是玉人來。」張生也微微地明白了詩的含義，當天晚上是二月十四日。

【本文】崔之東有杏花一株，攀援可踰。既望之夕，張因梯其樹而踰焉。達於西廂，則戶半開矣。紅娘寢於床。生因驚之。紅娘駭曰：「郎何以至？」張因紿[19]之曰：「崔氏之箋召我也。爾為我告之。」無幾，紅娘復來。連曰：「至矣！至矣！」張生且喜且駭，必謂獲濟[20]。及崔至，則端服嚴容，大數張曰：「兄之恩，活我之家，厚矣。是以慈母以弱子幼女見託。奈何因不令[21]之婢，致淫逸之詞。始以護人之亂為

---

[19]. 紿：音ㄉㄞˋ，欺騙。
[20]. 必謂獲濟：以為一定會成功。
[21]. 不令：不好、不懂事。

義，而終掠亂[22]以求之。是以亂易亂，其去幾何？試欲寢[23]其詞，則保人之奸，不義。明之於母，則背人之惠，不祥。將寄與婢僕，又懼不得發其真誠。是用託短章，願自陳啟。猶懼兄之見難，是用鄙靡之詞，以求其必至。非禮之動，能不愧心，特願以禮自持，毋及於亂！」言畢，翻然而逝。張自失者久之，復逾而出，於是絕望。

【翻譯】崔鶯鶯住房的東面有一棵杏花樹，攀上它可以越過牆。陰曆十五的晚上，張生於是把那棵樹當作梯子爬過牆去。到了西廂房，一看，門果然半開著，紅娘躺在床上，張生很吃驚。紅娘十分害怕，說：「你怎麼來了？」張生對她說：「崔小姐的信中約我來的，你替我通報一下。」不一會兒，紅娘又來了，連聲說：「來了！來了！」張生又高興又害怕，以為一定會成功。等到崔小姐到了，就看她穿戴整齊，表情嚴肅，大聲數落張生說：「哥哥恩德，救了我們全家，這是夠大的恩了，因此我的母親把幼弱的子女託付給你，為什麼叫不懂事的丫環，送來了淫亂放蕩的詞？開始是保護別人免受兵亂，這是義，最終乘危要挾來索取，這是以亂換亂，二者相差無幾。假如不說破，就是保護別人的欺騙虛偽行為，是不義；向母親說明這件事呢，就辜負了人家的恩惠，是不祥；想讓婢女轉告又怕不能表達我的真實的心意。因此借用短小的詩章，願意自己說明，又怕哥哥有顧慮，所以使用了旁敲側擊的語言，以便使你一定來到。如果不合乎禮的舉動，能不心裡有愧嗎？只希望用禮約束自己，不要陷入淫亂的泥潭。」說完，馬上就走了。張生愣了老半天，不知道怎樣才好，只好又翻過牆回去了，於是徹底絕望。

【本文】數夕，張生臨軒獨寢，忽有人覺[24]之。驚駭而起，則紅娘斂衾攜枕而至。撫張曰：「至矣！至矣！睡何為哉？」並枕重衾而去。張生拭目危坐久之，猶疑夢寐，然而修謹以俟。俄而紅娘捧崔氏而至，

---

[22]. 掠亂：乘危要挾。
[23]. 寢：停止進行。
[24]. 覺：喚醒；覺，音ㄐㄧㄠˋ。

鶯鶯傳

至則嬌羞融冶[25]，力不能運支體，曩時端莊，不復同矣。是夕旬有八日也，斜月晶瑩，幽輝半床。張生飄飄然，且疑神仙之徒，不謂從人間至矣。有頃，寺鐘鳴，天將曉，紅娘促去。崔氏嬌啼宛轉，紅娘又捧之而去，終夕無一言。張生辨色[26]而興，自疑曰：「豈其夢邪？」及明，覩妝[27]在臂，香在衣，淚光熒熒然，猶瑩於茵席而已。是後又十餘日，杳不復知。張生賦《會真詩》三十韻，未畢，而紅娘適至。因授之，以貽崔氏。自是復容之，朝隱而出，暮隱而入，同安於曩所謂西廂者，幾一月矣。張生常詰鄭氏之情，則曰：「我不可奈何矣，因欲就成之。」無何，張生將之長安，先以情喻之。崔氏宛無難詞，然而愁怨之容動人矣。將行之再夕，不可復見，而張生遂西下。

【翻譯】一連幾個晚上，張生都靠近窗戶睡覺，忽然有人叫醒了他。張生驚恐地坐了起來，原來是紅娘抱著被子，帶著枕頭來了，安慰張生說：「來了！來了！還睡覺幹什麼？」把枕頭並排起來，把被子搭在一起，然後就走了。張生擦了擦眼睛，端正地坐著等了半天，疑心是在做夢，但是還是穿著得整整齊齊，恭恭敬敬地等待著。沒多久紅娘就扶著崔鶯鶯來了。來了後崔鶯鶯顯得嬌羞美艷，柔順美麗，力氣好像支持不了肢體，跟從前的端莊完全不一樣。那晚上是十八日，斜掛在天上的月亮非常皎潔，靜靜的月光照亮了半床。張生不禁飄飄然，簡直疑心是神仙下凡，不認為是從人間來的。過了一段時間，寺裡的鐘響了，天要亮了。紅娘催促快走，崔小姐嬌滴滴地啼哭，聲音婉轉。紅娘又扶著她走了。整個晚上鶯鶯沒說一句話。張生在天濛濛亮時就起床了，自己懷疑地說：「難道這是做夢嗎？」等到天亮了，看到化妝品的痕跡還留在臂上，香氣還留在衣服上，崔小姐的淚光閃爍、明亮，在床褥上的淚痕還微微發亮、還晶瑩在床席之間。這以後十幾天，關於鶯鶯的消息一點也沒有。張生就作《會真詩》三十韻，還沒

---

[25]. 融冶：冶豔。
[26]. 辨色：謂天初明，能辨別色彩的時候。
[27]. 覩粧：以粉黛為粧飾。

作完，紅娘來了，於是交給了她，讓她送給崔鶯鶯。從此鶯鶯又允許了，早上偷偷地出去，晚上偷偷地進來，一塊兒安寢在以前所說的「西廂」那地方，幾乎一個月。張生常問鄭姨的態度，鶯鶯就說：「我沒有辦法告訴她。」張生便想去跟她當面談談，促成這件事。不久，張生將去長安，先把情況告訴崔鶯鶯。崔鶯鶯彷彿沒有為難的話，然而憂愁埋怨的表情令人動心。將要走的第二天晚上，鶯鶯沒有來。張生於是向西走了。

【本文】數月，復游於蒲，會於崔氏者又累月。崔氏甚工刀札[28]，善屬文，求索再三，終不可見。往往張生自以文挑，亦不甚睹覽。大略崔之出人者，藝必窮極，而貌若不知；言則敏辯，而寡於酬對。待張之意甚厚，然未嘗以詞繼之。時愁豔幽邃，恆若不識；喜慍之容，亦罕形見。異時[29]獨夜操琴，愁弄淒惻，張竊聽之，求之，則終不復鼓矣。以是愈惑之。

【翻譯】過了幾個月，張生又來到蒲州，跟崔鶯鶯又聚會了幾個月。崔鶯鶯字寫得很好，還善於寫文章，張生再三向她索要，但始終沒見到她的字和文章。張生常常自己用文章挑逗，崔鶯鶯也不大看。大體上崔鶯鶯超人出眾的地方，就在她技藝造詣很深，而表面上好像不懂；言談敏捷雄辯，卻很少開口應酬；對待張生情意深厚，然而從未在文詞上表達。有時那張豔麗的臉上帶有深沉的憂愁，彼此相見時卻像從沒認識過一樣；喜怒的表情，也很少顯現於外表。有一天夜晚。獨自彈琴，彈奏的曲子很傷感。張生私自聽到了，請求她再彈奏一次，卻始終不肯再彈了，因此張生更猜不透她的心事。

【本文】張生俄以文調[30]及期，又當西去。當去之夕，不復自言其情，愁嘆於崔氏之側。崔已陰知將訣矣，恭貌怡聲，徐謂張曰：「始亂

---

[28]. 刀札：書法。上古時無紙筆，以刀代筆，以木簡代紙。
[29]. 異時：有這麼一天。
[30]. 文調：考試。

之，終棄之，固其宜矣。愚不敢恨。必也君亂之，君終之，君之惠也。則沒身之誓，其有終矣。又何必深感於此行？然而君既不懌[31]，無以奉寧。君常謂我善鼓琴，向時羞顏，所不能及。今且往矣，既君此誠。」因命拂琴，鼓〈霓裳羽衣序〉[32]，不數聲，哀音怨亂，不復知其是曲也。左右皆欷歔，崔亦遽止之，投琴，泣下流連，趨歸鄭所，遂不復至。明旦而張行。

【翻譯】不久張生考試的日子到了，又該到西邊的長安去。臨走的晚上，張生不再訴說自己的心情，而在崔鶯鶯面前憂愁嘆息。崔鶯鶯已暗暗知道將要分別了，因而態度恭敬，聲音柔和，慢慢地對張生說：「你起先是玩弄，最後是丟棄，你當然是妥當的，我不敢怨恨。一定要你玩弄了我，最後能堅定不移，負責到底，那就是你給我的恩惠了。就連山盟海誓，也有到頭的時候，你又何必對這次的離去有這麼多感觸呢？然而你既然心中不快樂，我也沒有什麼可以安慰你的。你常說我擅長彈琴，我從前害羞，辦不到。如今你將走了，就讓我滿足您的這個心願吧。」於是她開始彈琴，彈的是〈霓裳羽衣序〉，還沒彈幾聲，發出的琴聲變得哀怨、紊亂，聽不出原來的曲調。身邊的人聽了都傷心歎息起來，崔鶯鶯也突然停止了彈奏，扔下了琴，淚流滿面，急忙跑回她母親的房間，於是沒有再來。天明以後張生就出發了。

【本文】明年，文戰不勝，張遂止於京。因贈書於崔，以廣其意。崔氏緘報之詞，粗載於此，曰：「捧覽來問，撫愛過深。兒女之情，悲喜交集。兼惠花勝[33]一合，口脂[34]五寸，致耀首膏唇之飾。雖荷殊恩，誰復為容？睹物增懷，但積悲歎耳。伏承使於京中就業，進修之道，

---

[31]. 懌：快樂。懌，音一ˋ。
[32]. 霓裳羽衣序：即「霓裳羽衣曲」。
[33]. 花勝：古代婦女戴在髮髻上的裝飾品。
[34]. 口脂：敷脣之脂。按口脂本為防兩脣寒凍燥裂之藥品，非專指婦女之化粧品。「酉陽雜俎」：「臘日賜北門學士口脂蠟脂，盛以碧鏤牙筒。」

固在便安[35]。但恨僻陋之人，永以遐棄。命也如此，知復何言！自去秋已來，常忽忽如有所失。於喧譁之下，或勉為語笑，閒宵自處，無不淚零。乃至夢寐之間，亦多感咽離憂之思，綢繆繾綣，暫若尋常，幽會未終，驚魂已斷。雖半衾如暖，而思之甚遙。一昨拜辭，倏逾舊歲。長安行樂之地，觸緒牽情。何幸不忘幽微，眷念無斁[36]。鄙薄之志，無以奉酬。至於終始之盟，則固不忒[37]。鄙昔中表相因，或同宴處。婢僕見誘，遂致私誠。兒女之心，不能自固。君子有援琴之挑[38]，鄙人無投梭之拒[39]。及薦寢席，義盛意深。愚陋之情，永謂終託。豈期既見君子，而不能定情，致有自獻之羞，不復明侍巾櫛[40]。沒身永恨，含歎何言！倘仁人用心，俯遂幽眇[41]，雖死之日，猶生之年。如或達士略情，捨小從大，以先配為醜行，以要盟[42]為可欺。則當骨化形銷，丹誠不泯，因風委露，猶託清塵[43]。存沒之誠，言盡於此。臨紙嗚咽，情不能申。千萬珍重，珍重千萬！玉環一枚，是兒嬰年所弄，寄充君子下體所佩。玉取其堅潤不渝，環取其終使不絕。兼亂絲一絇，文竹茶碾子一枚。此數物不足見珍，意者欲君子如玉之真，弊志如環不解，淚痕在竹，愁緒縈絲，因物達情，永以為好耳。心邇身遐，拜會無期。幽憤所鍾，千里神合。千萬珍重！春風多厲，強飯為嘉。慎言自保，無以鄙為深念。」

---

[35]. 便安：安靜。便，音ㄆㄧㄢˊ。
[36]. 眷念無斁：時常掛念著。無斁，不厭。斁，音ㄧˋ。
[37]. 不忒：不變。忒，音ㄊㄜˋ。
[38]. 援琴之挑：漢司馬相如客臨邛。富人卓王孫之女文君新寡，相如曾經用彈琴的方式來挑動卓文君的愛情，文君夜奔相如。
[39]. 投梭之拒：晉朝的謝鯤，勾引鄰家高姓女子，那女子正在織布，便把梭子丟過去，表示拒絕。
[40]. 侍巾櫛：婦女為人婦之謙辭。《左傳》曰：「余以巾櫛事先君。」言執巾櫛為婢妾之事。
[41]. 俯遂幽眇：體貼自己內心的苦衷，因而委屈地成全婚事。遂，成全。幽眇，指隱微的心事。
[42]. 要盟：用脅迫手段訂的盟約；要，音ㄧㄠ。
[43]. 塵：指人腳下的塵土。

鶯鶯傳

【翻譯】第二年,張生沒有考中,便留在長安,於是寫給崔鶯鶯一封信,要她把事情看開些。崔鶯鶯的回信,粗略地記載於此,信中說:「捧讀來信,知道你對我感情很深厚。男女之情的流露,使我悲喜交集。又送我一盒花勝,五寸口脂。你送我這些是想使頭髮增彩,使嘴唇潤澤,雖然承受特別的恩惠,但打扮了又給誰看呢?看到這些東西更增加了想念,這些東西更使悲傷嘆息越來越多罷了。你既接受了到京城參加考試的任務,而進身的途徑,就應該在長安定下心來。只遺憾怪僻淺陋的我,因為路途遙遠而被丟棄在這裡。是我的命該如此,還能說什麼呢?從去年秋天以來,常常精神恍惚,像失掉了什麼。在喧鬧的場合,有時勉強說笑,而在清閒的夜晚自己獨處時,怎能不偷偷流淚。甚至在睡夢當中,也常感嘆嗚咽。想到離別憂愁又纏綿,真覺得我們相處的時間太短,雖然很短可又很不平常。秘密相會沒有結束,好夢突然中斷了。雖然被子的一半還使人感到溫暖,但想念你更多更遠。好像昨天才分別,可是轉眼就過去一年了。長安是個行樂的地方,不知是什麼牽動了你的思緒,還想著我這個微不足道的人。只是我低下卑微的頭,無法向你答謝什麼。至於我們的山盟海誓,我從來沒有改變。我從前跟你以表親關係相接觸,有時一同宴飲相處。是婢女引誘我,於是就在向您表明了我的心意。青春男女的心不能自我控制,你有時借聽琴來挑逗我,我沒有投梭向您拒絕。等到與你同居,情義很濃,感情很深,我愚蠢淺薄的心,認為終身有了依靠。哪裡想到見了您以後,卻不能成婚!以致給我造成了的羞恥,不再有光明正大的做妻子的機會。這是死後也會遺憾的事情,我只能心中嘆息,還能說什麼呢?如果仁義的人肯盡心盡力,體貼我的苦衷,因而委屈地成全婚事,那麼即使我死去了,也會像活著的時候那樣高興。或許是通達的人,把一切事情都看得很隨便,忽略小的方面,而只看大的方面,把婚前結合看作醜行,口頭上的婚約,也可以否認而不遵守,那麼即使我的形體消失,但赤誠的心也不會泯滅。憑著風借著露,我的靈魂還會跟在你的身邊。我生死的誠心,全表達在這信上面了。面對信紙我泣不成聲,感情也覺得抒發不出來。只是希望你千萬愛惜自己,

千萬愛惜自己。玉環一枚是我嬰兒時帶過的，寄給您佩在您腰上。「玉」取它的堅固潤澤不改變，「環」取它始終永遠環繞不斷。再附上頭髮一縷，文竹茶碾子一枚。這幾種東西並不值得被看重。我的意思不過是想讓您如玉般真誠，也表示我的志向如環那樣不能解開。文竹上有淚痕，髮絲上纏繞著愁緒，借物表達情意，永遠成為相好。心已經跑到您那裡，只是身體隔得很遠，相會恐怕沒有機會了。只要情思怨意凝聚，縱然隔絕千里，靈魂也能合到一起。請你千萬愛惜保護自己！春風寒冷，您要努力加餐飯。說話要謹慎，好好保重自己，不要把我老放在心上。」

【本文】張生發其書於所知，由是時人多聞之。所善楊巨源[44]好屬詞，因為賦〈崔娘詩〉一絕云：「清潤潘郎[45]玉不如，中庭蕙草雪銷初。風流才子多春思，腸斷蕭孃[46]一紙書。」河南元稹亦續生〈會真詩〉三十韻，詩曰：（略）

【翻譯】張生把她的信給好朋友看了，由此當時有很多人知道了這事。張生的好友楊巨源好寫詩填詞，他就把這事作了一首〈崔娘〉絕句詩：「清潤潘郎玉不如，中庭蕙草雪銷初。風流才子多春思，腸斷蕭孃一紙書。」河南的元稹亦接著張生的〈會真詩〉又作了三十韻。詩寫道：（略）

【本文】張之友聞之者，莫不聳異之，然而張志亦絕矣。稹特與張厚，因徵其詞。張曰：「大凡天之所命尤物也，不妖其身，必妖於人。使崔氏子遇合富貴，乘寵嬌，不為雲，為雨[47]，則為蛟，為螭[48]，吾不

---

44. 楊巨源：唐蒲州人；字景山；貞元進士，累拜國子司業。年七十致仕，太和中以為河東少尹，不領職務，歲給祿以終其身。
45. 潘郎：即潘岳，晉中牟人，字安仁；美姿儀，洛陽婦女遇之者，皆連手縈繞，投之以果。
46. 蕭孃：唐人以「蕭娘」為婦女之泛稱；巨源詩中之蕭娘，係指鶯鶯而稱。
47. 為雲為雨：喻縱淫惑人。
48. 為蛟為螭：謂如蛟螭之虐；螭，音彳，一種像龍而無角的動物。

知其所變化矣。昔殷之辛[49]，周之幽[50]，據百萬之國，其勢甚厚。然而一女子敗之。潰其眾，屠其身，至今為天下僇笑[51]。予之德不足以勝妖孽，是用忍情。」於時坐者皆為深歎。

【翻譯】張生的朋友聽到這事的，沒有不感到驚異的，然而張生的念頭斷了。元稹與張生特別有交情，便問他關於這事的想法。張生說：「大凡上天差遣的特出的東西，不禍害他自己，一定禍害別人。假使崔鶯鶯遇到富貴的人，憑藉寵愛，不是興雲作雨，就是變作蛟龍，我不能預測她會變成什麼。以前殷朝的紂王，周代的周幽王，擁有百萬戶口的國家，那勢力是很強大的。然而一個女子就使它垮臺了，軍隊崩潰，自身被殺，至今被天下恥笑。我的德行難以勝過怪異不祥的東西，只有克服自己的感情，跟她斷絕關係。」當時在座的人都為此深深感嘆。

【本文】後歲餘，崔已委身於人，張亦有所娶。適經所居，乃因其夫言於崔，求以外兄[52]見。夫語之，而崔終不為出。張怨念之誠，動於顏色，崔知之，潛賦一章，詞曰「自從消瘦減容光，萬轉千迴懶下床。不為旁人羞不起，為郎憔悴卻羞郎。」竟不之見。後數日，張生將行，又賦一章以謝絕云：「棄置今何道，當時且自親。還將舊時意，憐取眼前人。」自是，絕不復知矣。時人多許張為善補過者。予嘗與朋會之中，往往及此意者，夫使知者不為，為之者不惑。貞元歲九月，執事李公垂宿於予靖安里第，語及於是。公垂卓然稱異，遂為〈鶯鶯歌〉以傳之。崔氏小名鶯鶯，公垂以命篇。

【翻譯】一年多以後，崔鶯鶯嫁給了別人，張生也娶了親。有一次，張生恰好經過崔鶯鶯住的地方，就通過崔的丈夫轉告崔鶯鶯，要

---

[49]. 殷之辛：即商紂王，寵愛妃子妲己，後來被周武王所滅。
[50]. 周之幽：即周幽王，寵愛妃子褒姒，後來被犬戎所滅。
[51]. 僇笑：恥笑；僇，音ㄌㄨˋ。
[52]. 外兄：表兄。

求以表兄的身分相見。丈夫告訴了崔鶯鶯。可是崔鶯鶯始終也沒出來。張生十分幽怨想念，在臉色上表現得很明顯。崔鶯鶯知道後，暗地裡寫了一首詩：「自從消瘦減容光，萬轉千迴懶下床。不為旁人羞不起，為郎憔悴卻羞郎。」最後也未見張生。後來又過了幾天，張生將要走了，崔鶯鶯又寫了一篇斷絕關係的詩：「棄置今何道，當時且自親。還將舊時意，憐取眼前人。」從此以後，徹底斷絕了音訊。當時的人大多讚許張生是善於彌補過失的人。我常在和朋友聚會時談到張生遺棄崔氏的這番道理，是為了讓哪些明智的人不做這樣的事，已經做了錯事的人也不至於沉迷其中不能自拔。貞元年九月，朋友李公垂留宿在我們靖安里的住宅裡，我談起了這件事。公垂深感於此事的不同尋常，於是便作了〈鶯鶯歌〉來使它流傳於世。崔氏小名叫鶯鶯，公垂就以此為篇名。

作品賞析

本篇內容敘述讀書人張生與富家女崔鶯鶯的愛情故事，一般都相信這是元稹年輕時的風流韻事，是含有真實成分的故事。

故事描述張生在蒲州普救寺巧遇崔鶯鶯，施以維護救助，崔夫人感張生之恩設宴款待，兩人一見鍾情。自重矜持的鶯鶯起初根本不願意出席露面，禁不住崔夫人的再三催促，「不加新飾，垂鬟接黛，雙臉銷紅而已。顏色豔異，光輝動人」，令張生大為驚豔，心旌動搖。透過紅娘從中牽線，寄詞寓情，鶯鶯曾嚴辭拒絕，也歷經各種內心掙扎，終於由紅娘護送至張生住所，兩人私訂終身。從最初的視而不見到嚴辭拒絕，再到私會西廂，崔鶯鶯的這段心路歷程看來令人費盡猜疑，事實上正堆疊出其內心幽微的變化，崔鶯鶯並非淫蕩婦人，而是矜持的大家閨秀，她一方面希望張生能認真對待，把她當終身伴侶，一方面又不能抗拒對張生的情意。作者利用看似互為衝突的情節，來表現鶯鶯內心的矛盾與掙扎，呈現出一個端莊的閨秀，如何變成與情人私會的女子，現諸於外的，就是一連串令人費解的行為，在透析鶯鶯的

內心之後，這些舉動都是可以讓人理解並同情的。

後來，張生赴京考試失利，只得滯留京中，與鶯鶯魚雁往返，相送紀念品，最終卻還是拋棄了鶯鶯，另娶佳人，甚至在外人面前誣衊崔鶯鶯是害人的「妖孽」，原來張生從未將崔鶯鶯視為理想配偶，心中仍想著迎娶門第之女，久等不著婚姻的承諾，害怕張生終將棄她而去，只好寫封懇切的書信，含羞忍辱的希望張生原諒她的「自獻之羞」，未料張生為能脫罪於拋棄之名，竟「發其書於所知，由是時人多聞之」，還指責崔鶯鶯「大凡天之所命尤物也，不妖其身，必妖於人」，冠以妖孽知名，名正言順的行拋棄之實，冠冕堂皇的塑造自己忍情割愛的形象，「予之德不足以勝妖孽，是用忍情」，將自己負心薄倖之舉合理化，時人都讚他為「善補過者」，實是荒唐。關於張生的出場，作者首先描述「性溫茂，美風容，內秉堅孤，非禮不可入」，顯現張生亦非輕佻浮躁，而是正派的讀書人，擁有足以吸引崔鶯鶯的俊俏外貌，也有道貌岸然的風範，表現出來的是一個有為的青年形象，但是張生與鶯鶯初次相逢便驚為天人，甚至「幾不自持」，作者不著痕跡地將人性中醜陋的一面卻不自覺地流露出來，他積極巴結紅娘：「數日來，行忘止，食忘飽，恐不能逾旦暮，若因媒氏而娶，納采問名，則三數月間，索我於枯魚之肆矣。」表面上是因相思而苦，將因相思而死，實際上卻是急切地想與鶯鶯相會，不按正常程序納妾問明因媒而娶，正顯出張生自一開始便不打算與鶯鶯廝守終身。

本篇小說在人物描寫方面尤為出色，把主人公張生與鶯鶯的性格描述得栩栩如生，躍然紙上，成功地塑造出封建禮教的叛逆者崔鶯鶯的形象。另一值得注意的是紅娘，雖僅僅是驚鴻一瞥，著墨之處不多，卻是最關鍵的角色，生動地勾劃出其善良、真忱和熱心，作為鶯鶯的近身侍婢，紅娘能揣摩到主人鶯鶯的內心，沒有紅娘穿針引線之功，也就沒有後來的發展了。

傷心欲絕的鶯鶯最後嫁給他人，這段曾經美好的戀情於是化為烏

有。張生卻對崔鶯鶯念念不忘，藉口前往拜訪，崔鶯鶯回詩以拒，對往事已無眷戀，勸其憐取眼前人，反寄予祝福。在遭受背棄之後，崔鶯鶯終於認清事實，並為輕易的被擊潰，反而毫無眷戀地擺脫了往昔，重新開始，並卻張生憐取眼前人而予祝福，由此來說，她才是真正的「善補過者」。

　　這篇小說的成就，主要是成功地塑造出人物性格表現的複雜性，尤其是崔鶯鶯光彩奪目的藝術形象。通過多視角、多層次、多情境，於敘事中刻畫複雜多變的性格和心理，文筆優美，描述生動，只是其結局，卻令人扼腕不已，令人惋惜鶯鶯的遭遇。

　　《鶯鶯傳》是唐代傳奇小說中的愛情名篇，對後世的影響很大，宋趙德麟的〈商調蝶戀花〉、金代董解元的〈西廂記諸宮調〉和元王實甫的雜劇〈西廂記〉都是在《鶯鶯傳》的基礎上發展而成的。其故事內容、情節發展，乃至遣詞造句等莫不與《鶯鶯傳》一致，或有高度雷同之處。

問題討論

　　一、鶯鶯起初為什麼不肯說出對張生的愛意？

　　二、紅娘主動找張生獻計的動機何在？

　　三、張生最後遺棄了崔鶯鶯，你覺得他這樣做合理嗎？為什麼？

虬髯客傳

第三節、豪俠小說選

《太平廣記・虬髯客傳》

內容導讀

「虬髯客傳」，是一篇豪俠類唐人傳奇，收錄在宋人李昉所編《太平廣記》中。故事以隋末天下群雄爭霸為背景，帶出李靖、紅拂女與虬髯客三位英雄人物之間的俠義故事，後人將他們合稱為「風塵三俠」。

作者介紹

杜光庭（850 年～933 年），字賓至，一說字聖賓，號東瀛子，處州縉雲（今中國浙江）人，晚唐時著名道士。中和元年（881 年），隨唐僖宗入蜀，後留在成都。隨後被前蜀王建所用，任光祿大夫尚書戶部侍郎上柱國蔡國公，賜號廣成先生。後主王衍時，為傳真天師，崇真館大學士。被譽為「傳真天師」、「山中宰相」。晚年居於青城山，潛心悟道。他著書數十種，但除全唐文中選存若干篇外，流傳下來的只有《錄異記》十卷和這篇〈虬髯客傳〉。死後葬在清都觀。

課文說明

【本文】隋煬帝之幸江都也，命司空楊素守西京。素驕貴，又以時亂，天下之權重望崇者，莫我若也，奢貴自奉，禮異人臣[1]。每公卿入言，賓客上謁，未嘗不踞床而見，令美人捧出。侍婢羅列，頗僭於上。末年愈甚，無復知所負荷，有扶危持顛[2]之心。

【翻譯】隋煬帝巡幸揚州，命司空楊素留守都城長安。楊素位尊

---

[1]. 禮異人臣：所享受的儀制，不是臣子應有的。
[2]. 扶危持顛：挽救危亡顛覆的局勢。

而驕橫,又認為時局混亂,天下掌握大權,有重望的人,沒有誰比得上自己,因而生活奢侈驕貴,禮節排場也超出臣子所應有的,每逢公卿大臣言事,賓客拜謁,楊素都兩腳岔開坐在床榻上接見,態度傲慢無禮,又令美女簇擁而出,侍婢排列很多,排場享用超越皇帝。晚年這種情景更加厲害,不再知道自己所擔負的責任,不再有拯救艱危局勢的決心。

【本文】一日,衛公李靖以布衣[3]上謁,獻奇策。素亦踞見。公前揖曰:「天下方亂,英雄競起。公為帝室重臣,須以收羅豪傑為心,不宜踞見賓客。」素斂容而起,謝公。與語,大悅,收其策而退。當公之騁辯[4]也,一妓有殊色,執紅拂[5],立於前,獨目公。公既去,而執拂者臨軒指吏曰:「問去者處士[6]第幾?住何處?」公具以對。妓誦而去。

【翻譯】有一天,衛國公李靖以平民的身分去謁見楊素,要獻上奇策。楊素也是以輕慢無禮的態度接見。李靖上前作揖,說:「天下正亂,英雄競相崛起。您身為王室重臣,必須把網羅豪傑的事放在心上,不該傲慢無禮地接見賓客。」楊素臉上露出敬佩的神色,並站起身,向李靖道歉,和他交談,談得非常高興,接受李靖獻納的策書才從正堂退出。正當李靖滔滔不絕辯論之時,有一藝妓相貌特殊,手執紅色拂塵,站在前面,獨自看著李靖。李靖離開時,藝妓手拿拂塵憑欄指派士卒說:「請問走的那個未做官的讀書人排行第幾?住在哪裡?」李靖一一回答了。藝妓口裡念著離開了。

【本文】公歸逆旅[7]。其夜五更初,忽聞叩門而聲低者,公起問焉。乃紫衣戴帽人,杖揭一囊。公問誰。曰:「妾,楊家之紅拂妓也。」公遽延入。脫衣去帽,乃十八九佳麗人也。素面華衣而拜。公驚答拜。

---

[3]. 布衣:指平民的身分,古代平民只能穿布衣。
[4]. 騁辯:滔滔不絕地辯論。
[5]. 拂:即拂塵,用來拭去塵垢或驅除蚊蠅的器具,相當今日之「雞毛撢子」。
[6]. 處士:隱士。
[7]. 逆旅:旅館。

虬髯客傳

曰：「妾侍楊司空久，閱天下之人多矣，無如公者。絲蘿非獨生，願托喬木，故來奔耳。」公曰：「楊司空權重京師，如何？」曰：「彼尸居餘氣[8]，不足畏也。諸妓知其無成，去者眾矣。彼亦不甚逐也。計之詳矣，幸無疑焉。」問其姓。曰：「張。」問其伯仲之次。曰：「最長。」觀其肌膚、儀狀、言詞、氣性，真天人也。公不自意獲之，愈喜愈懼，瞬息萬慮不安。而窺戶者無停履[9]。數日，亦聞追討之聲，意亦非峻。乃雄服[10]乘馬，排闥[11]而去。將歸太原。

【翻譯】李靖回到旅館。那晚的五更剛過，忽然聽見輕聲叩門，李靖起來詢問。是一個紫衣戴帽的人，杖上掛著個包裹。李靖問：「誰？」答道：「我是楊家執紅拂的女子。」李靖於是請她進來。脫去紫衣摘去帽子，是一個十八、九歲的美麗女子。未施脂粉，身著花衣向前拜禮，李靖吃驚地還禮。女子說：「我侍奉楊素這麼久，看天下的人也多了，沒有比得上你的。菟絲、女蘿不能獨自生長，願意託身附於喬木之上，所以跑來奔附你了。」李靖說：「楊司空在京師的權勢很重。怎麼辦？」紅拂女答：「他不過是垂死之人，不值得害怕。眾女子知道他成不了事，走的人多了。他追得也不厲害。我考慮已很周詳了，希望你不要疑慮。」李靖問她的姓，答：「姓張。」問她排行，答：「最長。」看她的肌膚、儀容舉止、脾氣性情，真是天仙一般。李靖意外獲得這樣一個女子，越高興也越害怕，瞬息間又十分憂慮不安，不停地窺視屋外是否有人追蹤而來。幾天裡，也聽到了追查尋訪紅拂女的消息，但沒有嚴厲追索的意思。於是紅拂女著男裝推門而出，乘馬和李靖一道將要回太原。

【本文】行次靈石旅舍，既設床，爐中烹肉且熟。張氏以髮長委地，立梳床前。公方刷馬，忽有一人，中形，赤髯如虬[12]，乘蹇驢而來。

---

[8]. 尸居餘氣：尸居，像屍體一樣；餘氣，只剩一口氣。
[9]. 無停履：不停的來往走動。
[10]. 雄服：喬裝為男子。
[11]. 排闥：推門；闥，門。
[12]. 赤髯如虬：髯，鬍鬚；虬，生有兩角小龍，這裡用來形容鬍鬚蜷曲的樣子。

投革囊於爐前,取枕攲臥[13],看張梳頭。公怒甚,未決,猶親刷馬。張熟視其面,一手握髮,一手映身[14]搖示公,令勿怒。急急梳頭畢。斂袵[15]前問其姓。臥客答曰:「姓張。」對曰:「妾亦姓張,合是妹。」遽拜之。問第幾。曰:「第三。」因問妹第幾。曰:「最長。」遂喜曰:「今夕幸逢一妹。」張氏遙呼:「李郎且來見三兄!」公驟拜之。遂環坐。曰:「煮者何肉?」曰:「羊肉,計已熟矣。」客曰:「饑。」公出市胡餅[16]。客抽腰間匕首,切肉共食。食竟,餘肉亂切送驢前食之,甚速。客曰:「觀李郎之行,貧士也。何以致斯異人?」曰:「靖雖貧,亦有心者焉。他人見問,故不言;兄之問,則不隱耳。」具言其由。曰:「然則將何之?」曰:「將避地太原。」曰:「然。吾故非君所致也[17]。」曰:「有酒乎?」曰:「主人西,則酒肆也。」公取酒一斗。既巡,客曰:「吾有少下酒物,李郎能同之乎?」曰:「不敢。」於是開革囊,取一人頭並心肝。卻頭囊中,以匕首切心肝,共食之。曰:「此人天下負心者,銜之十年,今始獲之。吾憾釋矣。」又曰:「觀李郎儀形器宇,真丈夫也。亦聞太原有異人乎?」曰:「嘗識一人,愚謂之真人也。其餘,將帥而已。」曰:「何姓?」曰:「靖之同姓。」曰:「年幾?」曰:「僅二十。」曰:「今何為?」曰:「州將之子。」曰:「似矣。亦須見之。李郎能致吾一見乎?」曰:「靖之友劉文靜者,與之狎。因文靜見之可也。然兄何為?」曰:「望氣者[18]言太原有奇氣,使吾訪之。李郎明發,何日到太原?」靖計之日。曰:「達之明日,日方曙,候我於汾陽橋。」言訖,乘驢而去,其行若飛,迴顧已失。公與張氏且驚且喜,久之,曰:「烈士不欺人,固無畏。」促鞭而行。

---

13. 攲臥:斜躺;攲,音ㄑㄧ。
14. 映身:藏在身後;映,蔽。
15. 斂袵:女子行禮稱「斂袵」;袵,衣襟。
16. 胡餅:燒餅上有胡麻(芝麻),故稱胡餅。
17. 吾故非君所能致也:本句王夢鷗先生以為「故」或許是「知」的誤寫,大致可信;其實,本句似乎應在李靖「具言其由」後,文義上較連續、妥當。
18. 望氣者:會望雲氣的人。

虯髯客傳

【翻譯】他們回太原的途中住宿在靈石的一旅舍中，鋪好床位，爐上煮的肉將熟了。張氏將長髮放下垂至地上，站在案前梳頭。李靖正在刷馬。忽然有一個人，中等身材，滿腮卷曲的紅鬍鬚，騎著一頭跛腳驢而來。把他的大皮囊扔在爐前，拿了枕頭倚臥著，看著張氏梳頭。李靖非常生氣，但沒有發作，還在刷馬。張氏仔細注視來者的面容，一手握著頭髮，一手放在身後向李靖搖手示意，讓他不要發怒。張氏急忙梳完頭，整理衣襟上前問其姓。臥在那兒的客人答：「姓張。」張氏回答道：「我也姓張。應該是妹。」於是向他行禮。問排行第幾。答：「第三。」他就問張氏排行第幾，答：「最長。」虯髯客於是高興地說：「今天真幸運遇上一妹。」張氏遠遠地叫道：「李郎快來拜見三哥。」李靖急忙拜見。於是三人環繞桌子坐下。客問：「煮的什麼肉？」答：「羊肉，大概已熟了。」客人說：「餓了。」李靖出去買燒餅。客人抽出腰間的匕首，切肉大家一起吃。吃完，剩下的肉亂切了幾刀遞到驢前餵驢吃，來去的速度很快。客人說：「看李靖的樣子，是貧士。怎麼得到這樣的美婦人？」李靖說：「我雖貧困，也是有心的人。他人問我，我故意不說。兄長問，就不瞞你。」於是就一一說出事情的由來。客問：「那麼將去哪裡？」李靖說：「將到太原躲避。」客人說：「好，我本就不是你要投奔的人。」又問：「有酒嗎？」李靖說：「客店西邊就是酒店。」李靖取來一斗酒。斟過一遍酒後，客說：「我有些下酒物，你能和我一起吃嗎？」李靖說：「不敢當。」客打開了皮囊，取出一顆人頭和一副心肝。把頭扔回囊中，用匕首切心肝，一塊吃。說：「這人是天下的負心人，恨他十年了，今天才抓到。我的遺憾總算消除了。」又說：「看李郎你的儀表氣度，是真正的男子漢大丈夫。也聽說太原有特異的人才嗎？」李靖答：「我曾經認識一個人，我的淺見認為他是真正的英主。其餘的人，只不過可作將帥罷了。」客問：「姓什麼？」李靖答：「和我同姓。」客問：「多大年紀？」答道：「僅二十歲。」客又問：「現在做什麼？」李靖說：「是州將的兒子。」客人說：「很像是他了。不過也得見面看看。你能讓我見他一面嗎？」李靖說：「我的朋友劉文靜和他很親近。由文靜介紹見面就可以了。但是你想做什麼呢？」

客人說:「望氣的人說太原有奇異的氣象,要我找找看。你明天出發,何日能到太原?」李靖計算到達的日子。客人說:「到達的第二天,天剛亮時請在汾陽橋等我。」說完,騎驢而去,速度像飛的一般,轉眼就已經看不見了。李靖和張氏又驚又喜,很久才說:「豪俠之士不會騙人。沒什麼可怕。」於是快馬加鞭趕路。

【本文】及期,入太原。果複相見。大喜,偕詣劉氏所。詐謂文靜曰:「有善相者思見郎君,請迎之。」文靜素奇其人,一旦聞有客善相,遽致使迎之。使迴而至,不衫不履,裼裘[19]而來,神氣揚揚,貌與常異。虯髯默然居末坐,見之心死。飲數杯,招靖曰:「真天子也!」公以告劉,劉益喜,自負。既出,而虯髯曰:「吾得十八九矣。然須道兄見之。李郎宜與一妹復入京。某日午時,訪我於馬行東酒樓,樓下有此驢及瘦驢,即我與道兄俱在其上矣。到即登焉。」又別而去。公與張氏復應之。

【翻譯】到了預期的日子,他們進入太原。果然又相見了。十分高興,一同前去劉家拜見劉文靜。對文靜謊稱:「有個善相面的人想見李世民,請你接他來。」劉文靜一向就覺得李世民非同常人,一下子聽說有客人善相面,就立即派人把李世民迎來。使者回來時,李世民也到了,服裝不整,披著裘衣而來,神采飛揚,儀態與常人不同,虯髯客默不作聲,坐在末位,看見他就死了心,飲酒飲了數杯,招李靖過來對他說:「是真命天子!」李靖把這話告訴劉文靜,劉文靜更高興了,更自命不凡了。從劉文靜家出來之後,虯髯客說:「吾得到十之八九了,但還必須請道長兄見他。李郎你應該和妹妹再進京。某日的午時,到馬行東酒樓下找我。下面有這頭驢和另一頭瘦驢,就是我和道兄都在樓上了。到了就上樓。」說完又告別離去。李靖和張氏仍答應著。

---

19. 裼裘:古行禮時,袒外衣而露裼衣,且不盡覆其裘,稱為裼裘;非盛禮時,以此為敬。

虬髯客傳

【本文】及期訪焉，宛見二乘。攬衣登樓，虬髯與一道士方對飲，見公驚喜，召坐。圍飲十數巡，曰：「樓下櫃中有錢十萬。擇一深隱處駐一妹。某日復會於汾陽橋。」如期至，即道士與虬髯已到矣。俱謁文靜。時方弈棋，揖而話心焉。文靜飛書迎文皇看棋。道士對弈，虬髯與公傍待焉。俄而文皇到來，精采驚人，長揖而坐。神氣清朗，滿坐風生，顧盼煒如[20]也。道士一見慘然，下棋子曰：「此局全輸矣！於此失卻局哉！救無路矣！復奚言！」罷弈而請去。既出，謂虬髯曰：「此世界非公世界。他方可也。勉之，勿以為念。」因共入京。虬髯曰：「計李郎之程，某日方到。到之明日，可以一妹同詣某坊曲小宅相訪。李郎相從一妹，懸然如磬[21]。欲令新婦祗謁[22]，兼議從容，無前卻也。」言畢，吁嗟而去。

【翻譯】他們到了約定的日子去尋訪，清楚地看見兩頭坐騎。提著衣襟登上樓，虬髯與一道士正在對飲，見李靖很是驚喜，招呼坐下，圍坐飲酒。酒斟過十多遍，客人說：「樓下的櫃中有錢十萬。選一隱密處把一妹留下。某日再到汾陽橋會我。」李靖在約定的日子到了汾陽橋，道士和虬髯客已經到了。一同去拜見劉文靜，劉文靜當時正在下棋。作揖之後就談心了。劉文靜趕緊寫信派人請李世民來看棋。道士和劉文靜下棋，虬髯客和李靖在一旁陪著。不一會兒，李世民到來。神采驚人，作了個長揖坐下。神清氣爽，滿座氣氛頓時活躍，眼睛炯炯有神。道士一見十分傷心，下了一棋子說：「這局全輸了！在此失掉全局了！無路可救！還說什麼！」停止下棋，請求離去。出了府，道士對虬髯客說：「這個世界不是你的世界，別的地方可以。勉力為之，不要把這放在心上。」於是共同入京。分別的時候虬髯客對李靖說：「計算你的行程，某日才到。到的第二天，可與大妹同往某個里巷的小屋中找我。你和大妹相從，結為夫婦，貧窮得什麼都沒有。想讓我的妻

---

[20]. 顧盼煒如：眼睛看人，炯炯有神的樣子。
[21]. 懸然如磬：形容空無所有，極度貧窮。
[22]. 祗謁：敬見；祗，音ㄓ。

子出來拜見，順帶隨便談談，不要推辭。」說完，嘆息而去。

【本文】公策馬而歸。即到京，遂與張氏同往。至一小板門子，叩之，有應者，拜曰：「三郎令候李郎、一娘子久矣。」延入重門，門愈壯。婢四十人，羅列庭前。奴二十人，引公入東廳。廳之陳設，窮極珍異，巾箱妝奩冠鏡首飾之盛，非人間之物。巾櫛妝飾畢，請更衣，衣又珍異。既畢，傳云：「三郎來！」乃虯髯紗帽裼裘而來，亦有龍虎之狀[23]，歡然相見。催其妻出拜，蓋亦天人耳。遂延中堂，陳設盤筵之盛，雖王公家不侔[24]也。四人對饌訖，陳女樂二十人，列奏其前，似從天降，非人間之曲。食畢，行酒。家人自東堂舁[25]出二十床，各以錦繡帕覆之。既陳，盡去其帕，乃文簿鑰匙耳。虯髯曰：「此盡寶貨泉貝[26]之數。吾之所有，悉以充贈。何者？欲於此世界求事，當或龍戰[27]三二十載，建少功業。今既有主，住亦何為？太原李氏，真英主也。三五年內，即當太平。李郎以奇特之才，輔清平之主，竭心盡善，必極人臣。一妹以天人之姿，蘊不世之藝，從夫之貴，以盛軒裳[28]。非一妹不能識李郎，非李郎不能榮一妹。起陸之漸，際會如期，虎嘯風生，龍吟雲萃[29]，固非偶然也。持余之贈，以佐真主，暫功業也，勉之哉！此後十年，當東南數千里外有異事，是吾得事之秋也。一妹與李郎可瀝酒[30]東南相賀。」因命家童列拜，曰：「李郎一妹，是汝主也！」言訖，與其妻從一奴，乘馬而去。數步，遂不復見。

---

[23]. 龍虎之狀：龍虎之姿，即儀表不凡。
[24]. 侔：合。
[25]. 舁：音ㄩˊ，扛抬。
[26]. 寶貨泉貝：寶物、財貨、錢幣；古代稱錢為泉，又以貝殼為貨幣，故稱泉貝。
[27]. 龍戰：《易經》有「龍戰於野」的句子，此處指帝位之戰。
[28]. 軒裳：坐大車，穿美服，意思是享有富貴。
[29]. 起陸之漸四句：起陸，龍蛇起陸，比喻帝王的興起；四句意謂帝王開創基業時，自然會有輔佐的人，就如「雲從龍，風從虎」一般，從四面八方而來聚集在一起。
[30]. 瀝酒：灑酒。

虯髯客傳

【翻譯】李靖策馬而回。一到京城,就與張氏同去拜訪虯髯客。見到一小板門,敲門,有人應聲,說:「三郎讓我們恭候李郎和娘子已多時了。」當下引領進入幾重大門,愈進到裡面,門愈大。有四十個婢女,排列庭前。二十位奴僕引領李靖進入東廳,廳上的陳列擺設,都是極為珍貴稀有的東西。箱子中的裝扮的飾物非常多,不是人間尋常之物。裝飾完畢,又請去換衣,衣服也非常珍奇。換好衣服,有人傳話道:「三郎來了!」正是虯髯客,頭戴紗帽,身著裘衣而來,也有龍虎之氣,相貌不凡。大家高興地相見。客催促他的妻子出來拜見,妻子也是天仙一般的美人。於是引進中堂,擺設下的酒筵非常豐盛,即使王公貴族之家也不能相比。四人入席後又叫出二十位歌舞女,在面前排列演奏,樂聲似從天降,不是人間的曲子。吃完飯,又行酒令。家人從東堂抬出二十架床,每個都用錦繡織成的巾帕蓋著。排列擺放好後,全部揭去巾帕,是文簿和鑰匙。虯髯客說:「這是全部的寶物錢幣的數量。我所有的東西,全部贈送給你。為什麼呢?我本想要在這世界建立事業,或許得爭個三、二十年,才能建少許功業。現在既然天下有主,還住在這裡幹什麼?太原的李氏,是真正的英明的君王!三五年內,就能遇上太平。你憑著奇特的才能,輔佐太平君主,全力為善,一定會做上最高的官。大妹憑著天仙般的容貌,藏有不尋常的才藝,隨著丈夫而富貴,可以享有鼎盛榮華。不是大妹,就不能使李郎受到賞識,不是李郎,就不能使大妹享受榮華。帝王開創基業時,就會有一些輔佐他的人,如「雲從龍,風從虎」一樣,從四面八方而來聚集在一起,本來就不是偶然的。拿著我的贈予,輔佐真主,幫助他成就功業,勉力為之吧!這之後再過十年,東南方數千里之外有不尋常的事,就是我得以成事的時候。大妹和李郎可以向東南方灑酒恭賀我。」於是命家中童僕排列叩拜,說:「李郎、大妹就是你們的主人。」說完,和他的妻子帶著一個奴僕,騎馬離去。走了幾步,就看不見了。

【本文】公據其宅,乃為豪家,得以助文皇帝締構之資[31],遂匡天

---

[31]. 締構之資:經營事業的費用。

下。貞觀十年,公以左僕射平章事。適南蠻入奏曰:「有海船千艘,甲兵十萬,入扶餘國,殺其主自立。國已定矣。」公心知虬髯得事也。歸告張氏,具衣拜賀,瀝酒東南祝拜之。乃知真人之興也,非英雄所冀。況非英雄者乎?人臣之謬思亂者,乃螳臂之拒走輪[32]耳。我皇家垂福萬葉,豈虛然哉。或曰:「衛公之兵法,半乃虬髯所傳耳。」

【翻譯】李靖擁有了這個宅第,就成了豪富之家,才有足以幫助李世民打江山的資本,於是平定了天下。貞觀十年,李靖任左僕射平章事。適逢南蠻派遣使臣入朝上奏說:「有千艘海船,十萬兵士,進入扶餘國,殺了它的君王,自立為王。現在國家已經平定了。」李靖心裡知道是虬髯客得以成事。回來告訴張氏,穿著禮服一同拜賀,向東南方灑酒祝禱叩拜。這就知道真命天子的興起,並不是英雄所能希望得到的,何況哪些不是英雄的人呢?作為別人的臣子而荒謬地妄想作亂的人,就是螳臂擋車罷了。我們李唐皇家能夠垂福於萬世,難道是虛假的嗎?有人說:「衛國公李靖的兵法,有一半是虬髯客所傳授的。」

作品賞析

故事以隋末天下群雄爭霸為背景,帶出李靖、紅拂女與虬髯客三位英雄人物之間的俠義故事,後人將他們合稱為「風塵三俠」。

本篇以人物描寫深刻,對白明快,膾炙人口。首先出場的人物是權臣楊素,他恃寵而驕,傲慢無禮,然而當面訓誡他的卻是布衣之姿的李靖,而凝視其上,甚至冒險夜奔的是慧眼識英雄的紅拂女,兩人結為夫妻後又遇一異人虬髯客,卻還有記掛了另一名異人,於是李世民出場了,他「不衫不履,裼裘而來,神氣揚揚,貌與常異」,這位真命天子就像地平線昇起的朝陽,讓虬髯客一見心死。

本篇以三次「抉擇」作為情節演進的基礎,構成主體內容,首先是紅拂女擇李靖為夫,其次是英雄擇虬髯客為友,第三則是良才將相

---

[32]. 螳臂之拒走輪:比喻不自量力。

虯髯客傳

擇其明主，所要反映的就是所謂「慧眼識英雄」這件事。篇中故事情節和紅拂女、虯髯客均出於虛構，目的在為了表現李世民為真命天子，唐室之所以歷年長久，非出偶然，藉此宣揚唐王朝統治的合理性，篇幅不短，然可循文理脈絡以及人物出場順序了解所要呈現之場景及故事發展。

　　作者透過筆下諸多人物的性格刻畫，帶出所處之隋朝末葉政局紛擾之社會情狀，當朝政局紛亂，各方群雄割據，促使諸多英雄豪傑甚至亂臣賊子夢想當皇帝，而虯髯客便是隋末各路英雄豪傑其中之一，透過作者筆下的生動描述，虯髯客與李靖、紅拂女豪俠形象躍然紙上，而有「風塵三俠」之美名，虯髯客豪邁絕倫，紅拂是豪爽脫俗，李靖則在豪俠之中帶了幾分書生氣，各自性格鮮明。

　　紅拂女於整個故事情節中表現出其慧眼識人，靈機應變，處事泰然，更是勇於追求自由的愛情，與李靖初次見面，全憑第一印象，便識李靖為英雄，夜奔李靖，脫衣去帽，並表明「絲蘿非獨生，願托喬木」的心跡。當虯髯客闖入旅館，臥看紅拂梳洗，行為當是無禮，紅拂反處變不驚，心度虯髯客應非等閒之輩，於是從容梳妝，不卑不亢，以禮相待，最終為李靖贏得一位豪友。一位青春年少的殊色佳麗，竟見識膽量非凡，不僅有驚人的美麗，更有驚人的事蹟，毫無忸怩之態，行為堅決果斷，處事乾脆俐落，實為女中豪傑。

　　李靖憑一介布衣上謁楊素，並當面指責「不宜踞見賓客」，展現自信沉的氣度，使得楊素「斂容而起，謝公，與語，大悅，收其策而退」，刻畫出卓越的識見與勇敢的俠氣，實為大將之才。

　　虯髯客形象描繪更是極具戲劇效果，「忽有一人，中形，赤髯儒虯，乘蹇驢而來，投革囊於爐前，取枕臥，看張梳頭」、「開革囊，取一人頭並心肝，卻頭囊中，以匕首切心肝共食之」、「言迄，乘驢而去，其行若飛，回顧已失」、「因命家童列拜，曰：李郎、一妹，是汝主也。言迄，與其妻從一奴，戎裝乘馬而去。數步，遂不復見。靖據其宅，

遂為豪家，得以助文皇締構之資，遂匡天下」數句中皆得以顯現虬髯客之豪俠形象，並透過這般豪俠之士傳達唯有應承天命者方能成為天子，正呼應文中「乃知真人之興也，非英雄所冀，況非英雄者乎？人臣之謬思亂者，乃螳臂之拒走輪耳。我皇家垂福萬葉，豈虛然哉？」所要表達之意念，激勵豪俠忠臣承擔起撥亂反正使天下大治之重責大任。

本篇是豪俠小說的典範，故事成功塑造了人物的形象，動人之處在於豪俠之風的呈現，直至今天新派武俠小說，都可以從中得到啟發，金庸尊其為「武俠小說的鼻祖」，對後世通俗武俠小說影響力可見一斑。雖然歷代都有人根據這篇文字敷衍和改編，如明代張鳳翼《紅拂記》和張太和的《紅拂記》以及凌濛初的《虬髯翁》，但都不如《虬髯客傳》寫得精彩傳神。本篇刻畫人物尤其精彩，鮮明凸出，說理敘事別有寄託之文學手法及寓教效果，文筆細膩生動，場景歷歷在目，作者之雄渾文筆與縝密構思由此可見。

問題討論

一、「虬髯客」富可敵國，志在逐鹿中原，最後卻選擇離開，對此你有何看法？

二、故事中的哪個角色讓你印象最為深刻？

三、試說明本篇小說的主題思想？

第四章、宋元之傳奇與話本小說

宋元時期的小說，主要有：傳奇與話本。茲列舉如下：

第一節、傳奇小說選

《琳瑯秘室叢書‧李師師外傳》

本篇選自《琳琅秘室叢書》[1]，收入在魯迅校錄的《唐宋傳奇集》。宋代傳奇大部分是寫前朝故事，這篇寫的是當時民間盛傳的帝王與名妓的戀情。內容敘述李師師在父母雙亡後被賣入勾欄，結識了宋徽宗，得以享受珠寶與美食。之後不久金人入侵，她把所得財富上繳府庫，以供抗金。都城陷落後，師師被擄獲獻於金軍主帥，但她不從，自殺而亡。小說將李師師描寫得大義凜然，批判宋徽宗的奢侈無度，終惹來災禍。

作者介紹

佚名，為南宋人，但姓名已不可考。

課文說明

【本文】李師師者，汴京[2]東二廂[3]永慶坊染局匠王寅之女也。寅妻既產女而卒。寅以菽漿[4]代乳乳之，得不死。在襁褓[5]未嘗啼。汴俗，凡男女生，父母愛之，必為捨身佛寺。寅憐其女，乃為捨身[6]寶光寺。女

---

[1]. 《琳琅秘室叢書》：由清代胡珽校刊，共五集，計三十六種。所收主要是掌故、說部、釋道方面的書。
[2]. 汴京：北宋的首都，今河南省開封市。
[3]. 廂：宋代畫分京城地區為若干廂，如今日的區。
[4]. 菽漿：豆漿。
[5]. 在襁褓：指嬰兒時代；襁褓，包裹嬰兒的衣被。
[6]. 捨身：古時信佛的人，把自身捨到廟裡為奴，甚至燒臂焚身，割肉自殺，

時方知孩⁷笑。一老僧目之，曰：「此何地，爾亦來耶？」女至是，忽啼。僧為摩其頂，啼乃止。寅竊喜，曰：「是女真佛弟子。」為佛弟子者，俗呼為師。故名之曰師師。師師方四歲，寅犯罪繫獄死。師師無所歸，有倡籍李姥者收養之。比長，色藝絕倫，遂名冠諸坊曲⁸。

【翻譯】李師師是汴京東二廂永慶坊染技工匠王寅的女兒。王寅的妻子生下女兒就去世了，王寅用豆漿當奶水餵她，嬰兒才沒有死去。在嬰兒時代，從來沒聽她哭過。汴京有個風俗，生了兒女，父母若是寵愛他們，一定要讓他們在名義上出家，到佛寺去度過一個時期。王寅疼他的女兒，就把她送到寶光寺。她這時才會笑。一個老和尚看著她說：「這是什麼地方，你也來到這裡呀？」師師在這時候突然哭了起來。和尚撫摸她的頭頂，她才不哭。王寅暗暗高興，說：「這女孩真有佛緣。」凡是佛門弟子，俗稱為「師」。所以這女孩取名叫「師師」。師師才四歲的時候，王寅犯罪，被拘捕入獄，竟死在獄中。師師沒有人可以依靠，有一個姓李的妓院老鴇收養了她。等到師師長大，無論是姿色還是技藝，都很出色，沒有人比得上她。因此在所有街坊的妓院中就屬她最有名。

【本文】徽宗⁹皇帝即位，好事奢華，而蔡京、章惇、王黼¹⁰之徒，遂假紹述¹¹為名，勸帝復行青苗諸法¹²。長安¹³中粉飾為饒樂氣象，市肆

以為對佛的供餐，叫做「捨身」。
7. 孩：通「咳」；小兒笑。
8. 坊曲：指曲巷，就是妓院。
9. 徽宗：名趙佶，北宋末的皇帝；宣和七年（公元1125年）傳位給兒子欽宗（趙桓）。靖康元年（公元1126年）秋，金人攻陷開封，大肆屠殺劫掠，次年把徽宗、欽宗都俘擄北去；後來徽宗死於五國城，高宗（趙構）在臨安（今杭州）即位，是為南宋。
10. 蔡京章惇王黼：當時的幾個奸臣；蔡京在徽宗時曾任宰相，奸惡最著。章惇於徽宗初年被貶死，蔡京、王黼於欽宗時被貶、被殺。
11. 紹述：繼續遵行的意思；宋哲宗和徽宗繼續推行神宗（趙頊）的新法，歷史家稱為「紹述之政」。
12. 青苗諸法：宋神宗時，王安石做宰相，創行青苗、農田水利、均輸、保甲

第四章、宋元之傳奇與話本小說--李師師外傳

酒稅,曰計萬緡[14]。金玉繒帛,充溢府庫。於是童貫、朱勔[15]輩,復導以聲色狗馬,宮室苑囿之樂。凡海內奇花異石,搜采殆徧。築離宮[16]於汴城之北,名曰艮嶽[17]。帝般樂[18]其中,久而厭之,更思微行為狎邪遊[19]。

【翻譯】徽宗皇帝登上王位,喜歡奢侈豪華的生活,而蔡京、章淳、王黼這一幫人,就假借繼承神宗政策的名義,勸徽宗重新推行「青苗法」等制度。京城裡粉飾成一種富足歡樂的氣象。集市店鋪裡的酒稅每天約有上萬緡。金銀珠玉、綢緞布匹,國庫裡堆得滿滿的。於是童貫、朱勔那批人,又誘導皇帝,讓他沉迷於聲色犬馬、宮室園林的玩樂。凡是國內的奇花異石,幾乎都被搜羅來了。皇帝又在汴京城北邊修建了一座離宮,名叫「艮嶽」。徽宗在裡面尋歡作樂,時間一長,也感到厭倦了,還想微服出宮去尋花問柳。

【本文】內押班[20]張迪者,帝所親倖之寺人[21]也。未宮時為長安狎客,往來諸坊曲,故與李姥善。為帝言隴西氏[22]色藝雙絕。帝心豔焉。翼日,命迪出內府[23]紫茸[24]二匹、霞疊[25]二端、瑟瑟珠[26]二顆、白金[27]二十

等新法;「青苗法」是由政府借錢給人民:春天借出,夏天歸還;夏天借出,秋天歸還,收取二分利息。
[13]. 長安:代指首都,這裡指汴京。
[14]. 緡:音ㄇㄧㄣˊ;成串的錢幣。
[15]. 童貫朱勔:北宋末的奸臣,兩人於欽宗時被殺。
[16]. 離宮:就是行宮,皇帝出巡時休息的地方。
[17]. 艮嶽:宋徽宗政和元年(公元1117年),在開封與建萬歲山,以供遊樂。因為山在京城東北方,所以也稱「艮嶽」;艮,音;本易經卦名,其方位在東北。
[18]. 般樂:遊樂;般,通「盤」;也是樂的意思。
[19]. 狎邪遊:指狎妓;邪,通「斜」。
[20]. 內押班:官名;宋代設內侍省押班,是皇帝貼身的內侍官。
[21]. 寺人:宦官、太監;同下文的「內寺」。
[22]. 隴西氏:姓李的人,這裡即指李師師。
[23]. 內府:皇家的內庫。

鎰[28]，詭云大賈趙乙，願過廬一顧。姥利金幣喜諾。

【翻譯】皇帝有個貼身內侍名叫張迪，是皇帝信任寵愛的宦官。張迪沒有受宮刑之前，是京城裡的一個嫖客，經常出入各處妓院，所以和李姥很要好。他告訴皇帝說李師師的姿色才藝都了不得。皇帝就很心動。第二天，命令張迪從皇宮庫藏中拿出紫茸兩匹、霞布兩塊、瑟瑟珠兩顆、白銀二十鎰，假稱自己是大商人趙乙，想來李家拜訪。李姥看在豐厚的銀兩禮物上，高興地答應下來。

【本文】暮夜，帝易服雜內寺四十餘人中，出東華門二里許，至鎮安坊。鎮安坊者，李姥所居之里也。帝麾止餘人，獨與迪翔步[29]而入。堂戶卑庳[30]，姥迎出，分庭抗禮[31]，慰問周至。進以時果數種，中有香雪藕、水晶蘋婆[32]，而鮮棗大如卵，皆大官所未供者。帝為各啖一枚。姥復款洽[33]良久，獨未見師師出拜。帝延佇以待。時迪已辭退，姥乃引帝至一小軒，棐几[34]臨窗，縹緗數帙[35]，窗外新篁，參差弄影。帝脩然[36]兀坐，意興閒適。獨未見師師出侍。少頃姥引帝至後堂，陳列鹿炙、雞酢、魚膾、羊[37]等肴，飯以香子稻米。帝每進一餐，姥侍傍款語多時，而師師終未出見。帝方疑異，而姥忽復請浴。帝辭之。姥至帝前耳語

---

[24]. 紫茸：珍貴的細毛皮布。
[25]. 雪疊：彩色的細毛布；疊：音ㄉㄧㄝˊ。
[26]. 瑟瑟珠：于闐（今新疆省和田縣）出產的有名的碧珠，一種青玉。
[27]. 白金：銀子。
[28]. 鎰：二十四兩為一鎰。
[29]. 翔步：兩手微開地走著。
[30]. 堂戶卑庳：屋舍卑陋狹隘。庳，音ㄅㄧˋ。
[31]. 分庭抗禮：行彼此平等的禮節。
[32]. 蘋婆：蘋果。
[33]. 款洽：親切周到的應酬。
[34]. 棐几：榧木做的几；棐，通「榧」。
[35]. 縹緗數帙：書籍數套；縹緗，音ㄆㄧㄠˇ ㄒㄧㄤ。為書卷的代稱。帙，書衣、書函。
[36]. 脩然：無牽無掛、沒有拘束的樣子；脩，音ㄒㄧㄠ。
[37]. 鹿炙雞醋魚膾羊：烤鹿肉、酸雞肉、魚肉絲、羊肉羹。

第四章、宋元之傳奇與話本小說--李師師外傳

曰：「兒性好潔，勿忤。」帝不得已，隨姥至一小樓下福室[38]中。浴竟，姥復引帝坐後堂，肴核水陸，盃盞新潔，勸帝歡飲，而師師終未一見。良久，姥纔執燭引帝至房。帝搴帷而入。一燈熒然，亦絕無師師在。帝益異之。為倚徙几榻間。又良久，見姥擁一姬，珊珊[39]而來，淡妝不施脂粉，衣絹素，無豔服。新浴方罷，嬌豔如水芙蓉。見帝意似不屑。貌殊倨，不為禮。姥與帝耳語曰：「兒性頗愎，勿怪。」帝於燈下凝睇物色[40]之，幽姿逸韻，閃爍驚眸[41]。問其年，不答。後強之，乃遷坐於他所。姥復附帝耳曰：「兒性好靜坐，唐突弗罪。」遂為下幃而出。

【翻譯】入夜以後，皇帝換了衣服混雜在四十多個太監當中，出了東華門大約兩里多路，到了鎮安坊，鎮安坊就是李姥所住的地方。宋徽宗叫其他的人不要跟著，只跟張迪兩人走了進去。只見房屋矮小簡陋，李姥出來迎接，和徽宗行平等之禮，問候非常的周到。端來幾種時鮮水果，有香雪藕、水晶蘋果等，其中鮮棗有雞蛋那麼大，這些都是連大官們來時也不曾端出來過的。皇帝每樣嘗了一個。李姥又殷勤地陪了好久，但就是沒看到師師出來見客。皇帝一直等待著。這時張迪已經告辭退出，李姥這才帶徽宗到一個小房間裡，窗邊擺著榾木几案上擺著幾套書籍，窗外新長的竹子，竹影錯亂晃動。皇帝悠然獨坐，心情很安詳。只是不見師師出來陪客。一會兒，李姥領皇帝到後堂，只見桌上已擺好了烤鹿肉、酸雞肉、魚肉絲和羊肉羹等名菜，飯是香稻米做的。徽宗每吃些飯菜，李姥便在旁陪他有說有笑，又過了好久，師師仍始終沒有出來相見。皇帝正感到疑惑，李姥忽然又請皇帝洗澡。皇帝推辭不想洗，李姥走到他跟前，在耳朵旁邊說：「我這孩子愛乾淨，請您聽她的。」皇帝不得已，只好跟著李姥到一座小樓下面的浴室洗澡。洗好後，李姥又領皇帝坐到後堂來，送上山珍海味，

---

[38]. 湢室：浴室；湢，音ㄅㄧˋ。
[39]. 珊珊：身上佩帶著玉飾的響聲。
[40]. 物色：本指形貌，這裡是仔細瞧看。
[41]. 驚眸：眼睛看花了。

杯盤都很新很乾淨，還勸皇帝暢飲，但李師師卻始終沒有出現。過了很久，李姥才舉著蠟燭，領著皇帝到臥室。皇帝掀開門簾，走進房間，裡面只有一盞微弱的燈光，也沒有師師的蹤跡。皇帝更加感到奇怪，為了倚靠方便就把几案搬到坐榻旁。又過了好久好久，才見李姥挽著一個年輕女子，步履輕盈發出珊珊的玉飾聲，女子化著淡妝，既沒擦粉，也沒上胭脂，穿的是白絹衣，沒有什麼豔麗的服飾。剛洗過澡，嬌豔脫俗得像水中的荷花一般。師師看見宋徽宗時態度似乎有些不屑，神態高傲，也不行禮。李姥對徽宗耳語說：「我女兒性子很倔強，請您不要見怪。」徽宗在燈下注視師師，覺得她姿態優雅氣質出眾，看得眼睛都閃爍模糊了起來。徽宗問師師幾歲了，師師不回答。後來一再地問，師師就乾脆坐到別處去了。李姥又在徽宗的耳邊說：「我女兒喜歡安靜地坐著，冒犯您了請別怪罪。」就替他們放下門簾出去了。

【本文】師師乃起解玄絹褐襖，衣輕綈[42]，捲右袂，援[43]壁間琴，隱几[44]端坐，而鼓平沙落雁之曲。輕攏慢撚[45]，流韻淡遠[46]，帝不覺為之傾耳，遂忘倦。比曲三終，雞唱矣。帝亟披帷出，姥聞亦起。為進杏酥飲[47]，棗糕[48]諸點品。帝飲杏酥杯許，旋起去。內侍從行者，皆潛候於外，即擁衛還宮。時大觀[49]三年八月十七日事也。姥語師師曰：「趙人禮意不薄，汝何落落[50]乃爾？」師師怒曰：「彼賈奴耳，我何為者！」姥笑曰：「兒強項[51]，可令御史裡行[52]。」

---

42. 綈：音，ㄊㄧˊ；光滑的絲綢。
43. 援：取下。
44. 隱几：倚几、憑几。
45. 輕攏慢撚：都是彈琴時的手法；攏，擊。撚，音ㄋㄧㄢˇ，手捏。
46. 流韻淡遠：音韻淡雅而傳布悠遠。
47. 杏酥飲：杏仁茶。
48. ＊飥：音ㄅㄛˊ ㄊㄨㄛ。湯餅。
49. 大觀：宋徽宗的年號（公元1107年～1110年）。
50. 落落：對人冷淡的樣子。
51. 強項：硬著脖子，態度倔強的樣子。強，音ㄐㄧㄤˋ。
52. 御史裡行：官名，辦御史的事。

第四章、宋元之傳奇與話本小說--李師師外傳

【翻譯】這時李師師才離開座位，脫下黑絹短襖，換上綢衣，卷起右邊袖子，取下牆上掛著的琴，靠著桌子，端端正正地坐好，彈起《平沙落雁》的曲子來。她的指法輕盈巧妙，彈出的聲音流暢淡遠，皇帝忍不住側耳傾聽，連疲倦都忘了。等到這支曲子彈了三遍，雞已經鳴過，天都要亮了。皇上趕忙掀開門簾走出去，李姥聽見動靜也趕了過來。為他獻上杏酥飲、棗糕、湯餅等點心。皇帝喝了一杯杏酥飲，立刻走了。隨行的侍者都偷偷地等在外面，馬上護衛著他回宮。這是大觀三年八月十七日的事。李姥私下對師師說：「這個趙乙的禮數不薄，你怎麼對他這樣冷淡？」師師惱怒地說：「他只是一個做生意的財奴罷了，我為什麼要巴結他！」李姥笑著說：「你這麼倔強，倒可以當御史裡行辦御史的事情了。」

【本文】已而長安人言籍籍[53]，皆知駕幸隴西氏。姥聞大恐，日夕惟涕泣。泣語師師曰：「洵是[54]，夷吾族[55]矣。」師師曰：「無恐。上肯顧我，豈忍殺我。且疇昔之夜，幸不見逼，上意必憐我。惟是我所竊自悼者，實命不猶[56]，流落下賤，使不潔之名，上累至尊，此則死有餘辜耳。若夫天威震怒，橫被誅戮，事起佚遊，上所深諱，必不至此，可無慮也。」

【翻譯】不久京城裡許多人紛紛在談論這事，都知道皇帝到李家去過了。李姥聽了，非常害怕，一天到晚只是哭泣，哭著對師師說：「如果是真的，就要滅我的族了。」師師說：「不用怕。皇上肯來看我，怎麼忍心殺我。再說那天夜裡，我也沒有受到強迫，皇上心裡一定很憐惜我。只是我暗自悲傷我的命運實在不好，流落到下賤的娼妓中，以致污穢的名聲連累天子，我這是死有餘辜啊！至於皇上會不會發怒把我們殺了，但這事情是開始於他放蕩的遊樂，這是皇上極為忌諱不願

---

[53]. 籍籍：形容彼此私下談論的聲音。
[54]. 洵是：如果是這樣。
[55]. 夷吾族：殺掉我的全家。
[56]. 實命不猶：實在是命不如人。

讓人知道的,所以一定不會發展到那種地步,可以不必憂慮。」

【本文】次年正月,帝遣迪賜師師蛇跗琴[57]者。蛇跗琴者,琴古而漆黦[58],則有紋如蛇之跗,蓋大內珍藏寶器也。又賜白金五十兩。三月,帝復微行如隴西氏。師師仍淡裝素服,俯伏門階迎駕。帝喜,為執其手令起。帝見其堂戶忽華敞,前所御處,皆以蟠龍錦繡覆其上,又小軒改造傑閣,畫棟朱闌,都無幽趣。而李姥見帝至,亦避匿。宣至,則體顫不能起,無復向時調寒送暖情態。帝意不悅,為霽顏[59]以老娘呼之,諭以一家子,無拘畏。姥拜謝,乃引帝至大樓,樓初成。師師伏地叩帝賜額。時樓前杏花盛開,帝為書「醉杏樓」三字賜之。

【翻譯】第二年正月,宋徽宗派張迪送給李師師一張蛇跗琴。所謂蛇跗琴,是一種古老的琴,琴身上的漆已成了黃黑色,出現了像蛇腹下的橫鱗一樣的花紋,這是皇宮內珍藏的寶物。還賜給她白銀五十兩。三月,皇帝又化裝成平民到李家。師師仍然穿著素淡的服裝,跪在門口迎接聖駕。皇帝很高興,拉著她的手,叫她起來。看見李家的房屋大門忽然變得豪華寬敞,上次來時所到過的地方,都用蟠龍圖形的綢緞蓋在上面。又見小房間改造成了大臥房,彩繪的柱子、朱紅的欄杆,那種幽雅的趣味都消失了。李姥見皇帝來了,也躲了起來。把她叫來,卻渾身發抖站都站不住,再也沒有上次那樣噓寒問暖的態度了。皇帝心裡不高興,但還是和顏悅色,稱她「老娘」,告訴她本來是一家人,不用拘束害怕。李姥拜謝了,領皇帝到大樓裡去,大樓是剛蓋好的。師師跪在地上磕頭請皇帝賜一塊匾額。當時樓前有杏花盛開,皇帝就寫了「醉杏樓」三個字賜給她。

【本文】少頃置酒,師師侍側,姥匍匐傳樽為帝壽[60]。帝賜師師隅

---

[57]. 蛇跗琴:一種漆面有斷紋、形如蛇腹下鱗紋的古琴;跗,音ㄈㄨ。蛇腹下的橫鱗。
[58]. 漆黦:黃黑色、黑紋;黦,音ㄩˋ。
[59]. 霽顏:指內心惱怒而表面裝成和顏悅色。
[60]. 匍匐傳樽為帝壽:伏在地下把杯子遞來遞去向皇帝敬酒。

第四章、宋元之傳奇與話本小說--李師師外傳

坐[61]，命鼓所賜蛇跗琴，為弄《梅花三疊[62]》。帝銜杯[63]飲聽，稱善者再。帝見所供肴饌器皿，皆龍鳳形，或鏤或繪，悉如宮中式。因問之，知出自尚食房[64]廚夫手。姥出金錢倩製者。帝亦不懌，諭姥今後悉如前，無矜張顯著[65]。遂不終席，駕返。

【翻譯】過了一會兒酒席準備好了，師師在徽宗旁邊侍候，李姥趴在地上向皇帝敬酒。皇帝讓師師在桌子的旁邊坐下，叫她彈奏賜給她的蛇跗琴，演奏《梅花三疊》一曲。皇帝拿著杯子一邊喝酒一邊聆聽，再三叫好。但是皇帝見到端上來的菜肴都有龍鳳形狀，有的是鏤刻的，有的是畫出來的，都跟皇宮裡一模一樣。就問是怎麼回事，才知道這些都出自尚食房廚師之手。是李姥出錢請他們製作的。皇帝感到不愉快，告訴李姥今後都要像上一次一樣，不用鋪張炫耀。於是沒等酒席結束，就回宮了。

【本文】帝嘗御畫院[66]，出詩句試諸畫工。中式者歲間得一二。是年九月，以「金勒馬嘶芳草地，玉樓人醉杏花天」名畫一幅，賜隴西氏；又賜藕絲燈[67]、煖雪燈、芳苡燈[68]、火鳳銜珠燈各十盞；鸂鶒盃、琥珀盃、琉璃盃、鏤金偏提[69]各十事[70]；月團、鳳團、蒙頂[71]等茶百斤；杯托、寒具[72]、銀餤餅[73]數盒，又賜黃白金各千兩。時宮中已盛傳其事。

---

[61]. 隅坐：坐在一旁。
[62]. 梅花三疊：即梅花三弄，古琴曲名；三疊，指曲調反覆三次。
[63]. 銜杯：把酒杯放在嘴邊，要飲不飲的樣子。
[64]. 尚食房：主管皇帝膳食的官署。
[65]. 無矜張顯著：不要過分地泚耀鋪張。
[66]. 畫院：指翰林圖畫院；北宋時設，是皇帝御用的繪畫機構。
[67]. 藕絲燈：一種彩色的燈。
[68]. 芳苡燈：一種發出紫光的燈。
[69]. 偏提：一種扁形的酒壺。
[70]. 十事：十件，十樣。
[71]. 月團鳳團蒙頂：都是專供皇帝飲用的貢品茶。
[72]. 寒具：一種油炸的麵食。
[73]. 銀餤餅：一種乳酪和肉類製成的餅；餤，音ㄉㄢˋ。

鄭后[74]聞而諫曰:「妓流下賤,不宜上接聖躬。且暮夜微行,亦恐事生叵測[75]。願陛下自愛。」帝頷之。閱歲者再[76],不復出。然通問賞賜,未嘗絕也。

【翻譯】宋徽宗曾經在翰林圖畫院出詩句考每位畫師。合格的每年有一兩個人。這年九月,徽宗以一幅題為「金勒馬嘶芳草地,玉樓人醉杏花天」的名畫賞給李師師;又賜給她藕絲燈、煖雪燈、芳苡燈、火鳳銜珠燈各十盞;鸕鶿盃、琥珀盃、琉璃盃、鏤金扁酒壺各十件;月團、鳳團、蒙頂等茶葉一百斤;湯餅、寒具、銀餅等點心好幾盒,還賜給她黃金、白銀各千兩。當時宮裡已經盛傳這件事情。鄭皇后聽說後,就進諫說:「娼妓之流的下賤人,不宜跟皇上龍體接近。而且夜晚私自出宮,也恐怕會出意外。但願陛下能自愛。」皇帝點頭答應。往後兩年,徽宗都沒有再去李家。但是對師師的問候賞賜,卻一直沒有中斷。

【本文】宣和[77]二年,帝復幸隴西氏。見懸所賜畫於醉杏樓,觀玩久之。忽回顧見師師,戲語曰:「畫中人,乃呼之竟出耶?」即日賜師師辟寒金鈿、映月珠環、舞鸞青鏡、金虬香鼎。次日,又賜師師端谿鳳咮硯[78]、李廷珪墨[79]、玉管宣毫筆[80]、剡谿綾紋紙[81],又賜李姥錢百千緡。

【翻譯】宣和二年,皇帝又去寵幸李師師。見到自己賜的畫掛在醉杏樓中,觀賞了好久。忽然回頭看見李師師,就開玩笑說:「畫裡的

---

[74]. 鄭后:就是顯肅皇后,有賢名,隨宋徽宗北去,也死於五國城。
[75]. 叵測:不測;叵,音ㄆㄛˇ。
[76]. 閱歲者再:經過了兩年;閱,經歷;經過。
[77]. 宣和:宋徽宗的年號(公元1119～1125年)。
[78]. 端谿鳳咮硯:兩種名硯,前者世稱「端硯」;咮,音ㄓㄡˋ。
[79]. 李廷珪墨:當時一種最名貴的墨;李廷珪,南唐的墨工,製墨最為精妙。
[80]. 宣毫筆:宣州(今安徽省宣城縣)出產的名筆。
[81]. 剡谿綾紋紙:用剡谿水製成的一種名貴的紙;剡,音ㄕㄢˋ。

第四章、宋元之傳奇與話本小說--李師師外傳

人怎麼竟然被喊出來了？」當天又賜給李師師避寒金鈿、映月珠環、舞鸞青鏡、金虬香爐四樣東西。第二天，又賜給師師端谿硯、鳳味硯、李廷珪墨，玉管宣毫筆，剡谿綾紋紙，也賜給李姥百千緡錢。

【本文】迪私言於上曰：「帝幸隴西必易服夜行，故不能常繼。今艮嶽離宮東偏，有官地袤延二三里，直接鎮安坊。若於此處為潛道[82]，帝駕往還殊便。」帝曰：「汝圖之。」於是迪等疏言：「離宮宿衛人，向多露處[83]。臣等願捐貲若干，於官地營室數百楹，廣築圍牆，以便宿衛。」帝可其奏。於是羽林巡軍[84]等，布列至鎮安坊止，而行人為之屏迹[85]矣。

【翻譯】張迪私下對徽宗說：「皇帝去李家一定要換衣服，又是夜裡才去，所以不能常去。現在艮嶽離宮偏向東邊，有公地綿延二三里長，可以直通鎮安坊。如果在這裡修一條暗道，皇上的車駕來去就很方便了。」皇帝說：「這件事交給你辦。」於是張迪等人正式上疏說：「艮嶽的侍衛人員以前大都在露天裡待著。我們願意捐錢，在公地造上蓋幾百間房子，四周築上圍牆，以便侍衛休息和防守。」皇帝批准了他們的奏請。於是羽林軍巡邏部隊等人員就分布到鎮安坊為止，過往行人就再也不能到這一帶來了。

【本文】四年三月，帝始從潛道幸隴西，賜藏鬮、雙陸[86]等具，又賜片玉棋盤、碧白二色玉棋子，畫院宮扇[87]、九折五花之簟[88]、鱗文蓆葉之席[89]、湘竹綺簾[90]、五彩珊瑚鉤。是日帝與師師雙陸不勝，圍棋又

---

[82]. 潛道：密道。
[83]. 露處：露宿。
[84]. 羽林巡軍：皇帝禁衛軍的專稱；宋代不設羽林軍，這裡只是泛指禁衛軍。
[85]. 屏迹：絕跡。
[86]. 藏鬮雙陸：藏鬮，古藏鈎之戲；鬮，音ㄐㄧㄡ。雙陸，古時的賭博遊戲，有點類似下棋。
[87]. 宮扇：就是團扇。
[88]. 九折五花之簟：可以折成若干層、有五彩花紋的竹蓆。
[89]. 鱗文蓆葉之席：指像魚鱗一樣花紋的蓆子。

不勝，賜白金二千兩。嗣後師師生辰，又賜珠鈿金條脫[91]各二事，璣[92]一篋，毳錦[93]數端，鷺毛繪翠羽緞百匹，白金千兩。後又以滅遼慶賀[94]，大賚州郡，加恩官府。乃賜師師紫綃絹幕、五綵流蘇[95]、冰蠶[96]神錦被、卻塵錦褥[97]，麩金[98]千兩，良醞則有桂露、流霞、香蜜等名。又賜李姥大府[99]錢萬緡。計前後賜金銀錢繒帛器用食物等，不下十萬。

【翻譯】宣和四年三月，皇帝開始從暗道到李師師家，賜給她藏鬮、雙陸等賭博的遊戲用品，還賞賜了玉片棋盤、綠白兩色玉棋子、畫院的宮扇、九折五花簟、鱗紋蔚葉席、湘竹綺簾、五彩珊瑚鉤等。這天皇帝與師師玩雙陸，輸了，下圍棋也輸了，就賜給師師白銀二千兩。後來師師生日，又賜給師師珠鈿、金手鐲各兩件，璣＊一盒，幾塊毳錦，一百匹鷺毛繪翠羽緞，一千兩白銀。後來又因為慶賀滅了遼國，大肆賞賜州郡，恩賜各地官府。於是賜給師師紫綃絹幕、五綵流蘇、冰蠶神錦被、卻塵錦褥子以及麩金千兩，賞賜的美酒則有桂露、流霞、香蜜等。又賜給李姥皇室府庫的一萬緡錢。共計前後賞賜金銀錢財、布料、用具物品、食物等，不少於十萬兩。

---

[90]. 湘竹綺簾：用湘妃竹編織花紋的簾子。
[91]. 條脫：腕釧、手鐲。
[92]. 璣琲：珠子一百粒（一說五百粒）為「琲」。此指珠串。
[93]. 毳錦：細毛花布；毳，音ㄘㄨㄟˋ。
[94]. 滅遼慶賀等三句：宋徽宗宣和五年（西年 1123 年），金國把攻取的遼國都城燕京（今北京）等地歸還宋朝。當時派童貫去接收，認為是滅了遼國，收復失地了，於是對中央和州郡官員，大加賞賜，封官進爵，以示慶賀。賚，音ㄌㄞˋ；賞賜。
[95]. 五綵流蘇：用五綵線結成球形，下面垂著鬚絡的一種裝飾品。
[96]. 冰蠶：拾遺記記載員嶠山出冰蠶，它在冰雪下結五彩的繭；用這種繭織成文錦，可以不怕水火。
[97]. 卻塵錦褥：杜陽雜編記載唐代元載為寵姬薛瑤英備卻塵之褥，出句驪國，用卻塵之獸毛製成，其色殷鮮，光軟無比。
[98]. 麩金：碎金；麩，音ㄈㄨ。
[99]. 大府：指皇家府庫。

第四章、宋元之傳奇與話本小說--李師師外傳

【本文】帝嘗於宮中集宮眷等讌坐。韋妃[100]私問曰：「何物李家兒[101]，陛下悅之如此？」帝曰：「無他。但令爾等百人，改豔裝，服玄素，令此娃雜處其中，迥然自別。其一種幽姿逸韻，要在色容之外耳。」無何，帝禪位，自號為道君教主[102]，退處太乙[103]宮，佚遊之興，於是衰矣。師師語姥曰：「吾母子嘻嘻[104]不知禍之將及。」姥曰：「然則奈何？」師師曰：「汝第勿與知，唯我所欲[105]。」

【翻譯】皇帝曾在宮中召集眷屬聚會吃酒席。韋妃悄悄問他：「李家女娃是個什麼樣的人物，讓陛下這麼喜歡她？」皇帝說：「沒有別的。只是讓像你們這樣的一百個人，去掉豔麗的裝扮，穿上素色的衣服，再把這姑娘放在當中，她自然會顯現出不同。她那一種優雅的姿態和瀟灑的氣度，不是有了美貌就能具備的。」過了不久，徽宗讓位給兒子，自號「道君教主」，退住到太乙宮裡去住，放縱遊樂的念頭，也就少了。師師對李姥說：「我們母女倆整天嘻嘻哈哈，還不知道大禍就要臨頭了。」李姥說：「那麼怎麼辦呢？」師師說：「你不用過問，只讓我做我想做的事。」

【本文】是時金人方啟釁，河北告急[106]。師師乃集前後所賜金錢，呈牒開封尹[107]，願入官[108]助河北餉。復賂迪等，代請於上皇，願棄家為

---

[100]. 韋妃：宋高宗的母親。
[101]. 何物李家兒：姓李的婦女是什麼樣一個人。
[102]. 道君教主：道家以所謂「三清九宮仙人」的高等僚屬為「道君」。宋徽宗信奉道教，想以道教之主自尊，因自稱為「道君教主」。
[103]. 太乙：道教神名。
[104]. 嘻嘻：喜笑自得的樣子。
[105]. 汝第勿與知二句：你不要過問，只讓我做我想做的事。
[106]. 是時金人方啟釁二句：宋徽宗宣和七年，也就是宋欽宗靖康元年，金兵攻下了相州、濬州、滑州等地，渡過黃河，河北一帶，形勢危急。河北，指河北路。
[107]. 開封尹：宋時設開封府尹，就是首都市長。
[108]. 入官：捐給政府。

女冠。上皇許之，賜北郭慈雲觀居之。未幾，金人破汴[109]，主帥闥孋索師師云，金主[110]知其名，必欲生得。乃索累日不得。張邦昌[111]等為蹤迹[112]之，以獻金營。師師罵曰：「吾以賤妓，蒙皇帝眷，寧一死無他志。若輩高爵厚祿，朝廷何負於汝，乃事事為斬滅宗社計[113]。今又北面事醜虜[114]，冀得一當[115]為呈身之地。吾豈作若輩羔雁贄[116]耶？」乃脫金簪自刺其喉，不死，折而吞之，乃死。道君帝在五國城[117]，知師師死狀，猶不自禁其泣涕之汍瀾[118]也。

【翻譯】當時金人才剛開始進犯挑釁，河北形勢危急，師師就把皇帝前前後後所賞賜的金錢集中起來，上書給開封府尹，表示願意把這些錢上繳府庫，以幫助河北官兵添購裝備軍餉。又賄賂張迪等人替她請求老皇帝，說願意出家為女道士。老皇帝准許了，還賜城北的慈雲觀給她住。沒多久，金人攻破了汴京，金國主帥闥孋來尋找李師師說，金國皇帝也知道她這個人，還指定要活口。找了好幾天沒有找到。張邦昌等人還幫著金人追查她的蹤跡，把她抓住獻給金營。李師師痛罵他：「我是一個低賤的妓女，卻承蒙皇帝垂顧，寧願一死也沒有別的念頭。你們這幫高官領著豐厚的薪水，朝廷哪裡虧待你們，你們卻做出一件件殘害國家的事。現在你們又向北侍奉醜惡的敵人，希望獲得

---

[109]. 金人破汴：靖康元年，金將斡離不和粘罕，分兩路侵犯開封，於閏十一月攻陷。
[110]. 金主：指金太宗完顏晟。
[111]. 張邦昌：字子能；曾任太宰兼門下侍郎，卻和金國私通。
[112]. 蹤迹：尋找。
[113]. 為斬滅宗社計：做顛覆國家的打算。
[114]. 北面事醜虜：指向敵人投降；北面就是稱臣；醜虜，醜惡的敵人。
[115]. 冀得一當：希望獲得一個機會。
[116]. 贄：見面禮。
[117]. 五國城：遼代有剖阿里等五國歸附，當時設節度使管轄他們。這五國分住各城，即今黑龍江依蘭縣以東至烏蘇里江口的松花江兩岸一帶，稱為五國城。
[118]. 汍瀾：流淚的樣子；汍，音ㄨㄢˊ。

第四章、宋元之傳奇與話本小說--李師師外傳

一個機會表現自己。我哪裡會當你們的見面禮呢？」於是拔下頭上的金簪猛刺自己的咽喉，但沒有死，就把金簪折斷吞了下去才死。宋徽宗在五國城聽說師師死時的情況，還忍不住淚如雨下，哭得很傷心。

【本文】論曰：李師師以娼妓下流，猥蒙異數[119]，所謂處非其據[120]矣。然觀其晚節[121]，烈烈有俠士風，不可謂非庸中佼佼[122]者也。道君奢侈無度，卒召北轅之禍[123]，宜哉。

【翻譯】評論的人說：李師師以一個低賤的娼妓，卻獲得非比尋常的待遇，這是所謂「得到她不應得到的地位」。但看她晚年的節操，捐出所有財富以抗金，剛烈地頗有俠士的作風，且被擄送金營，卻寧死不願侍奉外族皇帝，而吞金簪自殺，不能說不是平庸人中的佼佼者。宋徽宗過於奢侈，終於惹來了被俘擄到北方的災禍，也是罪有應得吧。

作品賞析

這篇寫的是當時民間盛傳的帝王與名妓的戀情。

故事從李師師平淡的出身寫起，帶點傳奇色彩的名字，暗示了她日後的不凡資質和不凡經歷，李師師在父母雙亡後被賣入妓院，結識了宋徽宗，這個佔據了李師師人生的大部分的男人，好事奢華，課稅嚴苛，為北宋的滅亡埋下了伏筆。之後金人入侵，李師師把所得財富上繳府庫以供抗金。都城陷落後，師師被抓住獻於金軍主帥，但她不從，自殺而亡。

小說將李師師描寫得大義凜然，按照故事的發展，逐步將她寫成

---

[119]. 猥蒙異數：指不應獲得卻獲得的非比尋常的待遇；猥，胡亂地、馬馬虎虎地的意思。
[120]. 處非其據：所處的地位，不是她所應得的。
[121]. 晚節：晚年的節操。
[122]. 庸中佼佼：指普通人裡的特出人物。
[123]. 北轅之禍：指宋徽宗教擄往五國城的事。

一個值得頌揚的人物。首先描述李師師童年時期已表現得跟一般人不一樣，接著記敘與宋徽宗初遇的情景，表現她身價之高和趣味之雅，再來描述李師師知曉宋徽宗身分的反應，表現了她的膽識，在金人入侵、徽宗退位時，她捐出徽宗所贈的所有財物用作為軍餉，則表現出她的愛國精神，最後通過李師師和張邦昌等奸臣在入侵的金人面前的不同表現，充分對比出她的愛國精神和民族氣節。

　　本篇步步深入、層層展開，結構謹嚴，描寫細膩，文筆雅潔，場面和情節的描寫非常精彩生動，不失為宋人傳奇中的優秀之作，此故事在民間流傳極廣，如《大宋宣和遺事》、《水滸傳》中皆有記載，然內容並不完全一致。

問題討論

　　一、你對李師師的評價為何？

　　二、你對宋徽宗的評價為何？

　　三、你對「紅顏禍水」這個詞語有什麼看法？請舉歷史上的實例說明之。

錯斬崔寧

第二節、話本小說選

《京本通俗小說・錯斬崔寧》

　　本篇選自《京本通俗小說》[1]第十五卷。《醒世恆言》的《十五貫戲言成巧禍》，《也是園書目》、《寶文堂書目》亦曾著錄。故事敘述有個名叫劉貴的官人有一妻（王氏）和一妾（陳二姐），家境貧窮，向友人借了十五貫錢，返家後與其妾陳二姐戲言是典她所得的錢。陳二姐當夜偷偷逃回娘家，途中偶遇賣絲客崔寧，結伴同行。賊人靜山大王闖入劉家偷錢，被劉貴發覺。賊人劈死了劉貴，攜錢潛逃。鄰居發覺後告官追捕，見崔寧與陳二姐同行，又在他身上搜得十五貫錢，因此一口咬定崔寧是犯人，告上法庭。兩人屈打成招後，同被處死。而後劉妻王氏又被靜山大王劫去，得知實情，才平反了冤獄。小說情節曲折，細節描寫入木三分，批判了官吏草菅人命，任意斷獄。這個故事流傳很廣，明末劇作家朱素臣據此改編為傳奇《雙熊夢》，亦名《十五貫》，在崑曲中演唱，至今不衰。

作者介紹

　　佚名。原書不知何人所編，有人認為是宋元作品，也有人認為是後人偽作古書。卷數、篇數均不詳。現存十卷九篇話本小說，是繆荃孫在1915年刊印的。此書當是目前流傳下來的較早的話本小說集，為宋元人的舊作，真實地反映了話本小說的原始形態。書中故事情節曲折生動，人物刻畫，尤其是心理描寫達到了一定的水準，生動、真實地反映了當時的社會生活及風俗人情。不但對小說史的研究具有很高的價值，也有相當重要的語言與民俗研究價值。

---

[1]. 《京本通俗小說》：宋代的短篇小說集，1915年由繆荃孫刊印。

課文說明

【本文】聰明伶俐自天生，懵懂癡呆未必真。

嫉妒每因眉睫淺，戈矛時起笑談深。

九曲黃河心較險，十重鐵甲面堪憎。

時因酒色亡家國，幾見詩書誤好人？

這首詩單表為人難處：只因世路窄狹，人心叵測，大道既遠，人情萬端。熙熙攘攘，都為利來；蚩蚩蠢蠢，皆納禍去。持身保家，萬千反覆。所以古人云：「顰有為顰，笑有為笑。顰笑之間，最宜謹慎。」

這回書單說一個官人，只因酒後一時戲笑之言，遂至殺身破家，陷了幾條性命。且先引下一個故事來，權做個「得勝頭迴[2]」。

我朝元豐年間，有一個少年舉子，姓魏名鵬舉，字沖霄，年方一十八歲，娶得一個如花似玉的渾家；未及一月，只因春榜動，選場開，魏生別了妻子，收拾行囊，上京應取。臨別時，渾家分付丈夫：「得官不得官，早早回來；休拋閃了恩愛夫妻。」魏生答道：「功名二字，是俺本領前程，不索[3]賢卿憂慮。」別後登程到京，果然一舉成名，榜上一甲[4]第九名，除授京職，到差甚是華艷動人。少不得修了一封家書，差人接取家眷入京。書上先敘了寒溫及得官的事，後卻寫下一行道：「是我在京中早晚無人照管，已討了一個小老婆。專候夫人到京，同享榮華。」

家人收拾書程[5]，一逕到家，見了夫人，稱說賀喜，因取家書呈上。

---

[2]. 得勝頭迴：說話者在進入正題以前，先以詩詞或小故事作為引子，目的在等待遲來的聽眾，又稱「入話」；頭迴，第一回。

[3]. 不索：不必；用不著。

[4]. 一甲：古代科舉殿試時分的等級。

[5]. 書程：書信和鋪蓋；程指鋪程（或作鋪陳），即鋪蓋、被褥等。

錯斬崔寧

夫人拆開看了，見是如此如此，這般這般，便對家人道：「官人直恁[6]負恩！甫能得官，便娶了二夫人！」家人便道：「小人在京，並沒見有此事，想是官人戲謔之言。夫人到京便知端的，休得憂慮。」夫人道：「恁地說，我也罷了。」卻因人舟未便，一面收拾起身，一面尋覓便人[7]，先寄封平安家信到京中去。那寄書人到了京中，尋問新科魏進士寓所，下了家書，管待酒飯，自回不題。

卻說魏生接書，拆開來看了，並無一句閒言閒語，只說道：「你在京中娶了一個小老婆，我在家中也嫁了一個小老公，早晚同赴京師也。」魏生見了，也只道是夫人取笑的說話，全不在意。未及收好，外面報說有個同年相訪。京邸寓中，不比在家寬轉；那人又是相厚的同年[8]，又曉得魏生並無家眷在內，直至裡面坐下。敘了些寒溫。魏生起身去解手，那同年偶番[9]桌上書帖，看見了這封家書，寫得好笑，故意朗誦起來。魏生措手不及，通紅了臉，說道：「這是沒理的事。因是小弟戲謔了他，他便取笑寫來的。」那同年呵呵大笑道：「這節事卻是取笑不得的。」別了就去。

那人也是一個少年，喜談樂道，把這封家書一節，頃刻間遍傳京邸。也有一班妬忌魏生少年登高科的，將這樁事，只當做風聞言事[10]的一個小小新聞，奏上一本，說這魏生年少不檢，不宜居清要之職[11]，降處外任。魏生懊恨無及。後來畢竟做官蹭蹬[12]不起，把錦片也似一段美前程，等閒放過去了。這便是一句戲言，撒漫[13]了一個美官。

今日再說一個官人，也只為酒後一時戲言，斷送了堂堂七尺之軀；

---

[6]. 直恁：竟然如此；恁，音ㄋㄣˋ。
[7]. 便人：順便為人辦事的人。
[8]. 同年：科舉同科及第者，互稱同年。
[9]. 番：通「翻」。
[10]. 風聞言事：彈劾官史的匿名信叫「風聞」，「言事」即「進諫」。
[11]. 清要之職：地位清高，職務顯要的官。
[12]. 蹭蹬：音ㄘㄥˋ ㄉㄥˋ；失意；受挫。
[13]. 撒漫：糟蹋。

連累兩三個人,枉屈害了性命。卻是為著甚的?有詩為證:

> 世路崎嶇實可哀,傍人笑口等閒開。
>
> 白雲本是無心物,又被狂風引出來。

卻說高宗時,建都臨安,繁華富貴,不減那汴京故國。去那城中箭橋左側,有個官人姓劉名貴,字君薦。祖上原是有根基的人家。到得君薦手中,卻是時乖運蹇,先前讀書,後來看看不濟,卻去改業做生意。便是半路上出家的一般,買賣行中一發不是本等伎倆,又把本錢消折[14]去了。漸漸大房改換小房,賃得兩三間房子。與同渾家王氏,年少齊眉;後因沒有子嗣,娶下一個小娘子,姓陳,是陳賣糕的女兒,家中都呼為二姐。這也是先前不十分窮薄的時做下的勾當[15]。至親三口,並無閒雜人在家。那劉君薦極是為人和氣,鄉里見愛,都稱他:「劉官人,你是一時運限不好,如此落寞。再過幾時,定時有個亨通的日子。」說便是這般說,那得有些些好處?只是在家納悶,無可奈何。

卻說一日閒坐家中,只見丈人家裡的老王,年近七旬,走來對劉官人說道:「家間老員外生日,特令老漢接取官人、娘子去走一遭。」劉官人便道:「便是我日逐愁悶過日子,連那泰山的壽誕也都忘了!」便同渾家王氏,收拾隨身衣服,打疊個包兒,交與老王背了;分付二姐看守家中:「今日晚了,不能轉回;明晚須索[16]來家。」說了就去。離城二十餘里,到了丈人王員外家,敘了寒溫。當日坐間客眾,丈人、女婿不好十分敘述許多窮相。到得客散,留在客房裡歇宿。

直至天明,丈人卻來與女婿攀話,說道:「姐夫[17],你須不是這等算計。『坐吃山空,立吃地陷』;『咽喉深似海,日月快如梭』。你須計較一個常便[18]。我女兒嫁了你一生,也指望豐衣足食,不成只是這等就

---

[14]. 消折:虧損;損失。
[15]. 勾當:事情。
[16]. 須索:必然;一定。
[17]. 姐夫:此處是借用出嫁女兒的弟妹身分來稱呼女婿。
[18]. 常便:妥善的方法。

錯斬崔寧

罷了！」劉官人歎了一口氣道：「是！泰山在上，道不得個『上山擒虎易，開口告人難』。如今的時勢，再有誰似泰山這般憐念我的？只索守困。若去求人，便是勞而無功。」丈人便道：「這也難怪你說！老漢卻是看你們不過，今日賫助[19]你些少本錢，胡亂去開個柴米店，撰[20]得些利息來過日子，卻不好麼？」劉官人道：「感蒙泰山恩顧，可知[21]是好。」當下吃了午飯，丈人取出十五貫[22]錢來，付與劉官人道：「姐夫且將這些錢去收拾起店面，開張有日，我便再應付你十貫。你妻子且留在此過幾日，待有了開店日子，老漢親送女兒到你家，就來與你作賀。意下如何？」

劉官人謝了又謝，馱了錢一逕出門，到得城中，天色卻早晚了。卻撞著一個相識，順路在他家門首經過。那人也要做經紀[23]的人，就與他商量一會，可知是好。便去敲那人門時，裡面有人應諾，出來相揖，便問：「老兄下顧，有何見教？」劉官人一一說知就裡[24]。那人便道：「小弟聞在家中，老兄用得著時，便來相幫。」劉官人道：「如此甚好。」當下說了些生意的勾當，那人便留劉官人在家，現成盃盤，吃了三盃兩盞。劉官人酒量不濟，便覺有些朦朧起來；抽身作別，便道：「今日相擾，明早就煩老兄過寒家計議生理[25]。」那人又送劉官人至路口，作別回家，不在話下。若是說話的同年生，並肩長，攔腰抱住，把臂拖回，也不見得受這般災晦，卻教劉官人死得不如：

《五代史》李存孝[26]，《漢書》中彭越[27]！

---

[19]. 賫助：資助；賫，通「齎」；音ㄐㄧ；贈送。
[20]. 撰：通「賺」。
[21]. 可知：自然；當然。
[22]. 貫：古代錢幣中間有孔，以繩串起故稱貫，一千錢為一貫。
[23]. 經紀：買賣。
[24]. 就裡：原委；內情。
[25]. 生理：生意。
[26]. 李存孝：五代後唐李克用的義子，戰功卓著，後被李存信誣陷，遭到車裂之刑。

卻說劉官人馱了錢，一步一步捱到家中敲門，已是點燈時分。小娘子二姐獨自在家，沒一些事做，守得天黑，閉了門，在燈下打瞌睡。劉官人打門，他那裡便聽見？敲了半晌，方纔知覺，答應一聲「來了！」起身開了門。

劉官人進去，到了房中，二姐替劉官人接了錢，放在桌上，便問：「官人何處挪移這項錢來？卻是甚用？」那劉官人一來有了幾分酒，二來怪他開得門遲了，且戲言嚇他一嚇；便道：「說出來，又恐你見怪；不說時，又須通你得知。只是我一時無奈，沒計可施，只得把你典與一個客人。又因捨不得你，只典得十五貫錢。若是我有些好處，加利贖你回來；若是照前這般不順溜，只索罷了！」那小娘子聽了，欲待不信，又見十五貫錢堆在面前；欲待信來，他平白與我沒半句言語，大娘子又過得好，怎麼便下得這等狠心辣手？疑狐不決，只得再問道：「雖然如此，也須通知我爹娘一聲。」劉官人道：「若是通知你爹娘，此事斷然不成。你明日且到了人家，我慢慢央人與你爹娘說通，他也須怪我不得。」小娘子又問：「官人今日在何處吃酒來？」劉官人道：「便是把你典與人，寫了文書，吃他的酒纔來的。」小娘子又問：「大姐姐如何不來？」劉官人道：「他因不忍見你分離，待得你明日出了門纔來。這也是我沒計奈何，一言為定。」說罷，暗地忍不住笑；不脫衣裳，睡在床上，不覺睡去了。

那小娘子好生擺脫不下：「不知他賣我與甚色樣[28]人家？我須先去爹娘家裡說知。就是他明日有人來要我，尋道我家，也須有個下落。」沉吟了一會，卻把這十五貫錢，一垛兒堆在劉官人腳後邊。趁他酒醉，輕輕的收拾了隨身衣服，款款的[29]開了門出去，拽上了門，卻去左邊一個相熟的鄰舍叫做朱三老兒家裡，與朱三媽借宿了一夜；說道：「丈夫今日無端賣我，我須先去與爹娘說知。煩你明日對他說一聲，既有了

---

[27]. 彭越：漢初名將，助劉邦奪天下有功，後被告謀反，處以醢刑。
[28]. 色樣：種類；樣子。
[29]. 款款的：慢慢的。

錯斬崔寧

主顧，可同我丈夫到爹娘家中來討個分曉，也須有個下落。」那鄰舍道：「小娘子說得有理。你只顧自去，我便與劉官人說知就理。」過了一宵，小娘子作別去了，不提。正是：

　　　　鰲魚脫卻金鉤去，擺尾搖頭再不回。

　　放下一頭。卻說這裡劉官人一覺直至三更方醒，見桌上燈猶未滅，小娘子不在身邊，只道他還在廚下收拾家火[30]，便喚二姐討茶吃。叫了一回，沒人答應，卻待掙扎起來，酒尚未醒，不覺又睡了去。不想卻有一個做不是的[31]，日間賭輸了錢，沒處出豁[32]，夜間出來掏摸些東西，卻好到劉官人門首，因是小娘子出去了，門兒拽上不關，那賊略推一推，豁地開了。捏手捏腳[33]，直到房中，並無一人知覺。到得床前，燈火尚明，周圍看時，並無一物可取。摸到床上，見一人朝著裡床睡去，腳後卻有一堆青錢，便去取了幾貫。不想驚覺了劉官人，起來喝道：「你須[34]不盡道理！我從丈人家借辦得幾貫錢來養身活命，不爭[35]你偷了我的去，卻是怎的計結[36]？」那人也不回話，照面一拳。劉官人側身躲過，便起身與這人相持。那人見劉官人手腳活動，便拔步出房。劉官人不捨，搶出門來，一徑趕到廚房裡，恰待聲張鄰舍，起來捉賊。那人急了，正好沒出豁，卻見明晃晃一把劈柴斧頭，正在手邊。也是人極計生[37]，被他綽起一斧，正中劉官人面門，撲地倒了。又復一斧，斫倒一邊。眼見得劉官人不活了，嗚呼哀哉，伏惟尚饗！那人便道：「一不做，二不休。卻是你來趕我，不是我來尋你索命。」翻身入房，取了十五貫錢，扯條單被包裹得停當，拽扎得爽俐[38]，出門，拽上了門就走。不

---

[30]. 家火：器具。
[31]. 做不是的：做壞事的人；話本中通常指小偷。
[32]. 出豁：想辦法；解決。
[33]. 捏手捏腳：今作「躡手躡腳」，輕手輕腳之意。
[34]. 須：真。
[35]. 不爭：如果；要是。
[36]. 計結：了結；處理。
[37]. 人極計生：即「人急計生」。
[38]. 拽扎得爽俐：綑綁得很俐落；拽，音ㄓㄨㄞˋ。

提。

次早鄰舍起來，見劉官人家門也不開，並無人聲息，叫道：「劉官人！失曉[39]了！」裡面沒人答應。捱將進去，只見門也不關。直到裡面，見劉官人劈死在地。他家大娘子兩日前已自往娘家去了，小娘子如何不見？免不得聲張起來。卻有昨夜小娘子借宿的鄰家朱三老兒說道：「小娘子昨夜黃昏時到我家宿歇，說道劉官人無端賣了他，他一徑先到爹娘家裡去了。教我對劉官人說，既有了主顧，可同到他爹娘家中，也討得個分曉。今一面著人去追他轉來，便有下落；一面著人去報他大娘子到來，再作區處。」眾人都道：「說得是。」

先著人去到王老員外家報了凶信。老員外與女兒大哭起來，對那人道：「昨日好端端出門，老漢贈他十五貫錢，教他將來作本，如何便恁的被人殺了？」那去的人道：「好教老員外、大娘子得知：昨日劉官人歸時，已自昏黑，吃得半酣，我們都不曉得他有錢沒錢，歸遲歸早。只是今早劉官人家門兒半開，眾人推將進去，只見劉官人殺死在地；十五貫錢一文也不見，小娘子也不見蹤跡。聲張起來，卻有左鄰朱三老兒出來，說道他家小娘子，昨夜黃昏時分，借宿他家。小娘子說道，劉官人無端把他典與人了，小娘子要對爹娘說一聲；住了一宵，今日徑自去了。如今眾人計議，一面來報大娘子與老員外，一面著人去追小娘子。若是半路裡追不著的時節，直到他爹娘家中，好歹追他轉來，問個明白。老員外與大娘子須索去走一遭，與劉官人執命[40]。」老員外與大娘子急急收拾起身，管待來人酒飯；三步做一步，趕入城中。不提。

卻說那小娘子清早出了鄰舍人家，挨上路去，行不上一二里，早是腳疼走不動，坐在路傍。卻見一個後生，頭帶萬字頭巾，身穿直縫寬衫，背上馱了一個搭膊[41]，裡面卻是銅錢；腳下絲鞋淨襪，一直走上

---

[39]. 失曉：指起得太晚，錯過天亮的時辰。
[40]. 執命：追查兇手以償命。
[41]. 搭膊：長方形的布製口袋，兩端各有一袋放置物品，中間有開口，可繫在

錯斬崔寧

前來。到了小娘子面前，看了一看，雖然沒有十二分顏色，卻也明眉皓齒，蓮臉生春，秋波送媚，好生動人！正是：

  野花偏艷目，村酒醉人多。

那後生放下搭膊，向前深深作揖：「小娘子獨行無伴，卻是往那裡去的？」小娘子還了萬福[42]道：「是奴家要往爹娘家去。因走不上，權歇在此。」因問：「哥哥是何處來？今要往何方去？」那後生叉手不離方寸[43]：「小人是村裡人，因往城中賣了絲帳，討得些錢，要往褚家堂那邊去的。」小娘子道：「告哥哥則個[44]。奴家爹娘也在褚家堂左側，若得哥哥帶挈奴家同走一程，可知是好。」那後生道：「有何不可？既如此說，小人情願伏侍小娘子前去。」

兩個廝趕[45]著一路，正行，行不到三二里田地，只見後面兩個人腳不點地趕上前來，趕得汗流氣喘，衣服拽開，連叫：「前面小娘子慢走！我卻有話說知！」小娘子與那後生看見趕得蹊蹺，都立住了腳。後邊兩個趕到跟前，見了小娘子與那後生，不容分說，一家扯了一個，說道：「你們幹得好事！卻走往那裡去？」小娘子吃了一驚，舉眼看時，卻是兩家鄰舍，一個就是小娘子昨夜借宿的主人。小娘子便道：「昨夜也須告過公公得知，丈夫無端賣我，我自去對爹娘說知。今日趕來，卻有何說？」朱三老道：「我不管閒帳。只是你家裡有殺人公事，你須回去對理[46]。」小娘子道：「丈夫賣我，昨日錢已馱在家中，有甚殺人公事？我只是不去。」朱三老道：「好自在性兒[47]！你若真個不去，叫起地方[48]：有殺人賊在此，煩為一捉！不然，須要連累我們，你這裡地

  腰間或背在肩上；膊，音ㄅㄛˊ。
[42]. 萬福：古代婦女行禮時口中稱萬福，後以萬福代稱婦女行禮。
[43]. 叉手不離方寸：拱手在胸前表示恭敬的意思。
[44]. 則個：加強語氣的語助詞。
[45]. 廝趕：結伴同行。
[46]. 對理：到官府對質。
[47]. 好自在性兒：指做事或說話抱著漠不關心的態度。
[48]. 地方：指地保。

方也不得清淨！」

　　那個後生見不是話頭，便對小娘子道：「既如此說，小娘子只索回去。小人自家去休。」那兩個趕來的鄰舍，齊叫起來，說道：「若是沒有你在此便罷；既然你與小娘子同行同止，你須也去不得！」那後生道：「卻也古怪，我自半路遇見小娘子，偶然伴她行一程，路途上有甚皂絲麻線[49]，要勒掯[50]我回去？」朱三老道：「他家有了殺人公事，不爭放你去了，卻打沒對頭官司？」當下怎容小娘子和那後生做主。看的人漸漸立滿，都道：「後生，你去！不得你日間不作虧心事，半夜敲門不吃驚；便去何妨？」那趕來的鄰舍道：「你若不去，便是心虛！我們卻和你罷休不得！」四個人只得廝挽著一路轉來。

　　到得劉官人門首，好一場熱鬧！小娘子入去看時，只見劉官人斧劈倒在地死了；床上十五貫錢，分文也不見。開了口合不得，伸了舌縮不上去，那後生也慌了，便道：「我恁的晦氣！沒來由和那小娘子同走一程，卻做了牽連人。」眾人都和鬧著。正在那裡分豁[51]不開，只見王老員外和女兒一步一疊走回家來，見了女婿屍身，哭了一場，便對小娘子道：「你卻如何殺了丈夫，劫了十五貫錢逃走出去？今日天理昭然，有何理說？」小娘子道：「十五貫錢委是有的。只是丈夫昨晚回來，說是無計奈何，將奴家典與他人，典得十五貫身價在此，說過今日便要奴家到他家去。奴家因不知他典與甚色樣人家，先去與爹娘說知。故此趁夜深了，將這十五貫錢一垛兒堆在他腳後邊，拽上門，到朱三老家住了一宵，今早自去爹娘家裡說知。我去之時，也曾央朱三老對我丈夫說，既然有了主兒，便同到我爹娘家裡來交割。卻不知因甚殺死在此？」那大娘子道：「可又來！我父親昨日明明把十五貫錢與他馱來作本，養贍妻小，他豈有哄你說是典來身價之理？這是你兩日因獨自在家，勾搭上了人；又見家中好生不濟，無心守耐；又見了十五貫

---

[49]. 皂絲麻線：牽扯關聯。
[50]. 勒掯：強迫；掯，音ㄎㄣˋ。
[51]. 分豁：解釋；分辯。

錯斬崔寧

錢，一時見財起意，殺死丈夫，劫了錢；又使見識往鄰舍家借宿一夜，卻與漢子通同計較，一處逃走。現今你跟著一個男子同走，卻有何理說，抵賴得過？」眾人齊聲道：「大娘子之言，甚是有理！」又對那後生道：「後生！你卻如何與小娘子謀殺親夫？卻暗暗約定在僻靜處等候，一同去逃奔他方，卻是如何計結？」那人道：「小人自姓崔名寧，與那個小娘子無半面之識。小人昨晚入城賣得幾貫絲錢在這裡，因路上遇見小娘子，小人偶然問起往那裡去的，卻獨自一個行走。小娘子說起是與小人同路，以此作伴同行。卻不知前後因依。」

眾人那裡肯聽他分說，搜索他搭膊中，恰好是十五貫錢，一文也不多，一文也不少！眾人齊發起喊來道：「是天網恢恢，疏而不漏！你卻與小娘子殺了人，拐了錢財，盜了婦女，同往他鄉。卻連累我地方鄰里打沒頭官司！」當下大娘子結扭了小娘子，王老員外結扭了崔寧，四鄰舍都是證見，一鬨都入臨安府中來。

那府尹聽得有殺人公事，即便陞堂，便叫一干人犯逐一從頭說來。先是王老員外上去告說：「相公在上。小人是本府村莊人氏，年近六旬，只生一女，先年嫁與本府城中劉貴為妻，後因無子，娶了陳氏為妾，呼為二姐。一向三口在家過活，並無片言。只因前日是老漢生日，差人接取女兒、女婿到家到家住了一夜；次日因見女婿家中全無活計，養贍不起，把十五貫錢與女婿作本，開店養身。卻有二姐在家看守，到得昨夜，女婿到家時分，不知因甚緣故，將女婿斧劈死了；二姐卻與一個後生，名喚崔寧，一同逃走，被人追捉到來。望相公可憐見老漢的女婿身死不明，奸夫淫婦，贓證現在，伏乞相公明斷！」府尹聽得如此如此，便叫：「陳氏上來！你卻如何通同奸夫殺死了親夫，劫了錢，與人一同逃走？是何理說？」二姐告道：「小婦人嫁與劉貴，雖是個小老婆，卻也得他看承得好，大娘子又賢慧，卻如何肯起這片歹心？只是昨晚丈夫回來，吃得半酣，馱了十五貫錢進門；小婦人問他來歷，丈夫說道為因養贍不周，將小婦人典與他人，典得十五貫身價在此。又不通我爹娘得知，明日就要小婦人到他家去。小婦人慌了，連夜出門，走到鄰舍家裡借宿一宵，今早一逕先往爹娘家去。教他對丈夫說：

既然賣我有了主顧，可到我爹娘家裡來交割。纔走得到半路，卻見昨夜借宿的鄰家趕來，捉住小婦人回來，卻不知丈夫殺死的根由。」那府尹喝道：「胡說！這十五貫錢，分明是他丈人與女婿的，你卻說是典你的身價，眼見的沒巴臂[52]的說話了。況且婦人家如何黑夜行走？定是脫身之計！這樁事須不是你一個婦人家做的，一定有奸夫幫你謀財害命。你卻從實說來！」

那小娘子正待分說，只見幾家鄰舍，一齊跪上去告道：「相公的言語，委是青天！他家小娘子昨夜果然借宿在左鄰第二家的，今早他自去了。小的們見他丈夫殺死，一面著人去趕，趕到半路，卻見小娘子和那一個後生同走，苦死不肯回來。小的們勉強捉他轉來；卻又一面著人去接他大娘子與他丈人，到時，說昨日有十五貫錢付與女婿做生理的，今者女婿已死，這錢不知從何而去。再三問那小娘子時，說道他出門時，將這錢一堆兒堆在床上。卻去搜那後生身邊，十五貫錢分文不少。卻不是小娘子與那後生通同謀殺？贓證分明，卻如何賴得過？」

府尹聽他們言言有理，就喚那後生上來道：「帝輦之下，怎容你這等胡行！你卻如何謀了他小老婆？劫了十五貫錢？殺死他親夫？今日同往何處？從實招來！」那後生道：「小人姓崔名寧，是鄉村人氏。昨日往城中賣了絲，賣得這十五貫錢。今早偶然路上撞著這小娘子，並不知他姓甚名誰，那裡曉得他家殺人公事？」府尹大怒，喝道：「胡說！世間不信有這等巧事。他家失去了十五貫錢，你卻賣的絲恰好也是十五貫錢，這分明是支吾的說話了。況且他妻莫愛，他馬莫騎，你既與那婦人沒甚首尾[53]，卻如何與他同行共宿？你這等頑皮賴骨，不打如何肯招？」

當下眾人將那崔寧與小娘子死去活來，拷打一頓。那邊王老員外與女兒併一干鄰佑[54]人等，口口聲聲咬他二人。府尹也巴不得了結這段

---

[52]. 巴臂：「把柄」；根據、來由的意思。
[53]. 首尾：指關係。
[54]. 鄰佑：即「鄰右」，鄰居。

錯斬崔寧

公案。拷訊一回，可憐崔寧和小娘子受刑不過，只得屈招了，說是一時見財起意，殺死親夫，劫了十五貫錢，同奸夫逃走是實。左鄰右舍都指畫了十字。將兩人大枷枷了，送入死囚牢裡。將這十五貫錢給還原主。也只好奉與衙門中人做使用也還不夠哩！府尹疊成文案，奏過朝廷。部覆申詳[55]，倒下聖旨，說崔寧不合奸騙人妻，謀財害命，依律處斬；陳氏不合通同奸夫殺死親夫，大逆不道，凌遲示眾。當下讀了招狀，大牢內取出二人來，當廳判一個「斬」字，一個「剮」字，押赴市曹行刑示眾。兩人渾身是口，也難分說。正是：

啞子謾嘗黃蘗味，難將苦口對人言。

看官聽說：這段公事，果然是小娘子與那崔寧謀財害命的時節，他兩人須連夜逃走他方，怎的又去鄰舍人家借宿一宵？明早又走到爹娘家去，卻被人捉住了？這段冤枉，仔細可以推詳出來。誰想問官糊塗，只圖了事，不想捶楚之下，何求不得？冥冥之中，積了陰隲，遠在兒孫近在身。他兩個冤魂也須放你不過。所以做官的切不可率意斷獄，任情用刑，也要求個公平明允。道不得個死者不可復生，斷者不可復續。可勝歎哉！

閒話休提。卻說那劉大娘子到得家中，設個靈位守孝。過日，父親王老員外勸她轉身[56]，大娘子說道：「不要說起三年之久，也須到小祥[57]之後。」父親應允自去。

光陰迅速，大娘子在家巴巴結結[58]，將近一年。父親見他守不過，便叫家裡老王去接他來，說：「叫大娘子收拾回家，與劉官人做了週年，轉了身去罷。」大娘子沒計奈何，細思父言，亦是有理；收拾了包裹，與老王背了，與鄰舍家作別，暫去再來。一路出城，正值秋天，一陣烏風猛雨，只得落路往一所林子去躲。不想走錯了路，正是：

---

[55]. 部覆申詳：指刑部覆查審核後向皇帝報告。
[56]. 轉身：改嫁。
[57]. 小祥：喪禮週年之祭。
[58]. 巴巴結結：勉強湊合。

豬羊走屠宰之家，一腳腳來尋死路。

走入林子裡去，只聽他林子背後大喝一聲：「我乃靜山大王[59]在此！行人住腳，須把買路錢與我！」大娘子和那老王吃那一驚不小，只見跳出一個人來：

頭帶乾紅[60]凹面巾，身穿一領舊戰袍，腰間紅絹搭膊裹肚，腳下蹬一雙烏皮皂靴，手執一把朴刀。

舞刀前來。那老王該死，便道：「你這剪逕[61]的毛團[62]！我須是認得你，做這老性命著與你兌了罷！」一頭撞去，被他閃過空；老人家用力猛了，撲地便倒。那人大怒道：「這牛子[63]好生無禮！」連捌[64]一兩刀，血流在地，眼見得老王養不大了。那劉大娘子見他兇猛，料道脫身不得；心生一計，叫做脫空計。拍手叫道：「殺得好！」那人便住了手，睜圓怪眼，喝道：「這是你甚麼人？」那大娘子虛心假氣的答道：「奴家不幸，喪了丈夫；卻被媒人哄誘，嫁了這個老兒，只會吃飯。今日卻得大王殺了，也替奴家除了一害。」那人見大娘子如此小心，又生得有幾分顏色，便問道：「你肯跟我做個壓寨夫人麼？」大娘子尋思，無計可施，便道：「情願伏侍大王。」那人回嗔作喜，收拾了刀杖，將老王屍首攛入澗中；領了劉大娘子到一所莊院前來，甚是委曲[65]。只見大王向那地上拾些土塊，拋向屋上去，裡面便有人出來開門。到得草堂之上，分付殺羊備酒，與劉大娘子成親。兩口兒且是說得著[66]。正是：

明知不是伴，事急且相隨。

---

[59]. 靜山大王：強盜常用之名。
[60]. 乾紅：正紅色；乾，音ㄑㄧㄢˊ。
[61]. 剪逕：攔路搶劫。
[62]. 毛團：罵人的話，等於「畜生」。
[63]. 牛子：宋、元時期對村人、鄉巴佬的謔稱。
[64]. 捌：音ㄕㄨㄛˋ；戳刺。
[65]. 委曲：隱僻。
[66]. 說得著：說話投機，感情要好。

錯斬崔寧

不想那大王自得了劉大娘子之後，不上半年，連起了幾主大財，家間也豐富了。大娘子甚是有識見，早晚用好言語勸他：「自古道：『瓦罐不離井上破，將軍難免陣中亡。』你我兩人，下半世也夠吃用了，只管做這沒天理的勾當，終須不是個好結果。卻不道是梁園雖好，不是久戀之家[67]。不若改行從善，做個小小經紀，也得過養身活命。」那大王早晚被他勸轉，果然回心轉意，把這門道路撇了；卻去城市間，賃下一處房屋，開了一個雜貨店。遇閒暇的日子，也時常去寺院中念佛赴齋。

忽一日在家閒坐，對那大娘子道：「我雖是個剪逕的出身，卻也曉得冤各有頭，債各有主。每日間只是嚇騙人東西，將來過日子；後來得有了你。一向不大順溜，今已改行從善。閒來追思既往，止曾枉殺了兩個人，又冤陷了兩個人，時常掛念，思欲做些功德超度他們，一向不曾對你說知。」大娘子便道：「如何是枉殺了兩個人？」那大王道：「一個是你的丈夫，前日在林子裡的時節，他來撞我，我卻殺了他。他須是個老人家，與我往日無仇，如今又謀了他老婆，他死也是不肯甘心的。」大娘子道：「不恁的時[68]，我卻那得與你廝守？這也是往事，休提了。」又問：「殺那一個又是甚人？」那大王道：「說起來這個人，一發天理上放不過去；且又帶累了兩個人，無辜償命。是一年前，也是賭輸了，身邊並無一文，夜間便去掏摸些東西。不想到一家門首，見他門也不閂。推進去時，裡面並無一人。摸到門裡，只見一人醉倒在床，腳後卻有一堆銅錢。便去摸他幾貫，正待要走，卻驚醒了那人，起來說道：『這是我丈人家與我做本錢的，不爭你偷去了，一家人口都是餓死！』起身搶出房門，正待聲張起來。是我一時見他不是話頭，卻好一把劈柴斧頭在我腳邊，這叫做人急計生，綽起斧來，喝一聲道：『不是我，便是你！』兩斧劈倒。卻去房中將十五貫錢盡數取了。後來打聽得他，卻連累了他家小老婆，與那一個後生，喚做崔寧，說他兩人謀財害命，雙雙受了國家刑法。我雖是做了一世強人，只有這兩

---

[67]. 梁園二句：意思是說，攔路搶劫終非長久之計。
[68]. 不恁的時：不這樣的話。

樁人命是天理人心打不過去的，早晚還要超度他，也是該的。」

那大娘子聽說，暗暗地叫苦：「原來我的丈夫也吃這廝殺了！又連累我家二姐與那個後生無辜被戮。思量起來，是我不合當初執證他兩人償命。料他兩人陰司中也須放我不過！」當下權且歡天喜地，並無他說。明日捉個空，便一徑到臨安府前叫起屈來。

那時，換了一個新任府尹，纔得半月，正值陞廳，左右捉將那叫屈的婦人進來。劉大娘子到於階下，放聲大哭；哭罷，將那大王前後所為：「怎的殺了我丈夫劉貴，問官不肯推詳，含糊了事，卻將二姐與那崔寧矇矓償命；後來又怎的殺了老王，奸騙了奴家。今日天理昭然，一一是他親口招承，伏乞相公高抬明鏡，昭雪前冤！」說罷又哭。

府尹見他情詞可憫，即著人去捉那靜山大王到來，用刑拷訊，與大娘子口詞一些不差。及時問成死罪，奏過官裡。待六十日限滿，倒下聖旨來：「勘得靜山大王謀財害命，連累無辜，准律：殺一家非死罪三人者，斬加等，決不待時；原問官斷獄失情，削職為民；崔寧與陳氏枉死可憐，有司訪其家，量行優恤；王氏既係強徒威逼成親，又能伸雪夫冤，著將賊人家產一半沒入官，一半給與王氏，養贍終身。」

劉大娘子當日往法場上看決了靜山大王；又取其頭去祭獻亡夫，並小娘子及崔寧，大哭一場。將這一半家私捨入尼姑庵中，自己朝夕看經念佛，追薦亡魂，盡老百年而絕。有詩為證：

　　善惡無分總喪軀，只因戲語釀災危。

　　勸君出話須誠實，口舌從來是禍基。

作品賞析

〈錯斬崔寧〉的故事來源於民間，敘述有個名叫劉貴的官人有一妻王氏和一妾陳二姐，因家境貧窮，丈人借給了十五貫錢要他開店做生意，返家後嫌陳二姐開門遲了，與其戲言此筆財富乃是將她典當後

錯斬崔寧

所得的錢。未料陳二姐信以為真，當夜偷偷要逃回娘家稟告雙親，途中偶遇賣絲客崔寧，便結伴同行。時值賊人靜山大王闖入劉家偷錢，被劉貴發覺，賊人為免後患，劈死了劉貴，攜款潛逃。鄰居發覺後告官追捕，見崔寧與陳二姐同行，又在他身上搜得十五貫錢，因此一口咬定崔寧是犯人，告上法庭，兩人遭屈打成招後，同被處死，直至劉妻王氏又被靜山大王劫去，得知實情，方告官平反了冤獄。

小說情節曲折，細節描寫入木三分，真實細緻，事件的展開有如層層剝筍，將「錯斬崔寧」的前因後果寫得入情入理，「巧合」是這篇小說的一大特色，所謂「無巧不成書」，一系列的巧合促成了一場冤案，營造出一個新穎奇巧的故事情節，令人讚歎。透過陳二姐與崔寧的冤死，反諷當時官吏草菅人命，任意斷獄，枉殺無辜的作為，具有濃厚的現實主義色彩。

本篇結構周詳細密，分合有致，繁而不亂，剪裁得當，語言生動，通過人物對話及內心活動的描寫，塑造了生動鮮明的人物性格。

問題討論

一、本篇作品的主旨為何？

二、如果你是崔寧，你如何在判官面前辯解提出有力的證據，使判官相信而判你無罪？

三、本篇作品反映出的思想理念為何？

中國小說卷

第五章、元明之章回與擬宋人小說

元明時期的小說，主要有：章回與擬宋人小說。茲列舉如下：

第一節、章回小說選

《西遊記・第三十一回》

內容導讀

本文選自《西遊記》[1]第三十一回〈豬八戒義激猴王　孫行者智降妖怪〉。《西遊記》是明代長篇小說，以古代白話寫成，全書共二十卷，共一百回。故事取材於唐朝玄奘法師赴西域取經的真實事情，融入了大量古代神話和民間傳說，加上作者大膽的創造和想像，塑造了孫悟空、豬八戒、唐僧、沙僧等個性鮮明的人物形象。

作者介紹

吳承恩（1504 年～1582 年），字汝忠，號射陽山人，淮安山陽縣（今江蘇省淮安市楚州區）人。他一生創作豐富，但是由於家貧，又沒有子女，作品多已散失。

課文說明

【本文】卻說那獸子被一窩猴子捉住了，扛擡扯拉，把一件直裰子揪破。口裏嘮嘮叨叨的，自家念誦道：「罷了！罷了！這一去有個打殺的情了」不一時，到洞口。那大聖坐在石崖之上，罵道：「你這（食囊）糠的夯貨！你去便罷了，怎麼罵我？」八戒跪在地下道：「哥啊，

---

[1]. 《西遊記》：是一部中國古典神魔小說；書中講述玄奘至西天取經的故事，反映了懲惡揚善的主題思想；成書於明朝中葉，在中國及世界各地廣為流傳，被翻譯成多種語言。

第五章、元明之章回與擬宋人小說--西遊記‧第三十一回

我不曾罵你；若罵你，就嚼了舌頭根。我只說哥哥不去，我自去報師父便了。怎敢罵你？」行者道：「你怎麼瞞得過我？我這左耳往上一扯，曉得三十三天人說話；我這右耳往下一扯，曉得十代閻王與判官算帳。你今走路把我罵，我豈不聽見？」八戒道：「哥啊，我曉得。你賊頭鼠腦的，一定又變作個甚麼東西兒，跟著我聽的。」行者叫：「小的們，選大棍來！先打二十個見面孤拐，再打二十個背花，然後等我使鐵棒與他送行！」八戒慌得磕頭道：「哥哥，千萬看師父面上，饒了我罷！」行者道：「我想那師父好仁義兒哩！」八戒又道：「哥哥，不看師父啊，請看海上菩薩之面，饒了我罷！」

行者見說起菩薩，卻有三分兒轉意道：「兄弟，既這等說，我且不打你。你卻老實說，不要瞞我。那唐僧在那裏有難，你卻來此哄我？」八戒道：「哥哥，沒甚難處，實是想你。」行者罵道：「這個好打的劣貨！你怎麼還要者嚣？我老孫身回水簾洞，心逐取經僧。那師父步步有難，處處該災。你趁早兒告誦我，免打！」八戒聞得此言，叩頭上告道：「哥啊，分明要瞞著你，請你去的；不期你這等樣靈。饒我打，放我起來說罷。」行者道：「也罷，起來說。」眾猴撒開手。那獸子跳得起來，兩邊亂張[2]。行者道：「你張甚麼？」八戒道：「看看那條路兒空闊，好跑。」行者道：「你跑到哪裏？我就讓你先走三日，老孫自有本事趕轉你來！快早說來！這一惱發我的性子，斷不饒你！」

八戒道：「實不瞞哥哥說。自你回後，我與沙僧，保師父前行。只見一座黑松林，師父下馬，教我化齋。我因許遠，無一個人家，辛苦了，略在草裏睡睡。不想沙僧別了師父，又來尋我。你曉得師父沒有坐性；他獨步林間玩景，出得林，見一座黃金寶塔放光，他只當寺院。不期塔下有個妖精，名喚黃袍，被他拿住。後邊我與沙僧回尋，止見

---

[2] 張：張望，向四周或遠處看。

白馬、行囊，不見師父，隨尋至洞口，與那怪廝殺。師父在洞，幸虧了一個救星。原是寶象國王第三個公主，被那怪攝來者。他修了一封家書，託師父寄去，遂說方便，解放了師父。到了國中，遞了書子，那國王就請師父降妖，取回公主。哥啊，你曉得，那老和尚可會降妖？我二人復去與戰，不知那怪神通廣大，將沙僧又捉了。我敗陣而走，伏在草中。那怪變作個俊俏文人入朝，與國王認親，把師父變作老虎。又虧了白龍馬夜現龍身，去尋師父。師父倒不曾尋見，卻遇著那怪在銀安殿飲酒。他變一宮娥，與他巡酒、舞刀，欲乘機而砍，反被他用滿堂紅打傷馬腿。就是他教我來請師兄的，說道：『師兄是個有仁有義的君子。君子不念舊惡，一定肯來救師父一難。』萬望哥哥念『一日為師，終身為父』之情，千萬救他一救！」

行者道：「你這個獸子！我臨別之時，曾叮嚀又叮嚀，說道：『若有妖魔捉住師父，你就說老孫是他大徒弟。』怎麼卻不說我？」八戒又思量道：「請將不如激將，等我激他一激。」道：「哥啊，不說你還好哩；只為說你，他一發無狀！」行者道：「怎麼說？」八戒道：「我說：『妖精，你不要無禮，莫害我師父！我還有個大師兄，叫做孫行者。他神通廣大，善能降妖。他來時教你死無葬身之地！』那怪聞言，越加忿怒，罵道：『是個甚麼孫行者，我可怕他！他若來，我剝了他皮，抽了他筋，啃了他骨，吃了他心！饒他猴子瘦，我也把他剁著油烹！』」行者聞言，就氣得抓耳撓腮，暴躁亂跳道：「是哪個敢這等罵我！」八戒道：「哥哥息怒，是那黃袍怪這等罵來，我故學與你聽也。」行者道：「賢弟，你起來。不是我去不成；既是妖精敢罵我，我就不能不降他。我和你去。老孫五百年前大鬧天宮，普天的神將看見我，一個個控背[3]躬身，稱呼大聖。這妖怪無禮，他敢背前面後罵我！我這去，把他拿住，碎屍萬段，以報罵我之仇！報畢，我即回來。」八戒道：「哥哥，正是。

---

[3]. 控背：即指彎腰。

第五章、元明之章回與擬宋人小說--西遊記‧第三十一回

你只去拿了妖精，報了你仇，那時來與不來，任從尊意。」

那大聖纔跳下崖，撞入洞裏，脫了妖衣。整一整錦直裰，束一束虎皮裙，執了鐵棒，逕出門來。慌得那群猴攔住道：「大聖爺爺，你往哪裏去？帶挈我們耍子幾年也好。」行者道：「小的們，你說那裏話！我保唐僧的這椿事，天上地下，都曉得孫悟空是唐僧的徒弟。他倒不是趕我回來，倒是教我來家看看，送我來家自在耍子。如今只因這件事，你們卻都要仔細看守家業，依時插柳栽松，毋得廢墜。待我還去保唐僧，取經回東土。功成之後，仍回來與你們共樂天真。」眾猴各各領命。

那大聖纔和八戒攜手駕雲，離了洞，過了東洋大海，至西岸，住雲光，叫道：「兄弟，你且在此慢行，等我下海去淨淨身子。」八戒道：「忙忙的走路，且淨甚麼身子？」行者道：「你哪裏知道。我自從回來，這幾日弄得身上有些妖精氣了。師父是個愛乾淨的，恐怕嫌我。」八戒於此始識得行者是片真心，更無他意。

須臾洗畢，復駕雲西進。只見那金塔放光。八戒指道：「那不是黃袍怪家？沙僧還在他家裏。」行者道：「你在空中，等我下去看看那門前如何，好與妖精見陣。」八戒道：「不要去，妖精不在家。」行者道：「我曉得。」好猴王，按落祥光，逕至洞門外觀看。只見有兩個小孩子，在那裏使彎頭棍，打毛毬，搶窩[4]耍子哩。一個有十來歲，一個有八九歲了。正戲處，被行者趕上前，也不管他是張家李家的，一把抓著頂搭[5]子，提將過來。那孩子吃了言虎，口裏夾罵帶哭的亂嚷，驚動那波月洞的小妖，急報與公主道：「奶奶，不知甚人把二位公子搶去也！」原來那兩個孩子是公主與那怪生的。

---

[4]. 搶窩：一種兒童遊戲。
[5]. 頂搭：兒童留在囟門上的一撮頭髮。

公主聞言，忙忙走出洞門來。只見行者提著兩個孩子，站在那高崖之上，意欲往下擲。慌得那公主厲聲高叫道：「那漢子，我與你沒甚相干，怎麼把我兒子拿去？他老子利害，有些差錯，絕不與你干休！」行者道：「你不認得我？我是那唐僧的大徒弟孫悟空行者。我有個師弟沙和尚在你洞裏，你去放他出來，我把這兩個孩兒還你。似這般兩個換一個，還是你便宜。」那公主聞言，急往裏面，喝退那幾個把門的小妖，親動手，把沙僧解了。沙僧道：「公主，你莫解我，恐你那怪來家，問你要人，帶累你受氣。」公主道：「長老啊，你是我的恩人，你替我折辯了家書，救了我一命，我也留心放你；不期洞門之外，你有個大師兄孫悟空來了，叫我放你哩！」

噫！那沙僧一聞孫悟空的三個字，好便似醍醐灌頂，甘露滋心；一面天生喜，滿腔都是春。也不似聞得個人來，就如拾著一方金玉一般。你看他捽手拂衣，走出門來，對行者施禮道：「哥哥，你真是從天而降也！萬乞救我一救！」行者笑道：「你這個沙尼！師父念《緊箍兒咒》，可肯替我方便一聲？都弄嘴施展！要保師父，如何不走西方路，卻在這裏蹲甚麼？」沙僧道：「哥哥，不必說了。君子人既往不咎。我等是個敗軍之將，不可語勇，救我救兒罷！」行者道：「你上來。」沙僧纔縱身跳上石崖。

卻說那八戒停在空中，看見沙僧出洞，即按下雲頭，叫聲：「沙兄弟，心忍！心忍！」沙僧見身道：「二哥，你從哪裏來？」八戒道：「我昨日敗陣，夜間進城，會了白馬，知師父有難，被黃袍使法，變作個老虎。那白馬與我商議，請師兄來的。」行者道：「獃子，且休絮聒，把這兩個孩子，你抱著一個，先進那寶象城去激那怪來，等我在這裏打他。」沙僧道：「哥啊，怎麼樣激他？」行者道：「你兩個駕起雲，站在那金鑾殿上，莫分好歹，把那孩子往那白玉階前一擲。有人問你是甚人，你便說是黃袍妖精的兒子，被我兩個拿將來也。那怪聽見，

第五章、元明之章回與擬宋人小說--西遊記‧第三十一回

管情回來,我卻不須進城與他鬥了。若在城上廝殺,必要噴雲噯霧,播土揚塵,驚擾那朝廷與多官黎庶,俱不安也。」八戒笑道:「哥哥,你但幹事,就左[6]我們。」行者道:「如何為左你?」八戒道:「這兩個孩子,被你抓來,已此言虎破膽了;這一會聲都哭啞,再一會必死無疑。我們拿他往下一攛,攛做個肉包子,那怪趕上肯放?定要我兩個償命。你卻還不是個乾淨人?連見證也沒你,你卻不是左我們?」行者道:「他若扯你,你兩個就與他打將這裏來。這裏有戰場寬闊,我在此等候打他。」沙僧道:「正是,正是。大哥說得有理,我們去來。」他兩個纔倚仗威風,將孩子拿去。

　　行者即跳下石崖,到他塔門之下。那公主道:「你這和尚,全無信義:你說放了你師弟,就與我孩兒,怎麼你師弟放去,把我孩兒又留,反來我門首做甚?」行者陪笑道:「公主休怪。你來的日子已久,帶你令郎去認他外公去哩。」公主道:「和尚莫無禮。我那黃袍郎比眾不同。你若言虎了我的孩兒,與他柳柳驚[7]是。」行者笑道:「公主啊,為人生在天地之間,怎麼便是得罪?」公主道:「我曉得。」行者道:「你女流家,曉得甚麼?」公主道:「我自幼在宮,曾受父母教訓。記得古書云:『五刑之屬三千,而罪莫大於不孝。』」行者道:「你正是個不孝之人。蓋『父兮生我,母兮鞠我。哀哀父母,生我劬勞!』故孝者,百行之原,萬善之本,卻怎麼將身陪伴妖精,更不思念父母?非得不孝之罪,如何?」公主聞此正言,半晌家耳紅面赤,慚愧無地。忽失口道:「長老之言最善。我豈不思念父母?只因這妖精將我攝騙在此,他的法令又謹,我的步履又難,路遠山遙,無人可傳音信。欲要自盡,又恐父母疑我逃走,事終不明。故沒奈何,苟延殘喘,誠為天地間一大罪人也!」說罷,淚如泉湧。行者道:「公主不必傷悲。豬八戒曾告

---

[6]. 左:這裡指騙人、欺人。
[7]. 柳柳驚:即壓壓驚;柳柳,撫摸的意思。

訴我，說你有一封書，曾救了我師父一命，你書上也有思念父母之意。老孫來，管與你拿了妖精，帶你回朝見駕，別尋個佳偶，侍奉雙親到老。你意如何？」公主道：「和尚啊，你莫要尋死。昨者你兩個師弟，那樣好漢，也不曾打得過我黃袍郎。你這般一個筋多骨少的瘦鬼，一似個螃蟹模樣，骨頭都長在外面，有甚本事，你敢說拿妖魔之話？」行者笑道：「你原來沒眼色，認不得人。俗語云：『尿泡雖大無斤兩，秤鉈雖小壓千斤。』他們相貌，空大無用：走路抗風，穿衣費布，種火心空，頂門腰軟，吃食無功。咱老孫小自小，斤節[8]。」那公主道：「你真個有手段麼？」行者道：「我的手段，你是也不曾看見。絕會降妖，極能伏怪。」公主道：「你卻莫誤了我耶。」行者道：「決然誤你不得。」公主道：「你既會降妖伏怪，如今卻怎樣拿他？」行者說：「你且迴避迴避，莫在我這眼前：倘他來時，不好動手腳，只恐你與他情濃了，捨不得他。」公主道：「我怎的捨不得他？其稽留於此者，不得已耳！」行者道：「你與他做了十三年夫妻，豈無情意？我若見了他，不與他兒戲，一棍便是一棍，一拳便是一拳，須要打倒他，你纔得回朝見駕。」

那公主果然依行者之言，往僻靜處躲避。也是他姻緣該盡，故遇著大聖來臨。那猴王把公主藏了，他卻搖身一變，就變做公主一般模樣，迴轉洞中，專候那怪。

卻說八戒、沙僧，把兩個孩子拿到寶象國中，往那白玉階前摔下，可憐都攢做個肉餅相似，鮮血迸流，骨骸粉碎。慌得那滿朝多官報道：「不好了！不好了！天上攢下兩個人來了！」八戒厲聲高叫道：「那孩子是黃袍妖精的兒子，被老豬與沙弟拿將來也！」

那怪還在銀安殿，宿酒未醒。正睡夢間，聽得有人叫他名字，他就翻身，擡頭觀看，只見那雲端裏是豬八戒、沙和尚二人吆喝。妖怪

---

[8] 斤節：結實。

第五章、元明之章回與擬宋人小說--西遊記‧第三十一回

心中暗想道:「豬八戒便也罷了;沙和尚是我綁在家裏,他怎麼得出來?我的渾家,怎麼肯放他?我的孩兒,怎麼得到他手?這怕是豬八戒不得我出去與他交戰,故將此計來賺我。我若認了這個泛頭,就與他打啊,噫!我卻還害酒哩!假若被他築上一鈀,卻不滅了這個威風,識破了那個關竅,且等我回家看看,是我的兒子不是我的兒子,再與他說話不遲。」

好妖怪,他也不辭王駕,轉山林,逕去洞中查信息。此時朝中已知他是個妖怪了。原來他夜裏吃了一個宮娥,還有十七個脫命去的,五更時,奏了國王,說他如此如此。又因他不辭而去,越發知他是怪。那國王即著多官看守著假老虎不提。

卻說那怪逕回洞口。行者見他來時,設法哄他,把眼擠了一擠,撲簌簌淚如雨落,兒天兒地的,跌腳搥胸,於此洞裏嚎啕痛哭。那怪一時間,那裏認得。上前摟住道:「渾家,你有何事,這般煩惱?」那大聖編成的鬼話,捏出的虛詞,淚汪汪的告道:「郎君啊!常言道:『男子少妻財沒主,婦女無夫身落空!』你昨日進朝認親,怎不回來?今早被豬八戒劫了沙和尚,又把我兩個孩兒搶去,是我苦告,更不肯饒。他說拿去朝中認認外公,這半日不見孩兒,又不知存亡如何,你又不見來家,教我怎生割捨?故此止不住傷心痛哭。」那怪聞言,心中大怒道:「真個是我的兒子?」行者道:「正是,被豬八戒搶去了。」

那妖魔氣得亂跳道:「罷了!罷了!我兒被他攢殺了!已是不可活也!只好拿那和尚來與我兒子償命報仇罷!渾家,你且莫哭。你如今心裏覺道怎麼?且醫治一醫治。」行者道:「我不怎的,只是捨不得孩兒,哭得我有些心疼。」妖魔道:「不打緊,你請起來,我這裏有件寶貝,只在你那疼上摸一摸兒,就不疼了。卻要仔細,休使大指兒彈著;若使大指兒彈著啊,就看出我本相來了。」行者聞言,心中暗笑道:「這

潑怪，倒也老實；不動刑法，就自家供了。等他拿出寶貝來，我試彈他一彈，看他是個甚麼妖怪。」那怪攜著行者，一直行到洞裏深遠密閉之處。卻從口中吐出一件寶貝，有雞子大小，是一顆舍利子玲瓏內丹。行者心中暗喜道：「好東西耶！這件物不知打了多少坐工，煉了幾年磨難，配了幾轉雌雄，煉成這顆內丹舍利。今日大有緣法，遇著老孫。」那猴子拿將過來，那裏有甚麼疼處，特故意摸了一摸，一指頭彈將去。那妖慌了，劈手來搶。你思量，那猴子好不溜撒，把那寶貝一口吸在肚裏。那妖魔揝著拳頭就打，被行者一手隔住，把臉抹了一抹，現出本相，道聲：「妖怪，不要無禮！你且認認看！我是誰？」

　　那妖怪見了，大驚道：「呀！渾家，你怎麼拿出這一副嘴臉來耶？」行者罵道：「我把你這個潑怪！誰是你渾家？連你祖宗也還不認得哩！」那怪忽然省悟道：「我像有些認得你哩。」行者道：「我且不打你，你再認認看。」那怪道：「我雖見你眼熟，一時間卻想不起姓名，你果是誰？從哪裏來的？你把我渾家估倒[9]在何處，卻來我家詐誘我的寶貝？著實無禮！可惡！」行者道：「你是也不認得我。我是唐僧的大徒弟，叫做孫悟空行者。我是你五百年前的舊祖宗哩！」那怪道：「沒有這話！沒有這話！我拿住唐僧時，止知他有兩個徒弟，叫做豬八戒、沙和尚，何曾見有人說個姓孫的？你不知是哪裏來的個怪物，到此騙我！」行者道：「我不曾同他二人來，是我師父因老孫慣打妖怪，殺傷甚多，他是個慈悲好善之人，將我逐回，故不曾同他一路行走。你是不知你祖宗名姓。」那怪道：「你好不丈夫啊！既受了師父趕逐，卻有甚麼嘴臉，又來見人！」行者道：「你這個潑怪，豈知『一日為師，終身為父』，『父子無隔宿之仇』！你傷害我師父，我怎麼不來救他？你害他便也罷；卻又背前面後罵我，是怎的說？」妖怪道：「我何嘗罵你？」行者道：「是豬八戒說的。」那怪道：「你不要信他。那個豬八戒，尖著嘴，有

---

9. 估倒：即鼓搗，這裡是弄、藏的意思。

第五章、元明之章回與擬宋人小說--西遊記‧第三十一回

些會說老婆舌頭，你怎聽他？」行者道：「且不必講此閒話。只說老孫今日到你家裏，你好怠慢了遠客。雖無酒饌款待，頭卻是有的。快快將頭伸過來，等老孫打一棍兒當茶！」那怪聞得說打，呵呵大笑道：「孫行者，你差了計較了！你既說要打，不該跟我進來。我這裏大小群妖，還有百十。饒你滿身是手，也打不出我的門去。」行者道：「不要胡說！莫說百十個，就有幾千、幾萬，只要一個個查明白了好打，棍棍無空，教你斷根絕跡！」

那怪聞言，急傳號令，把那山前山後群妖，洞裏洞外諸怪，一齊點起，各執器械，把那三四層門，密密攔阻不放。行者見了，滿心歡喜，雙手理棍，喝聲叫：「變！」變得三頭六臂；把金箍棒幌一幌，變做三根金箍棒。你看他六隻手，使著三根棒，一路打將去，好便似虎入羊群，鷹來雞柵。可憐那小怪，湯著的，頭如粉碎；刮著的，血似水流！往來縱橫，如入無人之境。止剩一個老妖，趕出門來罵道：「你這潑猴，其實憊懶！怎麼上門子欺負人家！」行者急回頭，用手招呼道：「你來！你來！打倒你，纔是功績！」

那怪物舉寶刀，分頭便砍；好行者，掣鐵棒，覿面相迎。這一場，在那山頂上，半雲半霧的殺哩：

大聖神通大，妖魔本事高。這個橫理生鐵棒，那個斜舉蘸鋼刀。悠悠刀起明霞亮，輕輕棒架彩雲飄。往來護頂翻多次，反覆渾身轉數遭。一個隨風更面目，一個立地把身搖。那個大睜火眼伸猿臂，這個明幌金睛折虎腰。你來我去交鋒戰，刀迎棒架不相饒。猴王鐵棍依三略，怪物鋼刀按六韜。一個慣行手段為魔主，一個廣施法力保唐僧。猛烈的猴王添猛烈，英豪的怪物長英豪。死生不顧空中打，都為唐僧拜佛遙。

他兩個戰有五六十回合，不分勝負。行者心中暗喜道：「這個潑怪，

他那口刀，倒也抵得住老孫的這根棒。等老孫丟個破綻與他，看他可認得？」好猴王，雙手舉棍，使一個「高探馬」的勢子。那怪不識是計，見有空兒，舞著寶刀，逕奔下三路砍；被行者急轉個「大中平」，挑開他那口刀，又使個「葉底偷桃勢」，望妖精頭頂一棍，就打得他無影無蹤。急收棍子看處，不見了妖精。行者大驚道：「我兒啊，不禁打，就打得不見了。果是打死，好道也有些膿血，如何沒一毫蹤影？想是走了。」急縱身跳在雲端裏看處，四邊更無動靜。「老孫這雙眼睛，不管哪裏，一抹都見，卻怎麼走得這等溜撒？我曉得了：那怪說有些兒認得我，想必不是凡間的怪，多是天上來的精。」

那大聖一時忍不住怒發，撾著鐵棒，打個筋斗，只跳到南天門上。慌得那龐、劉、苟、畢、張、陶、鄧、辛等眾，兩邊躬身控背，不敢攔阻，讓他打入天門，直至通明殿下。早有張、葛、許、丘四大天師問道：「大聖何來？」行者道：「因保唐僧至寶象國，有一妖魔，欺騙國女，傷害吾師，老孫與他賭鬥。正鬥間，不見了這怪。想那怪不是凡間之怪，多是天上之精，特來查勘，哪一路走了甚麼妖神。」天師聞言，即進靈霄殿上啟奏，蒙差查勘九曜星官、十二元辰、東西南北中央五斗、河漢群辰、五嶽四瀆、普天神聖都在天上，更無一個敢離方位。又查那斗牛宮外，二十八宿，顛倒只有二十七位，內獨少了奎星。天師回奏道：「奎木狼下界了。」玉帝道：「多少時不在天了？」天師道：「四卯不到。三日點卯一次，今已十三日了。」玉帝道：「天上十三日，下界已是十三年。」即命本部收他上界。

那二十七宿星員，領了旨意，出了天門，各念咒語，驚動奎星。你道他在哪裏躲避？他原來是孫大聖大鬧天宮時打怕了的神將，閃在那山澗裏潛災，被水氣隱住妖雲，所以不曾看見他。他聽得本部星員念咒，方敢出頭，隨眾上界。被大聖攔住天門要打，幸虧眾星勸住，押見玉帝。那怪腰間取出金牌，在殿下叩頭納罪。玉帝道：「奎木狼，

第五章、元明之章回與擬宋人小說--西遊記‧第三十一回

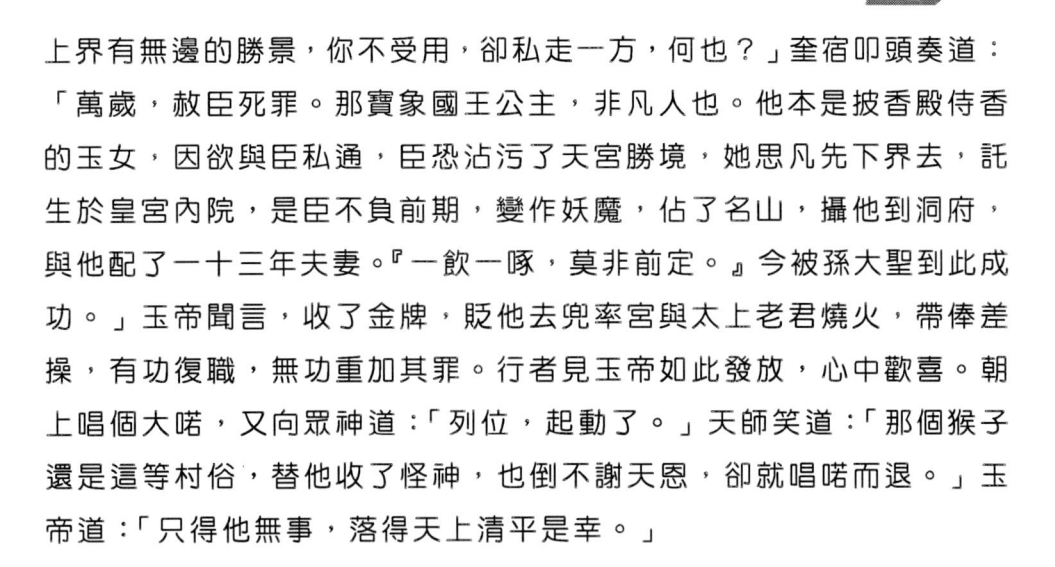

上界有無邊的勝景，你不受用，卻私走一方，何也？」奎宿叩頭奏道：「萬歲，赦臣死罪。那寶象國王公主，非凡人也。他本是披香殿侍香的玉女，因欲與臣私通，臣恐沾污了天宮勝境，她思凡先下界去，託生於皇宮內院，是臣不負前期，變作妖魔，佔了名山，攝他到洞府，與他配了一十三年夫妻。『一飲一啄，莫非前定。』今被孫大聖到此成功。」玉帝聞言，收了金牌，貶他去兜率宮與太上老君燒火，帶俸差操，有功復職，無功重加其罪。行者見玉帝如此發放，心中歡喜。朝上唱個大喏，又向眾神道：「列位，起動了。」天師笑道：「那個猴子還是這等村俗，替他收了怪神，也倒不謝天恩，卻就唱喏而退。」玉帝道：「只得他無事，落得天上清平是幸。」

那大聖按落祥光，逕轉碗子山波月洞，尋出公主。將那思凡下界收妖的言語正然陳訴。只聽得半空中八戒、沙僧厲聲高叫道：「師兄，有妖精，留幾個兒我們打耶。」行者道：「妖精已盡絕矣。」沙僧道：「既把妖精打絕，無甚罣礙，將公主引入朝中去罷。不要睜眼。兄弟們，使個縮地法來。」

那公主只聞得耳內風響，霎時間逕回城裏。他三人將公主帶上金鑾殿。那公主恭拜了父王、母后，會了姊妹，各官俱來拜見。那公主才啟奏道：「多虧孫長老法力無邊，降了黃袍怪，救奴回國。」那國王問曰：「黃袍是個甚怪？」行者道：「陛下的駙馬，是上界的奎星；令愛乃侍香的玉女，因思凡降落人間，不非小可，都因前世前緣，該有這些姻眷。那怪被老孫上天宮啟奏玉帝，玉帝查得他四卯不到，下界十三日，就是十三年了，--蓋天上一日，下界一年。--隨差本部星宿，收他上界，貶在兜率宮立功去訖；老孫卻救得令愛來也。」那國王謝了行者的恩德，便教：「看你師父去來。」

他三人逕下寶殿，與眾官到朝房裏，擡出鐵籠，將假虎解了鐵索。

別人看他是虎，獨行者看他是人。原來那師父被妖術魘住，不能行走，心上明白，只是口眼難開。行者笑道：「師父啊！你是個好和尚，怎麼弄出這般個惡模樣來也？你怪我行兇作惡，趕我回去，你要一心向善，怎麼一旦弄出個這等嘴臉？」八戒道：「哥啊！救他救兒罷。不要只管揭挑[10]他了。」行者道：「你凡事攛唆，是他個得意的好徒弟，你不救他，又尋老孫怎的？原與你說來，待降了妖精，報了罵我之仇，就回去的。」沙僧近前跪下道：「哥啊，古人云：『不看僧面看佛面。』兄長既是到此，萬望救他一救。若是我們能救，也不敢許遠的來奉請你也。」行者用手挽起道：「我豈有安心不救之理？快取水來。」那八戒飛星去驛中，取了行李、馬匹，將紫金鉢盂取出，盛水半盂，遞與行者。行者接水在手，念動真言，望那虎劈頭一口噴上，退了妖術，解了虎氣。

　　長老現了原身，定性睜睛，纔認得是行者。一把攙住道：「悟空！你從哪裏來也？」沙僧侍立左右，把那請行者，降妖精，救公主，解虎氣，並回朝上項事，備陳了一遍。三藏謝之不盡，道：「賢徒，虧了你也！虧了你也！這一去，早詣西方，逕回東土，奏唐王，你的功勞第一。」行者笑道：「莫說！莫說！但不念那話兒，足感愛厚之情也。」國王聞此言，又勸謝了他四眾。整治素筵，大開東閣。他師徒受了皇恩，辭王西去。國王又率多官遠送。這正是：

　　君回寶殿定江山，僧去雷音參佛祖。

　　畢竟不知此後又有甚事，幾時得到西天，且聽下回分解。

作品賞析

　　《西遊記》為中國四大奇書之一，自問世以來流傳甚廣，家喻戶

---

[10]. 揭挑：揭短、數落、挑剔的意思。

第五章、元明之章回與擬宋人小說--西遊記·第三十一回

曉。前一回中，孫悟空因三打白骨精，在豬八戒的慫恿下，被唐僧逐出取經隊伍。後來唐僧一行人卻在路上遭逢黃袍怪，豬八戒、沙僧等人不敵，只得前往花果山請孫悟空伸出援手，本回即豬八戒使出激將法，誘使孫悟空隨他前去降敵的過程。故事中敘述，豬八戒來到花果山後，任憑他使出多種計策，也無法打動孫悟空，最後靈機一動，向其聲稱妖怪揚言：「即使是孫悟空前來，也要教他死無葬身之地！」一語，以此為激將法，成功讓孫悟空隨他回去降敵。孫悟空立即變成公主痛哭，吞下九怪的內丹舍利，現出本象，一路棍棒打得妖怪無影無蹤，而後前去天界查訪，星神念動咒語，將那私自下凡作怪的奎木狼收回，最後孫悟空將公主帶回國，並使唐僧恢復原身。

小說中以輕鬆明快的語言，詼諧幽默的筆調，充滿幻想的神話色彩，展現一個個飛颺生動的故事，刻畫了豬八戒這樣一個憨厚純樸、吃苦耐勞同時又貪饞好色、嫉妒心強、意志不夠堅定的形象，給予了他戲謔嘲笑兼具善意的批評，而孫悟空的積極樂觀、敢於鬥爭的英雄風采，正是人民不滿於現狀，起而抗爭的現實寄託，而取經路上妖魔的陰險淫惡，則反映了社會上黑暗勢力。

小說人物性格刻劃鮮明，故事情節生動，具有豐富的想像力與強大的藝術感染力，融入了大量古代神話和民間傳說，背後更蘊涵著深層的社會意涵以及人生哲理。

問題討論

一、試分析文中主要人物的性格，並加以比較。

二、你在文中讀到哪些語氣詼諧的句子？請舉出並說明它們的作用。

三、文中有哪些地方慣用語？請查出它們的意思。

中國小說卷

《水滸傳・第十五回》

內容導讀

　　本文節選自《水滸傳》[1]第十五回。內容敘述晁蓋及吳用等人智取楊志押送的生辰綱。「綱」是宋朝時的計數名稱，意指一個運輸團隊，「生辰綱」指的就是專門給王公貴族運送壽禮的運輸隊。「智取生辰綱」是梁山好漢第一次周密規劃的集體行動，標誌著他們開始從單獨反抗轉變成有組織的團體抗爭。「智取生辰綱」這一段描寫充分凸顯了吳用等人高超的智慧，富於感染力。

作者介紹

　　施耐庵（約1296年～約1370年），名子安，一說名耳。興化（今江蘇興化縣）人。元末明初小說家。關於其生平，因缺乏史料而眾說紛紜。《三國演義》作者羅貫中為其門人。

課文說明

　　【本文】此時正是五月半天氣，雖是晴明得好，只是酷熱難行。楊志這一行人要取六月十五日生辰，只得在路上趲行[2]。自離了這北京五七日，端的只是起五更，趁早涼便行；日中熱時便歇。五七日後，人家漸少，行路又稀，一站站都是山路。楊志卻要辰牌[3]起身，申時[4]便歇。那十一個廂禁軍，擔子又重，無有一個稍輕，天氣熱了，行不得；見著林子便要去歇息。楊志趕著催促要行。如若停住，輕則痛罵，重

---

[1]. 《水滸傳》：為中國著名的俠義小說，非一時一人之作，而是自宋代以來，經過長期演進的集體創作；內容敘述北宋淮安大盜宋江等一百零八人聚集梁山泊行劫作亂的故事。
[2]. 趲行：音ㄗㄢˇ ㄒㄧㄥˊ；趕路。
[3]. 辰牌：即辰時，相當於上午七時至九時。
[4]. 申時：相當於下午三時至五時。

水滸傳・第十五回

則藤條便打，逼趕要行。兩個虞候雖只背些包裹行李，也氣喘了行不上。

楊志也嗔道：「你兩個好不曉事！這干係須是俺的！你們不替洒家打這夫子，卻在背後也慢慢地挨！這路上不是耍處！」那虞候道：「不是我兩個要慢走，其實熱了行不動，因此落後。前日只是趁早涼走，如今怎地正熱裏要行，正是好歹不均勻！」楊志道：「你這般說話，卻似放屁！前日行的須是好地面；如今正是尷尬去處；若不日裏趕過去，誰敢五更半夜走？」兩個虞候口裏不言，肚中尋思：「這廝[5]不直得便罵人！」

楊志提了朴刀，拿著藤條，自去趕那擔子。兩個虞候坐在柳陰樹下等得老都管來；兩個虞候告訴道：「楊家那廝強殺只是我相公門下一個提轄！直這般會做大[6]！」老都管道：「須是相公當面分付道：『休要和他彆拗。』因此我不做聲。這兩日也看他不得。權且耐他。」兩個虞候道：「相公也只是人情話兒，都管自做個主便了。」老都管又道：「且耐他一耐。」當日行到申牌時分，尋得一個客店裏歇了。那十一個廂禁軍雨汗通流，都歎氣吹噓，對老都管說道：「我們不幸做了軍健[7]，情知道被差出來。這般火似熱的天氣，又挑著重擔；這兩日又不揀早涼行，動不動老大藤條打來：都是一般父母皮肉，我們直恁地苦！」老都管道：「你們不要怨悵，巴到東京時，我自賞你。」眾軍漢道：「若是似都管看待我們時，並不敢怨悵。」又過了一夜。次日，天色未明，眾人起來，都要乘涼起身去。楊志跳起來喝道：「那裏去！且睡了，卻理會！」眾軍漢道：「趁早不走，日裏熱時走不得，卻打我們！」楊志大罵道：「你們省得甚麼！」拿了藤條要打。眾軍忍氣吞聲，只得睡了。

---

[5]. 廝：對高男子的蔑稱。
[6]. 做大：擺架子。
[7]. 軍健：士兵。

當日直到辰牌時分，慢慢地打火喫了飯走；一路上趕打著，不許投涼處歇。那十一個廂禁軍口裏喃喃吶吶地怨悵；兩個虞候在老都管面前絮絮聒聒地搬口[8]；老都管聽了，也不著意，心內自惱他。

話休絮繁。似此行了十四五日，那十四個人沒一個不怨悵楊志。當日客店裏辰牌時分慢慢地打火喫了早飯行，正是六月初四日時節，天氣未及晌午，一輪紅日當天，沒半點雲彩，其實十分大熱。當日行的路都是山僻崎嶇小徑，南山北嶺，卻監著那十一個軍漢。約行了二十餘里路程，那軍人們思量要去柳陰樹下歇涼，被楊志拿著藤條打將來，喝道：「快走！教你早歇！」眾軍人看那天時，四下裏無半點雲彩，其時那熱不可當。楊志催促一行人在山中僻路裏行。看看日色當午，那石頭上熱了腳疼，走不得。眾軍漢道：「這般天氣熱，兀的不晒殺人！」楊志喝著軍漢道：「快走！趕過前面岡子去，卻再理會。」

正行之間，前面迎著那土岡子，一行十五人奔上岡子來。歇下擔仗，那十四人都去松林樹下睡倒了。楊志說道：「苦也！這裏是甚麼去處，你們卻在這裏歇涼！起來，快走！」眾軍漢道：「你便剁做我七八段，其實去不得了！」楊志拿起藤條，劈頭劈腦打去。打得這個起來，那個睡倒，楊志無可奈何。只見兩個虞候和老都管氣喘急急，也巴到岡子上松樹下坐了喘氣；看這楊志打那軍健，老都管見了，說道：「提轄！端的熱了走不得！休見他罪過！」楊志道：「都管，你不知：這裏正是強人出沒的去處，地名叫做黃泥岡，閒常太平時節，白日裏兀自出來劫人，休道是這般光景，誰敢在這裏停腳！」兩個虞候聽楊志說了，便道：「我見你說好幾遍了，只管把這話來驚嚇人！」老都管道：「權且教他們眾人歇一歇，略過日中行，如何？」楊志道：「你也沒分曉了！如何使得？這裏下岡子去，兀自有七八里沒人家。甚麼去處，敢在此歇涼！」老都管道：「我自坐一坐了走；你自去趕他眾人先走。」楊志拿著藤條，喝道：「一個不走的喫俺二十棍！」眾軍漢一齊叫將起

---

[8] 搬口：指搬弄是非。

水滸傳・第十五回

來。數內一個分說道：「提轄，我們挑著百十斤擔子，須不比你空手走的。你端的不把人當人！便是留守相公自來監押時，也容我們說一句。你好不知疼癢！」只顧逞辯。楊志罵道：「這畜生不嘔死俺！只是打便了！」拿起藤條，劈臉又打去。老都管喝道：「楊提轄，且住，你聽我說！我在東京太師府裏做媚公[9]時，門下軍官見了無千無萬，都向著我喏喏連聲。不是我口棧，量你是個遭死的軍人，相公可憐，擡舉你做個提轄，比得芥菜子大小的官職，直得恁地逞能！休說我是相公家都管，便是村莊一個老的，也合依我勸一勸！只顧把他們打，是何看待！」楊志道：「都管，你須是城市裏人，生長在相府裏，那裏知道途路上千難萬難！」老都管道：「四川、兩廣，也曾去來，不曾見你這般賣弄！」楊志道：「如今須不比太平時節。」都管道：「你說這話該剜[10]口割舌！今日天下怎地不太平？」

楊志卻待要回言，只見對面松林裏影著一個人在那裏舒頭探腦價望。楊志道：「俺說甚麼，兀的不是歹人來了！」撇下藤條，拿了朴刀，趕入松林裏來，喝一聲道：「你這廝好大膽，怎敢看俺的行貨！」趕來看時，只見松林裏一字兒擺著七輛江州車兒[11]。六個人脫得赤條條的在那裏乘涼；一個鬢邊老大一搭硃砂記，拿著一條朴刀。見楊志趕入來，七個人齊叫一聲：「阿也！」都跳起來。楊志喝道：「你等是甚麼人？」那七人道：「你是甚麼人？」楊志又問道：「你等莫不是歹人？」那七人道：「你顛倒問！我等是小本經紀，那裏有錢與你！」楊志道：「你等小本經紀人，偏俺有大本錢！」那七人問道：「你端的是甚麼人？」楊志道：「你等且說那裏來的人？」那七人道：「我等弟兄七人是濠州人，販棗子上東京去；路途打從這裏經過，聽得多人說這裏黃泥岡上時常有賊打劫客商。我等一面走，一頭自說道：『我七個只有些棗子，

---

[9]. 媚公：奶媽的丈夫；媚，通「奶」。
[10]. 剜：音ㄨㄢ；削、挖取之意。
[11]. 江州車兒：車名；是一種手推的獨輪小車。

別無甚財貨。」只顧過岡子來。上得岡子，當不過這熱，權且在這林子裏歇一歇，待晚涼了行。只聽得有人上岡子來，我們只怕是歹人，因此使這個兄弟出來看一看。」楊志道：「原來如此，也是一般的客人。卻纔見你們窺望，惟恐是歹人，因此趕來看一看。」那七個人道：「客官請幾個棗子了去。」楊志道：「不必。」提了朴刀，再回擔邊來。

老都管坐著道：「既是有賊，我們去休[12]！」楊志說道：「俺只道是歹人，原來是幾個販棗子的客人。」老都管別了臉對眾軍道：「似你方纔說時，他們都是沒命的[13]！」楊志道：「不必相鬧，俺只要沒事便好。你們且歇了，等涼些走。」眾軍漢都笑了。楊志也把朴刀插在地上，自去一邊樹下坐了歇涼。

沒半碗飯時，只見遠遠地一個漢子，挑著一副擔桶，唱上岡子來；唱道：

　　　赤日炎炎似火燒，野田禾稻半枯焦。農夫心內如湯煮，公子王孫把扇搖！

那漢子口裏唱著，走上岡子來松林裏頭歇下擔桶，坐地乘涼。眾軍看見了，便問那漢子道：「你桶裏是甚麼東西？」那漢子應道：「是白酒。」眾軍道：「挑往那裏去？」那漢子道：「挑出村裏賣。」眾軍道：「多少錢一桶？」那漢子道：「五貫足錢。」眾軍商量道：「我們又熱又渴，何不買些喫？也解暑氣。」正在那裏湊錢，楊志見了喝道：「你們又做甚麼？」眾軍道：「買碗酒喫。」楊志調過朴刀桿便打，罵道：「你們不得洒家言語，胡亂便要買酒喫，好大膽！」眾軍道：「沒事又來攪亂！我們自湊錢買酒喫，干你甚事？也來打人！」楊志道：「你這村鳥理會得甚麼！到來只顧喫嘴！全不曉得路途上的勾當艱難！多少好漢被蒙汗藥[14]麻翻了！」那挑酒的漢子看著楊志冷笑道：「你這客官好不曉事！

---

12. 去休：走吧。
13. 沒命的：亡命之徒；指強盜。
14. 蒙汗藥：指迷藥。

水滸傳・第十五回

早是我不賣與你喫，卻說出這般沒氣力的話來！」

正在松樹邊鬧動爭說，只見對面松林裏那夥販棗子的客人，都提著朴刀走出來問道：「你們做甚麼鬧？」那挑酒的漢子道：「我自挑這酒過岡子村裏賣，熱了在此歇涼，他眾人要問我買些喫，我又不曾賣與他。這個客官道我酒裏有甚麼蒙汗藥，你道好笑麼？說出這般話來！」那七個客人說道：「呸！我只道有歹人出來，原來是如此。說一聲也不打緊。我們正想酒來解渴，既是他們疑心，且賣一桶與我們喫。」那挑酒的道：「不賣！不賣！」

這七個客人道：「你這鳥漢子也不曉事！我們須不曾說你。你左右將到村裏去賣；一般還你錢，便賣些與我們，打甚麼不緊[15]？看你不道得捨施了茶湯，便又救了我們熱渴。」那挑酒的漢子便道：「賣一桶與你不爭，只是被他們說的不好，又沒碗瓢舀喫。」那七人道：「你這漢子忒認真！便說了一聲，打甚麼不緊？我們自有椰瓢在這裏。」只見兩個客人去車子前取出兩個椰瓢來，一個捧出一大捧棗子來。七個人立在桶邊，開了桶蓋，輪替換著舀那酒喫，把棗子過口。無一時，一桶酒都喫盡了。七個客人道：「正不曾問得你多少價錢？」那漢道：「我一了不說價[16]，五貫足錢一桶，十貫一擔。」七個客人道：「五貫便依你五貫，只饒我們一瓢喫。」那漢道：「饒不的，做定的價錢！」一個客人把錢還他，一個客人便去揭開桶蓋兜了一瓢，拿上便喫。那漢去奪時，這客人手拿半瓢酒，望松林裏便走。那漢趕將去，只見這邊一個客人從松林裏走將出來，手裏拿一個瓢，便來桶裏舀了一瓢酒。那漢看見，搶來劈手奪住，望桶裏一傾，便蓋了桶蓋，將瓢望地下一丟，口裏說道：「你這客人好不君子相！戴頭識臉[17]的，也這般囉唕[18]！」

那對過眾軍漢見了，心內癢起來，都待要喫。數中一個看著老都

---

[15]. 打甚麼不緊：有什麼要緊。
[16]. 一了不說價：一向不講價；即不二價。
[17]. 戴頭識臉：有面子、有身分地位。
[18]. 囉唕：音ㄌㄨㄛˊ ㄗㄠˋ；吵鬧、煩人。

管道:「老爺爺,與我們說一聲!那賣棗子的客人買他一桶喫了,我們胡亂也買他這桶喫,潤一潤喉也好。其實熱渴了,沒奈何;這裏岡子上又沒討水喫處。老爺方便!」老都管見眾軍所說,自心裏也要喫得些,竟來對楊志說:「那販棗子客人已買了他一桶酒喫,只有這一桶,胡亂教他們買喫了避暑氣。岡子上端的沒處討水喫。」楊志尋思道:「俺在遠遠處望這廝們都買他的酒喫了;那桶裏當面也見喫了半瓢,想是好的。打了他們半日,胡亂容他買碗喫罷。」楊志道:「既然老都管說了,教這廝們買喫了,便起身。」眾軍健聽了這話,湊了五貫足錢,來買酒喫。那賣酒的漢子道:「不賣了,不賣了!這酒裏有蒙汗藥在裏頭!」眾軍陪著笑說道:「大哥,直得便還言語?」那漢道:「不賣了!休纏!」這販棗子的客人勸道:「你這個鳥漢子!他也說得差了,你也忒認真,連累我們也喫你說了幾聲。須不關他眾人之事,胡亂賣與他眾人喫些。」那漢道:「沒事討別人疑心做甚麼?」這販棗子客人把那賣酒的漢子推開一邊,只顧將這桶酒提與眾軍去喫。那軍漢開了桶蓋,無甚召喫,陪個小心,問客人借這椰瓢用一用。眾客人道:「就送這幾個棗子與你們過酒。」眾軍謝道:「甚麼道理!」客人道:「休要相謝。都是一般客人,何爭在這百十個棗子上?」眾軍謝了。先兜兩瓢,叫老都管喫一瓢,楊提轄喫一瓢。楊志那裏肯喫?老都管自先喫了一瓢。兩個虞候各喫一瓢。眾軍漢一發上,那桶酒登時[19]喫盡了。楊志見眾人喫了無事,自本不喫,一者天氣甚熱,二乃口渴難熬,拿起來,只喫了一半;棗子分幾個喫了。那賣酒的漢子說道:「這桶酒被那客人饒一瓢喫了,少了你些酒,我今饒了你眾人半貫錢罷。」眾軍漢湊出錢來還他。那漢子收了錢,挑了空桶,依然唱著山歌,自下岡子去了。

　　那七個販棗子的客人立在松樹旁邊,指著這一十五人,說道:「倒也!倒也!」只見這十五個人,頭重腳輕,一個個面面廝覷,都軟倒了。那七個客人從松樹林裏推出這七輛江州車兒,把車子上棗子都丟

---

[19]. 登時:立刻;馬上。

水滸傳・第十五回

在地上，將這十一擔金珠寶貝都裝在車子內，遮蓋好了，叫聲「聒噪[20]！」一直望黃泥岡下推去了。楊志口裏只是叫苦，軟了身體，掙扎不起。十五人眼睜睜地看著那七個人都把這金寶裝了去，只是起不來，掙不動，說不得。

我且問你：這七人端的是誰？不是別人，原來正是：晁蓋、吳用、公孫勝、劉唐、三阮這七個。卻纔那個挑酒的漢子便是白日鼠白勝。卻怎地用藥？原來挑上岡子時，兩桶都是好酒；七個人先喫了一桶，劉唐揭起桶蓋，又兜了半瓢喫，故意要他們看著，只是叫人死心塌地。次後吳用去松林裏取出藥來，抖在瓢裏，只做走來饒他酒喫，把瓢去兜時，藥已攪在酒裏，假意兜半瓢喫；那白勝劈手奪來傾在桶裡：這個便是計策。那計較都是吳用主張。這個喚做「智取生辰綱」。

作品賞析

「綱」是宋朝時的計數名稱，意指一個運輸團隊，「生辰綱」指的就是專門給王公貴族運送壽禮的運輸隊。小說敘述楊志押送生辰綱去往東京，在黃泥崗卻被晁蓋、吳用等人用計奪取。

在本回之前，《水滸傳》描寫的是魯智深、林沖等個別英雄人物與朝廷的抗爭，是梁山泊英雄聚義的開端，自此，小說掀起了「官逼民反」的序幕。

故事前半部描述，由於押運生辰綱的楊志慣走江湖、經驗豐富且武力高強，卻與老都管、虞候及眾軍士的矛盾，喪失了天時、地利、人和，埋下了以後生辰綱遭劫的伏筆。後半部為故事最精彩的部分，主要寫楊志與晁蓋等人的鬥智鬥勇，晁蓋七人等經過精心策劃，假扮販棗商人，在與送禮隊伍相遇時，故意向挑擔賣酒的漢子買酒喝，使在酷暑中早已怨聲連連的眾軍漢們看得十分難受。儘管楊志極為謹慎，擔心酒中下了迷藥，卻還是上了當。最後眾軍漢一擁而上，把酒喝光

---

[20]. 聒噪：客套話；如同說「打擾了」。

了，立刻「頭重腳輕，面面相覷，都軟倒了」，生辰綱也就被梁山英雄們輕而易舉地劫走。在這段描述中，楊志和晁蓋等人的鬥智鬥勇始終在緊張地角力拉扯中，由始至終，從未出現過激烈的衝突與矛盾，楊志雖處處小心、事事留意，但在不服氣、亟欲喝酒的軍漢們和一心想引誘他們喝酒的晁蓋等人中間，不免疲於應付。

「智取生辰綱」將焦點集中在楊志一行的內部矛盾，卻不言明晁蓋、吳用等人的計謀，僅表明其計畫正按部就班的實施中，讓讀者也如楊志一般，如墜五裏霧中，最後全盤托出，造成一種意外效果。在人物刻劃方面，生動表現了楊志精明、謹慎、蠻橫的性格特徵，「三代將門之後」的楊志一心憑藉渾身本領「博個封妻蔭子」，亟欲大展身手，以致急功近利，再加上暴躁的性格缺陷，終導致內部矛盾的激化，饒是再精明能幹，仍不免失敗，充分凸顯了吳用等人人足智多謀、隨機應變的鮮明形象，極富戲劇感染力，是《水滸傳》中最精彩、最引人入勝的章節之一。

問題討論

一、《水滸傳》的故事起源為何？試探討其演變過程。

二、文中最吸引你的情節為何？

三、本篇小說的寫作特色為何？試舉例說明之。

第二節、擬宋人小說選

《警世通言・杜十娘怒沉百寶箱》

內容導讀

　　本篇節選自《警世通言》[1]第三十二卷。內容描寫妓女杜十娘的愛情悲劇，是晚明時期具有強烈時代意義的短篇白話小說。故事情節是在宋幼清的話本《負情儂傳》的基礎上加以改編而成的，凸顯了杜十娘追求人身自由和愛情幸福的剛強不屈的性格，諷刺了晚明社會的傳統觀念。

作者介紹

　　馮夢龍（1574年～1646年），明代文學家、戲曲家，字猶龍，號龍子猶、墨憨齋主人。南直隸蘇州府長洲縣（今江蘇省蘇州市）人。曾任福建壽寧知縣。在通俗文學方面特有成就。他編選了《喻世明言》（古今小說）、《警世通言》、《醒世恆言》，合稱「三言」，不僅促進了話本小說的傳播，還推動了擬話本[2]的創作。

課文說明

　　【本文】話中單表萬曆二十年間，日本國關白作亂，侵犯朝鮮。朝鮮國王上表告急，天朝發兵泛海往救。有戶部官奏准：目今兵興之際，糧餉未充，暫開納粟入監[3]之例。原來納粟入監的，有幾般便宜：好

---

[1]. 《警世通言》：是明末清初的白話小說集，出版於明天啟四年（1624年），與《喻世明言》、《醒世恆言》並稱「三言」。
[2]. 擬話本：明代出現由文人模擬話本形式而編寫的大量作品，稱為「擬話本」，起因是受到宋元兩代流行的「話本體」短篇小說影響；它們並不是給說書人講演的，而是專供一般讀者閱讀與欣賞。
[3]. 納粟入監：明清兩代富家子弟捐納錢財，進國子監為監生，以便直接參加省城或京都的考試。

讀書，好科舉，好中，結末來又有個小小前程結果。以此宦家公子，富室子弟，到[4]不願做秀才，都去援例做太學生。自開了這例，兩京太學生，各添至千人之外。內中有一人，姓李，名甲，字干先，浙江紹興府人士。父親李布政[5]所生三兒，惟甲居長。自幼讀書在庠，未得登科[6]，援例入於北雍[7]。因在京坐監[8]，與同鄉柳遇春監生同游教坊司[9]院內，與一個名姬相遇，那名姬姓杜名媺，排行第十，院中都稱為杜十娘，生得：

渾身雅艷，遍體嬌香。兩彎眉畫遠山青，一對眼明秋水潤。臉如蓮萼，分明卓氏文君；唇似櫻桃，何減白家樊素[10]。可憐一片無瑕玉，誤落風塵花柳中。

那杜十娘自十三歲破瓜[11]，今一十九歲，七年之內，不知歷過了多少公子王孫，一個個情迷意蕩，破家蕩產而不惜。院中傳出四句口號[12]來，道是：

坐中若有杜十娘，斗筲[13]之量飲千觴；院中若識杜老媺，千家粉面[14]都如鬼。

卻說李公子，風流年少，未逢美色，自遇了杜十娘，喜出望外，把花柳情懷，一擔兒挑在他身上。那公子俊俏龐兒，溫存性兒，又是

---

[4]. 到：同「倒」；卻：反而之意。
[5]. 布政：即布政使。
[6]. 登科：古代科舉中第稱登科。
[7]. 北雍：明代北京設立的國子監。
[8]. 坐監：在國子監讀書。
[9]. 教坊司：此指妓院。
[10]. 樊素：唐代白居易家的歌妓。
[11]. 破瓜：意指女子初次與人性交。
[12]. 口號：指打油詩、順口溜及俗諺之類。
[13]. 斗筲：形容量小；斗：十升；筲：竹製容器，可容一斗二升。
[14]. 粉面：敷粉的臉，用以稱美人。

警世通言・杜十娘怒沉百寶箱

撒漫[15]的手兒，幫襯[16]的勤兒，與十娘一雙兩好，情投意合。十娘因見鴇兒貪財無義，久有從良之志；又見李公子忠厚志誠，甚有心向他。奈李公子懼怕老爺，不敢應承。雖則如此，兩下情好愈密，朝歡暮樂，終日相守，如夫婦一般，海誓山盟，各無他志。真個恩深似海恩無底，義重如山義更高。

再說杜媽媽，女兒被李公子占住，別的富家巨室，聞名上門，求一見而不可得。初時李公子撒漫用錢，大差大使，媽媽脅肩諂笑[17]，奉承不暇。日往月來，不覺一年有餘，李公子囊篋漸漸空虛，手不應心，媽媽也就怠慢了。老布政在家，聞知兒子嫖院[18]，幾遍寫字來喚他回去。他迷戀十娘顏色，終日延捱。後來聞知老爺在家發怒，越不敢回。古人云：「以利相交者，利盡而疏。」那杜十娘與李公子真情相好，見他手頭愈短，心頭愈熱。媽媽也幾遍教女兒打發李甲出院，見女兒不統口[19]，又幾遍將言語觸突李公子，要激怒他起身。公子性本溫克，詞氣愈和。媽媽沒奈何，日逐[20]只將十娘叱罵道：「我們行戶人家[21]吃客穿客。前門送舊，後門迎新。門庭鬧如火，錢帛堆成垛。自從那李甲在此，混帳[22]一年有餘，莫說新客，連舊主顧都斷了。分明接了個鍾馗[23]老，連小鬼也沒得上門。弄得老娘一家人家，有氣無煙[24]，成什麼模樣！」杜十娘被罵，耐性不住，便回答道：「那李公子不是空手上門的，也曾費過大錢來。」媽媽道：「彼一時，此一時，你只教他今日費些小錢兒，把與老娘辦些柴米，養你兩口也好。別人家養的女兒便是搖錢樹，千

---

[15]. 撒漫：亦作「撒鏝」，恣意用錢、揮霍。
[16]. 幫襯：體貼。
[17]. 脅肩諂笑：聳起肩膀，裝出笑臉；形容極為諂媚的樣子。
[18]. 嫖院：到妓院狎妓；嫖：「嫖」的俗字，音ㄆㄧㄠˊ。
[19]. 統口：開口。
[20]. 日逐：每日。
[21]. 行戶人家：妓院。
[22]. 混帳：搗亂、攪亂。
[23]. 鍾馗：傳說中可驅魔的人物。
[24]. 有氣無煙：形容家中非常貧困，無米下鍋。

生萬活；偏我家晦氣，養了個退財白虎[25]，開了大門，七件事般般都在老身心上。倒替你這小賤人白白養著窮漢，教我衣食從何處來？你對那窮漢說：有本事出幾兩銀子與我，倒得你跟了他去，我別討個丫頭過活，卻不好？」十娘道：「媽媽，這話是真是假？」媽媽曉得李甲囊無一錢，衣衫都典盡了，料他沒處設法。便應道：「老娘從不說謊，當真哩！」十娘道：「娘，你要他許多銀子？」媽媽道：「若是別人，千把銀子也討了，可憐那窮漢出不起，只要他三百兩，我自去討一個粉頭[26]代替。只一件，須是三日內交付與我，左手交銀，右手交人。若三日沒有銀時，老身也不管三七二十一，公子不公子，一頓孤拐[27]，打那光棍[28]出去。那時莫怪老身！」十娘道：「公子雖在客邊乏鈔，諒三百金還措辦得來。只是三日忒[29]近，限他十日便好。」媽媽想道：「這窮漢一雙赤手，便限他一百日，他那裡來銀子。沒有銀子，便鐵皮包臉，料也無顏上門。那時重整家風，嬌兒也沒得話講。」答應道：「看你面，便寬到十日。第十日沒有銀子，不干老娘之事。」十娘道：「若十日內無銀，料他也無顏再見了。只怕有了三百兩銀子，媽媽又翻悔起來。」媽媽道：「老身年五十一歲了，又奉十齋[30]，怎敢說謊？不信時，與你拍掌[31]為定。若翻悔時，做豬做狗。」

　　從來海水斗難量，可笑虔婆[32]意不良。料定窮儒囊底竭，故將財禮[33]難嬌娘。

　　是夜，十娘與公子在枕邊議及終身之事。公子道：「我非無此心，

---

[25]. 退財：破財；白虎：迷信傳說中的凶神。
[26]. 粉頭：妓女。
[27]. 孤拐：腳踝骨；也指膝關節以下的部分；此為以木擊踝骨之意。
[28]. 光棍：地痞、流氓。
[29]. 忒：太、過於。
[30]. 十齋：佛教語，指每月於固定十天，即初一、初八、十四、十五、十八、廿三、廿四、廿八、廿九、三十等十日，謹守服素食，禁殺生的齋戒。
[31]. 拍掌：擊掌。古代兩人發誓打賭，往往以擊掌示信。
[32]. 虔婆：賊婆，通稱老鴇。
[33]. 財禮：娶婦的聘金、聘禮。

警世通言・杜十娘怒沉百寶箱

但教坊落籍[34]，其費甚多，非千金不可。我囊空如洗，如之奈何？」十娘道：「妾已與媽媽議定，只要三百金，但須十日內措辦。郎君遊資雖罄，然都中豈無親友可以借貸？倘得如數，妾身遂為君之所有，省受這虔婆之氣。」公子道：「親友中為我留戀行院[35]，都不相顧。明日只做束裝起身[36]，各家告辭，就開口假貸路費，湊聚將來[37]，或可滿得此數。」起身梳洗，別了十娘出門。十娘道：「用心作速，專聽佳音。」公子道：「不須分付[38]。」公子出了院門，來到三親四友處，假說起身告別，眾人倒也歡喜。後來敘到路費欠缺，意欲借貸。常言道：「說著錢，便無緣。」親友們就不招架。他們也見得是，道李公子是風流浪子，迷戀煙花，年許不歸，父親都為他氣壞在家。他今日抖然[39]要回，未知真假。倘或說騙盤纏到手，又去還脂粉錢，父親知道，將好意翻成惡意，始終只是一怪，不如辭了乾淨。便回道：「目今正值空乏，不能相濟，慚愧！慚愧！」人人如此，個個皆然，並沒有個慷慨丈夫，肯統口許他一十二十兩。李公子一連奔走了三日，分毫無獲，又不敢回決十娘，權且含糊答應。到第四日，又沒想頭，就羞回院中。平日間有了杜家，連下處[40]也沒有了。今日就無處投宿，只得往同鄉柳監生寓所借歇。柳遇春見公子愁容可掬，問其來歷。公子將杜十娘願嫁之情，備細[41]說了。遇春搖首道：「未必，未必。那杜媺曲中[42]第一名姬，要從良時，怕沒有十斛明珠，千金聘禮。那鴇兒如何只要三百兩？想鴇兒怪你無錢使用，白白佔住他的女兒，設計打發你出門。那婦人與你相處已久，又礙卻面皮[43]，不好明言。明知你手內空虛，故意將三百

---

[34]. 落籍：古代妓女名列樂籍，若從良時，可於籍上除名。
[35]. 行院：妓院。
[36]. 起身：動身。
[37]. 將來：拿來。
[38]. 分付：囑咐、交代。
[39]. 抖然：突然。
[40]. 下處：出外暫居之地。
[41]. 備細：詳情。
[42]. 曲中：妓院。
[43]. 面皮：此為面子、顏面之意。

兩賣個人情，限你十日。若十日沒有，你也不好上門。便上門時，他會說你笑你，落得一場褻瀆[44]，自然安身不牢。此乃煙花逐客之計。足下三思，休被其惑。據弟愚意，不如早早開交[45]為上。」公子聽說，半晌無言，心中疑惑不定。遇春又道：「足下莫要錯了主意。你若真個還鄉，不多幾兩盤費，還有人搭救。若是要三百兩時，莫說十日，就是十個月也難。如今的世情，那肯顧緩急二字的。那煙花也算定你沒處告債，故意設法難你。」公子道：「仁兄所見良是。」口裡雖如此說，心中割捨不下。依舊又往外邊東央西告，只是夜裡不進院門了。公子在柳監生寓中，一連住了三日，共是六日了。杜十娘連日不見公子進院，十分著緊[46]，就教小廝[47]四兒街上去尋。四兒尋到大街，恰好遇見公子。四兒叫道：「李姐夫，娘在家裡望你。」公子自覺無顏，回復道：「今日不得功夫，明日來罷。」四兒奉了十娘之命，一把扯住，死也不放。道：「娘叫咱尋你，是必同去走一遭。」李公子心上也牽掛著姨子，沒奈何，只得隨四兒進院。見了十娘，嘿嘿無言。十娘問道：「所謀之事如何？」公子眼中流下淚來。十娘道：「莫非人情淡薄，不能足三百之數麼？」公子含淚而言，道出二句：

　　不信上山擒虎易，果然開口告人難。

「一連奔走六日，並無銖兩[48]，一雙空手，羞見芳卿，故此這幾日不敢進院。今日承命呼喚，忍恥而來，非某不用心，實是世情如此。」十娘道：「此言休使虔婆知道。郎君今夜且住，妾別有商議。」十娘自備酒肴，與公子歡飲。睡至半夜，十娘對公子道：「郎君果不能辦一錢耶？妾終身之事，當如何也？」公子只是流涕，不能答一語。漸漸五更天曉，十娘道：「妾所臥絮褥內藏有碎銀一百五十兩，此妾私蓄，郎君可

---

[44]. 褻瀆：羞辱。
[45]. 開交：分開、放手。
[46]. 著緊：著急緊張。
[47]. 教：同「叫」；小廝：年輕的男僕。
[48]. 銖兩：極少的錢、分文；銖：音ㄓㄨ，古代衡制的重量單位，二十四銖為一兩，十六兩為一斤。

警世通言・杜十娘怒沉百寶箱

持去。三百金，妾任其半，郎君亦謀其半，庶易為力。限只四日，萬勿遲誤。」十娘起身將褥付公子，公子驚喜過望，喚童兒持褥而去。逕到柳遇春寓中，又把夜來之情與遇春說了。將褥拆開看時，絮中都裹著零碎銀子。取出兌時，果是一百五十兩。遇春大驚道：「此婦真有心人也！既係真情，不可相負。吾現代為足下謀之。」公子道：「倘得玉成，決不有負。」當下柳遇春留李公子在寓，自出頭各處去借貸。兩日之內，湊足一百五十兩，交付公子道：「吾代為足下告債，非為足下，實憐杜十娘之情也。」李甲拿了三百兩銀子，喜從天降，笑逐顏開，欣欣然來見十娘，剛是第九日，還不足十日。十娘問道：「前日分毫難借，今日如何就有一百五十兩？」公子將柳監生事情，又述了一遍。十娘以手加額[49]道：「使吾二人得遂其願者，柳君之力也。」兩個歡天喜地，又在院中過了一晚。次日，十娘早起，對李甲道：「此銀一交，便當隨郎君去矣。舟車之類，合當預備。妾昨日於姊妹中借得白銀二十兩，郎君可收下為行資也。」公子正愁路費無出，但不敢開口，得銀甚喜。說猶未了，鴇兒恰來敲門，叫道：「媺兒，今日是第十日了。」公子聞叫，啟戶相延道：「承媽媽厚意，正欲相請。」便將銀三百兩放在桌上。鴇兒不料公子有銀，嘿然變色，似有悔意。十娘道：「兒在媽媽家中八年，所致金帛，不下數千金矣。今日從良美事，又媽媽親口所訂，三百金不欠分毫，又不曾過期。倘若媽媽失信不許，郎君持銀去，兒即刻自盡。恐那時人財兩失，悔之無及也。」鴇兒無詞以對，腹內籌畫了半晌，只得取天平兌准了銀子，說道：「事已如此，料留你不住了。只是你要去時，即今就去。平時穿戴衣飾之類，毫釐休想。」說罷，將公子和十娘推出房門，討鎖來就落了鎖。此時九月天氣，十娘才下床，尚未梳洗，隨身舊衣，就拜了媽媽兩拜。李公子也作了一揖。一夫一婦，離了虔婆大門。

　　鯉魚脫卻金**鈎**去，擺尾搖頭再不來。

　　公子教十娘且住片時：「我去喚個小轎抬你，權往柳榮卿寓所去，

---

[49]. 以手加額：表示慶幸的動作。

再作道理。」十娘道：「院中諸姊妹平昔相厚，理宜話別。況前日又承他借貸路費，不可不一謝也。」乃同公子到各姊妹處謝別。姊妹中惟謝月朗、徐素素與杜家相近，尤與十娘親厚。十娘先到謝月朗家，月朗見十娘禿髻舊衫，驚問其故，十娘備述來因。又引李甲相見。十娘指月朗道：「前日路資，是此位姐姐所貸，郎君可致謝。」李甲連連作揖。月郎便教十娘梳洗，一面去請徐素素來家相會。十娘梳洗已畢，謝、徐二美人各出所有，翠鈿金釧、瑤簪寶珥、錦袖花裙、鸞帶繡履，把杜十娘裝扮得煥然一新，備酒作慶賀筵席。月朗讓臥房與李甲、杜媺二人過宿。次日，又大排筵席，遍請院中姊妹。凡十娘相厚者，無不畢集，都與他夫婦把盞稱喜。吹彈歌舞，各逞其長，務要盡歡，直飲至夜分。十娘向眾姊妹一一稱謝。眾姊妹道：「十姊為風流領袖，今從郎君去，我等相見無日。何日長行[50]，姊妹們尚當奉送。」月朗道：「候有定期，小妹當來相報。但阿姊千里間關[51]，同郎君遠去，囊篋蕭條，曾無約束[52]，此乃吾等之事。當相與共謀之，勿令姊有窮途之慮也。」眾姊妹各唯唯而散。是晚，公子和十娘仍宿謝家。至五鼓，十娘對公子道：「吾等此去，何處安身？郎君亦曾計議有定著否？」公子道：「老父盛怒之下，若知娶妓而歸，必然加以不堪，反致相累。展轉尋思，尚未有萬全之策。」十娘道：「父子天性，豈能終絕。既然倉卒難犯，不若與郎君於蘇杭勝地，權作浮居。郎君先回，求親友於尊大人面前勸解和順，然後攜妾于歸，彼此安妥。」公子道：「此言甚當。」次日，二人起身，辭了謝月朗，暫往柳監生寓中，整頓行裝。杜十娘見了柳遇春，倒身下拜，謝其周全之德：「異日我夫婦必當重報。」遇春慌忙答禮道：「十娘鍾情所歡，不以貧窶易心，此乃女中豪傑。僕因風吹火，諒區區何足掛齒！」三人又飲了一日酒。次早，擇了出行吉日，僱倩轎馬停當[53]。十娘又遣童兒寄信，別謝月朗。臨行之際，只見肩輿紛紛

---

[50]. 長行：遠行。
[51]. 間關：崎嶇輾轉。
[52]. 約束：準備。
[53]. 僱倩：付酬請人用車般等為自己服務；停當：妥當。

警世通言·杜十娘怒沉百寶箱

而至,乃謝月朗與徐素素拉眾姊妹來送行。月朗道:「十姊從郎君千里間關,囊中消索[54],吾等甚不能忘情。今合具薄贐[55],十姊可檢收,或長途空乏,亦可少助。」說罷,命從人挈一描金文具[56]至前,封鎖甚固,正不知什麼東西在裡面。十娘也不開看,也不推辭,但殷勤作謝而已。須臾,輿馬齊集,僕夫催促起身。柳監生三杯別酒,和眾美人送出崇文門[57]外,各各垂淚而別。正是:

他日重逢難預必,此時分手最堪憐。

再說李公子同杜十娘行至潞河[58],舍陸從舟,卻好[59]有瓜州差使船轉回之便,講定船錢,包了艙口。比及下船時,李公子囊中並無分文餘剩。你道杜十娘把二十兩銀子與公子,如何就沒了?公子在院中嫌得衣衫藍縷,銀子到手,未免在解庫[60]中取贖幾件穿著,又製辦了鋪蓋,剩來只勾[61]轎馬之費。公子正當愁悶,十娘道:「郎君勿憂,眾姊妹合贈,必有所濟。」乃取鑰開箱。公子在傍,自覺慚愧,也不敢窺覰箱中虛實。只見十娘在箱裡取出一個紅絹袋來,擲於桌上道:「郎群可開看之。」公子提在手中,覺得沉重。啟而觀之,皆是白銀,計數整五十兩。十娘仍將箱子下鎖,亦不言箱中更有何物。但對公子道:「承眾姊妹高情,不惟路途不乏,即他日浮寓吳越間,亦可稍佐吾夫妻山水之費矣。」公子且驚且喜道:「若不遇恩卿,我李甲流落他鄉,死無葬身之地矣!此情此德,白頭不敢忘也。」自此每談及往事,公子必感激流涕。十娘亦曲意撫慰,一路無話。不一日,行至瓜州,大船停泊

---

[54]. 消索:匱乏。
[55]. 薄贐:送行時贈送的錢財或禮物;贐,音ㄐㄧㄣˋ。
[56]. 描金文具:用金粉描畫勾勒圖案的梳粧匣。
[57]. 崇文門:明代北京東門之一。
[58]. 潞河:沽水南經潞縣為潞河,潞縣在今河北省通縣東。潞河又叫潞水,今稱白河,又叫北運河。
[59]. 卻好:恰好。
[60]. 解庫:當鋪。
[61]. 勾:同「夠」。

岸口。公子別僱了民船，安放行李。約明日侵晨[62]，剪江而渡。其時仲冬中旬，月明如水，公子和十娘坐於舟首。公子道：「自出都門，困守一艙之中，四顧有人，未得暢語。今日獨據一舟，更無避忌。且已離塞北，初近江南，宜開懷暢飲，以舒向來抑鬱之氣，恩卿以為何如？」十娘道：「妾久疏談笑，亦有此心，郎君言及，足見同志耳。」公子乃攜酒具於船首，與十娘鋪氈並坐，傳杯交盞。飲至半酣，公子執卮對十娘道：「恩卿妙音，六院[63]推首。某相遇之初，每聞絕調，輒不禁神魂之飛動。心事多違，彼此鬱鬱，鸞鳴鳳奏，久矣不聞。今清江明月，深夜無人，肯為我一歌否？」十娘興亦勃發，遂開喉頓嗓，取扇按拍，嗚嗚咽咽，歌出元人施君美[64]《拜月亭》雜劇上「狀元執盞與嬋娟一曲，名《小桃紅》[65]。真個：

　　聲飛霄漢雲皆駐，響入深泉魚出遊。

　　卻說他舟有一少年，姓孫，名富，字善賚，徽州新安[66]人氏。家資巨萬，積祖揚州種鹽[67]。年方二十，也是南雍中朋友。生性風流，慣向青樓買笑，紅粉追歡，若嘲風弄月，到是個輕薄的頭兒。事有偶然，其夜亦泊舟瓜州渡口，獨酌無聊。忽聽得歌聲嘹喨，鳳吟鸞吹，不足喻其美。起立船頭，佇聽半晌，方知聲出鄰舟。正欲相訪，音響倏已寂然。乃遣僕者潛窺蹤跡，訪於舟人。但曉得是李相公僱的船，並不知歌者來歷。孫富想道：「此歌者必非良家，怎生[68]得他一見？」展轉尋思，通宵不寐。捱至五更，忽聞江風大作。及曉，彤雲密布，狂雪飛舞。怎見得？有詩為證：

　　千山雲樹滅，萬徑人蹤絕。扁舟蓑笠翁，獨釣寒江雪。

---

[62]. 浸晨：拂曉。
[63]. 六院：此指妓院。
[64]. 施君美：元代後期曲家。
[65]. 小桃紅：見於《拜月亭》世德堂刊本第四十三折〈成親團圓〉。
[66]. 徽州新安：新安，郡名，隋大業改歙州置。
[67]. 積祖揚州種鹽：積祖，祖傳；種鹽，包攬鹽買賣的鹽商。
[68]. 怎生：怎麼、如何。

警世通言・杜十娘怒沉百寶箱

因這風雪阻渡，舟不得開。孫富命艄公[69]移船，泊於李家舟之傍。孫富貂帽狐裘，推窗假作看雪。值十娘梳洗方畢，纖纖玉手，揭起舟傍短簾，自潑盂中殘水，粉容微露，卻被孫富窺見了，果是國色天香。魂搖心蕩，迎眸注目，等候再見一面，杳不可得。沉思久之，乃倚窗高吟高學士[70]《梅花詩》二句，道：

雪滿山中高士臥，月明林下美人來。

李甲聽得鄰舟吟詩，舒頭出艙，看是何人。只因這一看，正中了孫富之計。孫富吟詩，正要引李公子出頭，他好乘機攀話。當下慌忙舉手，就問：「老兄尊姓何諱？」李公子敘了姓名鄉貫，少不得也問那孫富，孫富也敘過了。又敘了些太學中的閒話，漸漸親熟。孫富便道：「風雪阻舟，乃天遣與尊兄相會，實小弟之幸也。舟次無聊，欲同尊兄上岸，就酒肆中一酌，少領清誨[71]，萬望不拒。」公子道：「萍水相逢，何當厚擾？」孫富道：「說那裡話！四海之內，皆兄弟也。」即教艄公打跳[72]，童兒張傘，迎接公子過船，就於船頭作揖。然後讓公子先行，自己隨後，各各登跳上涯。行不數步，就有個酒樓，二人上樓，揀一副潔淨座頭[73]，靠窗而坐。酒保列上酒肴。孫富舉杯相勸，二人賞雪飲酒。先說些斯文中套話[74]，漸漸引入花柳之事。二人都是過來之人，志同道合，說得入港[75]，一發[76]成相知了。孫富屏去左右，低低問道：「昨夜尊舟清歌者何人也？」李甲正要賣弄在行，遂實說道：「此乃北京名姬杜十娘也。」孫富道：「既係曲中姊妹，何以歸兄？」公子遂將初遇杜十娘如何相好，後來如何要嫁、如何借銀討他，始末根由，備細述

---

[69]. 艄公：船夫；艄，音ㄕㄠ。
[70]. 高學士：即明詩人高啟，曾任翰林院編修，故稱高學士。
[71]. 少領清誨：向人請教的客氣話。
[72]. 打跳：即「搭跳板」，置放跳板；打為「搭」之假借字。
[73]. 座頭：古代茶樓酒館等處桌椅配套的座位。
[74]. 斯文中套話：讀書人的客套話。
[75]. 入港：言語投機。
[76]. 一發：越發、更加。

了一遍。孫富道：「兄攜麗人而歸，固是快事，但不知尊府中能相容否？」公子道：「賤室不足慮。所慮者老父性嚴，尚費躊躇耳。」孫富將機就機，便問道：「既是尊大人未必相容，兄所攜麗人，何處安頓？亦曾通知麗人，共作計較[77]否？」公子攢眉而答道：「此事曾與小妾議之。」孫富欣然問道：「尊寵必有妙策。」公子道：「他意欲僑居蘇杭，流連山水。使小弟先回，求親友宛轉於家君之前。俟家君回嗔作喜，然後圖歸，高明以為何如？」孫富沉吟半晌，故作愀然之色，道：「小弟乍會之間，交淺言深，誠恐見怪。」公子道：「正賴高明指教，何必謙遜？」孫富道：「尊大人位居方面[78]，必嚴帷薄之嫌[79]，平時既怪兄游非禮之地，今日豈容兄娶不節之人！況且賢親貴友，誰不迎合尊大人之意者。兄枉去求他，必然相拒。就有個不識時務的進言於尊大人之前，見尊大人意思不允，他就轉口了。兄進不能和睦家庭，退無詞以回復尊寵。即使留連山水，亦非長久之計。萬一資斧[80]困竭，豈不進退兩難！」公子自知手中只有五十金，此時費去大半，說到資斧困竭、進退兩難，不覺點頭道是。孫富又道：「小弟還有句心腹之談，兄肯俯聽否？」公子道：「承兄過愛，更求盡言。」孫富道：「疏不間親[81]，還是莫說罷。」公子道：「但說何妨。」孫富道：「自古道：婦人水性無常，況煙花之輩，少真多假。他既係六院名姝，相識定滿天下。或者南邊原有舊約，借兄之力，挈帶而來，以為他適之地。」公子道：「這個恐未必然。」孫富道：「即不然，江南子弟，最工輕薄，兄留麗人獨居，難保無踰牆鑽穴[82]之事。若挈之同歸，愈增尊大人之怒。為兄之計，未有善策。況父子天倫，必不可絕。若為妾而觸父，因妓而棄家，海內必以兄為浮浪不經[83]之人。異日妻不以為夫，弟不以為兄，同袍不以為友，兄何以立於天地之間？兄今日不可不熟思也。」公子聞言，茫然自失，移席

---

[77]. 計較：計畫、商議。
[78]. 方面：指一個地方的軍政要職。
[79]. 帷薄之嫌：指男女之間的禮防。
[80]. 資斧：旅費。
[81]. 疏不間親：關係疏遠的人不離間關係親密的人。
[82]. 踰牆鑽穴：此指男子勾引女子的行為。
[83]. 浮浪不經：指為人行徑虛浮浪蕩且不正派。

警世通言‧杜十娘怒沉百寶箱

問計：「據高明之見，何以教我？」孫富道：「僕有一計，於兄甚便。只恐兄溺枕席之愛，未必能行，使僕空費詞說耳。」公子道：「兄誠有良策，使弟再覩家園之樂，乃弟之恩人也。又何憚而不言耶？」孫富道：「兄飄零歲餘，嚴親懷怒，閨閣[84]離心，設身以處兄之地，誠寢食不安之時也。然尊大人所以怒兄者，不過為迷花戀柳，揮金如土，異日必為棄家蕩產之人，不堪承繼家業耳。兄今日空手而歸，正觸其怒。兄倘能割衽席之愛[85]，見機而作，僕願以千金相贈。兄得千金以報尊大人，只說在京授館[86]，並不曾浪費分毫，尊大人必然相信。從此家庭和睦，當無間言。須臾之間，轉禍為福，兄請三思。僕非貪麗人之色，實為兄效忠於萬一也！」李甲原是沒主意的人，本心懼怕老子，被孫富一席話，說透胸中之疑，起身作揖道：「聞兄大教，頓開茅塞。但小妾千里相從，義難頓絕，容歸與商之。得其心肯，當奉復耳。」孫富道：「說話之間，宜放婉曲。彼既忠心為兄，必不忍使兄父子分離，定然玉成兄還鄉之事矣。」二人飲了一回酒，風停雪止，天色已晚。孫富教家僮算還了酒錢，與公子攜手下船。正是：

逢人且說三分話，未可全拋一片心。

卻說杜十娘在舟中，擺設酒果，欲與公子小酌，竟日未回，挑燈以待。公子下船，十娘起迎，見公子顏色匆匆，似有不樂之意，乃滿斟熱酒勸之。公子搖首不飲，一言不發，竟自床上睡了。十娘心中不悅，乃收拾杯盤，為公子解衣就枕。問道：「今日有何見聞，而懷抱鬱鬱如此？」公子歎息而已，終不啟口。問了三四次，公子已睡去了。十娘委決不下，坐於床頭而不能寐。到夜半，公子醒來，又歎一口氣。十娘道：「郎君有何難言之事，頻頻嘆息？」公子擁被而起，欲言不語者幾次，撲簌簌掉下淚來。十娘抱持公子於懷間，軟言撫慰道：「妾與郎君情好，已及二載，千辛萬苦，歷盡艱難，得有今日。然相從數千

---

[84]. 閨閣：此為妻室之意。
[85]. 衽席之愛：指男女之間的情慾之愛。
[86]. 授館：任私塾老師。

里，未曾哀戚。今將渡江，方圖百年歡笑，如何反起悲傷？必有其故。夫婦之間，死生相共，有事儘可商量，萬勿諱也。」公子再四被逼不過，只得含淚而言道：「僕天涯窮困，蒙恩卿不棄，委曲相從，誠乃莫大之德也。但反覆思之，老父位居方面，拘於禮法；況素性方嚴，恐添嗔怒，必加黜逐。你我流蕩，將何底止？夫婦之歡難保，父子之倫又絕。日間蒙新安孫友邀飲，為我籌及此事，寸心如割。」十娘大驚道：「郎君意將如何？」公子道：「僕事內之人，當局而迷。孫友為我畫一計頗善，但恐恩卿不從耳！」十娘道：「孫友者何人？計如果善，何不可從？」公子道：「孫友名富，新安鹽商，少年風流之士也。夜間聞子清歌，因而問及。僕告以來歷，並談及難歸之故，渠意欲以千金聘汝。我得千金，可藉口以見吾父母，而恩卿亦得所天[87]。但情不能捨，是以悲泣。」說罷，淚如雨下。十娘放開兩手，冷笑一聲道：「為郎君畫此計者，此人乃大英雄也！郎君千金之資，既得恢復；而妾歸他姓，又不致為行李之累。發乎情，止乎禮，誠兩便之策也。那千金在那裡？」公子收淚道：「未得恩卿之諾，金尚留彼處，未曾過手。」十娘道：「明早快快應承了他，不可錯過機會。但千金重事，須得兌足交付郎君之手，妾始過舟，勿為賈豎子[88]所欺。」時已四鼓，十娘即起身挑燈梳洗，道：「今日之粧，乃迎新送舊，非比尋常。」於是脂粉香澤，用意修飾，花鈿繡襖，極其華艷，香風拂拂，光采照人。裝束方完，天色已曉。孫富差家童到船頭候信。十娘微窺公子，欣欣似有喜色，乃催公子快去回話，及早兌足銀子。公子親到孫富船中，回復依允。孫富道：「兌銀易事，須得麗人妝臺[89]為信。」公子又回復了十娘。十娘即指描金文具道：「可便擡去。」孫富喜甚，即將白銀一千兩，送到公子船中。十娘親自檢看，足色足數，分毫無爽。乃手把船舷，以手招孫富。孫富一見，魂不附體。十娘啟朱唇，開皓齒，道：「方才箱子可暫發來，內有李郎路引[90]一紙，可檢還之也。」孫富視十娘已為甕中之鱉，即命家

---

[87]. 天：倚靠對象，此指丈夫之意。
[88]. 賈豎子：古代對商人的賤稱。
[89]. 妝臺：本為梳妝臺，此為妝奩之意；即梳妝用的鏡匣。
[90]. 路引：古代通行的憑證。

警世通言・杜十娘怒沉百寶箱

童送那描金文具，安放船頭之上。十娘取鑰開鎖，內皆抽替[91]小箱。十娘叫公子抽第一層來看，只見翠羽明璫，瑤簪寶珥，充牣[92]於中，約值數百金。十娘遽投之江中。李甲與孫富及兩船之人，無不驚詫。又命公子再抽一箱，乃玉簫金管。又抽一箱，盡古玉紫金玩器[93]，約值數千金。十娘盡投之於水。舟中岸上之人，觀者如堵。齊聲道：「可惜！可惜！」正不知什麼緣故。最後又抽一箱，箱中復有一匣。開匣視之，夜明之珠，約有盈把。其他祖母綠[94]、貓兒眼[95]諸般異寶，目所未睹，莫能定其價之多少。眾人齊聲喝采，喧聲如雷。十娘又欲投之於江。李甲不覺大悔，抱持十娘慟哭，那孫富也來勸解。十娘推開公子在一邊，向孫富罵道：「我與李郎備嘗艱苦，不是容易到此。汝以奸淫之意，巧為讒說，一旦破人姻緣，斷人恩愛，乃我之仇人。我死而有知，必當訴之神明，尚妄想枕席之歡乎！」又對李甲道：「妾風塵數年，私有所積，本為終身之計。自遇郎君，山盟海誓，白首不渝。前出都之際，假託眾姊妹相贈，箱中韜藏百寶，不下萬金。將潤色郎君之裝，歸見父母，或憐妾有心，收佐中饋[96]，得終委託，生死無憾。誰知郎君相信不深，惑於浮議，中道見棄，負妾一片真心。今日當眾目之前，開箱出視，使郎君知區區千金，未為難事。妾櫝中有玉，恨郎眼內無珠。命之不辰[97]，風塵困瘁，甫得脫離，又遭棄捐！今眾人各有耳目，共作證明，妾不負郎君，郎君自負妾耳！」於是眾人聚觀者，無不流涕，都唾罵李公子負心薄倖。公子又羞又苦，且悔且泣，方欲向十娘謝罪，十娘抱持寶匣，向江心一跳。眾人急呼撈救，但見雲暗江心，波濤滾滾，杳無蹤影。可惜一個如花似玉的名姬，一旦葬於江魚之腹。

三魂渺渺歸水府，七魄悠悠入冥途。

---

[91]. 抽替：即抽屜。
[92]. 充牣：充實。牣：滿，音ㄖㄣˋ。
[93]. 玩器：供賞玩的器物。
[94]. 祖母綠：寶石名，又名子母綠、助水綠。為一色澤剔透的綠寶石。
[95]. 貓兒眼：寶石名，又名貓眼石；形似貓眼，色黃如酒，極為珍貴。
[96]. 中饋：指妻室。
[97]. 不辰：生不逢時。

當時旁觀之人，皆咬牙切齒，爭欲拳毆李甲和那孫富。慌得李、孫二人，手足無措，急叫開船，分途遁去。李甲在舟中，看了千金，轉憶十娘，終日愧悔，鬱成狂疾，終身不痊。孫富自那日受驚，得病臥床月餘，終日見杜十娘在傍訶罵，奄奄而逝。人以為江中之報也。

卻說柳遇春在京坐監完滿，束裝回鄉，停舟瓜步[98]。偶臨江淨臉，失墜銅盆於水，覓漁人打撈。及至撈起，乃是個小匣兒。遇春啟匣觀看，內皆明珠異寶，無價之珍。遇春厚賞漁人，留於床頭把玩。是夜，夢見江中一女子，凌波而來，視之，乃杜十娘也。近前萬福[99]，訴以李郎薄倖之事。又道：「向承君家慷慨，以一百五十金相助，本意息肩[100]之後，徐圖報答；不意事無終始。然每懷盛情，悒悒未忘。早間曾以小匣，託漁人奉致，聊表寸心，從此不復相見矣。」言訖，猛然驚醒，方知十娘已死，歎息累日。後人評論此事，以為孫富謀奪美色，輕擲千金，固非良士。李甲不識杜十娘一片苦心，碌碌蠢才，無足道者。獨謂十娘千古女俠，豈不能覓一佳侶，共跨秦樓之鳳[101]，乃錯認李公子，明珠美玉，投於盲人，以致恩變為仇，萬種恩情，化為流水，深可惜也！有詩歎云：

不會風流莫妄談，單單情字費人參。若將情字能參透，喚作風流也不慚。

作品賞析

本篇內容描寫名妓杜十娘的愛情悲劇，揭示了金錢和權勢對人性的腐蝕，杜十娘所沉的不僅僅是珍奇寶物，更是一種希冀。

小說以細膩的筆觸成功塑造了一位才貌雙全、理智果斷且性格剛

---

[98]. 瓜布：鎮名，在江蘇省六合縣東南的瓜步山下。
[99]. 萬福：古代婦女所行之致敬禮。
[100]. 息肩：棲止休息，此指成家安定下來之意。
[101]. 秦樓之鳳：秦穆公女弄玉好樂，蕭史善吹簫作鳳鳴，秦穆公遂為之蓋鳳樓，二人吹簫，鳳凰來集，後乘風飛升而去。事出劉向《列仙傳》。

警世通言・杜十娘怒沉百寶箱

烈的不凡女子。杜十娘為了自己理想中的幸福努力爭取，在虛偽勢利的世界當中，早已厭倦了送往迎來、虛情假意的愛情買賣，她機敏的捉住鴇母的一時氣話，成功的為自己贖身，只求能與李甲雙宿雙飛。

作為杜十娘畢生託付的李甲，其實是一名懦弱無能的富家公子，他不能失去家族的庇蔭，因此杜十娘門不當戶不對的卑微出身始終是他心裡最根柢的心結，故輕易的即受孫富的挑撥，孫富能勸服李甲憑藉的不僅僅是金錢，更重要的是李甲的「拘於禮法」和「素性方嚴」的畏懼心理。然而杜十娘追求的不是財富地位，不是才貌，而是對真誠堅貞的愛情抱著極為強烈的憧憬，所以當知道李甲的無情背義之時，她彷彿看見了自己長期日夜追尋的美夢的幻滅。她沒有呼天搶地的慟哭，而是表現出一種異常的冷靜與剛強，在李甲面錢，杜十娘一個個揭開百寶箱的秘密，一個個將珍寶連同希望盡數沉江，百寶箱和李甲此時都已失去了意義，她便也將自己最珍貴的東西加以捨棄了----杜十娘的生命，她以死來成就了自己的尊嚴和理想完整。

本篇在藝術構思上極具獨創性，敘事張力十足，情節安排緊湊，語言生動豐富，人物塑造刻劃躍然紙上，李甲的自私怯懦與孫富的卑劣皆很好的襯托出了杜十娘的真情至性。

問題討論

一、「百寶箱」在文中有何象徵意義？杜十娘早已看盡人生百態為何還是怒沉百寶箱？

二、試分析杜十娘和李甲的性格特點。

三、文中有很明顯的獎善懲惡的情節，這樣寫具有什麼意義？

中國小說卷

《二刻拍案驚奇・程朝奉單遇無頭婦》

內容導讀

　　本篇節選自《二刻拍案驚奇》第二十八卷。內容敘述富人程朝奉飽暖生淫欲，看上賣酒的李方哥之妻。李方哥由於家境窮苦，和妻子協議之後，答應借妻子給程，價錢為三十兩，沒想到在約定那晚李方哥的妻子卻被人砍了頭，兇手為一敲梆子的遊僧，因見李妻盛妝倚門等人，遂起了淫慾之心，李妻不從而砍下她的頭，掛在趙大門前樹上。趙大發現人頭，因為自己也曾犯案，所以不敢聲張，暗中埋在後花園裡。後來官府尋線找出人頭，卻是個男性的頭顱，原來是趙大所殺的仇家，和李妻的頭顱一同被埋在後花園裡。趙大帶領官府掘土的地點，是埋藏李妻頭顱的地方，想不到卻陰錯陽差的挖出了仇人的頭，趙大只好承認犯案。王通判也同時了結了兩件無頭命案。

作者介紹

　　凌濛初（1580年～1644年），字玄房，號初成，別號即空觀主人。明代浙江烏程（今吳興）人，文學家、小說家。其著作《初刻拍案驚奇》與《二刻拍案驚奇》與馮夢龍所著《古今小說》（喻世明言）、《警世通言》、《醒世恆言》合稱「三言二拍」。

課文說明

　　【本文】話說國朝成化[1]年間，直隸徽州府[2]有一個富人姓程。他那邊土俗，但是有資財的，就呼為朝奉。蓋宋時有朝奉大夫，就像稱呼富人為員外一般，總是尊他。這個程朝奉擁著巨萬家私，真所謂飽暖生淫欲，心裡只喜歡的是女色。見人家婦女生得有些姿容的，就千方百計，必要弄她到手才住。隨你費下幾多東西，他多不吝，只是以成

---

[1]. 成化：明憲宗年號，相當於公元1465年～1487年。
[2]. 直隸徽州府：明成祖遷都北平後，以北平為北直隸，而以江南為南直隸。此處指南直隸；徽州即今安徽省歙縣。

事為主。所以花費的也不少，上手的也不計其數。自古道天道禍淫，才是這樣貪淫不歇，便有希奇的事體做出來，直教你破家辱身，急忙分辨得來，已吃過大虧了，這是後話。

　　且說徽州府岩子街有一個賣酒的，姓李叫做李方哥。有妻陳氏，生得十分嬌媚，丰采動人。程朝奉動了火，終日將買酒為由，甜言軟語哄動他夫妻二人。雖是纏得熟分了，那陳氏也自正正氣氣，一時也勾搭不上。程朝奉道：「天下的事，惟有利動人心。這家子是貧難之人，我拚捨著一主財，怕不上我的鉤？私下鑽求，不如明買。」一日對李方哥道：「你一年賣酒得利多少？」李方哥道：「靠朝奉福蔭，藉此度得夫妻兩口，便是好了。」程朝奉道：「有得贏餘麼？」李方哥道：「若有得一兩二兩贏餘，便也留著些做個根本，而今只好繃繃拽拽，朝升暮合過去，那得贏餘？」程朝奉道：「假如有個人幫你十兩五兩銀子做本錢，你心下如何？」李方哥道：「小人若有得十兩五兩銀子，便多做些好酒起來，開個興頭的糟坊。一年之間度了口，還有得多。只是沒尋那許多東西，就是有人肯借，欠下了債要賠利錢，不如守此小本經紀罷了。」朝奉道：「我看你做人也好，假如你有一點好心到我，我便與你二三十兩，也不打緊[3]。」李方哥道：「二三十兩是朝奉的毫毛，小人得了卻一生一世受用不盡了。只是朝奉怎麼肯？」朝奉道：「肯倒肯，只要你好心。」李方哥道：「教小人怎麼樣的才是好心？」朝奉笑道：「我喜歡你家裡一件物事，是不費你本錢的，我借來用用，仍舊還你。若肯時，我即時與你三十兩。」李方哥道：「我家裡那裡有朝奉用得著的東西？況且用過就還，有甚麼不奉承了朝奉，卻要朝奉許多銀子？」朝奉笑道：「只怕你不肯。你肯了，又怕你妻子不捨得。你且兩個去商量一商量，我明日將了銀子來，與你現成講兌。今日空口說白話，未好就明說出來。」笑著去了。李方哥晚上把這些話與陳氏說道：「不知是要我家甚麼物件。」陳氏想一想道：「你聽他油嘴，若是別件動用物事，又說道借用就還的，隨你奢

---

[3]. 不打緊：無關緊要。

遮⁴寶貝也用不得許多賞錢⁵，必是癡心想到我身上來討便宜的說話了。你男子漢放些主意出來，不要被他騰倒。」李方哥笑笑道：「那有此話！」隔了一日，程朝奉果然拿了一包銀子，來對李方哥道：「銀子已現有在此，打點送你的了。只看你們意思如何。」朝奉當面打開包來，白燦燦的一大包。李方哥見了，好不眼熱，道：「朝奉明說是要怎麼？小人好如命奉承。」朝奉道：「你是個曉事人，定要人說個了話，你自想家裡是甚東西是我用得著的，又這般值錢就是了。」李方哥道：「教小人沒想處，除了小人夫妻兩口身子外，要值上十兩銀子的傢伙，一件也不曾有。」朝奉笑道：「正是身上的，哪個說是身子外邊的？」李方哥通紅了臉道：「朝奉沒正經！怎如此取笑？」朝奉道：「我不取笑，現錢買現貨，願者成交。若不肯時，也只索罷了，我怎好強得你？」說罷，打點袖起銀子了。自古道：

　　清酒紅人面，黃金黑世心。

李方哥見程朝奉要收拾起銀子，便呆著眼不開口，盡有些沉吟不捨之意。程朝奉早已瞧科⁶，就中取著三兩多重一錠銀子，塞在李方哥袖子裡道：「且拿著這錠去做樣，一樣十錠就是了。你自家兩個計較去。」李方哥半推半就的接了。程朝奉正是會家不忙，見接了銀子，曉得有了機關，說道：「我去去再來討回音。」李方哥進到內房與妻陳氏說道：「果然你昨日猜得不差，原來真是此意。被我搶白⁷了一頓，他沒意思，把這錠銀子作為陪禮，我拿將來了。」陳氏道：「你不拿他的便好，拿了他的，已似有肯意了。他如何肯歇這一條心？」李方哥道：「我一時沒主意拿了，他臨去時就說：『像得我意，十錠也不難。』我想我與你在此苦掙一年，掙不出幾兩銀子來。他的意思，倒肯在你身上捨主大錢。我們不如將計就計哄他，與了他些甜頭，便起他一主大銀子，也不難了。也強如一盞半盞的與別人論價錢。」李方哥說罷，

---

⁴ 奢遮：了不得。

⁵ 賞錢：出賃器物。

⁶ 瞧科：看出來。

⁷ 搶白：吳語，作「指斥」解。

二刻拍案驚奇・程朝奉單遇無頭婦

就將出這錠銀子放在桌上。陳氏拿到手來看一看，道：「你男子漢見了這個東西，就捨得老婆養漢了？」李方哥道：「不是捨得，難得財主家倒了運來想我們，我們拚忍著一時羞恥，一生受用不盡了。而今總是混帳的世界，我們又不是甚麼閥閱人家，就守著清白，也沒人來替你造牌坊[8]，落得和同了些。」陳氏道：「是倒也是，羞人答答的，怎好兜他？」李方哥道：「總是做他的本錢不著，我而今辦著一個東道在房裡，請他晚間來吃酒，我自到外邊那裡去避一避。等他來時，只說我偶然出外就來的，先做主人陪他，飲酒中間他自然撩撥你。你看著機會，就與他成了事。等得我來時，事已過了。可不是不知不覺的落得賺了他一主銀子？」陳氏道：「只是有些害羞，使不得。」李方哥道：「程朝奉也是一向熟的，有甚麼羞？你只是做主人陪他吃酒，又不要你去兜他。只看他怎麼樣來，才回答他就是，也沒甚麼羞處。」陳氏見說，算來也不打緊的，當下應承了。

　　李方哥一面辦治了東道，走去邀請程朝奉。說道：「承朝奉不棄，晚間整酒在小房中，特請朝奉一敘，朝奉就來則個。」程朝奉見說，喜之不勝道：「果然利動人心，他已商量得情願了。今晚請我，必然就成事。」巴不得天晚前來赴約。從來好事多磨，程朝奉意氣洋洋走出街來。只見一般兒朝奉姓汪的，拉著他水口去看甚麼新來的表子王大捨，一把拉了就走。程朝奉推說：「沒工夫得去。」他說：「有甚麼貴幹？」程朝奉心忙裡，一時造不出來。汪朝奉見他沒得說，便道：「原沒事幹，怎如此推故掃興？」不管三七二十一，同了兩三個少年子弟，一推一攘的，牽的去了。到了那裡，汪朝奉看得中意，就秤銀子辦起東道來，在那裡入馬[9]。程朝奉心上有事，被帶住了身子，好不耐煩。三杯兩盞，逃了席就走，已有二更天氣。此時李方哥已此尋個事由，避在朋友家裡了，沒人再來相邀的。程朝奉逕自急急忙忙走到李家店中。見店門不關，心下意會了。進了店，就把門拴著。那店中房子苦不深邃，擡眼望見房中燈燭明亮，酒肴羅列，悄無人聲。走進

---

[8]. 牌坊：指貞節牌坊。
[9]. 入馬：交往（一般指男女間私情）。

看時，不見一個人影。忙把桌上火移來一照，大叫一聲：「不好了！」正是：

分開八片頂陽骨，傾下一桶雪水來。

程朝奉看時，只見滿地多是鮮血，一個沒頭的婦人躺在血泊裡，不知是甚麼事由。驚得牙齒捉對兒廝打，抽身出外，開門便走。到了家裡，只是打顫，蹲站不定，心頭丕丕的跳。曉得是非要惹到身上，一味惶惑不提。

且說李方哥在朋友家裡捱過了更深，料道程朝奉與妻子事體已完，從容到家，還好趁吃杯兒酒。一步步踱將回來。只見店門開著，心裡道：「那朝奉好不精細，既要私下做事，門也不掩掩著。」走到房裡，不見甚麼朝奉，只是個沒頭的屍首躺在地下。看看身上衣服，正是妻子。驚得亂跳道：「怎的起？怎的起？」一頭哭，一頭想道：「我妻子已是肯的，有甚麼言語衝撞了他，便把來殺了？須與他討命去！」連忙把家裡收拾乾淨了，鎖上了門，逕奔到程朝奉家門。朝奉不知好歹，聽得是李方哥聲音，正要問他個端的，慌忙開出門來。李方哥一把扭住道：「你幹的好事！為何把我妻子殺了？」程朝奉道：「我到你家，並不見一人，只見你妻子已殺倒在地，怎說是我殺了？」李方哥道：「不是你是誰？」程朝奉道：「我心裡愛你的妻子，若是見了，奉承還恐不及，捨得殺他？你須訪個備細，不要冤我！」李方哥道：「好端端兩口住在家裡，是你來起這些根由，而今卻把我妻子殺了，還推得那個？和你見官去，好好還我個人來！」兩下你爭我嚷，天已大明。結扭了，一直到府裡來叫屈。府裡見是人命事，准了狀。發與三府王通判[10]審問這件事。王通判帶了原、被告兩人，先到李家店中相驗屍首。相得是個婦人身體，被人用刀殺死的，現無頭顱。通判著落地方把屍盛了。帶原、被告到衙門來。先問李方哥的口詞，李方哥道：

---

[10]. 通判：明制，府置通判一官，凡兵、民、錢穀、獄訟聽斷之事，可否裁決，與守臣通簽書施行。

二刻拍案驚奇・程朝奉單遇無頭婦

「小人李方，妻陳氏，是開酒店度日的。是這程某看上了小人妻子，乘小人不在，以買酒為由來強姦她。想是小人妻子不肯，他就殺死了。」通判問：「程某如何說？」程朝奉道：「李方夫妻賣酒，小人是他的熟主顧。李方昨日來請小人去吃酒，小人因有事去得遲了些。到他家裡，不見李方，只見他妻子不知被何人殺死在房。小人慌忙走了家來，與小人並無相干。」通判道：「他說你以買酒為由去強姦她，你又說是他請你到家，他既請你，是主人了，為何他反不在家？這還是你去強姦是真了。」程朝奉道：「委實是他來請小人，小人才去的。當面在這裡，老爺問他，他須賴不過。」李方道：「請是小人請他的，小人未到家，他先去強姦，殺了人了。」

王通判道：「既是你請他，怎麼你未到家，他倒先去行姦殺人？你其時不來家做主人，倒在那裡去了？其間必有隱情。」取夾棍來，每人一夾棍，只得多把實情來說了。李方哥道：「其實程某看上了小人妻子，許了小人銀兩，要與小人妻子同吃酒。小人貪利，不合許允，請他吃酒是真。小人怕礙他眼，只得躲過片時。後邊到家，不想妻子被他殺死在地，他逃在家裡去了。」程朝奉道：「小人喜歡他妻子，要營勾她是真。他已自許允請小人吃酒了，小人為甚麼反要殺她？其實到他家時，妻子已不知為何殺死了。小人慌了，走了回家，實與小人無干。」通判道：「李方請吃酒賣姦是真，程某去時，必是那婦人推拒，一時殺了也是真。平白地要謀姦人妻子，原不是良人行徑，這人命自然是程某抵償了。」程朝奉道：「小人不合見了美色，輒起貪心，是小人的罪了。至於人命，委實不知。不要說他夫婦商同請小人吃酒，已是願從的了。即使有些勉強，也還好慢慢央求，何至下手殺了她？」王通判惱他姦淫起禍，那裡聽他辨說？要把他問個強姦殺人死罪。卻是死人無頭，又無行兇器械，成不得招。責了限期，要在程朝奉身上追那顆頭出來。正是：

官法如爐不自由，這回惹著怎干休？

方知女色真難得，此日何來美婦頭？

程朝奉比過幾限，只沒尋那顆頭處。程朝奉訴道：「便做道是強姦不從，小人殺了，小人藏著那顆頭做甚麼用，在此挨這樣比較？」王通判見他說得有理，也疑道：「是或者另有人殺了這婦人，也不可知。」且把程朝奉與李方哥都下在監裡了，便叫拘集一干鄰里人等，問他事體根由與程某殺人真假。鄰里人等多說：「他們是主顧家，時常往來的，也未見甚麼姦情事。至於程某是個有身家的人，貪淫的事或者有之，從來也不曾見他做甚麼兇惡歹事過來。人命的事，未必是他。」通判道：「既未必是程某，你地方人必曉得李方家的備細，與誰有仇，那處可疑，該推詳得出來。」鄰里人等道：「李方平日賣酒，也不見有甚麼仇人。他夫妻兩口做人多好，平日與人鬥口的事多沒有的。這黑夜不知何人所殺，連地方人多沒猜處。」通判道：「你們多去外邊訪一訪。」

眾人領命正要走出，內中一個老者走上前來稟道：「據小人愚見，猜著一個人，未知是否？」通判道：「是那個？」只因說出這個人來，有分教：

乞化游僧，明投三尺之法；沉埋朽骨，趁白十年之冤。

正是善惡到頭終有報，只爭來早與來遲。

老者道：「地方上向有一個遠處來的遊僧，每夜敲梆高叫，求人佈施，已一個多月了。自從那夜李家婦人被殺之後，就不聽得他的聲響了。若道是別處去了，怎有這樣恰好的事？況且地方上不曾見有人佈施他的，怎肯就去。這個事著實可疑。」通判聞言道：「殺人作歹，正是野僧本事，這疑也是有理的。只那尋這個遊僧處？」老者道：「重賞之下，必有勇夫。老爺喚那程某出來說與他知道，他家道殷富，要明白這事，必然不吝重賞。這遊僧也去不久，不過只在左近地方，要訪著他也不難的。」通判依言，獄中帶出程朝奉來，把老者之言說與他。程朝奉道：「有此疑端，便是小人生路。只求老爺與小人做主，出個廣捕文書[11]，著落幾個應捕四外尋訪。小人情願立個賞票，認出謝

---

[11].廣捕文書：不規定地點期限的緝捕文書。

二刻拍案驚奇・程朝奉單遇無頭婦

金就是。」當下通判差了應捕出來，程朝奉托人邀請眾應捕說話，先送了十兩銀子做盤費。又押起三十兩，等尋得著這和尚及時交付，眾應捕應承去了。

元來應捕黨羽極多，耳目最眾，但是他們上心的事，沒有個訪拿不出的。見程朝奉是個可擾之家，又兼有了厚贈，怎不出力？不上一年，已訪得這叫夜僧人在寧國府[12]地方乞化，夜夜街上叫了轉來，投在一個古廟裡宿歇。眾應捕帶了一個地方人，認得面貌是真，正是岩子鎮叫夜的了。眾應捕商量道：「人便是這個人了，不知殺人是他不是他。就是他了，沒個憑據，也不好拿得他，只可智取。」算計去尋一件婦人衣服，把一個少年些的應捕打扮起來，裝做了婦人模樣。一同眾人去埋伏在一個林子內，是街上回到古廟必經之地。

守至更深，果然這僧人叫夜轉來，擎[13]了梆，正自獨行。林子裡假做了婦人，低聲叫道：「和尚，還我頭來！」初時一聲，那僧人已吃了一驚，立定了腳。昏黑之中，隱隱見是個穿紅的婦人，心上虛怯不過了。只聽得一聲不了，又叫：「和尚，還我頭來！」連叫不止。那僧人慌了，顫篤篤的道：「頭在你家上三家鋪架上不是？休要來纏我！」眾人聽罷，情知殺人事已實，胡哨一聲，眾應捕一齊鑽出，把個和尚捆住，道：「這賊禿！你岩子鎮殺了人，還躲在這裡麼？」先是頓下馬威打軟了，然後解到府裡來。通判問應捕如何拿得著他，應捕把假裝婦人嚇他、他說出真情才擒住他的話稟明白了。帶過僧人來，僧人明知事已露出，混賴不過，只得認道：「委實殺了婦人是的。」通判道：「她與你有甚麼冤仇，殺了她？」僧人道：「並無冤仇，只因那晚叫夜，經過這家門首。見店門不關，挨身進去，只指望偷盜些甚麼。不曉得燈燭明亮，有一個美貌的婦人盛裝站立在牀邊，看見了不由得心裡不動火，抱住求姦。她抵死不肯，一時性起，拔出戒刀來殺了，提了頭就走。走將出來才想道，要那頭做甚麼？其時把來掛在上三家

---

[12]. 寧國府：今安徽省宣城縣。
[13]. 擎：擎取在手中的意思。

鋪架上了。只是恨她那不肯，出了這口氣。當時連夜走脫此地，而今被拿住，是應得償她命的，別無他話。」通判就出票去提那上三家鋪上人來，問道：「和尚招出人頭在鋪架上，而今那裡去了？」鋪上人道：「當時實有一個人頭掛在架上，天明時不見了，因恐怕經官受累，悄悄將來移上前去十來家趙大門首一棵樹上掛著。已後不知怎麼樣了。」通判差人押了這三家鋪人來提趙大到官。趙大道：「小人那日蚤起，果然見樹上掛著一顆人頭。心中驚懼，思要首官[14]。誠恐官司牽累，當下悄地拿到家中，埋在後園了。」通判道：「而今現在那裡麼？」趙大道：「小人其時就怕後邊或有是非，要留做證見，埋處把一棵小草樹記認著的，怎麼不現在？」通判道：「只怕其間有詐偽，須得我親自去取驗。」

　　通判即時打轎，擡到趙大家裡。叫趙大在前引路，引至後園中，趙大指著一處道：「在這底下。」通判叫從人掘將下去，剛鈀得土開，只見一顆人頭連泥帶土，轂碌碌滾將出來。眾人發聲喊道：「在這裡了！」通判道：「這婦人的屍首，今日方得完全。」從人把泥土拂去，仔細一看，驚道：「可又古怪！這婦人怎生是有髭鬚的？」送上通判看時，但見這顆人頭：雙眸緊閉，一口牢關。頭子上也是刀刃之傷，嘴兒邊卻有鬚髯之覆。早難道骷髏能作怪，致令得男女會差池？王通判驚道：「這分明是一個男子的頭，不是那婦人的了！這頭又出現得詐怪，其中必有蹺蹊。」喝道：「把趙大鎖了！」尋那趙大時，先前看見掘著人頭不是婦人的，已自往外跑了。

　　王通判就走出趙大前邊屋裡，叫拾張桌兒做公座坐了。帶那趙大的家屬過來，且問這顆人頭的事。趙大妻子一時難以支吾，只得實招道：「十年前趙大曾有個仇人姓馬，被趙大殺了，帶這頭來埋在這裡的。」通判道：「適纔趙大在此，而今躲在那裡了？」妻子道：「他方才見人頭被掘將來，曉得事發，他一逕出門，連家裡多不說那裡去了。」王通判道：「立刻的事，他不過走在親眷家裡，料去不遠。快

---

[14]. 首官：向官申報。

把你家甚麼親眷住址，一一招出來。」妻子怕動刑法，只得招道：「有個女婿姓江，做府中令史[15]，必是投他去了。」通判即時差人押了妻子，竟到這江史令家裡來拿，通判坐在趙大家裡立等回話。果然：

甕中捉鱉，手到拿來。

且說江令史是衙門中人，曉得利害。見丈人趙大急急忙忙走到家來，說道：「是殺人事發，思要藏避。」令史恐怕累及身家，不敢應承，勸他往別處逃走。趙大一時未有去向，心裡不決。正躊躇間，公差已押著妻子來要人了。江令史此時火到身上，且自圖滅熄，不好隱瞞，只得付與公差，仍帶到趙大自己家裡來。妻子路上已自對他說道：「適纔老爺問時，我已實說了。你也招了罷，免受痛苦。」趙大見通判時，果然一口承認。

通判問其詳細，趙大道：「這姓馬的先與小人有些仇隙，後來在山路中遇著，小人因在那裡砍柴，帶得有刀在身邊，把他來殺了。恐怕有人認得，一時傳遍，這事就露出來，所以既剝了他的衣服，就割下頭來藏在家裡。把衣服燒了，頭埋在園中。後來馬家不見了人，尋問時，只見有人說山中有個死屍，因無頭的，不知是不是，不好認得。而今事已經久，連馬家也不提起了。這埋頭的去處，與前日婦人之頭相離有一丈多地。只因這個頭在地裡，恐怕發露，所以前日埋那婦人頭時，把草樹記認的。因為隔得遠，有膽氣掘下去。不知為何，一掘倒先掘著了。這也是宿世冤業，應得填還。早知如此，連那婦人的頭也不說了。」通判道：「而今婦人的頭，畢竟在那裡？」趙大道：「只在那一塊，這是記認不差的。」

通判又帶他到後園，再命從人打舊掘處掘下去，果然又掘出一顆頭來。認一認，才方是婦人的了。通判笑道：「一件人命卻問出兩件人命來，莫非天意也！」

---

[15]. 令史：即書吏。

鎖了趙大，帶了兩顆人頭，來到府中，出張牌去喚馬家親人來認。馬家兒子見說，才曉得父親不見了十年，果是被人殺了，來補狀詞，王通判誰了。把兩顆人頭，一顆給與馬家埋葬，一顆喚李方哥出來認看，果是其妻的了。把叫夜僧與趙大各打三十板，都問成了死罪。程朝奉不合買姦，致死人命，問成徒罪，折價納贖。李方哥不合賣姦，問杖罪的決斷。程朝奉出葬埋銀六兩，給與李方哥葬那陳氏。三家鋪的人不合移屍，各該問罪，因不是這等，不得並發趙大人命，似乎天意明冤，非關人事，釋罪不究。

王通判這件事問得清白，一時清結了兩件沒頭事，申詳上司，各各稱獎，至今傳為美談。只可笑程朝奉空想一人婦人，不得到手，枉葬送了她一條性命，自己吃了許多驚恐，又坐了一年多監，費掉了百來兩銀子，方得明白，有甚便宜處？那陳氏立個主意不從夫言，也不見得被人殺了。至於因此一事，那趙大久無對證的人命，一並發覺，越見得天心巧處。可見欺心事做不得一些的。有詩為證：

冶容誨淫從古語，會見金夫不自主。

稱觴已自不有躬，何怪啟寵納人侮。

彼黠者徒恣強暴，將此頭顱向何許？

幽冤鬱積十年餘，彼處有頭欲出土。

作品賞析

由回目來看，「程朝奉單遇無頭婦，王通判雙雪不明冤」為工整的八言對句，簡短二句不僅道出了事件主角，也提挈了故事梗概。

內容敘述富人程朝奉飽暖生淫欲，每遇見生得有些姿容的婦女，就千方百計想勾引上手，當他看到以賣酒為生的李方哥之妻陳氏生得「丰姿動人」，便想：「天下的事，惟有利動人心。這家子是貧難之人，我拼舍著一主財，怕不上我的鉤？私下鑽營，不如明買！」便前往尋找李方哥。程朝奉意指李方哥家有珍寶，望能借之，多次暗示下，李

二刻拍案驚奇・程朝奉單遇無頭婦

方哥終於明白所謂不費本錢的好物為何,程朝奉更送給李方哥一錠銀子。家境窮苦的方哥見到銀子不由得動了心思,回家勸說妻子,陳氏本極不願,反駁李方哥:「你男子漢見了這個東西,就捨得老婆養漢了?」李方哥卻說:「不是捨得,難得財主家倒了運來想我們,我們拼忍著一時羞恥,一生受用不盡了。而今總是混賬的世界,我們又不是什麼閥閱人家,就守著清白,也沒人來替你造牌坊,落得和同了些」,再三協議,半推半就,還是說定了這事,將妻子借給程朝奉一晚,價錢議為三十兩。

未料在約定那晚李方哥的妻子卻被人砍了頭,兇手為一敲梆子的遊僧,因見李妻盛妝倚門等人,遂起了淫慾之心,李妻不從而砍下她的頭,掛在趙大門前樹上。趙大發現人頭,因為自己也曾犯案,所以不敢聲張,暗中埋在後花園裡。後來官府尋線找出人頭,卻是個男性的頭顱,原來是趙大所殺的仇家,和李妻的頭顱一同被埋在後花園裡。趙大帶領官府掘土的地點,是埋藏李妻頭顱的地方,想不到卻陰錯陽差的挖出了仇人的頭,趙大只好承認犯案。王通判也同時了結了兩件無頭命案。

小說中藉由「借妻」一舉呈現了貧苦百姓的生存無奈及其宿命思維,真實地反映了當世生活風貌頹廢的一面,表現了金錢對社會的腐蝕和衝擊,腋藏著作者本人憤世嫉俗的不平之氣,通篇語言繼承了話本的生動活潑,也保持了文人創作的簡潔優美,意圖明確,脈絡貫通,故事結構完整,娓娓敘來,確有「拍案驚奇」之感,含有深刻的勸戒意味。

問題討論

　　一、讀完本文,你有什麼感想?

　　二、文中反映出的思想內容為何?

　　三、本文在寫作技巧上最成功的地方為何?

中國小說卷

第六章、清代之章回與擬晉唐筆記小說

清代時期的小說,主要有:擬晉唐筆記小說。茲列舉如下:

第一節、章回小說

諷刺--《儒林外史・第十四回》

內容導讀

本文節選自《儒林外史》[1]第十四回〈蘧公孫書坊送良友馬秀才山洞遇神仙〉。文中的馬二先生個性迂腐,待人誠篤,學問也算得上博通,可說是一個正派的儒生,言行舉止間都可窺出當時讀書人的樣貌。這篇描寫的是馬二先生在遊西湖時種種可笑、迂腐的形態。

作者介紹

吳敬梓(1701年~1754年)字敏軒,一字文木,號粒民,安徽全椒人,清代小說家。又因自故鄉安徽全椒移居江蘇南京,所以自稱「秦淮寓客」。所作《儒林外史》根據切身體驗,從多方面揭露士大夫的醜惡面貌,對科舉制度和封建禮教進行深刻的批判,是中國諷刺小說的典範。

吳敬梓生性豪爽,遇貧即施,有求必應,大有揮金如土的氣概。因此「不數年而家產盡」是必然的結果。二十三歲時吳父因清高正直不容於官場,帶著吳敬梓罷官歸里,不到數年抑鬱而死。官場的黑暗使作者的心靈蒙上一層陰影,這陰影也成為他後來創作《儒林外史》的思想來源,再加上父親死後遺產頗豐,使他成為族人覬覦的對象,封建家庭骨肉相侵的醜態暴露於他眼前,也成了《儒林外史》的情節

---

[1]. 《儒林外史》:本書未有貫穿全局的情節,人物,卻以冷峻犀利、詼諧諷刺的文筆,生動描繪出清初的社會狀況與文人心態,為中國古典諷刺小說之代表作。

第六章、清代之章回與擬晉唐小說--儒林外史・第十四回

內容。

課文說明

【本文】馬二先生[2]上船，一直來到斷河頭，問文瀚樓[3]的書坊，～乃是文海樓一家～到那裏去住。住了幾日，沒有甚麼文章選，腰裏帶了幾個錢，要到西湖上走走。

這西湖乃是天下第一個真山真水的景致！且不說那靈隱的幽深，天竺的清雅。只這出了錢塘門，過聖因寺，上了蘇堤，中間是金沙港，轉過去就望見雷峰塔，到了淨慈寺，有十多里路，真乃五步一樓，十步一閣。一處是金粉樓臺，一處是竹籬茅舍；一處是桃柳爭妍，一處是桑麻遍野。哪些賣酒的青帘高颺，賣茶的紅炭滿爐，士女遊人，絡繹不絕，真不數「三十六家花酒店，七十二座管絃樓。」

馬二先生獨自一個，帶了幾個錢，步出錢塘門，在茶亭裏喫了幾碗茶，到西湖沿上牌樓跟前坐下。見那一船一船鄉下婦女來燒香的，都梳著挑鬢頭[4]，也有穿藍的，也有穿青綠衣裳的，年紀小的都穿些紅紬單裙子；也有模樣生得好些的，都是一個大團白臉，兩個大高顴骨，也有許多疤、麻、疥、癩的。一頓飯時，就來了有五六船。哪些女人後面都跟著自己的漢子，掮著一把傘，手裏拿著一個衣包，上了岸，散往各廟裏去了。馬二先生看了一遍，不在意裏，起來又走了里把多路。望著湖沿上接連著幾個酒店，掛著透肥的羊肉，櫃檯上盤子裏盛著滾熱的蹄子、海參、糟鴨、鮮魚，鍋裏煮著餛飩，蒸籠上蒸著極大的饅頭。馬二先生沒有錢買了喫，喉嚨裏嚥唾沫，只得走進一個麵店，十六個錢喫了一碗麵。肚裏不飽，又走到間壁一個茶室喫了一碗茶，買了兩個錢處片[5]嚼嚼，倒覺得有些滋味。喫完了出來，看見西湖沿上

---

[2]. 馬二先生：是一位專門編選八股文集的「選家」，為人誠篤，待友真率，學問也算實在，但性情迂腐，受科舉影響甚深，言行舉止均反映出當時典型正派儒生的面貌。
[3]. 文瀚樓、文海樓：都是刻印書的書房。
[4]. 挑鬢頭：以骨針支兩鬢使兩邊隆起的髮型。
[5]. 處片：浙江處州（今麗水一帶）出產的筍乾。

柳陰下繫著兩隻船。那船上女客在那裏換衣裳：一個脫去元色外套，換了一件水田披風[6]；一個脫去天青外套，換了一件玉色[7]繡的八團衣服；一個中年的脫去寶藍緞衫，換了一件天青緞二色金[8]的繡衫。哪些跟從的女客，十幾個人，也都換了衣裳。這三位女客，一位跟前一個丫鬟，手持黑紗團香扇替他遮著日頭，緩步上岸。那頭上珍珠的白光，直射多遠，裙上環珮，叮叮噹噹地響。馬二先生低著頭走了過去，不曾仰視。往前走過了六橋，轉個彎，便像些村鄉地方，又有人家的棺材厝基[9]，中間走了一二里多路，走也走不清，甚是可厭。馬二先生欲待回家，遇著一走路的，問道：「前面可還有好頑的所在？」那人道：「轉過去便是淨慈、雷峰，怎麼不好頑？」馬二先生又往前走。走到半里路，見一座樓臺蓋在水中間，隔著一道板橋。馬二先生從橋上走過去，門口也是個茶室，喫了一碗茶。裏面的門鎖著。馬二先生要進去看，管門的問他要了一個錢，開了門，放進去。裏面是三間大樓。樓上供的是仁宗皇帝的御書。馬二先生嚇了一跳，慌忙整一整頭巾，理一理寶藍直裰，在靴桶內拿出一把扇子來當了笏板[10]，恭恭敬敬，朝著樓上揚塵舞蹈，拜了五拜。拜畢起來，定一定神，照舊在茶桌子上坐下。旁邊有個花園，賣茶的人說是布政司房裏的人在此請客，不好進去。那廚房卻在外面。那熱湯湯的燕窩、海參，一碗碗在跟前捧過去。馬二先生又羨慕了一番。出來過了雷峰，遠遠望見高高下下，許多房子，蓋著琉璃瓦，曲曲折折，無數的朱紅欄杆。馬二先生走到跟前，看見一個極高的山門，一個直匾，金字，上寫著：「勅賜淨慈禪寺」。山門旁邊一個小門。馬二先生走了進去，一個大寬展的院落，地下都是水磨的磚。纔進二道山門，兩邊廊上都是幾十層極高的階級。哪些富貴人家的女客，成群逐隊，裏裏外外，來往不絕，穿的都是錦繡衣服。風吹起來，身上的香一陣陣的撲人鼻子。馬二先生身子又長，戴一頂

---

[6]. 水田披風：用各色織錦塊拼合縫成的外衣。
[7]. 玉色：淡青色。
[8]. 二色金：深淺兩色金線；以上都是明、清貴族婦女的服裝。
[9]. 厝基：在地面上用磚或土把棺木臨時封起來。
[10]. 笏板：這裡指官員見皇帝時手中所執的狹長板子，一般用象牙或竹片製成，作記事用。

第六章、清代之章回與擬晉唐小說--儒林外史・第十四回

高方巾，一幅烏黑的臉，拱著個肚子，穿著一雙厚底破靴，橫著身子亂跑，只管在人窩子裏撞。女人也不看他，他也不看女人。前前後後跑了一交，又出來坐在那茶亭內，～上面一個橫匾，金書「南屏」兩字，～喫了一碗茶。櫃上擺著許多碟子：橘餅、芝麻糖、粽子、燒餅、處片、黑棗、煮栗子。馬二先生每樣買了幾個錢的，不論好歹，喫了一飽。馬二先生也倦了，直著腳，跑進清波門。到了下處，關門睡了。因為走多了路，在下處睡了一天。

　　第三日起來，要到城隍山走走。城隍山就是吳山，就在城中。馬二先生走不多遠，已到了山腳下。望著幾十層階級，走了上去，橫過來又是幾十層階級，馬二先生一氣走上，不覺氣喘。看見一個大廟門前賣茶，喫了一碗。進去見是吳相國伍公之廟。馬二先生作了個揖，逐細的把匾聯看了一遍。又走上去，就像沒有路的一般，左邊一個門，門上釘著一個匾，匾上「片石居」三個字，裏面也想是個花園，有些樓閣。馬二先生步了進去，看見窗櫺關著。馬二先生在門外望裏張了一張，見幾個人圍著一張桌子，擺著一座香爐，眾人圍著，像是請仙的意思。馬二先生想道：「這是他們請仙判斷功名大事，我也進去問一問。」站了一會，望見那人磕頭起來。旁邊人道：「請了一個才女來了。」馬二先生聽了暗笑。又一會，一個問道：「可是李清照？」又一個問道：「可是蘇若蘭？」又一個拍手道：「原來是朱淑真！」[11]馬二先生道：「這些甚麼人？料想不是管功名的了，我不如去罷。」[12]又轉過兩個彎，上了幾層階級，只見平坦的一條大街。左邊靠著山，一路有幾個廟宇。右邊一路，一間一間的房子，都有兩進。屋後一進，窗子大開著，空空闊闊，一眼隱隱望得見錢塘江。那房子：也有賣酒的，也有賣耍貨的，也有賣餃兒的，也有賣麵的，也有賣茶的，也有測字算命的。廟門口都擺的是茶桌子，這一條街，單是賣茶就有三十多處，十分熱鬧。

---

[11]. 李清照、蘇若蘭、朱淑真：古代女詩人。李、朱都是宋代人，蘇是東晉時期前秦人。

[12]. 當時攻八股文的人不會做詩，馬二先生是八股文的選家，所以他對詩人沒有興趣。

馬二先生正走著，見茶舖子裏一個油頭粉面的女人招呼他喫茶。馬二先生別轉頭來就走，到間壁一個茶室泡了一碗茶。看見有賣的蓑衣餅，叫打了十二個錢的餅喫了，略覺有些意思。走上去，一個大廟，甚是巍峨，便是城隍廟。他便一直走進去，瞻仰了一番。過了城隍廟，又是一個灣，又是一條小街。街上酒樓、麵店都有，還有幾個簇新的書店。店裏貼著報單，上寫：

「處州馬純上先生精選『三科程墨持運』於此發賣。」

馬二先生見了歡喜，走進書店坐坐，取過一本來看，問個價錢，又問：「這書可還行？」書店人道：「墨卷只行得一時，那裏比得古書。」馬二先生起身出來，因略歇了一歇腳，就又往上走。過這一條街，上面無房子了，是個極高的山岡。一步步去走到山岡上，左邊望著錢塘江，明明白白。那日江上無風，水平如鏡。過江的船，船上有轎子，都看得明白。再走上些，右邊又看得見西湖。雷峰一帶、湖心亭都望見。那西湖裏打魚船，一個一個，如小鴨子浮在水面。馬二先生心曠神怡，只管走了上去，又看見一個大廟門前擺著茶桌子賣茶。馬二先生兩腳酸了，且坐喫茶。喫著，兩邊一望，一邊是江，一邊是湖，又有那山色一轉圍著，又遙見隔江的山，高高低低，忽隱忽現。馬二先生歎道：「真乃載華嶽而不重，振河海而不洩，萬物載焉！」[13]喫了兩碗茶，肚裏正餓，思量要回去路上喫飯。恰好一個鄉裏人捧著許多盪麵薄餅來賣，又有一籃子煮熟的牛肉。馬二先生大喜，買了幾十文餅和牛肉，就在茶桌子上盡興一喫。喫得飽了，自思趁著飽再上去。

走上一箭多路，只見左邊一條小徑，莽榛蔓草，兩邊擁塞。馬二先生照著這條路走去，見那玲瓏怪石，千奇萬狀。鑽進一個石罅，見石壁上多少名人題詠，馬二先生也不看他。過了一個小石橋，照著那極窄的石磴走上去，又是一座大廟。又有一座石橋，甚不好走。馬二先生攀藤附葛，走過橋去，見是個小小的祠宇，上有匾額，寫著：「丁

---

[13]. 此句出自《禮・中庸》。

第六章、清代之章回與擬晉唐小說--儒林外史・第十四回

仙[14]之祠」。馬二先生走進去，見中間塑一個仙人，左邊一個仙鶴，右邊豎著一座二十個字的碑。馬二先生見有籤筒，思量：「我困在此處，何不求個籤問問吉凶？」正要上前展拜，只聽得背後一人道：「若要發財，何不問我？」馬二先生回頭一看，見祠門口立著一個人，身長八尺，頭戴方巾，身穿繭紬直裰，左手自理著腰裏絲縧[15]，右手拄著龍頭拐杖，一部大白鬚，直垂過臍，飄飄有神仙之表。只因遇著這個人，有分教：

　　慷慨仗義，銀錢去而復來；廣結交遊，人物久而愈盛。

　　畢竟此人是誰，且聽下回分解。

作品賞析

　　小說選自《儒林外史》，為晚清四大譴責小說之一，假託明代，實為清朝，真實地描繪了知識分子生活境遇的順逆沉浮，功名仕途的得失升降及因封建科舉造成的種種社會腐敗。夏志清在《中國古典小說史論》第六章《儒林外史》中談到：「儘管《儒林》算是一部重要的反映文人學士的小說，但如果從作者對他所處的那個時代熙熙攘攘的世界所作的五光十色的描繪這方面來看，它似乎更應是一部風俗喜劇。」

　　本文中的馬二先生正是其中典型人物，其個性迂腐，待人誠篤，學問也算得上博通，可說是一個正派的儒生，言行舉止間都可窺出當時讀書人的樣貌，小說中描寫馬二先生在遊西湖時種種可笑、迂腐的形態。馬二執拗地不與女性打交道，走渴了想喝茶，「見茶舖子裏一個油頭粉面的女人招呼他吃茶。馬二先生別轉頭來就走，到間壁一個茶室泡了一碗茶」，其恪守禮教箴規的窮酸落寞，同眾多女客花團錦簇的繁華景象，顯得強烈的格格不入，他凸兀的存在於環境之中，我行我素，顧預自守。

---

[14]. 丁仙：丁野鶴，元代錢塘（今浙江杭州市）人，曾在吳山紫陽庵為道士。傳說他騎鶴仙去，後人在吳山上為之建祠。
[15]. 絲縧：縧，音ㄊㄠ，用絲編成的繩帶。

馬二從未聽過李清照、朱淑貞等著名女詞人的名字，八股思想對知識分子之殘害，由此可窺一二。而他一個小有名氣的八股文學家，竟相信自己遇上了神仙，以為黑煤可煉成紋銀，實在荒謬，在知曉雷峰樓上的是皇帝御書時，更是「慌忙整一整頭巾，理一理寶藍直裰，在靴桶內拿出一把扇子來當了笏板[16]，恭恭敬敬，朝著樓上揚塵舞蹈，拜了五拜。」殊不察，其所見的並非皇帝本人，卻將字跡當作皇帝，畢恭畢敬，如傻子般朝聖面拜，顯現其除卻八股以外的淺薄理解，死板且不知變通，墨守成規，因而顯得其戰戰兢兢。

馬二不僅因為精神上有無形的拘限，在物質上也有實際的困窘。他食欲好，食量大，但羞澀的錢囊無法滿足胃袋的龐大需求，只得「望著湖沿上接連著幾個酒店，掛著透肥的羊肉……滾熱的蹄子、海參、糟鴨、鮮魚……馬二先生沒有錢買了吃，喉嚨裏咽唾沫，只得走進一個麵店，十六個錢吃了一碗麵。肚裏不飽，又走到間壁一個茶室吃了一碗茶，買了兩個錢處片嚼嚼，倒覺得有些滋味。」看著「那熱湯湯的燕窩、海參，～碗碗在跟前捧過去」不免又心生羨慕。馬二對對西湖風光「全無會心」，反倒是對各色食物饞涎欲滴，顯得可笑又辛酸。

馬二正是深受八股之害的普通讀書人，吳敬梓透過喜劇性的外部效果，挖掘到深植的性格內因和社會造因，在描繪馬二先生的喜劇性形象時，揭示出了悲劇性的社會本質，顯現在傳統禮教與科舉的僵化之中，知識分子的思想遭到禁錮，人格被迫扭曲，造成了一片荒蕪。

問題討論

一、作者是以既嘲諷，又同情的筆法來描寫馬二先生的形象，從課文中哪幾句可看出？

二、試評論本文的寫作風格與特色。

三、你會想和馬二先生這樣的人交朋友嗎？為什麼？

---

[16]. 笏板：這裡指官員見皇帝時手中所執的狹長板子，一般用象牙或竹片製成，作記事用。

老殘遊記・第十六回

譴責--《老殘遊記・第十六回》

內容導讀

　　本文選自《老殘遊記》[1]第十六回〈六千金買得凌遲罪　一封書驅走喪門星〉。書中藉著老殘的遊歷見聞，痛加抨擊當時官吏的黑暗，揭發了所謂「不要錢」的「清官」，其實是「急於做大官」，甚至是不惜殺民邀功的劊子手，實為可恨。反映出作者同情民間疾苦的一面。

作者介紹

　　劉鶚（1857年～1909年）字鐵雲，筆名洪都百鍊生，江蘇丹徒人，清代作家。劉鶚精算學、水利，又懂醫學，曾在上海行醫。後轉而投奔金石學家吳大澂名下，涉獵金石學，與王懿榮關係密切。王懿榮死後，家人為了還債，將王懿榮收藏的甲骨卜辭，大部分轉讓給了劉鶚。劉氏此時也收購刻辭甲骨，前後藏有近5000片。1903年劉鶚在羅振玉的幫助下，由抱殘守缺齋石印，出版了第一部甲骨文書籍----《鐵雲藏龜》。其所著的小說《老殘遊記》是晚清的四大譴責小說[2]之一。

課文說明

　　【本文】話說老殘急忙要問他投到胡舉人家便怎樣了。人瑞道：「你越著急，我越不著急！我還要抽兩口煙呢！」老殘急於要聽他說，就叫：「翠環，你趕緊燒兩口，讓他吃了好說。」翠環拿著籤子便燒。黃升從裡面把行李放好，出來回道：「他們的鋪蓋，叫他夥計來放。」人瑞點點頭。一刻，見先來的那個夥計，跟著黃升進去了。

　　原來馬頭上規矩：凡妓女的鋪蓋，必須他夥計自行來放，家人斷

---

[1]. 《老殘遊記》：清末中篇小說，是劉鶚的代表作。
[2]. 晚清的四大譴責小說：即李寶嘉（李伯元）的《官場現形記》、吳沃堯（吳趼人）的《二十年目睹之怪現狀》、劉鶚的《老殘遊記》、曾樸的《孽海花》。

不肯替他放的；又兼之鋪蓋之外還有什麼應用的物事，他夥計知道放在什麼所在，妓女探手便得，若是別人放的，就無處尋覓了。

卻說夥計放完鋪蓋出來，說道：「翠環的燒了，怎麼樣呢？」人瑞道：「那你就不用管罷！」老殘道：「我知道。你明天來，我賠你二十兩銀子，重做就是了。」夥計說：「不是為銀子，老爺請放心，為的是今兒夜裡。」人瑞道：「叫你不要管，你還不明白嗎？」翠花也道：「叫你不要管，你就回去罷！」那夥計才低著頭出去。

人瑞對黃升道：「天很不早了，你把火盆裡多添點炭，坐一壺開水在旁邊，把我墨盒子筆取出來，取幾張紅格子白八行書同信封子出來，取兩枝洋蠟，都放在桌上，你就去睡罷！」黃升答應了一聲「是」，就去照辦。

這裡人瑞煙也吃完。老殘問道：「投到胡舉人家怎樣呢？」人瑞道：「這個鄉下糊塗老兒，見了胡舉人，扒下地就磕頭，說：『如能救得我主人的，萬代封侯！』胡舉人道：『封侯不濟事，要有錢才能辦事呀！這大老爺，我在省城裡也與他同過席，是認得的。你先拿一千銀子來，我替你辦。我的酬勞在外。』那老兒便從懷裡摸出個皮靴頁兒[3]來，取出五百一張的票子兩張，交與胡舉人，卻又道：『但能官司了結無事，就再花多少，我也能辦。』胡舉人點點頭，吃過午飯，就穿了衣冠來拜老剛。」

老殘拍著炕沿道：「不好了！」人瑞道：「這渾蛋的胡舉人來了呢，老剛就請見，見了略說了幾句套話。胡舉人就把這一千銀票子雙手捧上，說道：『這是賈魏氏那一案，魏家孝敬老公祖的，求老公祖格外成全。』」

老殘道：「一定翻了呀！」人瑞道：「翻了倒還好，卻是沒有翻。」老殘道：「怎麼樣呢？」人瑞道：「老剛卻笑嘻嘻地雙手接了，看了一

---

[3]. 皮靴頁兒：又稱「皮靴掖兒」，是一種塞在皮靴膀腰內的「皮夾子」。

老殘遊記・第十六回

看，說道：『是誰家的票子，可靠得住嗎？』胡舉人道：『這是同裕的票子，是敝縣第一個大錢莊，萬靠得住。』老剛道：『這麼大個案情，一千銀子那能行呢？』胡舉人道：『魏家人說，只要早早了結，沒事，就再花多些，他也願意。』老剛道：『十三條人命，一千銀子一條，也還值一萬三呢。也罷，既是老兄來，兄弟情願減半算，六千五百兩銀子罷。』胡舉人連聲答應道：『可以行得，可以行得！』

「老剛又道：『老兄不過是個介紹人，不可專主，請回去切實問他一問，也不必開票子來，只須老兄寫明云：減半六五之數，前途願出。兄弟憑此，明日就斷結了。』胡舉人歡喜的了不得，出去就與那鄉下老兒商議。鄉下老兒聽說官司可以了結無事，就擅專一回，諒多年賓東[4]，不致遭怪，況且不要現銀子，就高高興興地寫了個五千五百兩的憑據交與胡舉人。又寫了個五百兩的憑據，為胡舉人的謝儀。」

「這渾蛋胡舉人寫了一封信，並這五千五百兩憑據，一併送到縣衙門裡來。老剛收下，還給個收條。等到第二天升堂，本是同王子謹會審的。這些情節，子謹卻一絲也不知道。坐上堂去，喊了一聲『帶人』。那衙役們早將魏家父女帶到，卻都是死了一半的樣子。兩人跪到堂上，剛弼便從懷裡摸出那個一千兩銀票並那五千五百兩憑據和那胡舉人的書子，先遞給子謹看了一遍。子謹不便措辭，心中卻暗暗的替魏家父女叫苦。」

「剛弼等子謹看過，便問魏老兒道：『你認得字嗎？』魏老兒供：『本是讀書人，認得字。』又問賈魏氏：『認得字嗎？』供：『從小上過幾年學，認字不多。』老剛便將這銀票、筆據叫差人送與他父女們看。他父女回說：『不懂這是什麼原故。』剛弼道：『別的不懂，想必也是真不懂；這個憑據是誰的筆蹟，下面註著名號，你也不認得嗎？』叫差人：『你再給那個老頭兒看！』魏老兒看過，供道：『這憑據是小的家裡管事的寫的，但不知他為什麼事寫的。』」

---

[4]. 賓東：主僕。

「剛弼哈哈大笑說：『你知不知道，等我來告訴你，你就知道了！昨兒有個胡舉人來拜我，先送一千兩銀子，說你們這一案，叫我設法兒開脫；又說如果開脫，銀子再要多些也肯。我想你們兩個窮凶極惡的人，前日頗能熬刑，不如趁勢討他個口氣罷，我就對胡舉人說：「你告訴他管事的去，說害了人家十三條性命，就是一千兩銀子一條，也該一萬三千兩。」胡舉人說：「恐怕一時拿不出許多。」我說：「只要他心裡明白，銀子便遲些日子不要緊的。如果一千兩銀子一條命不肯出，就是折半五百兩銀子一條命，也該六千五百兩，不能再少。」胡舉人連連答應。我還怕胡舉人孟浪[5]，再三叮囑他，叫他把這折半的道理告訴你們管事的，如果心服情願，叫他寫個憑據來，銀子早遲不要緊的。第二天，果然寫了這個憑據來。我告訴你，我與你無冤無仇，我為什麼要陷害你們呢？你要摸心想一想，我是個朝廷家的官，又是撫臺特地委我來幫著王大老爺來審這案子，我若得了你們的銀子，開脫了你們，不但辜負撫臺的委任，那十三條冤魂，肯依我嗎？我再詳細告訴你：倘若人命不是你謀害的，你家為什麼肯拿幾千兩銀子出來打點呢？這是第一據。在我這裡花的是六千五百兩，在別處花的且不知多少，我就不便深究了。倘人不是你害的，我告訴他照五百兩一條命計算，也應該六千五百兩，你那管事的就應該說：「人命實不是我家害的，如蒙委員代為昭雪，七千八千俱可，六千五百兩的數目卻不敢答應。」為什麼他毫無疑義，就照五百兩一條命算帳妮？是第二據。～我勸你們早遲總得招認，免得饒上許多刑具的苦楚。』」

「那父女兩個連連叩頭說：『青天大老爺！實在是冤枉！』剛弼把桌子一拍，大怒道：『我這樣開導你們，還是不招，再替我夾拶[6]起來？』底下差役炸雷似的答應了一聲『嗄』，夾棍拶子望堂上一摔，驚魂動魄價響。」

---

[5]. 孟浪：鹵莽。
[6]. 拶：音ㄗㄢˇ，用刑具夾手指。

老殘遊記・第十六回

「正要動刑，剛弼又道：『慢著，行刑的差役上來，我對你講。』幾個差役走上幾步，跪一條腿，喊道：『請大老爺示。』剛弼道：『你們伎俩[7]我全知道：你看那案子是不要緊的呢，你們得了錢，用刑就輕些，讓犯人不甚吃苦；你們看那案情重大，是翻不過來的了，你們得了錢，就猛一緊，把那犯人當堂治死，成全他個整屍首，本官又有個嚴刑斃命的處分：我是全曉得的。今日替我先拶賈魏氏，只不許拶得他發昏，但看神色不好，就鬆刑，等他回過氣來再拶，預備十天工夫，無論你什麼好漢，也不怕你不招！』」

「可憐一個賈魏氏，不到兩天，就真熬不過了，哭得一絲半氣的，又忍不得老父受刑，就說道：『不必用刑，我招就是了！人是我謀害的，父親委實不知情！』剛弼道：『你為什麼害他全家？』魏氏道：『我為妯娌不和，有心謀害。』剛弼道：『妯娌[8]不和，你害他一個人很夠了，為什麼毒他一家子呢？』魏氏道：『我本想害他一人，因沒有法子，只好把毒藥放在月餅餡子裡。因為他最好吃月餅，讓他先毒死了，旁人必不至再受害了。』剛弼問：『月餅餡子裡，你放的什麼毒藥呢？』供：『是砒霜。』『那裡來的砒霜呢？』供：『叫人藥店裡買的。』『那家藥店裡買的呢？』『自己不曾上街，叫人買的，所以不曉得那家藥店。』問：『叫誰買的呢？』供：『就是婆家被毒死了的長工王二。』問：『既是王二替你買的，何以他又肯吃這月餅受毒死了呢？』供：『我叫他買砒霜的時候，只說為毒老鼠，所以他不知道。』問：『你說你父親不知情，你豈有不同他商議的呢？』供：『這砒霜是在婆家買的，買得好多天了。正想趁個機會放在小嬸吃食碗裡，值幾日都無隙可乘，恰好那日回娘家，看他們做月餅餡子，問他們何用，他們說送我家節禮，趁無人的時候，就把砒霜攪在餡子裡了。』」

「剛弼點點頭道：『是了，是了。』又問道：『我看你人很爽直，

---

[7]. 伎俩：音ㄐㄧˋ ㄌㄧㄤˇ，一種巧妙神奇的手段及方法。
[8]. 妯娌：音ㄓㄡˊ ㄌㄧˇ，兄弟的妻子，互稱妯娌。

所招的一絲不錯,只是我聽人說,你公公平常待你極為刻薄,是有的罷?』魏氏道:『公公待我如待親身女兒一般恩惠,沒有再厚的了。』剛弼道:『你公公橫豎已死,你何必替他迴護呢?』魏氏聽了,抬起頭來,柳眉倒豎,杏眼圓睜,大叫道:『剛大老爺!你不過要成就我個凌遲[9]的罪名!現在我已遂了你的願的了。既殺了公公,總是個凌遲!你又何必要坐成個故殺呢?~你家也有兒女呀!勸你退後些罷!』剛弼一笑道:『論做官的道理呢,原該追究個水盡山窮;然既已如此,先讓他把這個供畫了。』」

再說黃人瑞道:「這是前兩天的事,現在他還要算計那個老頭子呢。昨日我在縣衙門裡吃飯,王子謹氣得要死,憋得不好開口,一開口,彷彿得了魏家若干銀子似的。李太尊在此地,也覺得這案情不妥當,然也沒有法想,商議除非能把白太尊白子壽弄來才行。這瘟剛是以清廉自命的,白太尊的清廉,恐怕比他還靠得住些。白子壽的人品學問,為眾所推服,他還不敢藐視[10]。舍此更無能制伏他的人了。只是一兩天內就要上詳,宮保的性子又急,若奏出去就不好設法了。只是沒法通到宮保面前去,凡我們同寅[11]都要避點嫌疑,昨日我看見老哥,我從心眼裡歡喜出來,請你想個什麼法子。」

老殘道:「我也沒有長策。不過這種事情,其勢已迫,不能計出萬全的。只有就此情形,我詳細寫封信稟宮保,請宮保派白太尊來覆審。至於這一砲響不響,那就不能管了。天下事冤枉的多著呢,但是碰在我輩眼目中,盡心力替他做一下子就罷了。」人瑞道:「佩服,佩服。事不宜遲,筆墨紙張都預備好了,請你老人家就此動筆。~翠環,你去點蠟燭,泡茶。」

---

9. 凌遲:封建時期的一種殘酷刑法,不但剝奪犯人的生命,而且要其死亡的過程中痛苦萬分,罪大惡極者才判凌遲處死。
10. 藐視:輕視不屑的意思。
11. 同寅:寅,地支的第三位;同在一處作官的人稱為「同寅」、「同僚」或「同官」。

老殘遊記・第十六回

　　老殘凝了一凝神，就到人瑞屋裡坐下。翠環把洋燭也點著了，老殘揭開墨盒，拔出筆來，鋪好了紙，拈筆[12]便寫，那知墨盒子已凍得像塊石頭，筆也凍得像個棗核子，半筆也寫不下去。翠環把墨盒子捧到火盆上烘，老殘將筆拿在手裡，向著火盆一頭烘，一頭想。半霎功夫，墨盒裡冒白氣，下半邊已烊了，老殘蘸墨[13]就寫，寫兩行，烘一烘，不過半個多時辰，信已寫好，加了個封皮[14]，打算問人瑞，信已寫妥，交給誰送去？對翠環道：「你請黃老爺進來。」

　　翠環把門簾一揭，格格地笑個不止，低低喊道：「鐵老，你來瞧！」老殘望外一看，原來黃人瑞在南首，雙手抱著煙槍，頭歪在枕頭上，口裡拖三四寸長一條口涎，腿上卻蓋了一條狼皮褥子；再看那邊，翠花睡在虎皮毯上，兩隻腳都縮在衣服裡頭，兩隻手超在袖子裡，頭卻不在枕頭上，半個臉縮在衣服大襟裡，半個臉靠著袖子，兩個人都睡得實沉沉的了。

　　老殘看了說：「這可要不得，快點喊他們起來！」老殘就去拍人瑞，說：「醒醒罷，這樣要受病的！」人瑞驚覺，懵裡懵懂的，睜開眼說道：「呵，呵！信寫好了嗎？」老殘說：「寫好了。」人瑞掙扎著坐起，只見口邊那條涎水，由袖子上滾到煙盤裡，跌成幾段，原來久已化作一條冰了！老殘拍人瑞的時候，翠環卻到翠花身邊，先向他衣服摸著兩隻腳，用力往外一扯。翠花驚醒，連喊：「誰，誰，誰？」連忙揉揉眼睛，叫道：「可凍死我了！」

　　兩人起來，都奔向火盆就暖，那知火盆無人添炭，只賸[15]一層白灰，幾星餘火，卻還有熱氣。翠環道：「屋裡火盆旺著呢，快向屋裡烘去罷。」四人遂同到裡邊屋來。翠花看鋪蓋，三分俱已攤得齊楚，就去看他縣

---

[12]. 拈筆：拈，音ㄋㄧㄢˇ，拿取；拈筆也就是以手拿筆。
[13]. 蘸墨：以毛筆放入墨汁之中，使墨汁附著在毛筆之上。
[14]. 封皮：亦即「封套」或「信封」。
[15]. 賸：音ㄕㄥˋ，剩。

裡送來的，卻是一牀藍湖縐被，一牀紅湖縐被，兩條大呢褥子，一個枕頭。指給老殘道：「你瞧這鋪蓋好不好？」老殘道：「太好了些。」便向人瑞道：「信寫完了，請你看看。」

　　人瑞一面烘火，一面取過信來，從頭至尾讀了一遍，說：「很切實的。我想總該靈罷。」老殘道：「怎樣送去呢？」人瑞腰裡摸出表來一看；說：「四下鐘，再等一刻，天亮了，我叫縣裡專個人去。」老殘道：「縣裡人都起身得遲，不如天明後，同店家商議，雇個人去更妥。～只是這河難得過去。」人瑞道：「河裡昨晚就有人跑凌，單身人過河很便當的。」大家烘著火，隨便閒話。

　　兩三點鐘工夫，極容易過，不知不覺，東方已自明了。人瑞喊起黃升，叫他向店家商議，雇個人到省城送信，說：「不過四十里地，如晌午以前送到，下午取得收條來，我賞銀十兩。」停了一刻，只見店夥同了一個人來說：「這是我兄弟，如大老爺送信，他可以去。他送過幾回信，頗在行，到衙門裡也敢進去，請大老爺放心。」當時人瑞就把上撫臺的稟[16]交給他，自收拾投遞去了。

　　這裡人瑞道：「我們這可該睡了。」黃、鐵睡在兩邊，二翠睡在當中，不多一刻都已齁齁睡著。一覺醒來，已是午牌時候。翠花家夥計早已在前面等候，接了他姊妹兩個回去，將鋪蓋捲了，一併掮[17]著就走。人瑞道：「傍晚就送他們姐兒倆來，我們這兒不派人去叫了。」夥計答應著「是」，便同兩人前去。翠環回過頭來眼淚汪汪地道：「你別忘了啊！」人瑞、老殘俱笑著點點頭。

　　二人洗臉。歇了片刻就吃午飯。飯畢，已兩下多鐘，人瑞自進縣署去了，說：「倘有回信，喊我一聲。」老殘說：「知道，你請罷。」

---

16. 稟：晚輩向長輩或下屬向上官陳述意見稱為「稟告」，而呈遞之文書則稱「稟」。
17. 掮：把東西放在肩上運走。

老殘遊記・第十六回

　　人瑞去後，不到一個時辰，只見店家領那送信的人，一頭大汗，走進店來，懷裡取出一個馬封，紫花大印，拆開，裡面回信兩封：一封是張宮保親筆，字比核桃還大；一封是內文案上袁希明的信，言：「白太尊現署泰安，即派人去代理，大約五七天可到。」並云：「宮保深盼閣下少候兩日，等白太尊到，商酌一切。」云云。

　　老殘看了，對送信人說：「你歇著罷，晚上來領賞。喊黃二爺來。」店家說：「同黃大老爺進衙門去了。」老殘想：「這信交誰送去呢？不如親身去走一遭罷！」就告店家，鎖了門，竟自投縣衙門來。進了大門，見出出進進人役甚多，知有堂事。進了儀門，果見大堂上陰氣森森，許多差役兩旁立著。凝了一凝神，想道：「我何妨上去看看，什麼案情？」立在差役身後，卻看不見。

　　只聽堂上嚷道：「賈魏氏，你要明白！你自己的死罪已定，自是無可挽回。你卻極力開脫你那父親，說他並不知情，這是你的一片孝心，本縣也沒有個不成全你的。但是你不招出你的姦夫來，你父親的命就保全不住了。你想，你那姦夫出的主意，把你害得這樣苦法，他倒躲得遠遠的，連飯都不替你送一碗，這人的情義也就很薄的了，你卻抵死不肯招出他來，反令生身老父，替他擔著死罪。聖人云：『人盡夫也，父一而已[18]。』原配丈夫，為了父親尚且顧不得他，何況一個相好的男人呢！我勸你招了的好。」只聽底下只是嚶嚶啜泣。又聽堂上喝道：「你還不招嗎？不招我又要動刑了！」

　　又聽底下一絲半氣的說了幾句，聽不出什麼話來。只聽堂上嚷道：「他說什麼？」聽一個書吏上去回道：「賈魏氏說，是他自己的事，大老爺怎樣吩咐，他怎樣招；叫他捏造一個姦夫出來，實實無從捏造。」

　　又聽堂上把驚堂一拍，罵道：「這個淫婦，真正刁狡！拶起來！」

---

[18] 人盡夫也，父一而已：語出《左傳・桓公十五年》。

堂下無限的人大叫了一聲「嗄」，只聽跑上幾個人去，把拶子往地下一摔，霍綽的一聲，驚心動魄。

　　老殘聽到這裡，怒氣上沖，也不管公堂重地，把站堂的差人用手分開，大叫一聲：「站開！讓我過去！」差人一閃。老殘走到中間，只見一個差人一手提著賈魏氏頭髮，將頭提起，兩個差人正抓他手在上拶子。老殘走上，將差人一扯，說道：「住手！」便大搖大擺走上暖閣[19]，見公案上坐著兩人，下首是王子謹，上首心知就是這剛弼了，先向剛弼打了一躬。

　　子謹見是老殘，慌忙立起。剛弼卻不認得，並不起身，喝道：「你是何人？敢來攪亂公堂！拉他下去！」未知老殘被拉下去，後事如何，且聽下回分解。

作品賞析

　　《老殘遊記》為晚清四大譴責小說之一，本文選自第十六回〈六千金買得淩遲罪　一封書驅走喪門星〉。書中藉著老殘的遊歷見聞，痛加抨擊當時官吏的黑暗，揭發了所謂「不要錢」的「清官」，其實是「急於做大官」，甚至是不惜殺民邀功的劊子手，實為可恨，反映出作者同情民間疾苦的一面。

　　本回中最為人所知的即論及「清官」的可惡，說道：「贓官可恨，人人知之；清官尤可恨，人多不知。蓋贓官自知有病，不敢公然為非；清官則自以為我不要錢，何所不可，剛愎自用，小則殺人，大則誤國。吾人親目所睹，不知凡幾矣。」

　　清廉原是令人佩服的品格，然而過於偏執的「君子」和「小人」之分，卻讓「清官」在辦案中常會導向錯誤的推理，殊不知正是這樣的念頭最害事。贓官因為愛財，受冤者還可以用錢買命；清官卻因一

---

19. 暖閣：官衙大堂上設置公案的閣子，左右斜向，後列屏障。

意孤行的「正義」，不留情面，自以為的是非論斷，卻成了草菅人命的冤枉事件。劉鶚藉著小說中自命清高，卻毫無辦案能力，喪失父母官該有的慈悲心之「清官」----剛弼，進而剖析何謂的「清官酷吏」，如何假正義之名，以其偏執狹窄的苛刻作風，對冤屈的弱女子賈魏氏濫用嚴刑、屈打成招，藉此成就自己「擊貪贓枉法」的清廉政聲，向上邀功邀寵。作者筆下的老殘，在此扮演了一回極具正義感，且洞察事理的福爾摩斯，不但揪出了滅門血案的真兇，更利用己身豐富的醫學知識，戲劇化的以「返魂香」救活了賈家十三條人命。

　　小說刻劃了生動的人物形象及細膩的推理探案過程，緊湊的情節與對白，提出振聾發聵的「清官暴吏論」。

問題討論

一、「贓官可恨，人人知之；清官尤可恨，人多不知。」這是劉鶚寫「老殘遊記」時提出的看法。他認為清官比贓官更可恨，為什麼呢？讀完本文後，你有何看法？

二、就本回所述內容，你對「老殘」的評價為何？

三、試找出文中帶有「譴責」意味的句子。

中國小說卷

人情--《紅樓夢·第四十一回》

內容導讀

本篇選自《紅樓夢》[1]第四十一回〈賈寶玉品茶櫳翠菴　劉姥姥醉臥怡紅院〉展示了賈府生活的豪華，也將劉姥姥的個性表現得淋漓盡致。

作者介紹

曹雪芹（1724年～1763年），名霑，字夢阮，號雪芹、芹圃、芹溪。清代小說家、詩人。祖籍遼陽漢人。曹雪芹在南京出生，少年時代生活優渥。在他十三歲時，即曹家被抄的次年，全家遷回北京，家道急遽衰落。曹雪芹創作《紅樓夢》是在極度困苦的條件下進行的，他在《紅樓夢》的序詩寫到：「浮生著甚苦奔忙，盛席華筵終散場。悲喜千般同幻夢，古今一夢盡荒唐。慢言紅袖啼痕重，更有情痴抱恨長。字字看來皆是血，十年辛苦不尋常。」這部巨著耗盡了他畢生的心血，但全書尚未完稿，他就因愛子夭折悲傷過度而一病不起，不到五十歲便與世長辭。

課文說明

【本文】話說劉姥姥兩隻手比著說道，「花兒落了，結個大倭瓜。」眾人聽了，鬨堂大笑起來。於是吃過門杯，因又鬥趣，笑道：「今兒實說罷，我的手腳子粗，又喝了酒，仔細失手打了這磁杯，有木頭的杯取個來，我就失了手，掉了地下也無礙。」眾人聽了，又笑起來。鳳

---

[1]. 《紅樓夢》：屬章回體長篇小說，成書於1784年（清乾隆49年）；夢覺主人序本正式題為《紅樓夢》，別名：《石頭記》、《情僧錄》、《風月寶鑒》、《金陵十二釵》等；作者曹雪芹。現通行的續作是由高鶚續寫的一百二十回《紅樓夢》。書中以賈、史、王、薛四大家族為背景，以賈寶玉、林黛玉愛情悲劇為主線，描寫榮國府與寧國府由盛到衰的過程。

姐兒聽如此說，便忙笑道：「果真要木頭的？我就取了來，可有一句話先說下：這木頭的可比不得磁的，那都是一套，定要吃遍一套才算呢。」

劉姥姥聽了，心下戗掇[2]道：「我方才不過是趣話取笑兒，誰知他果真竟有，我時常在鄉紳大家也赴過席，金杯銀杯倒都也見過，從沒見有木頭杯的。……哦！是了！想必是小孩子們使的木碗兒，不過誆我多喝兩碗。別管他，橫豎這酒蜜水兒似的，多喝點兒也無妨。」想畢，便說「取來再商量。」鳳姐因命豐兒：「前面裏間書架子上有十個竹根套杯，取來。」豐兒聽了，才要去取，鴛鴦笑道：「我知道，你那十個杯還小。況且你才說木頭的，這會子又拿了竹根的來，倒不好看；不如把我們那裏的黃楊根子整列的十個大套杯拿來，灌她十下子。」鳳姐兒笑道：「更好了。」

鴛鴦果命人取來。劉姥姥一看，又驚又喜：驚的是一連十個挨次大小分下來，那大的足足的像個小盆子；極小的，還有手裏的杯子兩個大；喜的是雕鏤奇絕，一色山水樹木人物，並有草字以及圖印。因忙說道：「拿了小的來就是了。」鳳姐兒笑道：「這個杯沒有這大量的，所以沒人敢使他，姥姥既要，好容易找出來，必定要挨次吃一遍才使得。」劉姥姥嚇得忙道：「這個不敢！好姑奶奶，饒了我罷！」賈母、薛姨媽、王夫人知道她有年紀的人，禁不起，忙笑道：「說是說，笑是笑，不可多吃了，只吃這頭一杯罷。」劉姥姥道：「阿彌陀佛！我還是小杯吃罷，把這大杯收著，我帶了家去，慢慢的吃罷。」說的眾人又笑起來。

鴛鴦無法，只得命人斟了一大杯。劉姥姥兩手捧著喝。賈母、薛姨媽都道：「慢些，別嗆了。」薛姨媽又命鳳姐兒佈個菜兒。鳳姐兒笑道：「姥姥要吃什麼，說出名兒來，我夾了餵你。」劉姥姥道：「我知道什麼名兒？樣樣都是好的。」賈母笑道：「把茄鯗夾些餵他。」鳳姐

---

[2]. 戗掇：音ㄉㄧㄢ ㄉㄨㄛˊ，本指用手稱量物體的輕重，此當盤算、估量解。

兒聽說，依言夾些茄鯗送入劉姥姥口中，因笑道：「你們天天吃茄子，也嚐嚐我們這茄子弄的可口不可口。」劉姥姥笑道：「別哄我了。茄子跑出這個味兒來了，我們也不用種糧食，只種茄子了。」眾人笑道：「真是茄子。我們再不哄你。」劉姥姥詫異道：「真是茄子？我白吃了半日！姑奶奶，再餵我些！這一口，細嚼嚼。」鳳姐兒果又夾了些放入他口內。劉姥姥細嚼了半日，笑道：「雖有一點茄子香，只是還不像茄子，告訴我是個什麼法子弄的，我也弄著喫去。」鳳姐兒笑道：「這也不難，你把才下來的茄子，把皮刨了，只要淨肉，切成碎釘子，用雞油炸了；再用雞肉脯子合香菌、新笋³、蘑菇、五香豆腐乾子、各色乾果子，都切成釘兒；拿雞煨乾了，拿香油湯一收，外加糟油⁴一拌，盛在磁罐子裏封嚴了；要喫的時候兒，拿出來用炒的雞爪子，一拌就是了。」劉姥姥聽了，搖頭吐舌說：「我的佛祖！倒得多少隻雞配它！怪道這個味兒！」一面笑，一面慢慢地喫完了酒，還只管細玩那杯子。鳳姐兒笑道：「還不足興，再喫一杯罷。」劉姥姥忙道：「了不得！那就醉死了！我因為愛這樣兒好看，虧他怎麼做來著！」鴛鴦笑道：「酒喝完了，到底這杯子是什麼木頭的？」劉姥姥笑道：「怨不得姑娘不認得，你們在這金門繡戶裏，那裏認得木頭？我們成日家和樹林子做街坊，困了枕著它睡，乏了靠著它坐，荒年間餓了還吃它！眼睛裏天天見它，耳朵裏天天聽它，嘴兒裏天天說它，所以好歹真假，我是認得的，讓我認認。」一面說，一面細細端詳了半日，道：「你們這樣人家，斷沒有那賤東西。那容易得的木頭，你們也不收著了，我掂著這麼體沉，這再不是楊木，一定是黃松做的。」眾人聽了，鬨堂大笑起來。只見一個婆子走來請問賈母，說：「姑娘們都到了藕香榭，請示下：就演罷，還是再等一會兒呢？」賈母忙笑道：「可是倒忘了，就叫他們演罷。」那婆子答應去了。不一時，只聽得簫管悠揚，笙笛並發。正值風清氣爽之時，那樂聲穿林度水而來，自然使人神怡心曠。寶玉先禁不住，拿

---

³. 笋：音ㄙㄨㄣˇ，「筍」的同義字。

⁴. 糟油：糟是酒糟，以酒糟特別製造出來的油汁叫糟油。

紅樓夢・第四十一回

起壺來斟了一杯,一口飲盡,復又斟上,才要飲,只見王夫人也要飲,命人換煖酒,寶玉連忙將自己的杯捧了過來,送到王夫人口邊,王夫人便就他手內喫了兩口。一時,煖酒來了,寶玉仍舊歸坐。王夫人提了煖壺下席來,眾人都出了席,薛姨媽也站起來。賈母忙命李、鳳二人接過壺來,「讓你姨媽坐了,大家才便。」王夫人見如此說,方將壺遞與鳳姐兒,自己歸坐。賈母笑道:「大家喫上兩杯,今日實在有趣!」說著,擎杯讓薛姨媽,又向湘雲、寶釵道:「你姐妹兩個也喫一杯,你林妹妹不大會喫,也別饒他她。」說著,自己也乾了。湘雲、寶釵、黛玉也都喫了。

當下劉姥姥聽見這般音樂,且又有了酒,越發喜得手舞足蹈起來。寶玉因下席,過來向黛玉笑道:「你瞧劉姥姥的樣子。」黛玉笑道:「當日聖樂一奏,百獸率舞,如今才一牛耳。」眾姐妹都笑了。須臾樂止,薛姨媽笑道:「大家的酒也都有了,且出去散散再坐罷。」賈母也正要散散,於是大家出席,都隨著賈母遊玩。

賈母因要帶著劉姥姥散悶,遂攜了劉姥姥至山前樹下盤桓了半晌,又說給他這是什麼樹,這是什麼石,這是什麼花。劉姥姥一一領會,又向賈母道:「誰知城裏不但人尊貴,連雀兒也是尊貴的,偏這雀兒到了你們這裡,牠也變俊了,也會說話了。」眾人不解,因問:「什麼雀兒變俊了,會說話?」劉姥姥道:「那廊上金架子站的綠毛紅嘴是鸚哥兒,我是認得的。那籠子裏的黑老鴰子[5],又長出鳳頭兒來,也會說話呢。」眾人聽了,又都笑起來。一時,只見丫頭們來請用點心。賈母道:「喫了兩杯酒,倒也不餓,也罷,就拿了來這裏,大家隨便喫些罷。」丫頭聽說,便去抬了兩張几來,又端了兩個小捧盒。揭開看時,每個盒內兩樣,這盒內是兩樣蒸食:一樣是藕粉桂花糖糕,一樣是松瓤鵝油捲;那盒內是兩樣炸的:一樣是只有一寸來大的小餃兒。賈母因問:「什麼餡子?」婆子們忙回:「是螃蟹的。」賈母聽了,皺眉說道:「這

---

[5]. 黑老鴰子:鴰,音ㄍㄨㄚ,黑老鴰子即烏鴉。

會子油膩膩的,誰喫這個?」又看那一樣,是奶油炸的各色小麵菓子,也不喜歡,因讓薛姨媽喫,薛姨媽只揀了塊糕,賈母揀了捲子,只嚐了一嚐,剩的半個,遞給丫頭了。劉姥姥因見那小麵菓子兒都玲瓏剔透,各式各樣,又揀了一朵牡丹花樣的,笑道:「我們鄉裏最巧的姐兒們,剪子也不能鉸[6]出這麼個紙的來!我又愛喫,又捨不得喫!包些家去,給她們做花樣子去倒好。」眾人都笑了。賈母笑道:「家去我送你一磁罈子,你先趁熱喫罷。」別人不過揀各人愛喫的揀了一兩樣就算了,劉老老原不曾喫過這些東西,且都做的小巧,不顯堆垛兒[7],他和板兒每樣喫了些個,就去了半盤子。剩的,鳳姐又命攢了兩盤,並一個攢盒[8],給文官兒等喫去。

忽見奶子抱了大姐兒來,大家哄她頑了一會。那大姐兒因抱著一個大柚子頑,忽見板兒抱著一個佛手,大姐兒便要。丫鬟哄她取去,大姐兒等不得,便哭了。眾人忙把柚子給了板兒,將板兒的佛手哄過來給她才罷。那板兒因頑了半日佛手,此刻又兩手抓著些菓子喫,又見這個柚子,又香又圓,更覺好頑,且當毬踢著頑去,也就不要佛手了。當下賈母等喫過了茶,又帶了劉姥姥至櫳翠菴來。妙玉相迎進去。眾人至院中,見花木繁盛。賈母笑道:「到底是他們修行的人沒事,常常修理,比別處越發好看!」一面說,一面便往東禪堂來。妙玉笑往裏讓。賈母道:「我們才都喫了酒肉,你這裏頭有菩薩,沖了罪過。我們這裏坐坐,把你的好茶拿來,我們喫一杯就去了。」寶玉留神看她是怎麼行事。只見妙玉親自捧了一個海棠花式雕漆填金雲龍獻壽的小茶盤,裏面放一個成窰[9]五彩小蓋鐘,捧與賈母。賈母道:「我不喫六安

---

[6]. 鉸:音ㄐㄧㄠˇ,用剪刀剪東西。
[7]. 堆垛兒:即堆積。
[8]. 攢盒:一種有多層格子得食品盒;攢,音ㄗㄢˇ。
[9]. 成窰:明憲宗成化年間(約當公元 1465 年〜1487 年)所造的瓷器稱「成窰」,質地精細,技巧特出,是明代最好的瓷器,尤其以彩色小件的瓷器最為珍貴。

紅樓夢・第四十一回

茶[10]。」妙玉笑說：「知道。這是『老君眉[11]』。」賈母接了，又問：「是什麼水？」妙玉道：「是舊年蠲[12]的雨水。」賈母便喫了半盞，笑著遞與劉姥姥，說：「你嚐嚐這個茶。」劉姥姥便一口喫盡，笑道：「好是好，就是淡些，再熬濃些更好了。」賈母眾人都笑起來。然後眾人都是一色的官窯[13]脫胎填白蓋碗。那妙玉便把寶釵、黛玉的衣襟一拉，二人隨她出去，寶玉悄悄地隨後跟下來。只見妙玉讓她們二人在耳房內，寶釵便坐在榻上，黛玉便坐在妙玉的蒲團上。妙玉自向風爐上搧滾了水，另泡了一壺茶。寶玉便輕輕走進來，笑道：「你們喫體己茶呢。」二人都笑道：「你又趕了來撤茶喫？這裏並沒你喫的。」妙玉剛要去取杯，只見道婆收了上面茶盞來。妙玉忙命將那成窯的茶杯別收了，擱在外頭去罷。寶玉會意，知為劉姥姥喫了，他嫌腌臢[14]，不要了。又見妙玉另拿出兩隻杯來。一個旁邊有一耳，杯上鐫[15]著「瓟斝[16]」三個隸字，後有一行小真字，是「王愷[17]珍玩」；又有「宋元豐五年四月眉山蘇軾見於秘府」一行小字。妙玉斟了一斝，遞與寶釵。那一隻形似缽而小，也有三個垂珠篆字，鐫著「點犀〈上喬下皿〉[18]」。妙玉斟了一䇸與黛玉，仍將前番自己常日喫茶的那隻綠玉斗來斟與寶玉。寶玉笑道：「常言『世法平等』，他兩個就用那樣古玩奇珍，我就是個俗

---

10. 六安茶：安徽省六安縣所產的茶，世稱「六安松蘿」；明朝屠隆在考槃餘事中記載此茶：「品亦精，入藥最效，但不善炒，不能發香，而味苦，茶之本性實佳。」
11. 老君眉：湖南省洞庭湖君山所產的茶，又名銀針茶，係採嫩芽精製，葉有毫毛，其形狀似眉毛。
12. 蠲：音ㄐㄩㄢ，潔淨。
13. 官窯：宋徽宗政和年間（約當公元1111年～1117年），內府於汴州（今河南省開封縣）建窯燒瓷，名曰「官窯」。
14. 腌臢：音ㄤ ㄗㄤ，「骯髒」的同義字。
15. 鐫：雕刻。
16. 瓟斝：音ㄅㄢ ㄅㄠˊ ㄐㄧㄚˇ，瓟和匏都是一種葫蘆形的瓜類，斝本是古代用玉製成的酒杯；瓟斝是以瓟為模子所製成的杯子。
17. 王愷：是晉朝最富有的人，喜愛珍藏古玩。
18. 點犀䇸：䇸，音ㄑㄧㄠˊ，酒杯的一種。

器了。」妙玉道：「這是俗器？不是我說狂話，只怕你家裏未必找得出這麼一個俗器來呢！」寶玉笑道：「俗語說，『隨鄉入鄉』。到了你這裏，自然把這金珠玉寶一概貶為俗器了。」

妙玉聽如此說，十分歡喜，遂又尋出一隻九曲十環，一百二十節，蟠虬整雕竹根的一個大盞出來，笑道：「就剩了這一個，你可喫的了這一海？」寶玉喜的忙道：「喫的了！」妙玉笑道：「你雖喫的了，也沒這些茶給你糟蹋！豈不聞『一杯為品，二杯即是解渴的蠢物，三杯便是飲驢了？』你喫這一海，更成什麼？」說的寶釵、黛玉、寶玉都笑了。妙玉執壺，只向海內斟了約有一杯。寶玉細細喫了，果覺清淳無比，賞讚不絕。妙玉正色道：「你這遭喫茶是託她兩個的福，獨你來了，我是不能給你喫的。」寶玉笑道：「我深知道。我也不領你的情，只謝她二人便了。」妙玉聽了，方說：「這話明白。」黛玉因問：「這也是舊年的雨水？」妙玉冷笑道：「你這麼個人，竟是大俗人，連水也嘗不出來！這是五年前我在玄墓[19]蟠香寺住著收的梅花上的雪，統共得了那一鬼臉青[20]的花甕一甕，總捨不得喫，埋在地下，今年夏天才開了。我只喫過一回，這是第二回了，你怎麼嘗不出來？隔年蠲的雨水，那有這樣清淳？如何喫得？」寶釵知他天性怪癖，不好多話，亦不好多坐，喫過茶，便約著黛玉走出來。寶玉和妙玉陪笑說道：「那茶杯雖然腌臢了，白撩了豈不可惜？依我說，不如就給了那貧婆子罷，她賣了也可以度日。你說使得麼？」妙玉聽了，想了一想，點頭說道：「這也罷了，幸而那杯子是我沒喫過的；若是我喫過的，我就砸碎了也不能給她，你要給她，我也不管，你只交給她，快拿了去罷。」寶玉道：「自然如此，你那裏和她說話去？越發連你都腌臢了。只交給我就是了。」妙玉便命人拿來，遞給寶玉。寶玉接了，又道：「等我們出去了，我叫幾個小么兒來，河裏打幾桶水來洗地，如何？」妙玉笑道：「這更好了，

---

[19]. 玄墓：也作「袁墓」，在江蘇省吳縣西南。相傳東晉郁泰玄葬於此山，故稱玄墓。

[20]. 鬼臉青：深青色。

紅樓夢・第四十一回

只是你囑咐他們,抬了水,只擱在山門外頭牆根下,別進門來。」寶玉道:「這是自然的。」說著,便袖著那杯,遞給賈母屋裏的小丫頭子拿著,說:「明日劉姥姥家去,給她帶去罷。」交代明白,賈母已經出來要回去。妙玉亦不甚留,送出山門,回身便將門閉了,不在話下。

且說賈母因覺身上乏倦,便命王夫人和迎春姐妹陪著薛姨媽去喫酒,自己便往稻香村來歇息。鳳姐忙命人將小竹椅抬來,賈母坐上,兩個婆子抬起,鳳姐、李紈和眾丫頭婆子圍隨去了,不在話下。這裏薛姨媽也就辭出。王夫人打發文官等出去,將攢盒散給眾丫頭們喫去。自己便也乘空歇著,隨便歪在方才賈母坐的榻上,命一個小丫頭放下簾子來,又命搥著腿,吩咐她:「老太太那裏有信,你就叫我。」說著,也歪著睡著了。寶玉、湘雲等看著丫頭們將攢盒擱在山石上,也有坐在山石上的,也有坐在草地下的,也有靠著樹的,也有傍著水的,倒也十分熱鬧。一時,又見鴛鴦來了,要帶著劉姥姥逛。眾人也都跟著取笑。

一時,來至「省親別墅」的牌坊底下。劉姥姥道:「噯呀!這裏還有大廟呢!」說著,便爬下磕頭,眾人笑彎了腰。劉姥姥道:「笑什麼?這牌樓上的字我都認得,我們那裏這樣的廟宇最多,都是這樣的牌坊。那字就是廟的名字。」眾人笑道:「你認得這是什麼廟?」劉姥姥便抬頭指那字道:「這不是『玉皇寶殿』?」眾人笑的拍手打掌,還要拿她取笑兒。劉姥姥覺得肚裏一陣亂響,忙的拉著一個丫頭,要了兩張紙,就解裙子,眾人又是笑,又忙喝她:「這裏使不得!」忙命一個婆子,帶了東北角上去了。那婆子指給她地方,便樂得走開去歇息。那劉姥姥因喝了些酒,他的脾胃和黃酒不相宜,且喫了許多油膩飲食,發渴,多喝了幾碗茶,不免通瀉起來,蹲了半日方完。及出廁來,酒被風吹,且年邁之人,蹲了半天,忽一起身,只覺眼花頭暈,辨不出路徑,四顧一望,都是樹木山石,樓臺房舍,卻不知那一處是往那一路去的了,只得順著一條石子路,慢慢地走來,及至到了房子跟前,又找不著門,再找了半日,忽見一帶竹籬。劉姥姥心中自忖道:「這裏也有扁豆茄

子？……」一面想，一面順著花障走來。得了個月洞門，進去，只見迎面一帶水池，有七八尺寬石頭鑲岸；裏面碧波清水，上面有塊白石橫架。劉姥姥便踱過石去，順著石子甬路走去，轉了兩個彎子，只見有個房門，於是進了房門，便見迎面一個女孩兒，滿面含笑的迎出來。劉姥姥忙笑道：「姑娘們把我丟下了，叫我碰頭碰到這裏來了。」說了，只覺那女孩兒不答。劉姥姥便趕來拉他的手，咕咚一聲，卻撞到板壁上，把頭碰的生疼，細瞧了一瞧，原來是一幅畫兒。劉姥姥自忖道：「怎麼畫兒有這樣凸出來的？……」一面想，一面看，一面又用手摸去，卻是一色平的，點頭歎了兩聲，一轉身，方得了個小門，門上掛著蔥綠撒花軟簾。劉姥姥掀簾進去，抬頭一看，只見四面牆壁，玲瓏剔透，琴劍瓶爐，皆貼在牆上，錦籠紗罩，金彩珠光，連地下舖的磚，皆是碧綠鑿花，竟越發把眼花了。找門出去，那裏有門，左一架書，右一架屏；剛從屏後得了一個門，只見一個老婆子也從外面迎著進來。

　　劉姥姥詫異，心中恍惚，莫非是他親家母，因問道：「你也來了？想是見我這幾日沒家去，虧你找我來！哪位姑娘帶進來的？」又見她戴著滿頭花，便笑道：「你好沒見世面！見這裏的花好，你就沒死活戴了一頭！」說著，那老婆子只是笑，也不答言。劉姥姥便伸手去羞她的臉，她也拿手來擋，兩個對鬧著。劉姥姥一下子卻摸著了，但覺那老婆子的臉冰涼挺硬的，倒把劉姥姥唬了一跳。猛想起：「常聽見富貴人家有種穿衣鏡，這別是我在鏡子裏頭嗎？」想畢，又伸手一抹，再細一看，可不是四面雕空的板壁，將這鏡子嵌在中間的？不覺也笑了，因說：「這可怎麼出去呢？……」一面用手摸時，只聽咯噔一聲，又嚇的不住的展眼兒。原來是西洋機括，可以開合；不意劉姥姥亂摸之間，其力巧合，便撞開消息，掩過鏡子，露出門來。劉姥姥又驚又喜，遂走出來，忽見有一副最精緻的牀帳。他此時又帶了七八分酒，又走乏了，便一屁股坐在牀上，只說歇歇，不承望身不由己，前仰後合的，朦朧兩眼，一歪身，就睡倒在牀上。且說眾人等她不見，板兒沒了她姥姥，急得哭了。眾人都笑道：「別是掉在茅廁裏了！快叫人去瞧瞧！」

紅樓夢・第四十一回

因命兩個婆子去找。回來說：「沒有。」眾人納悶，還是襲人道：「一定她醉了，迷了路，順著這條路，往我們後院子裏去了。要進了花障子，打後房門進去，還有小丫頭子們知道；若不進花障子，再往西南上去～可骰她繞會子好的了！我瞧瞧去。」說著，便回來，進了怡紅院，叫人，誰知那幾個小丫頭已偷空頑去了。襲人進了房門，轉過集錦槅子，就聽的鼾齁[21]如雷，忙進來，只聞見酒屁臭氣，滿屋一瞧，只見劉姥姥扎手舞腳地仰臥在牀上。襲人這一驚不小，忙上來將他沒死活的推醒。那劉姥姥驚醒，睜眼看見襲人，連忙爬起來，道：「姑娘！我該死了！～好歹並沒弄腌臢了牀！」一面說，一面用手去撐。襲人恐驚動了寶玉，只向她搖手兒，不叫她說話，忙將當地大鼎內貯了三四把百合香，仍用罩子罩上，所喜不曾嘔吐，忙悄悄地笑道：「不相干，有我呢，你跟我出來罷。」劉姥姥答應著，跟了襲人，出至小丫頭子們房中，命她坐下，因教她說道：「你說醉倒在山子石上打了個盹兒就完了。」劉姥姥答應是，又給了她兩碗茶喫，方覺酒醒了，因問道：「這是那個小姐的繡房？這麼精緻！我就像到了天宮裏的似的！」襲人微微地笑道：「這個麼，是寶二爺的臥房啊！」

那劉姥姥嚇的不敢做聲。襲人帶她從前面出去，見了眾人，只說：「她在草地下睡著了，帶了她來的。」眾人都不理會，也就罷了。一時賈母醒了，就在稻香村擺晚飯。賈母因覺懶懶的，也沒喫飯，便坐了竹椅小敞轎回至房中歇息，命鳳姐兒等去喫飯。他姐妹方復進園來。未知後事如何，且看下回分解。

作品賞析

《紅樓夢》自付梓問世後，蔚為風潮，於民間廣為流傳，而後因研究者眾多，更發展成為一門專門的學問----「紅學」。

---

[21]. 鼾齁：音ㄏㄢ ㄏㄡ，熟睡時打呼的聲音。

本篇選自《紅樓夢》第四十一回〈賈寶玉品茶櫳翠菴　劉姥姥醉臥怡紅院〉，敘說史太君宴請大觀園之後，承蒙榮府的盛情款待，劉姥姥在王熙鳳和鴛鴦的雙雙愚弄下喝多了酒，在之後的遊園活動中入廁出來迷失了路徑，誤入怡紅院，卻走進了賈寶玉的臥室，製造了一齣生動又滑稽的鬧劇，既展示了賈府生活的超常豪華，也將劉姥姥豁達、率直、幽默、隨和以及大智若愚的個性表現得淋漓盡致，過程細膩鮮明，極富戲劇性。

問題討論

一、作者筆下欲藉劉姥姥的角度細膩刻畫賈府奢華的生活，請指出這些文句。

二、本課人物之刻劃相當細膩，分別可以從每個人的反應動作看出他們的性格，請任舉三人試加說明。

三、你覺得文中最滑稽的情節為何？

鏡花緣・第三十三回

才藻--《鏡花緣・第三十三回》

內容導讀

　　本篇選自《鏡花緣》[1]第三十三回〈粉面郎纏足受困長鬚女玩股垂情〉。本篇寫到女兒國的男女地位顛倒，男主內，女主外，男子穿裙而且纏足。主人公林之洋被女兒國的國王選入宮中為妃，在封為王妃之前，即必須先纏足，因此嚐盡纏足過程中的一切痛苦。

作者介紹

　　李汝珍（約1763年～約1830年），字松石，號松石道人，直隸大興（今北京大興縣）人。清代文人，小說《鏡花緣》是他的代表作。「於學無所不窺，尤通音韻」，精通文學、詩詞、音韻、經學、字學、醫學、算數、茶經、棋譜，還「旁及雜流」，如象緯、篆隸等。嘉慶二十三年（1818年）寫成《鏡花緣》，花了近二十年心血，三易其稿，行文中處處展現知識，是一部賣弄學問作品。原擬寫兩百回，但只寫一百回。旅美學人夏志清評論此書幾乎沒有前後文矛盾之處。李汝珍另著有《李氏音鑑》、《字母五聲圖》、《受子譜》等書。

課文說明

　　【本文】話說林之洋來到國舅府，把貨單求管門的呈進。裡面傳出話道：「連年國主採選嬪妃，正須此貨；今將貨單替你轉呈，即隨來差同去，以便聽候批貨。」不多時，走出一個內使，拿了貨單，一同穿過幾層金門，走了許多玉路，處處有人把守，好不威嚴！來到內殿

---

[1].《鏡花緣》：是清代嘉慶、道光年間最優秀的長篇小說，共一百回，本書的主題思想乃是提出中國社會歷來「男女不平等」的問題。故事以武則天時代為背景，描寫以百花仙子遭貶降生凡塵為始，以「文藝起兵，武家崩敗」作結；對當時社會存在的迷信制度、八股取士、浪費鋪張等現象提出批判，並創造另外一個理想世界，如君子國、女兒國等，故事情節詼諧、諷刺兼而有之，作者以「鏡花水月」來比喻他的烏托邦，作為這部作品的題名。

門首,內使立住道:「大嫂在此等候。我把貨單呈進,看是如何再來回你。」走了進去,不多時,出來道:「大嫂單內貨物並未開價,這卻怎好?」林之洋道:「各物價錢,俺都記得,如要那幾樣,等候批完,俺再一總開價。」內使聽了進去,又走出道:「請問大嫂,胭脂每擔若干銀?香粉每擔若干銀?頭油每擔若干銀?頭繩每擔若干銀?」林之洋把價說了。內使進去,又出來道:「請問大嫂,翠花每盒若干銀?絨花每盒若干銀?香珠每盒若干銀?梳篦每盒若干銀?」林之洋又把價說了。

內使進去,又走出道:「大嫂單內各物,我們國主大約多寡不等,都要買些。就只價錢問來問去,恐有訛錯。必須面講,才好交易。國主因大嫂是天朝婦人,天朝是我們上邦,所以命你進內。大嫂須要小心。」林之洋道:「這個不消吩咐。」跟著內使走進內殿,見了國王,深深打了一躬,站在一旁。看那國王,雖有三旬以外,生的面白唇紅,極其美貌。旁邊圍著許多宮娥。國王十指尖尖,擎著貨單,又把各樣價錢輕啟朱唇問了一遍,一面問話,一面只管細細上下打量。林之洋忖道:「這個國王為甚只管將俺細看?莫非不曾見過中原人麼?」不多時,宮娥來請用膳。國王吩咐內使將貨單存下,先去回覆國舅;又命宮娥款待天朝婦人酒飯,轉身回宮。

歇了片時,有幾個宮娥把林之洋帶至一座樓上,擺了許多餚饌。剛把酒飯吃完,只聽下面鬧鬧吵吵,有許多宮娥跑上樓來,都口呼娘娘,嗑頭叩喜。隨後又有許多宮娥捧著鳳冠霞帔、玉帶蟒衫並裙褲簪環首飾之類,不由分說,七手八腳,把林之洋內外衣服脫得乾乾淨淨。這些宮娥都是力大無窮,就如鷹拿燕雀一般,那裡由他作主;才把衣履脫淨,早有宮娥預備香湯,替他洗浴,換了襯褲,穿了衫裙。把那一雙大金蓮暫且穿了綾襪,頭上梳了鬢兒,搽了許多頭油,戴上鳳釵,搽了一臉香粉;又把嘴唇染的通紅,手上戴了戒指,腕上戴了金鐲。把牀帳安了,請林之洋上坐。此時林之洋倒像做夢一般,又像酒醉光

鏡花緣・第三十三回

景，只是發痠[2]；細問宮娥，才知國王將他封為王妃，等選了吉日，就要進宮。

正在著慌，又有幾個中年宮娥走來，都是身高體壯，滿嘴鬍鬚。內中一個白鬚宮娥，手拏針線，走到床前跪下道：「稟娘娘，奉命穿耳。」早有四個宮娥上來，緊緊扶住。那白鬚宮娥上前先把右耳用指將那穿針之處碾了幾碾，登時一針穿過。林之洋大叫一聲：「痛殺俺了！」望後一仰；幸虧宮娥扶住。又把左耳用手碾了幾碾，也是一針直過，林之洋只痛得喊叫連聲。兩耳穿過，用些鉛粉塗上。揉了幾揉，戴了一副八寶金環。白鬚宮娥把事辦畢退去。接著有個黑鬚宮人，手拏一疋白綾，也向床前跪下道：「稟娘娘，奉命纏足。」又上來兩個宮娥，都跪在地下，扶住金蓮，把綾襪脫去。那黑鬚宮娥取了一個矮凳，坐在下面，將白綾從中撕開，先把林之洋右足放在自己膝蓋上，用些白礬灑在腳縫內，將五個腳指緊緊靠在一處，又將腳面用力曲作彎弓一般，即用白綾纏裹；才纏了兩層，就有宮娥拏著針線上來密密縫口，一面狠纏，一面密縫。林之洋身旁既有四個宮娥緊緊靠定，又被兩個宮娥把足扶住，絲毫不能轉動；及至纏完，只覺腳上如炭火燒的一般，陣陣疼痛，不覺一陣心酸，放聲大哭道：「坑死俺了！」兩足纏過，眾宮娥草草做了一雙軟底大紅鞋替他來穿上。

林之洋哭了多時，左思右想，無計可施，只得央及眾人道：「奉求諸位老兄替俺在國王面前方便一聲：俺本有婦之夫，怎作王妃？俺的兩隻大腳，就如遊學秀才，多年未曾歲考，業已放蕩慣了，何能把他拘束？只求早早放俺出去，就是俺的妻子也要感激的。」眾宮娥道：「剛才國王業已吩咐，將足纏好，就請娘娘進宮。此時誰敢亂言？」不多時，宮娥掌燈送上晚餐，真是肉山酒海，足足擺了一桌。林之洋那裡吃得下，都給眾人吃了。

一時忽要小解，因向宮娥道：「此時俺要撒尿，煩老兄領俺下樓走

---

[2]. 痠：愣，音ㄌㄥˋ。

走。」宮娥答應，早把淨桶掇來。林之洋看了，無可奈何；意欲掙扎起來，無如兩足纏的緊緊，那裡走得動？只得扶著宮娥下床，坐上淨桶；小解後，把手淨了。宮娥掇了一盆熱水道：「請娘娘用水。」林之洋道：「俺才洗手，為甚又要用水？」宮娥道：「不是淨手，是下面用水。」林之洋道：「怎叫下面用水？俺倒不知。」宮娥道：「娘娘才從何處小解，此時就從何處用水。既怕動手，待奴婢替洗罷！」登時上來兩個胖大宮娥，一個替他解褪裡衣，一個用大紅綾帕蘸水，在他下身揩磨。林之洋喊道：「這個玩的不好。諸位莫亂動手。俺是男人。弄的俺下面發癢。不好，不好！越揩越癢！」那個宮娥聽了，自言自語道：「你說越揩越癢，俺還越癢越揩哩！」把水用過，坐在床上，只覺兩足痛不可當，支撐不住，只得倒在床上和衣而臥。

那中年宮娥上前稟道：「娘娘既覺身倦，就請盥漱安寢罷！」眾宮娥也有執著燈臺的，也有執著漱盂的，也有捧著面盆的，也有捧著梳妝的，也有托著油盒的，也有托著粉盒的，也有提著手巾的，也有提著綾帕的，亂亂紛紛，圍在床前。只得依著眾人略略應酬。淨面後，有個宮娥又來搽粉，林之洋執意不肯。白鬚宮娥道：「這臨睡搽粉規矩最有好處；因粉能白潤皮膚，內多冰麝。王妃面上雖白，還欠香氣，所以這粉也是不可少的。久久搽上，不但面如白玉，還從白色中透出一股肉香。真是越白越香，越香越白，令人越聞越愛，越愛越聞，最是討人歡喜的。久後才知其中好處哩！」宮娥說之至再，那裡肯聽。眾人道：「娘娘既如此任性，我們明日只好據實啟奏，請保母過來再作道理。」登時四面安歇。

到了夜間，林之洋被兩足不時疼醒，即將白綾左撕右解，費盡無窮之力，才扯了下來，把十個腳指個個舒開；這一暢快，非同小可，就如秀才免了歲考一般，好不鬆動；心中一爽，竟自沉沉睡去。次日起來，盥漱已罷，那黑鬚宮娥正要上前纏足，只見兩足已脫精光，連忙啟奏國王，教保母過來，重責二十，且命在彼嚴行約束。保母領命，帶了四個手下，捧著竹板，來到樓上跪下道：「王妃不遵約束，奉令打

鏡花緣・第三十三回

肉。」林之洋看了，原來是個長鬚婦人，手捧一塊竹板約有三寸寬、八尺長，不覺吃了一嚇道：「怎麼叫作打肉？」只見保母手下四個微鬚婦人，一個個膀闊腰粗，走上前來，不由分說，輕輕拖翻，褪下裡衣。保母手舉竹板，一起一落，竟向屁股大腿一路打去。林之洋喊叫連聲，痛不可忍。剛打五板，業已肉綻皮開，血濺茵褥。保母將手停住，向纏足宮娥道：「王妃下體甚嫩，才打五板，已是血流漂杵；若打到二十，恐他貴體受傷，一時難愈，有誤吉期。拜煩姊姊先去替我轉奏，看國王鈞諭如何，再作道理。」纏足宮人答應去了。

　　保母手執竹板，自言自語道：「同是一樣皮膚，他這下體為何生的這樣又白又嫩？好不令人可愛！據我看來，這副尊臀，真可算得貌比潘安，顏如宋玉[3]了！」因又說道：「貌比潘安，顏如宋玉，是說人的容貌之美，怎麼我將下身比他？未免不倫。」只見纏足宮人走來道：「奉國王鈞諭，問王妃此後可遵約束。如痛改前非，即免責放起。」林之洋怕打，只得說道：「都改過了。」眾人於是歇手。宮娥拿了綾帕，把下體血蹟揩了。國王命人賜了一包棒瘡藥，又帶了一盞定痛人參湯。隨即敷藥，吃了人參湯，倒在床上歇息片時，果然立時止痛，纏足宮娥把足重新纏好，教他下床來往走動。宮娥攙著走了幾步，棒瘡雖好，兩足甚痛，只想坐下歇息，無奈纏足宮娥惟恐誤了限期，毫不放鬆，剛要坐下，就要啟奏；只得勉強支持，走來走去，真如掙命一般。到了夜間，不時疼醒，每每整夜不能合眼。無論日夜，俱有宮娥輪流坐守，從無片刻離人，竟是絲毫不能放鬆。林之洋到這個地步，只覺得湖海豪情，變作柔腸寸斷了。未知以後如何，且看下回分解。

作品賞析

　　本篇選自第三十三回〈粉面郎纏足受困長鬚女玩股垂情〉，故事敘寫在女兒國的男女地位顛倒，男主內，女主外，「男子穿衣裙，作為婦

---

[3]. 貌比潘安，顏如宋玉：潘安為晉人，宋玉為戰國楚人；皆為歷史傳說中美貌的男子。

人，以治內事；女子反穿靴帽，作為男子，以治外事」，男子更需穿裙、纏足，充滿了迥異於現世的怪誕風格。主人公林之洋被女兒國的國王選入宮中為妃，在冊封之前，必須先纏足，因此嚐盡了纏足過程中的一切痛苦，性別角色混亂之下，故事中人物的種種作為，皆透露出辛辣的諷刺意味。

　　小說中藉著建構這個男女角色顛倒的奇異國度，反映了人性與現實生活中的種種陋習，嘲諷纏足一事對女子肉體的殘害，映照出一連串在傳統社會的性別不平等下，諸多對女性的不合理待遇，例如纏足、雙重貞操觀等，藉由奇異的女兒國，表達對女性受教育與參政的權利爭取。作者對於封建社會男尊女卑的現象表現了極大的憤懣和不平，提出男女應該平等的思想，在當時有很大的進步意義。

問題討論

一、讀完本文後，你有什麼感想？

二、本篇小說藉「女兒國」呈現了哪些婦女問題？

三、試評論本文的寫作手法。

狹邪--《花月痕‧第二十四回》

內容導讀

　　本篇選自《花月痕》[1]第二十四回〈三生冤孽情海生波　九死癡魂寒宵割臂〉。《花月痕》是一部以狹邪艷情寫才子佳人悲歡離合的長篇小說。書中敘寫了韋癡珠與劉秋痕、韓荷生與杜采秋兩對才子名士和艷妓佳人的風流故事。謝章鋌《課餘續錄》說魏秀仁「創為小說，以自寫照，一瀉其骯髒不平之氣」。《花月痕》行文纏綿，時有哀怨之情迭起，在對於男女愛戀的描寫中仍可看出哀傷的意味。

作者介紹

　　魏秀仁（1819年～1874年），字子安，又字子敦，侯官縣東門外（今福州市鼓樓區洪山鎮東門村塔頭）人。秀仁屢赴禮部試，皆不第，遂絕意進取，遊山西、陝西、四川等地，作官府幕僚。後主講於渭南（今陝西渭南縣）、成都（今四川成都市）等地書院，曾任成都芙蓉書院院長。同治元年（1862年）兵連禍結，秀仁的父親和弟弟都死於兵禍。他傾家蕩產，唯帶殘書稚妾，寄命一舟，千山萬水回福州故里，閉門著述。主要著作有小說《花月痕》，其《自序》曰：「見時事多可危，手無尺寸，言不見異，而骯髒抑鬱之氣無所抒發，因遁為稗官小說，托於兒女之私，名其書曰《花月痕》。」

課文說明

　　【本文】話說狗頭起先係與秋痕兄妹稱呼，後來入了教坊，狗頭便充個班長。在李裁縫意思，原想將秋痕做個媳婦，牛氏卻是不依。一為狗頭凶惡，再為不是自己養的兒子，三為秋痕係自己拐來，要想秋痕身上靠一輩子。只自己上了煙癮，一天躺在炕上，不能管束狗頭

---

[1]. 《花月痕》：亦題《花月痕全書》、《花月姻緣》、《花月痕全傳》；情節委婉，為中國小說史上的一部名著。

得住；兼之秋痕掛念癡珠，兩日不來，便叫狗頭前往探問，自然要假些詞色；又有李裁縫主他的膽，這狗頭便時時想著親近秋痕。無奈秋痕瞧出他父子意思，步步留心。狗頭實在無縫可鑽，愛極生恨，恨極成妒，便向牛氏挑唆起癡珠許多不是來。以此秋痕背地裏瑣瑣屑屑受了無數縷聒[2]，這也罷了。

十四日，荷生、小岑、劍秋都在愉園小飲，靠晚，便來秋心院坐了一會，癡珠不來，各自散了。秋痕陡覺頭暈，荷生去後，和衣睡倒。一會醒來，喚跛腳收拾上床，卻忘了月亮門，未去查點。睡至三更後，覺得有人推著床橫頭假門[3]，那猧兒也不曉那裏去了，便坐起大聲喊叫。跛腳不應，那人早進來了，卻是狗頭。一口吹滅了燈，也不言語，就摟抱起來。秋痕急氣攻心，說不出話，只喊一聲：「怎的？」將口向狗頭膊上盡力的咬。狗頭一痛，將手擰著秋痕面頰，秋痕死不肯放，兩人便從床上直滾下地來。狗頭將手扼住秋痕咽喉，說道：「償你命罷！」跛腳見不成事，大哭起來。李裁縫沉睡，牛氏從夢中驚醒，說道：「外面什麼事？」一面說，一面推醒李裁縫。李裁縫就也驚醒，說道：「怎的？半夜三更，和丫鬟鬧！」急披衣服，跳下床來，尋個亮，開了房門，取條馬鞭，大聲嚷人。見秋痕壓在狗頭身上，便罵道：「還不放手！」呼呼的向秋痕身上抽了幾鞭。牛氏披著衣服一路趕來，說道：「什麼事？」狗頭早放了手，把秋痕推翻，自行爬起。牛氏已到，李裁縫扭住狗頭，嚷道：「這是怎說？」狗頭將頭向秋痕胸膛撞將下去，嚷道：「我不要命了！」牛氏見這光景，驚愕之至，接著嚷道：「你不要命，我女兒是要命呢！」李裁縫死命的拉住狗頭，兩人就滾在東窗下，將窗前半桌上玉花瓶碰跌下來，打得粉碎。牛氏忙將蠟臺瞧著秋痕，見身穿小衫褲，仰面躺在地下，色如金紙，兩目緊閉。牛氏便嚎啕的哭起來，將頭撞著李裁縫，也在地下亂滾，聲聲只叫他償命。跛腳和那小丫鬟呆呆的站在床前看，只有打戰。廚房中兩個打雜和那看門的都起來打探，

---

[2]. 縷聒：連續不停的嘮叨。
[3]. 假門：暫時開的一道門。

不知何事，見一屋鼎沸，秋痕氣閉，便說道：「先瞧著姑娘再說罷！」一句話提醒牛氏，便坐在秋痕身邊，向打雜們哭道：「你看打成這個模樣，還會活麼？」狗頭見牛氏和李裁縫拚命，心上也有點怕，早乘著空跑開了。這裏牛氏摸著秋痕，一聲聲的叫。打雜們從外頭沖碗湯，遞給牛氏，一面叫，一面把湯灌下。半晌，秋痕雙蛾顰蹙，皓齒微呈，回轉氣來。又一會，睜開眼，瞧大家一瞧，又合著眼淌出淚來。牛氏哭道：「你身上痛麼？」秋痕不答，淚如湧泉。此時李裁縫安頓了狗頭，就也進來。牛氏瞧見，指天畫地，呵訴[4]萬端。李裁縫不敢出氣，幫著兩個丫鬟將秋痕扶上床沿。秋痕到得床沿，便自行向裏躺下，嚶嚶啜泣。打雜們退出，牛氏撿起地下的鞭，向李裁縫身上狠狠的鞭了一下。李裁縫縮著頭，搶個路走了。牛氏喚過丫鬟，也一人一鞭，說道：「快招！」兩個丫鬟遍身發抖，說道：「是……是爺……爺叫……叫我不要關這……這月亮門，姑娘有……有叫喊不……不准……准……」牛氏不待說完，揚起鞭，跑出，大罵道：「老狗頭！老娘今番和你算帳，撒開手罷。」李裁縫父子躲入廚房，將南廊小門拴得緊緊，由牛氏大喊大罵，兩人只不則聲。只可憐那門板無緣無故受了無數馬鞭。

且說癡珠早飯後，正吩咐套車，跟班忽報：「留大老爺來了。」原來子善數訪癡珠，都不相值。今日偶到秋心院，不想牛氏正和李裁縫父子理論，見子善來了，便奔出投訴。子善也覺氣憤，坐定。秋痕知道了，喚跛腳延入，含淚說道：「求你告知癡珠。」只這一句，便掩面嬌啼，冰綃淹漬[5]。子善也不忍看此狼狽，立起身來，說道：「你不必著急，我就邀他過來罷。」

看官！你道癡珠聽了此話，可是怎樣呢？當下神色慘淡，說道：「這也是意中之事，只我們怎好管他家事哩？」發怔半晌，又說道：「我又怎好不去看秋痕呢？」便向禿頭道：「套車。」禿頭回道：「車早已套

---

[4]. 呵訴：大聲呵斥責罵。
[5]. 冰綃淹漬：淚浸絲帕；冰綃，潔白如冰的絲絹，此指手帕。

得停妥。」癡珠不答，轉向子善道：「我如今只得撒開手罷。」便拉著子善，到了秋心院。

牛氏迎將出來，叨叨絮絮說個不休。癡珠一聲兒不言語。牛氏陪子善在西屋坐下。癡珠竟向北屋走來，見簾幃不捲，几案凝塵，就覺得有一種淒涼光景，與平常不同。未到床前，跛腳早把帳子掀開。秋痕悲慟，半晌咽不出聲來，癡珠心上也自酸苦。跛腳把一邊帳子鉤上，癡珠就坐在床沿。秋痕嗚咽半晌，暗暗藏著剪子，坐起，梗著聲道：「我一身以外儘是別人的，沒得給你做個記念，只有這……」一邊說，一邊將左手把頭髮一扯，右手就剪。癡珠和跛腳拚命來搶，早剪下一大綹來。秋痕從此鬢髮鬖鬖[6]矣。當下秋痕痛哭道：「你走吧，我不是你的人了！」癡珠怔怔的看，秋痕嗚嗚的哭。跛腳見此情狀，深悔自己受人指使，不把月亮門閉上，鬧出這樣風波，良心發現，說道：「總是我該死！」子善曉得癡珠十分難受，進來說道：「你這裏也坐不住，到我公館去罷。」這一夜，子善、子秀就留癡珠住下。你道他還睡得著麼？大家去了，他便和衣躺下。自己想一回，替秋痕想一回。想著現在煩惱，又想著將來結局。忽然記起華嚴菴[7]的籤和蘊空的偈來，想道：「這兩支籤兩個偈，真個字字都有著落！我從七月起，秋心院、春鏡樓沒有一天不在心上，怎的這會纔明白呢？蘊空說得好：人定勝天，要看本領。我的本領不能勝天，自然身入其中，昏昏不自覺了。」又想道：「漱玉勸我且住并州，其實何益呢？我原想入都，遵海而南，偏是病了！接著倭夷入寇，海氛頓起，只得且住。為今之計，趕緊料理歸裝，趁著謖如現在江南，借得幾名兵護送，就也走得到家。」左思右想，早雞聲三唱了，便自起來，剔亮了燈，從靴頁內抽出秋痕剪的一把青絲，向燈上瞧了又瞧，重復收起，天也亮了。

洗漱後，便來看秋痕。纔入北屋，秋痕早從被窩裏斜著身掀開帳

---

[6]. 鬖鬖：鬢髮稀疏散垂的樣子。
[7]. 菴：僧尼供佛的小寺廟；同「庵」。

花月痕・第二十四回

子，綠慘粉銷，真像個落花無言，人淡如菊。癡珠到了床沿，將帳接住，見秋痕著實可憐。秋痕拉著癡珠的手說道：「這是我的前生冤孽，你不要氣苦。」癡珠將帳鉤起，坐下道：「你受了這樣荼毒，我怎的不慘？」秋痕坐起說道：「天早得很，你躺一會麼？」癡珠就和衣躺下。正是：

> 錦幃初捲，繡被猶堆，燕體傷風，雞香[8]積露。倭墮[9]綠雲之鬟，欹危[10]紅玉之簪。越客[11]網絲，難起全家羅襪；麻姑搔癢[12]，可能留命桑田[13]。莫拏[14]峽口之雲[15]，太君手接[16]；且把歌唇之雨，一世看來。

當下竟自睡了。到得醒來，已是一下多鐘。撞著牛氏進來勸秋痕吃些飯，就將昨晚把狗頭攆[17]在中門外，再不准他走秋心院一步，告訴癡珠。癡珠道：「如此分派，也還停妥。」牛氏道：「我如此分派，也為著你。只是你也該替我打算。」秋痕見他孃說起這些話，想道：「我命真苦！一波未平，一波又起。」便歪著身睡去了。癡珠只低著頭，憑牛氏叨縷了半天，截住道：「這個往下再商量，今日且講今日事。」便向靴勒取出靴頁，展開，檢得錢鈔，說道：「這十千鈔子，你交給廚

---

[8]. 雞香：雞舌香的簡稱，即丁香。
[9]. 倭墮：倭墮髻，古代婦女梳的一種低垂下墜的髮髻。
[10]. 欹危：斜高的樣子。
[11]. 越客：指客居異鄉的越人，泛指浪遊他鄉之人。
[12]. 麻姑搔癢：據晉朝葛洪《神仙傳》載，仙人麻姑手指纖長，靈巧似鳥爪，可搔背癢。
[13]. 桑田：滄海變桑田之意。《神仙傳》記載，東漢末麻姑降於蔡經家，後麻姑講：「接待以來，已見東海三為桑田。」
[14]. 拏：通「拿」。
[15]. 峽口之雲：即巫峽之雲，借指傳說中的巫山神女；戰國楚宋玉〈高唐賦〉敘巫山神女自稱：「旦為朝雲，暮為行雨。」
[16]. 太君手接：唐李商隱〈燕臺四首〉：「安得薄霧起緗裙，手接雲輧呼太君。」此處指手接太君，即親手迎接太君；太君，指仙女。
[17]. 攆：驅逐、趕走；音ㄋㄧㄢˇ。

房，隨便備數碗菜，替我請留大老爺、晏太爺過來小飲。」牛氏瞧見鈔子，自然眉開眼笑去了。癡珠走到床沿，見秋痕側身向裏，便拉著道：「我今日要盡一天樂，不准哭。」不想秋痕早是忍著哭，給癡珠這一說，倒哭出聲來。半晌，秋痕說道：「昨天我叫你走，你卻不走，必要受那婆子的腌臢氣[18]，何苦呢？」癡珠強笑道：「我樂半天，去也不遲。」秋痕將頭髮一挽，嘆口氣道：「我原想拚個蓬頭垢面與鬼為鄰，如今你要樂，你替我掇[19]過鏡臺來。」癡珠於是走入南屋，將鏡臺端入北屋。秋痕妝畢，喚跛腳和他孋要件出鋒真珠毛的蟹青線縐襖，桃紅巴緞的宮裙，自回床橫頭取一雙簇新的繡鞋換上。癡珠道：「這雙鞋繡得好工緻。」秋痕橫波一盼，黍谷春回[20]，微微笑道：「明日就給你帶上。」

正說著，子善、子秀通來了，癡珠迎入。見秋痕已自起來而且盛妝，便不再提昨日的事，閒話一回。秋痕忽向癡珠道：「譬如我昨日死了，你怎樣呢？」癡珠怔了半晌，說道：「你果死了，我也沒法，只有跑來哭你一回，拚個千金市骨吧！」秋痕不語。子善道：「怎的你兩人這說這些話？」子秀道：「人家怕是說死，他兩個竟說得尋常了。」一會，南屋擺上酒肴，四人入座。秋痕擎[21]著酒杯道：「大家且醉一醉。」就喝乾了一杯酒。子秀道：「慢慢著喝。」癡珠道：「各人隨量罷。」端上菜，秋痕早喝有七八杯。大家用些菜，秋痕道：「我平日不彈琵琶，今日給癡珠盡情一樂。」便喚跛腳取出琵琶，彈了一會，背著臉唱道：

　　　　手把金釵無心戴，面對菱花[22]把眉樣改。可憐奴孤身拚死無可奈，眼看他鮮花一朵風打壞。猛聽得門兒開，便知是你來。

---

[18]. 腌臢氣：猶骯髒氣，指惱人的、令人不快之氣。
[19]. 掇：搬、端，音ㄉㄨㄛˊ。
[20]. 黍谷春回：黍谷，又稱寒谷，在北京市密雲縣西南；此處形容悲愁淒冷的雙眸，流露出溫暖的喜色。
[21]. 擎：持、拿，音ㄑㄧㄥˊ。
[22]. 菱花：指菱花鏡。

花月痕·第二十四回

　　秋痕唱一字，咽一聲，末了回轉頭來，淚盈盈的瞧著癡珠，到「是你來」三字，竟不是唱，直是慟哭了。癡珠起先聽秋痕唱，已是悽悽楚楚，見這光景，不知不覺也流下淚了，就是子善、子秀也陪著眼紅，便向秋痕道：「你原說要給癡珠盡情一樂，何苦哭呢？」癡珠破涕，讓兩人酒菜，也說道：「秋痕，你不必傷心了。」秋痕忍著哭，把一杯酒喝了，來勸子善、子秀。其實悲從中來，終是強為歡笑。四人靜悄悄的清飲一回。此時是初寒天氣，到二更天，北風栗烈，就散了席。

　　癡珠原欲回寓，見秋痕如此哀痛，天又刮風，就也住下。秋痕留一壺酒，幾碟果菜，端入北屋，催丫鬟收拾，把月亮門閉上，燒起一個火盆[23]，吩咐跛腳去睡。然後兩人卸下大衣，圍爐煮酒。秋痕道：「今夜刮風，差不多七月廿一那般利害。咳！我兩人聚首，還不上三個月哩。我起先要你替我贖身，此刻你是不能，我也知道。只我終是你的人。」癡珠喝了半杯酒，留半杯遞給秋痕，嘆口氣道：「你的心我早知道，只我與你終久是個散局。」秋痕怔怔的瞧著癡珠，半晌說道：「怎的？」癡珠便將華嚴庵的籤，薀空的偈，並昨夜所有想頭，一一述給秋痕聽了。秋痕聽一句，掉下一淚，到癡珠說完了，秋痕不發一語，站起身來走出南屋，回來就坐，說道：「千金市骨，你這話到底是真是假？」癡珠道：「我許你，再沒不真。」秋痕道：「癡珠，你聽！」突的轉身向北窗跪下，說道：「鬼神在上，劉梧仙負了韋癡珠，萬劫不得人身！」這會風刮得更大，月都陰陰沉沉的。癡珠驚愕，秋痕早起來說道：「你喝一杯酒。」一面說，一面紮起左邊小袖，露出藕般玉臂，把小刀一點，裂有八分寬，鮮血流溢。癡珠蹙著雙眉道：「這是何苦呢！創口大了，怕不好。」秋痕不語，將血接有小半杯，將酒沖下，兩人分喝了。趕著取塊絹包裹起來，停了一停，窗外淅淅瀝瀝的下起雨來。秋痕喜道：「我這會很喜歡，我們兩心如一，以後這地方你也不必多來，十天見一面罷。每月許他們的錢，儘可不給。至我總拚一個死，到那

---

[23]. 火盆：即炭火盆，燃燒炭火以取暖或烘物。

一天是我死期，我就死了。萬有一然，他們回心轉意，給我們圓成[24]，這是上天憐我，給我再生，我也不去妄想。」癡珠道：「這⋯⋯你一段的話，大有把握。」於是淺斟低酌，款款細談，盡了一壺酒，然後安寢。正是：

涕泗滂沱，止乎禮義；

信誓旦旦，我哀其志。

欲知後事，且聽下回分解。

作品賞析

《花月痕》是清代繼《紅樓夢》之後的又一部長篇言情小說，以青樓女子為主要中心人物，魯迅在《中國小說史略》中把描寫伶人生活的長篇小說《品花寶鑒》與《青樓夢》、《海上花列傳》與此同列為「清之狹邪小說」。

本篇選自第二十四回〈三生冤孽情海生波　九死癡魂寒宵割臂〉，故事從狗頭對秋痕由愛生恨，而後唆使旁人，欲加侵害開端，事發後，秋痕與韋癡珠雙雙淚眼相對，互許終生，情節佈局巧妙，以個人升沉榮枯相照，強調個人的命運的爭取與掌握。故事中的才子韋癡珠文雅風流，懷才不遇，小說的最後卻窮困而死，秋痕更為之殉情，隱藏了作者在窮困潦倒時，對自己的反照，反映出封建文人追求富貴功名的幻想和懷才不遇、自傷寥落的感情。而秋痕，雖身入苦海，墮入娼家，仍不甘沉淪，堅持自我，最終以死殉情，留下不滿於命運擺弄，起而奮力抗爭搏鬥的青樓女子形象。

《花月痕》的詩詞小品十分典雅，具有濃厚的文人氣息，文字纏

---

[24]. 圓成：圓滿成全。

綿悱惻，語帶哀怨，筆觸細膩，情感動人，是「鴛鴦蝴蝶派」小說的鼻祖，提到「鴛鴦蝴蝶」不下幾十處。鄭逸梅宣稱：「我對於小說，喜歡三部，一《花月痕》，二《紅樓夢》，三《三國演義》」。郭沫若提到《花月痕》對他有著「挑撥性」，「秋痕的幻影弄得人如醉如癡了」。然《花月痕》亦夾雜了不少妖異故事而遭到後人詬病。蔣瑞藻評：「《花月痕》小說，筆墨哀艷淒婉，為近代說部之上乘禪，惜後半所述妖亂事近於蛇足，不免白璧微瑕。」魯迅亦批評說：「至結末敘韓荷生戰績，忽雜妖異之事，早如情話未央，突來鬼語，尤為通篇蕪累矣」。

問題討論

一、試分析本篇人物形象與特質。

二、文中詞句表達出什麼樣的意境？

三、試比較本文的行文模式與「紅樓夢」有何不同？

俠義--《三俠五義‧第五回》

內容導讀

　　本篇節選自《三俠五義》[1]第五回〈墨斗剖明皮熊犯案　烏盆訴苦別古鳴冤〉。在《三俠五義》全書提到的重要案件中,「吳良圖財殺死僧人案」是最典型的代表作品,印證了包公在審斷案件時的認真取證、嚴密推理。包公在審查沈清一案時,見此人不像行凶人士。沈清也感到十分冤枉。包公心裡存疑,隨即至案發地點實地調查,拾得一墨斗,又發現六指的血印,於是斷定兇手的身分與特徵。本文在捉拿兇手與審判的過程寫得精彩萬分,可謂之「妙哉妙哉!大快人心。

作者介紹

　　石玉崑(約 1810 年～1871 年),字振之。天津人,因久住北京以說唱謀生,而被誤認為北京人。他的說唱技巧堪稱絕倫,尤擅長收集和包公有關的各種傳說,不論是戲曲或野史,都將之融會後再加以創新,讓故事內容更豐富、情節更曲折生動,因而能風靡京城,廣受讚譽。

課文說明

　　【本文】包公便將秋審[2]冊籍細細稽察,見其中有個沈清伽藍殿殺死僧人一案,情節支離[3]。便即傳出諭去,立刻升堂審問沈清一案。所有衙役三班早知消息,老爺暗自一路私訪而來,就知這位老爺的利害,一個個兢兢業業,早已預備齊全。一聞傳喚,立刻一班班進來,分立兩旁,喊了堂威。包公入座,標了禁牌[4],便吩咐:「帶沈清。」不多時,

---

[1]. 《三俠五義》:又名《忠烈俠義傳》,原題「石玉崑述」,為說唱本,後經文人潤色加工改編為章回小說;內容主要以包公故事為主軸,著重描述俠客們協助官府除暴安良的情節。
[2]. 秋審:明清兩代復審各省死刑案件的一種制度;因在每年秋季舉行而得名。
[3]. 支離:指分散,或殘缺不全。
[4]. 禁牌:亦稱「禁子」;指管監獄的人。

三峽五義・第五回

將沈清從監內提出，帶至公堂，打去刑具，朝上跪倒。包公留神細看，只見此人不過三旬年紀，戰戰兢兢，匍匐在塵埃，不像個行兇之人。包公看罷，便道：「沈清，你為何殺人？從實招來。」沈清哭訴道：「只因小人探親回來，天氣太晚，那日又濛濛下雨，地下泥濘，實在難行。素來又膽小，又不敢夜行；因在這縣南三里多地有個古廟，暫避風雨。誰知次日天未明，有公差在路，見小人身後有血跡一片。公差便問小人，從何而來，小人便將昨日探親回來、天色太晚、在廟內伽藍殿上存身的話，說了一遍。不想公差攔住不放，務要同小人回至廟中一看。哎呀，太爺呀！小人同差役到廟看時，見佛爺之旁有一殺死的僧人。小人實是不知僧人是誰殺的。因此二位公差將小人解至縣內，竟說小人謀殺和尚。小人真是冤枉！求青天大老爺照察[5]！」包公聞聽，便問道：「你出廟時，是什麼時候？」沈清答道：「天尚未明。」包公又問道：「你這衣服，因何沾了血跡？」沈清答道：「小人原在神櫥之下，血水流過，將小人衣服沾污了。」老爺聞聽，點頭，吩咐帶下，仍然收監。立刻傳轎，打道伽藍殿。包興伺候主人上轎，安好伏手。包興乘馬跟隨。

　　包公在轎內暗思：「他既謀害僧人，為何衣服並無血跡，光有身後一片呢？再者雖是刀傷，彼時並無兇器。」一路盤算，來到伽藍殿，老爺下轎，吩咐跟役人等不准跟隨進去，獨帶包興進廟。至殿前，只見佛像殘朽敗壞，兩旁配像俱已坍塌。又轉到佛像背後，上下細看，不覺暗暗點頭。回身細看神櫥之下，地上果有一片血跡迷亂。忽見那邊地下放著一物，便撿起看時，一言不發，攏入袖中，即刻打道回衙。來至書房，包興獻茶，回道：「李保押著行李來了。」包公聞聽，叫他進來。李保連忙進來，給老爺叩頭。老爺便叫包興傳該值的頭目進來。包興答應。去不多時，帶了進來，朝上跪倒。「小人胡成給老爺叩頭。」包公問道：「咱們縣中可有木匠麼？」胡成應道：「有。」包道：「你去多叫幾名來，我有緊要活計要做的，明早務要俱各傳到。」胡成連

---

[5]. 照察：明察。

忙答應，轉身去了。

到了次日，胡成稟道：「小人將木匠俱已傳齊，現在外面伺候。」包公又吩咐道：「預備矮桌數張，筆硯數分，將木匠俱帶至後花廳，不可有誤。去罷。」胡成答應，連忙備辦去了。這裏包公梳洗已畢，即同包興來至花廳，吩咐木匠俱各帶進來。只見進來了九個人，俱各跪倒，口稱：「老爺在上，小的叩頭。」包公道：「如今我要做各樣的花盆架子，務要新奇式樣。你們每人畫他一個，老爺揀好的用，並有重賞。」說罷，吩咐拿矮桌筆硯來。兩旁答應一聲，登時齊備。只見九個木匠分在兩旁，各自搜索枯腸，誰不願新奇討好呢？內中就有使慣了竹筆，拿不上筆來的；也有怯官的，戰戰哆嗦畫不像樣的；竟有從容不迫，一揮而就的。包公在座上，往下細細留神觀看。不多時，俱各畫完，挨次呈遞。老爺接一張，看一張；看到其中一張，便問道：「你叫什麼名字？」那人道：「小的叫吳良。」包公便向眾木匠道：「你們散去。將吳良帶至公堂。」左右答應一聲，立刻點鼓升堂。

包公入座，將驚堂木一拍，叫道：「吳良，你為何殺死僧人？從實招來！免得皮肉受苦。」吳良聽說，喫驚不小，回道：「小人以木匠做活為生，是極安分的，如何敢殺人呢？望乞老爺詳察。」老爺道：「諒你這廝決不肯招。左右，爾等[6]立刻到伽藍殿將伽藍神好好抬來。」左右答應一聲，立刻去了。不多時，將伽藍神抬至公堂。百姓們見把伽藍神泥胎抬到縣衙聽審，誰不要看看新奇的事，都來。只見包公離了公座，迎將下來，向伽藍神似有問答之狀。左右觀看，不覺好笑。連包興也暗說道：「我們老爺這是裝什麼腔兒呢？」只見包公從新入座，叫道：「吳良，適才神聖言道，你那日行凶之時，已在神聖背後留下暗記。下去比來。」左右將吳良帶下去。只見那神聖背後肩膀以下果有左手六指兒的手印；誰知吳良左手卻是六指兒，比上時絲毫不錯。吳良嚇的魂飛膽裂，左右的人無不吐舌，說：「這位大爺真是神仙，如何

---

[6]. 爾等：你們。

就知是木匠吳良呢？」殊不知包公那日上廟驗看時，地下撿了一物，卻是個墨斗[7]，又見那伽藍神身後有六指手的血印，因此想到木匠身上。

左右又將吳良帶至公堂跪倒。只見包公把驚堂木一拍，一聲斷喝，說：「吳良！如今真贓實犯，還不實說麼？」左右復又威嚇，說：「快招，快招！」吳良著忙道：「太爺不必動怒，小人實招就是了。」招房書吏在一旁寫供。

吳良道：「小人原與廟內和尚交好。這和尚素來愛喝酒，小人也是酒鬼。因那天和尚請我喝酒，誰知他就醉了。我因勸他收個徒弟，以為將來的收緣結果。他便說：『如今徒弟實在難收。就是將來收緣結果，我也不怕。這幾年的工夫，我也積攢了有二十多兩銀子了。』他原是醉後無心的話。小人便問他：『你這銀子收藏在何處呢？若是丟了，豈不白費了這幾年的工夫麼？』他說：『我這銀子是再丟不了的，放的地方人人再也想不到的。』小人就問他：『你到底擱在哪裏呢？』他就說：『咱們倆這樣相好，我告訴你，你可不許告訴別人。』他方說出將銀子放在伽藍神腦袋以內。小人一時見財起意，又見他醉了，原要用斧子將他劈死了。回老爺。小人素來拿斧子劈木頭慣了，從來未劈過人。乍乍兒的劈人，不想手就軟了，頭一斧子未劈中。偏遇和尚潑皮要奪我斧子。我如何肯讓他，又將他按住，連劈幾斧，他就死了。鬧了兩手血。因此上神桌，便將左手扶住神背，右手在神聖的腦袋內掏出銀子。不意留下了個手印子。今被太爺神明斷出，小人實實該死。」包公聞聽所供是實。又將墨斗拿出，與他看了。吳良認了是自己之物，因抽斧子落在地下。包公叫他畫供，上了刑具，收監。沈清無故遭屈，賞官銀十兩，釋放。

---

[7]. 墨斗：木工用來打直線的工具；從墨斗中拉出墨線，放到木材上，繃緊，提起墨線趁著彈力就打上了黑線。

作品賞析

　　本篇選自《三俠五義》，本名《忠烈俠義傳》，是古典長篇俠義公案小說經典之作。

　　在本回中，包拯升堂審查沈清一案，見此人不似行兇人士，沈清本人亦大聲喊**冤**，感到十分莫名，包公心裡存疑，又覺事有蹊蹺，隨即至案發地點實地調查，拾得一墨斗，又發現六指的血印，於是斷定兇手的身分與特徵。包拯在捉拿兇手與審判的過程中大膽假設、小心求證，情節寫得精彩萬分，可謂之妙哉妙哉，大快人心。

　　通篇語言明快生動，包拯在眾多俠客與義士的幫助下，除暴安良、行俠仗義，透過濃厚的傳奇色彩與曲折故事，其不畏強權、剛正嫉惡、處事幹練之形象由此飽滿，躍然紙上，塑造了一位鐵面無私的清廉好官。人物刻劃與情節發展相互映合，描寫極富世俗生活氣息，反映了現代人民的願望，表達了一般百姓對清明政治的嚮往和對是非善惡的價值觀判定。

　　魯迅在《中國小說史略》中說此書：「而獨于寫草野豪傑，輒奕奕有神，間或襯以世態，雜以詼諧，亦每令莽夫分外生色」。

問題討論

一、包公如何斷定兇手就是木匠？

二、你對於「包公」這個人物形象的評價為何？

三、試就本回小說舉例說明《三俠五義》的語言特色。

聊齋誌異・聶小倩

第二節、擬晉唐筆記小說選

《聊齋誌異・聶小倩》

內容導讀

　　本篇選自《聊齋誌異》[1]卷二。聶小倩本為吸食人精血的女鬼，在偶然的機遇之下竟被「生平無二色」且富有義氣的甯采臣給感動，因此沒有加害他。甯采臣不畏女鬼，實踐了遷葬小倩遺骨的諾言。小倩則為他打理家務事，以報答他的恩情。直到甯妻病故後，甯母終於不避諱地接納了她，人鬼姻緣終得圓滿的結局。

作者介紹

　　蒲松齡（1640年～1715年），字留仙，一字劍臣，別號柳泉居士。中國山東淄川（今淄博市淄川區）人，自稱異史氏，世稱「聊齋先生」。出身於沒落地主家庭，一生熱衷科舉，卻始終不得志，71歲時才破例補為貢生，因此對科舉制度的不合理深有感觸。他集畢生精力完成《聊齋誌異》八卷共四百九十一篇，約四十餘萬字。內容豐富，故事多取材自民間傳說和野史軼聞，將花妖狐魅和幽冥世界的事物人格化、社會化，充分表達了作者的愛憎感情和美好理想。作品繼承和發展了志怪傳奇文學的優秀傳統和表現手法，情節幻異曲折，跌宕多變，文筆簡練，敘次井然，被譽為中國古代文言短篇小說中成就最高的作品集。魯迅在《中國小說史略》中說此書是「專集之最有名者」。

課文說明

　　【本文】甯采臣，浙人。性慷爽，廉隅[2]自重。每對人言：「生平無

---

[1]. 《聊齋誌異》：簡稱《聊齋》，俗名《鬼狐傳》，是中國清代著名小說家蒲松齡的著作。
[2]. 廉隅：品行端正。

二色[3]。」適赴金華[4]，至北郭，解裝蘭若[5]。寺中殿塔壯麗；然蓬蒿沒人[6]，似絕行蹤。東西僧舍，雙扉虛掩；唯南一小舍，扃鍵[7]如新。又顧殿東隅，修竹拱把[8]；階下有巨池，野藕已花。意甚樂其幽杳。會學使按臨[9]，城舍價昂，思便留止，遂散步以待僧歸。日暮，有士人來，啟南扉。甯趨為禮，且告以意。士人曰：「此間無房主，僕亦僑居[10]。能甘荒落，旦晚惠教，幸甚。」甯喜，藉藁[11]代牀，支板作几[12]，為久客計。是夜，月明高潔，清光似水，二人促膝[13]殿廊，各展姓字[14]。士人自言：「燕姓，字赤霞。」甯疑為赴試諸生，而聽其音聲，殊不類浙。詰之，自言：「秦人。」語甚樸誠。既而相對詞竭，遂拱別歸寢。

【翻譯】甯采臣，他是浙江人。個性豪爽慷慨，行為端正而做人嚴肅。他每每對人宣稱：「我這輩子，除了妻子，不和第二個女人要好。」甯采臣剛好要到金華，到城北時，就在一座寺廟休息。這座寺廟的宮殿宮塔非常壯麗，只是蓬蒿雜草高得可以遮住人，好像沒有人出入的蹤景。東西邊有僧房，兩扇窗戶沒有關；只有南邊有間小屋子，鎖鍵像新的一樣。甯采臣又看看宮殿東邊的角落，那兒長有粗大修長的竹子，底下有座大池塘，裡頭的野蓮已經開花了，甯采臣內心非常喜歡這地

---

[3]. 無二色：指男子不娶妾。
[4]. 金華：府名，在今浙江省金華縣。
[5]. 蘭若：指寺院。
[6]. 沒人：遮蓋人的行蹤；沒，音ㄇㄛˋ。
[7]. 扃鍵：門鎖；扃，音ㄐㄩㄥ。
[8]. 拱：兩手合圍；把：一手所握。拱把常用來比擬樹木枝幹之大小；此處形容其大。
[9]. 學使按臨：學使，提督學政，即學政，專司各省學政之督察。科舉時代，各省學使在任期內，巡行所轄各府考試生員，稱之為「按臨」。
[10]. 僑居：借居。
[11]. 藁：束草。
[12]. 支板作几：用木板作几。
[13]. 促膝：對坐膝相接近的意思。
[14]. 姓字：姓名；字：表字。

聊齋誌異・聶小倩

方的幽靜清香。這時正好遇到學使主持的科舉考試，城裡頭旅館價格昂貴，甯采臣就想要留住在這地方。於是他就到處走走散散步，等廟裡的僧人回來。到了傍晚，有名讀書人來這裡，打開南邊的門。甯采臣趕緊往前向他行禮，並且告許對方自己想留住這兒的意思。那讀書人說：「這房間沒有主人，我也是寄居借住的人。我能夠忍受荒涼落寞的環境，有機會的話，早晚再向你請教，幸會幸會！」甯采臣很高興，就鋪些乾草來當床睡覺，拆幾片木板當作書几書桌，作長久寄住的打算。這一晚，月亮皎潔地高掛天空，清澈的月光柔和得好像流水。兩人在宮殿的走廊上面對面坐著，彼此互相介紹姓名。那讀書人自己說：「我姓燕，字叫做赤霞。」甯采臣猜他是來參加考試的秀才，可是聽他說話的聲音腔調，非常不像浙江人。甯采臣就問他，他自己說：「我是秦地來的人。」話說得十分簡樸、誠懇。不久，兩人面對面沒話說了，於是就互相拱拱手，回去睡覺。

【本文】甯以新居，久不成寐。聞舍北喁喁[15]，如有家口。起伏北壁石窗下，微窺之。見短牆外一小院落，有婦可四十餘；又一媼，衣（黑曷）緋[16]，插蓬沓[17]，鮐背[18]龍鍾[19]，偶語[20]月下。婦曰：「小倩何久不來？」媼云：「殆[21]好至矣。」婦曰：「將無向姥姥有怨言否？」曰：「不聞。但意似蹙蹙[22]」。婦曰：「婢子不宜好相識[23]。」言未已，有一十七八女子來，彷彿艷絕。媼笑曰：「背地不言人，我兩個正談道，小妖婢悄來無迹響。幸不訾著短處。」又曰：「小娘子端好是畫中人，遮莫[24]老身

---

[15]. 喁喁：相互低語交談聲；喁，音ㄩㄥˊ。
[16]. 衣（黑曷）緋：穿件褪色的紅綢衣；黑曷：音ㄩㄝˋ，變色、褪色；緋：紅綢布。
[17]. 插蓬沓：頭髮上簪插著大銀櫛。
[18]. 鮐背：駝背，也作「臺背」；鮐，音ㄊㄞˊ。
[19]. 龍鍾：衰老的樣子。
[20]. 偶語：相互談話。
[21]. 殆：差不多。
[22]. 蹙蹙：憂愁、不舒展；蹙，音ㄘㄨˋ。
[23]. 本句大意謂：對這個丫頭不能太遷就。
[24]. 遮莫：假使。

是男子，也被攝魂去。」女曰：「姥姥不相譽，更阿誰道好[25]？」婦人女子又不知何言。甯意其鄰人眷口，寢不復聽。又許時，始寂無聲。方將睡去，覺有人至寢所，急起審顧，則北院女子也。驚問之。女笑曰：「月夜不寐，願修燕好[26]。」甯正容曰：「卿防物議[27]，我畏人言；略一失足[28]，廉恥道喪。」女云：「夜無知者。」甯又咄之。女逡巡[29]若復有詞。甯叱：「速去！不然，當呼南舍生知。」女懼，乃退。至戶外復返，以黃金一鋌置褥上。甯掇擲庭墀[30]曰：「非義之物，污吾囊橐[31]！」女慚，出，拾金自言曰：「此漢當是鐵石。」

【翻譯】甯采臣因為是住在陌生的地方，很久都沒法入睡。忽然聽到屋子北邊有相互低語的交談聲音，好像有家丁在那裡。甯采臣就起來躲在北邊牆壁的石窗底下，暗中偷看。他看到矮牆外面有一個小庭園，有個大概四十多歲的婦人；又有一個老婆婆，穿著紅色的舊衣服，頭髮插著一根大銀櫛，駝著背，老態龍鍾的樣子；兩人在月光底下喃喃交談。婦人說：「小倩為什麼好久都沒來呢？」老婆婆說：「差不多就要來了。」婦人問：「她是不是對姥姥我有什麼怨言嗎？」老婆婆說：「倒是沒聽她說過，不過看她好像愁眉苦臉，悶悶不樂的樣子。」婦人說：「小妖婢真不該對她太好！」話還沒說完，一位十七八歲的女孩子來了，長得似乎非常艷麗。老婆婆笑著說：「背地裡不能說人長短的。我們兩人才正在談你呢！你這個小妖婢就無聲響地悄悄地來了，還好沒有罵到你的缺點。」老婆婆又說：「小娘子你真正美得好像畫出來的人一樣，假如我老人家是個男人的話，也要被你勾魂攝魄去了。」那女孩子說：「姥姥你不用誇我了，除了你又有誰會說我漂亮呢？」婦

---

[25]. 上兩句大意謂：姥姥不稱讚我，還有誰會說我好？
[26]. 修燕好：結為夫婦；燕好：指夫妻閨房之樂。
[27]. 物議：他人的議論，別人的說長道短。
[28]. 失足：失節。
[29]. 逡巡：進退失據的意思。
[30]. 墀：音ㄔˊ，臺階。
[31]. 囊橐：口袋、袋子。

聊齋誌異・聶小倩

人和那女孩子又不知道說了些什麼話。甯采臣內心以為這些是鄰居們的眷屬，就回去睡覺，不再聽了。又過了一些時候，才開始安靜無聲。甯采臣才正要睡去，忽然覺得有人來到他的臥房裡，急忙起來仔細地看看，原來就是剛剛北邊庭院的那女孩子。甯采臣嚇了一大跳問她來做什麼。女孩子笑著說：「有月亮的晚上，人家睡不著，想和你親熱親熱，要好要好。」甯采臣正經八百地說：「你要提防別人的議論，我也怕別人說話。這裡稍稍不謹慎的話，就丟光了廉恥心了。」女孩子說：「現在是半夜，沒有人會知道的。」甯采臣大聲責罵她。女孩子走來走去，好像想再說什麼話，甯采臣大聲罵說：「快走！否則，我就要叫那住南邊房子的人來了。」那女孩怕了起來，就退到屋子外面。她又再回來，拿著一錠黃金放在床鋪上面。甯采臣拿起那錠黃金丟到庭院的臺階上，說：「這是不義之財，不要弄髒了我的袋子。」女孩很慚愧的出去，拿起這錠黃金自言自語的說：「你這個人應該是鐵石心腸吧！」

【本文】詰旦[32]，有蘭溪[33]生攜一僕來候試[34]，寓於東廂，至夜暴亡。足心有小孔，如錐刺者，細細有血出。俱莫知故。經宿，僕亦死，症亦如之。向晚，燕生歸，甯質[35]之，燕以為魅。甯素抗直[36]，頗不在意。宵分，女子復至，謂甯曰：「妾閱人多矣，未有剛腸如君者。君誠聖賢，妾不敢欺。小倩，姓聶氏，十八夭殂，葬寺側，輒被妖物威脅，歷役賤務；腆顏向人，實非所樂。今寺中無可殺者，恐當以夜叉[37]來。」甯駭求計。女曰：「與燕生同室可免。」問：「何不惑燕生？」曰：「彼奇人也，不敢近。」問：「迷人若何？」「曰：「狎昵我者，隱以錐刺其足，彼即茫若迷，因攝血以供妖飲；又或[38]以金，非金也，乃羅剎[39]鬼骨，

---

[32]. 詰旦：次日早晨；詰，音ㄐㄧㄝˊ。
[33]. 蘭溪：縣名，在浙江省中部偏西。生：書生。
[34]. 候試：預備考試。
[35]. 質：詢問。
[36]. 抗直：正直不屈；抗：同「亢」。
[37]. 夜叉：梵語，佛教故事裡的一種惡鬼；亦作「藥叉」。
[38]. 或：有時。

留之能截取人心肝;二者,凡以投時好耳。」甯感謝,問戒備之期,答以明宵。臨別泣曰:「妾墮玄海[40],求岸不得。郎君義氣干雲[41],必能拔生救苦。倘肯囊妾朽骨,歸葬安宅[42],不啻再造。」甯毅然諾之。因問葬處,曰:「但記取白楊之上,有烏巢者是也。」言已出門,紛然而滅。

【翻譯】第二天早晨,有從蘭溪來的一名考生,帶著一名僕人來這參加考試,寄居在東邊的廂房,到了夜晚突然暴斃死亡,腳心有小小的洞,好像被針錐刺過,細細的有血流出來。大家都不知道原因。又過了一晚,連他的僕人也死掉了,症狀也跟他一樣。到了傍晚,燕生回來了,甯采臣就問他,燕生以為是鬼魅。甯采臣平常個性正直剛強,並沒有把這事放在心上。半夜,女子又來了,告訴甯采臣說:「我看過的人太多了,沒有一個像你這麼剛強,你實在是個聖賢,我不敢騙你。我叫小倩,姓聶。十八歲就死掉了,埋在廟的旁邊。我常被妖物威脅,屢次去做卑賤的事情。沒臉見人,這實在不是我內心想做的。現在寺廟中已沒有人可以殺了,恐怕半夜會有夜叉來殺你。」甯采臣很害怕,請求對方想辦法。女子說:「你只要和燕生在同一個房間裡就可以避免了。」甯采臣問:「你為何不去誘惑燕生呢?」女子說:「他是異人,邪物不敢接近。」。甯采臣又問道:「妳又是怎麼迷惑人的?」女子回答說:「凡是和我親熱的人,我就暗中拿著錐針刺他的腳,他就迷迷茫茫,就能提供給妖物來吸他的血;或是用一錠黃金,並非真的黃金,而是羅剎惡鬼的骨頭,留下他會截取人的心肝;這兩個都是投一般人的喜好。」甯采臣萬分感激,就問她什麼時候要戒備,聶小倩回答說:「明天晚上。」聶小倩要告別的時候,哭哭啼啼的說:「我不幸掉到苦海去,我想要脫離苦海登到岸邊,卻辦不到。郎君你的氣魄偉

---

[39]. 羅剎:梵語音譯,佛經裡通稱的惡鬼;善化美女,魅惑食人。
[40]. 玄海:佛語,苦海。
[41]. 干雲:凌雲。
[42]. 安宅:安室的處所;此指墓穴。

聊齋誌異・聶小倩

大衝上雲霄,一定能解救我脫離苦海。假如你願意收拾我的屍骨入袋,下葬到好地方,你就像我的再生父母。」甯采臣堅決的答應她。就問她屍骨埋在那裡,聶小倩說:「你只要記得白楊樹上有烏雀築巢的地方,那就是了。」聶小倩說完話就走出門外,突然間就不見了。

【本文】明日,恐燕他出,早詣邀致。辰後具酒饌,留意察燕。既約同宿,辭以性癖耽寂[43]。甯不聽,強攜臥具來。燕不得已,移榻從之。囑曰:「僕知足下丈夫,傾風良切[44]。要有微衷[45],難以遽白[46]。幸忽翻窺箧襆[47],違之,兩俱不利。」甯謹受教。既而各寢,燕以箱箧置窗上,就枕移時,齁[48]如雷吼。甯不能寐。近一更許,窗外隱隱有人影。俄而近窗來窺,目光睒閃[49]。甯懼,方欲呼燕,忽有物裂箧而出,耀若匹練[50],觸折[51]窗上石櫺[52],欻然[53]一射,即遽斂入[54],宛如電滅。燕覺而起,甯偽睡以覘之。燕捧箧檢徵[55],取一物,對月嗅視,白光晶瑩,長可二寸,逕韭葉許。已而數重包固,仍置破箧中。自語曰:「何物老魁,直爾大膽,致壞箧子。」遂復臥。甯大奇之,因起問之,且以所見告。燕曰:「既相知愛,何敢深隱。我,劍客也。若非石櫺,妖當立斃;雖然,亦傷。」問:「所緘[56]何物?」曰:「劍也。適嗅之,有妖氣。」甯

---

43. 性癖耽寂:性情孤癖,喜好清靜;耽:音ㄉㄢ,「眈」的異體字,嗜好。
44. 傾風良切:十分仰慕你的為人。
45. 微衷:心事。
46. 難以遽白:一時難以說清楚;遽:音ㄐㄩˋ,急,驟然。
47. 箧襆:箱子包袱;箧,音ㄑㄧㄝˋ。
48. 齁:睡中鼻息聲。
49. 睒閃:光亮閃爍。睒,音ㄕㄢˇ。
50. 匹練:白絹。
51. 觸折:撞斷。
52. 櫺:音ㄌㄧㄥˊ,窗格。
53. 欻然:猛然。欻,音ㄒㄩ。
54. 斂入:縮回到(箱子裡)。
55. 徵:徵象。
56. 緘:封藏。

欲觀之。慨出相示，熒熒[57]然一小劍也。於是益厚重燕。明日，視窗外有血迹。遂出寺北，見荒墳纍纍，果有白楊，烏巢其顛[58]。迨營謀既就[59]，趣裝[60]欲歸。燕生設祖帳[61]，情義殷渥[62]。以破革囊贈甯，曰：「此劍袋也。寶藏可遠魑魅[63]。」甯欲從受其術[64]。曰：「如君信義剛直，可以為此；然君猶富貴中人，非此道中人也。」甯乃託有妹葬此，發掘女骨，斂以衣衾，賃舟而歸。

【翻譯】第二天，甯采臣害怕燕生到別的地方去，就早早的前去邀請燕生見面。辰時以後就準備了酒菜，留意地看著燕生。後來就約他晚上睡一起，燕生就以個性孤僻安靜拒絕了。甯采臣不聽，硬是要帶著自己睡覺的用具來。燕生不得已，就移動自己的床鋪讓他睡在旁邊。說：「我知道你是個男子漢大丈夫，非常仰慕你的為人。我是有苦衷的，難以立刻說明白。拜託你別偷翻我的箱子及上面的布幔，你如果不聽從的話，對你我都不好。」甯采臣就誠懇的聽從他的吩咐。不久，兩人各自去睡覺了。燕生就把他的箱子放在上面，靠著枕頭稍微移動，打鼾聲音像打雷一樣。甯采臣睡不著。快到一更的時候，窗外隱隱地出現有人的影蹤。不久，這些人靠近窗邊來偷看，眼光閃閃爍爍。甯采臣害怕，正想要叫燕生。忽然有個東西穿裂箱子，亮得像一匹白布，打在窗上的石欄杆上，忽然速度很快的射出去，就立刻回到箱子，好像電閃了一下又滅掉。燕生察覺到了就起來。甯采臣裝睡以便偷看。燕生捧著箱子，撿起一個東西，在月光底下聞一聞，看一看，那個東西閃著晶瑩的白光，長約二寸，大概是韭菜葉子的長度。不久，

---

[57]. 熒熒：光芒狀。
[58]. 其顛：其頂。
[59]. 迨營謀既就：等他把要辦的事辦完；迨：音ㄉㄞˋ，等到。
[60]. 趣裝：急忙整理行裝；趣：同「促」。
[61]. 祖帳：祖，祭名，出行以前，祭路神之儀式；祖帳即為祖祭所設之帳；此用以代稱餞別。
[62]. 殷渥：情誼深厚。
[63]. 魑魅：鬼怪。魑，音ㄔ。
[64]. 術：此指劍術。

燕生牢牢的包了好幾層，把它放在破箱子。自言自語的說：「那裡來的老妖怪，如此大膽，把我的箱子弄壞了。」於是又再度睡覺。甯采臣大為驚訝，就起來問燕生，並且把他所看見的事情告訴燕生。燕生說：「既然承蒙您相知相愛，我那裡敢深深的隱瞞。我是一個劍客。剛才如果不是石欄杆，那個妖孽應該會立刻死了；即使這樣，恐怕也受傷不輕。」甯采臣就問：「你剛剛把什麼東西藏起來呢？」燕生說：「是一把寶劍。剛剛我聞一聞覺得有妖氣。」甯采臣想要看。燕生就大方的拿出來給他看，果然是一把亮晃晃的小寶劍，於是甯采臣更加的看重燕生。第二天，甯采臣看到窗戶外面有血跡。於是走到廟的北邊，看到重重疊疊的墳墓，果然有一棵白楊樹，有一烏雀在樹的頂端築巢。甯采臣等他把要辦的事辦完，就整理衣服打算要回去了。燕生就替他餞別，表現的情義非常親切、深厚。還把自己的破皮袋送給甯采臣，說：「這是一個劍袋，你好好的珍藏它，妖魔鬼怪不敢靠近。」甯采臣想要追隨燕生學劍術。燕生說：「你守信義、剛強正直，是可以修鍊的；但你仍是富貴家的人，而不是我們學道的人呀。」甯采臣假託有個妹妹埋葬在這裡，就把聶小倩的屍骨挖出來，用衣巾幫他收殮，租船回去了。

【本文】甯齋[65]臨野，因營墳葬諸齋外。祭而祝曰：「憐卿孤魂，葬近蝸居[66]，歌哭相聞，庶不見陵於雄鬼。一甌漿水飲，殊不清旨，幸不為嫌[67]。」祝畢而返，後有人呼曰：「緩待同行！」回顧，則小倩也。歡喜謝曰：「君信義，十死不足以報。請從歸，拜識姑嫜[68]，媵御[69]無悔。」

---

[65]. 齋：書齋；臨野：面對曠野。
[66]. 蝸居：自稱小屋。
[67]. 以上七句大意謂：我同情你是個孤獨的鬼魂，安葬你在靠近我書齋的地方，使我們聽得到彼此的歌聲、哭聲，希望你不再受到惡鬼的欺凌。一杯水酒祭奠你，實在算不得清甜，希望你不嫌棄。
[68]. 姑嫜：公婆。
[69]. 媵御：當作婢妾使喚；媵，音一ㄥˋ。

審諦[70]之，肌映流霞，足翹細筍[71]，白[72]晝端相，嬌艷尤絕。遂與俱至齋中。囑坐少待，先入白母。母愕然。時甯妻久病，母戒毋言，恐所駭驚。言次[73]，女已翩然入，拜伏地下。甯曰：「此小倩也。」母驚顧不遑。女謂母曰：「兒飄然一身，遠父母兄弟。蒙公子露覆[74]，澤被[75]髮膚，願執箕帚[76]，以報高義。」母見其綽約[77]可愛，始敢與言，曰：「小娘子惠顧吾兒，老身喜不可已。但生平止此兒，用承祧緒[78]，不敢令有鬼偶[79]。」女曰：「兒實無二心。泉下人，既不見信於老母，請以兄事[80]，依高堂，奉晨昏，如何？」母憐其誠，允之。即欲拜嫂。母辭以疾，乃止。女即入廚下，代母尸饔[81]。入房穿戶，似熟居者。日暮，母畏懼之，辭使歸寢，不為設牀褥。女窺知母意，即竟去。過齋欲入，卻退，徘徊戶外，似有所懼。生呼之。女曰：「室中劍氣畏人。向[82]道途之不奉見者，良以此故。」甯悟為革囊，取懸他室。女乃入，就燭下坐。移時，殊不一語。久之，問：「夜讀否？妾少誦《楞嚴經》[83]，今強半[84]遺忘。浼求一卷，夜暇，就兄正之。」甯諾。又坐，默然，二更向盡，不言去。甯促之。愀然[85]曰：「異域孤魂，殊怯荒墓。」甯曰：「齋中別

---

70. 審諦：仔細端詳；諦，音ㄉㄧˋ。
71. 足翹細筍：鞋尖翹起，彷若細筍一般。
72. 白：稟告。
73. 言次：說話間。
74. 露覆：喻霑潤恩澤；露：潤。《漢書‧晁錯傳》：「露覆萬民。」
75. 被：覆蓋。
76. 執箕掃：做灑掃一類的家務，做妻子的謙辭。
77. 綽約：秀媚狀。
78. 承祧緒：指傳宗接代；祧，音ㄊㄧㄠ，先祖宗廟。
79. 鬼偶：鬼妻。
80. 兄事：以兄禮相待。
81. 尸饔：料理廚事；尸：主持、負責。饔：音ㄩㄥ，熟食。
82. 向：前此。
83. 《楞嚴經》：佛經名，全名為《大佛頂如來密因修證了義諸菩薩行首楞嚴經》。
84. 強半：大半。
85. 愀然：酸楚狀；愀，音ㄑㄧㄠˇ。

聊齋誌異・聶小倩

無牀寢，且兄妹亦宜遠嫌。」女起，容顰蹙[86]而欲啼，足（人匡）儴[87]而懶步，從容出門，涉階而沒。甯竊憐之。欲留宿別榻，又懼母嗔[88]。女朝旦朝母，捧匜沃盥[89]，下堂操作，無不曲承母志。黃昏告退，輒過齋頭，就燭誦經。覺甯將寢，始慘然去。

【翻譯】甯采臣的書房靠近野外，因此就在野外設了一個墳墓，把聶小倩的屍骨埋在書房的外面，祭祀祈禱說：「我可憐妳是一個孤怜怜的鬼魂，把你埋葬在我住的地方，妳在唱歌或哭泣我都聽得到，這樣你就不會被男鬼欺負了吧！我準備一碗漿水給妳喝，雖然不是山珍海味，還是希望你不要嫌棄。」甯采臣祭祀祈禱結束，就要回去了，突然後面有人叫他說：「你走慢一點，等我跟你一起走！」甯采臣回頭看，原來是聶小倩。聶小倩很高興的答謝他說：「你果然是個守信用的人，我死再多次也無法報答你的大恩大德。請讓我隨你回去吧！拜見你的父母親，我即當你的小妾小婢我也不會後悔。」甯采臣就仔細的看著她，發覺她的臉白裡透紅，翹翹的腳尖好像細筍一般，尤其在白天時仔細看她，特別的嬌豔美麗。於是就和聶小倩一起來到書房，請她先坐一下，自己先進去向母親報告。甯采臣的母親十分驚愕。那時甯采臣的太太生病很久了，甯采臣的母親告訴他不要說，害怕她會受驚。話一說完，聶小倩就翩翩的進來了，拜伏在地下。甯采臣說：「母親，這就是小倩。」甯采臣的母親嚇得來不急躲。小倩就對甯采臣的母親說：「我飄飄然孤怜怜的自己一個人，遠離自己的父母兄弟。承蒙公子照顧我，對我有恩惠，他的恩澤覆蓋到我的每根頭髮、每寸肌膚了。我願意拿起掃帚做些清掃的事情來報答他對我深深的情義。」甯采臣的母親看到聶小倩的身材苗條，十分可愛的樣子，才敢跟她說話，說：「妳願意照顧我的兒子，我老人家高興的不得了。只是我生平只有

---

[86]. 顰蹙：皺眉狀。
[87]. （人匡）儴：同「劻勷」，音ㄎㄨㄤ ㄖㄤˊ，惶急貌。
[88]. 嗔：怒。
[89]. 捧匜沃盥：此指侍奉盥洗之事；匜：音一ˊ，盥器，用以盛水；沃盥：澆沃清洗。

這個兒子，我還盼望他祭祀祖先、傳宗接代，我不敢讓他有鬼妻。」小倩說：「我實在沒有別的心思。我這個鬼既然沒有辦法得到您老人家的信任，請求讓我把他當哥哥來侍奉。我就像您女兒一樣來投靠您，早晚服侍您，這樣如何啊？」甯采臣的母親可憐她一片誠懇，就答應了。聶小倩想拜見嫂嫂，母親以嫂嫂生病的理由拒絕了。聶小倩於是就進到廚房裡面，代替甯母料理飲食。聶小倩在房門進進出出，好像已經在這住很久似了。到了傍晚，甯母會害怕，聶小倩就告別回去睡覺，但甯家並沒有替聶小倩準備床被。聶小倩暗中知道甯母的意思，就離開了。她經過甯采臣的書房想進去，卻後退了，在外面走來走去，好像在怕什麼似的。甯采臣就叫她。聶小倩說：「你屋子裡有一股令人害怕的劍氣，從前在路上我不敢見你，正是這個原因。」甯采臣已經知道就是那口皮袋，就把它取來掛在別的房間。於是聶小倩才進到書房裡來，靠著燭火坐下來，經過一些時候都不說話。時間一久，聶小倩問甯采臣說：「晚上你讀書嗎？我小時候背過《楞嚴經》，現在大半忘記了。請求你給我一卷，晚上有空時可向哥哥請教。」甯采臣答應了。甯采臣又坐下來，沉默了，二更快結束時，聶小倩還不走。甯采臣就催促她。聶小倩臉色變憂愁的說：「我是他鄉的孤魂野鬼，特別害怕荒涼的墳墓。」甯采臣說：「書房裡沒有別的床被，況且我們是兄妹，也應該離遠一點來避嫌啊。」聶小倩愁眉苦臉，眼淚快要流下，她的腳步歪歪倒倒地捨不得離開，最後才慢慢的出去，經過臺階就突然不見了。甯采臣私底下可憐她，想要留她到別的房間住一晚，又害怕母親會生氣。聶小倩每天早上都來覲見甯母，侍奉她盥洗之事，還到廚房裡煮飯做菜，沒有一件事不是盡量委屈自己去奉承甯母的心意。到了黃昏要告退了，每每會經過甯采臣書房的前面，就靠近書房背起《楞嚴經》來。當聶小倩覺得甯采臣要睡覺了，才臉色悲慘的離開。

【本文】先是，甯妻病廢，母劬[90]不可堪；自得女，逸甚。心德之。日漸稔，親愛如己出，竟忘其為鬼；不忍晚令去，留與同臥起。女初

---
[90]. 劬：音ㄑㄩˊ，勞苦操作。

聊齋誌異・聶小倩

來未嘗食飲，半年漸啜稀糜[91]。母子皆溺愛之，諱言其鬼，人亦不之辨也。無何，甯妻亡。母陰有納女意，然恐於子不利。女微窺之，乘間告母曰：「居年餘，當知兒肝鬲[92]。為不欲禍行人，故從郎君來。區區[93]無他意，止以公子光明磊落，為天人所欽矚[94]，實欲依贊三數年，借博封誥[95]，以光泉壤。」母亦知其無惡，但懼不能延宗嗣。女曰：「子女唯天所授。郎君註福籍[96]，有亢宗子[97]三，不以鬼妻而遂奪也。」母信之，與子議。甯喜，因列筵告戚黨。或請覯[98]新婦，女慨然華妝出，一堂盡眙[99]，反不疑其鬼，疑為仙。由是五黨[100]諸內眷，咸執贄[101]以賀，爭拜識之。女善畫蘭梅，輒以尺幅酬答，得者藏什襲[102]以為榮。

【翻譯】起初，甯采臣的太太生病，躺在床上，甯母非常勞苦，甚至到了難以忍受的地步；自從有了小倩這個女兒之後，就非常舒服。內心十分感激。一天天逐漸熟悉了之後，甯母疼愛小倩，就好像是自己的女兒，竟然忘了她其實是鬼；不忍晚上叫她走，就留她下來一起生活。聶小倩剛來的時候，不曾吃不曾喝，半年後，漸漸會吃稀飯了。甯采臣母子都十分的疼愛她，很忌諱說她是鬼，而別人也分不出來。沒多久，甯采臣的太太過世了，甯母暗中有意納聶小倩為媳婦，但是又害怕對自己的兒子不利。聶小倩略微看出來了，利用機會向甯母說：「我來家裡住一年多了，你應該知道我的內心，我正是因為不想加害

---

[91]. 糜：音ㄇㄧˇ，粥湯。
[92]. 肝鬲：指人心；鬲：同「膈」，橫膈膜。
[93]. 區區：自謙詞。
[94]. 欽矚：敬重、重視。
[95]. 封誥：此指丈夫得官，妻子因而受封。
[96]. 註福籍：註定命中享有福澤；福籍：傳說記載人間福祿的籍典。
[97]. 亢宗子：稱能光大宗族地位者。亢宗：光宗耀祖。
[98]. 覯：見。
[99]. 眙：音ㄔˋ，盯著，在此形容驚訝詫異之貌。
[100]. 五黨：疑為「五宗」，指五服內之親族。
[101]. 贄：音ㄓˋ，見面禮。
[102]. 什襲：珍視收藏之。

來來往往的行人,所以才跟隨郎君來這裡。只因為公子做人光明磊落,他被天地的鬼神、陽間的人們所欽佩,我實在很想依靠他、幫助他三、五年,藉公子博得光榮的名聲,讓我在九泉底下也感覺光采。」甯母知道聶小倩沒有惡意,又害怕自己的兒子無法傳宗接代。小倩說:「子女是老天爺所給的。郎君在福命簿已註定了,他將來會有三個光宗耀祖的兒子,不會因為娶了鬼妻有所改變的。」甯母相信了,和兒子商量。甯采臣很高興,因此準備酒席告訴親朋好友。其中就有人請求見見新娘子,聶小倩大方地化著漂亮的妝出來,滿屋子大家都眼睛一亮,反而不懷疑她是鬼,而認定她是仙女下凡來的。從此各方親戚、許多眷屬們都帶著禮物來拜賀,爭先恐後的來認識聶小倩。聶小倩很擅長畫蘭花、梅花,她往往畫一幅畫來答謝人家,得到她的畫的人會把畫珍藏起來。

【本文】一日,俛頸[103]窗前,怊悵若失。忽問:「革囊何在?」曰:「以卿畏之,故緘置他所。」曰:「妾受生氣已久,當不復畏,宜取挂牀頭。」甯詰其意。曰:「三日來,心怔忡[104]無停息,意金華妖物,恨妾遠遁,恐旦晚尋及也。」甯果攜革囊來。女反覆審視,曰:「此劍仙將盛人頭者也。敝敗至此,不知殺人幾何許!妾今日視之,肌猶粟慄[105]。」乃懸之。次日,又命移懸戶上。夜對燭坐,約甯勿寢。欻[106]有一物,如飛鳥墮,女驚匿夾幙[107]間。甯視之,物如夜叉狀,電目血舌,睒閃攫拏而前[108]。至門卻步;逡巡久之,漸近革囊,以爪摘取,似將抓裂。囊忽格然一響,大可合簣[109];恍惚有鬼物,突出半身,揪夜叉入,聲

---

[103]. 俛頸:低頭;俛:同「俯」。
[104]. 怔忡:不寧狀;怔,音ㄓㄥ。
[105]. 粟慄:因害怕而起雞皮疙瘩。
[106]. 欻:忽。
[107]. 夾幙:帷帳、幕帳;幙,音ㄇㄨˋ。
[108]. 本句大意謂:閃爍著兇光,張牙舞爪撲向前來;睒:閃爍;攫:音ㄐㄩㄝˊ,抓取。
[109]. 大可合簣:合起來約有兩個竹筐那麼大;簣:音ㄎㄨㄟˋ,盛土竹器。

聊齋誌異・聶小倩

遂寂然，囊亦頓縮如故。甯駭詫。女亦出，大喜曰：「無恙矣！」共視囊中，清水數斗而已。後數年，甯果登進士。女舉一男。納妾後，又各生一男，皆仕進有聲。

【翻譯】有一天，聶小倩在窗戶前低著頭，內心不舒服，好像失去什麼東西似的。忽然問道：「那口皮袋子在哪兒呢？」甯采臣說：「因為你會害怕，所以將它收藏起來放到別的地方去了。」聶小倩說：「我接受人氣已經很久了，應該不會害怕，最好把它拿出來掛在床頭。」甯采臣問她有何用意。聶小倩說：「這三天來，我的心感到驚惶恐懼從沒有停止過，我想金華那個老妖怪，一定很恨我逃到遙遠的地方，我害怕他早晚會找過來。」甯采臣果然把那一個皮袋子帶來了。聶小倩反覆地看來看去說：「這口皮袋是劍仙拿來裝人頭的啊！沒想到破敗到這樣的地步，不知道殺過多少人，我今天看它的時候，我還嚇得起雞皮疙瘩呢。」於是就把它掛起來。隔天，聶小倩又叫甯采臣把那口袋子移到窗戶上。夜晚兩個人對著燭火坐著，聶小倩與甯采臣相約不要睡覺。突然間出現一個東西，好像一隻飛鳥掉下來。聶小倩嚇得躲在帷幕裡面。甯采臣看那個東西好像夜叉一樣，眼睛像電一樣亮，吐出紅豔的巨舌，眼光閃爍著兇光，張牙舞爪地向前衝過來。但到了門口停下來了，在外面走來走去，時間一久，又靠了過來，用爪子抓取皮袋，好像要把它抓破。那個袋子突然格的一聲變大，大的像兩個竹籠合起來那麼大；隱約冒出一個鬼，突出了上半身，就捉住夜叉丟進袋子裡去，於是聲音就安靜下來了，皮口袋也立刻收縮就像原本的樣子。甯采臣十分的詫異驚駭。聶小倩也出來了，高興的說：「我們安全了！」兩人一起看看袋子裡，原來是幾斗清水罷了。幾年後，甯采臣果然考取了進士。聶小倩也生了一個男孩。後來甯采臣納妾後，又各生了一個男孩。這三個兒子後來都考取功名，都當了官員很有名聲。

作品賞析

這是一篇人鬼相戀的愛情故事。以聶小倩的覺醒及反抗為主要線

索，連綴情節的發展，並生動地刻劃了聶小倩這個充滿人性的鬼魅的豐滿形象。

聶小倩原是一名女鬼，她在金華城北的一座荒廟中初遇甯采臣，欲以美色、黃金引誘相害，沒想到反遭甯生斥喝責退，然小倩並未因此惱羞成怒，反而生發讚嘆與慚愧之情，她為甯生的剛直深受感動，為自己的卑污感到可恥。作者在這裡塑造了一個富於人性的女鬼形象，她具有人性最初的良善，卻因遭受邪惡所逼而失去自由，被迫從事害人的勾當，她既是害人者同時也是一名受害者，內心充滿矛盾與痛苦，小說恰如其分的描繪了小倩在因甯采臣的嚴斥下而慚過的內心掙扎，展現了其性格中美好的良善。

聶小倩不甘於受邪惡勢力的控制，尋求機會進行頑強的反抗，最終求得解放，甯生將小倩屍骨遷回故鄉，小倩為報恩便為其操持家務，甯母首先對其並無好感，懼其為鬼魅，但見小倩的勤勞、賢慧與善良後，反轉為疼愛，聶小倩為美好生活的努力再一次獲得了回報，最終與心愛之人結為連理。

本篇雖言鬼事，實指人事。聶小倩代表的是典型的封建社會中受壓迫的婦女形象，僵化的制度與禮教下，聶小倩轉而成為了勇於追求美好生活，渴望自由的嚮往。蒲松齡借說鬼巧妙的通過對人物的心理描寫，揭示了人物豐富而複雜的精神世界，人物心理隨著情節安排而逐漸有所轉變，使得角色形象更為豐滿。通篇描寫細膩，語言多彩凝鍊，洗練明快，情趣盎然。

問題討論

一、本文給你什麼啟示？

二、聶小倩是怎樣的一個鬼魅？說說你對她的看法。

三、你能再舉出一個有關人鬼戀的故事，並加以說明嗎？

閱微草堂筆記・鬼隱

《閱微草堂筆記・鬼隱》

內容導讀

本篇選自《閱微草堂筆記》[1]〈灤陽消夏錄六〉。〈鬼隱〉這一篇採用寓言的形式，敘述一位明代縣令因厭惡宦海風波，死後改做陰間的官職，沒料到陰間的官場險惡污濁的程度與陽世完全無異。這位縣令在失望之極只好辭去陰間的官職，隱居到荒山裡去。他認為在荒山裡雖感到孤寂冷清，但比起陰陽兩界的官場來，倒覺得有如天堂一般。作者雖託言這是明末的事，而其用意即是抨擊同樣腐敗的清代官場。

作者介紹

紀昀（1724年～1805年），字曉嵐，又字春帆。晚號石雲，又號觀弈道人、孤石老人，諡號文達。文學作品、通俗談論中一般稱之為紀曉嵐。清朝直隸獻縣（今中國河北獻縣）人。清代著名學者，曾任乾隆年間禮部尚書、協辦大學士和《四庫全書》總纂修官，《四庫全書》的總校定成為清代二大文治之一。

本文翻譯

【本文】戴東原[2]言：明季有宋某者，卜葬地至歙縣深山中[3]。日薄暮，風雨欲來，見巖下有洞，投之暫避。聞洞內人語曰：「此中有鬼，君勿入。」問：「汝何以入？」曰：「身即鬼也。」宋請一見。

【翻譯】戴東原說：明朝末年有一位姓宋的人，為了查看墓地風水，前往歙縣的深山之中。傍晚，風雨將至，宋某看到山巖下有個洞窟，便入內暫時躲避風雨。進洞之後，聽聞洞內有人的聲音告誡說：「這

---

[1]. 《閱微草堂筆記》：清代文言筆記小說代表作之一，內容既包含了故老遺聞、官場百態，也有奇事軼聞、神鬼狐魅及各種鄉野奇談等共有一千餘則，它縱橫了各個角度，揭示社會的種種矛盾，顯現了不同階級人物的善行與惡跡。

[2]. 戴東原：即戴震（公元1724年～1777年），清代著名的學者、思想家。乾隆時舉人；曾參與纂修《四庫全書》。後賜進士出身，授庶吉士。

[3]. 卜葬地：查看墓地風水。

兒有鬼，你別進來。」宋某答道：「那麼你為何進來了呢？」那聲音道：「我就是鬼。」宋某就請他現身見面。

【本文】曰：「與君相見，則陰陽氣戰，君必寒熱小不安。不如君爇火⁴自衛，遙作隔座談也。」宋問：「君必有墓，何以居此？」

【翻譯】那鬼說道：「與你相見，鬼的陰氣與人的陽氣交戰，你必定會感到寒氣與熱氣相逼而略不安適。不如你燒個火堆，以作自保，遠遠地隔著火堆交談。」宋某問：「你必然原有屬於你的墳墓，為什麼在這居住呢？」

【本文】曰：「吾神宗⁵時為縣令，惡仕宦者貨利相攘，進取相軋⁶，乃棄職歸田。歿而祈于閻羅⁷，勿輪迴人世。遂以來生祿秩⁸，改註陰官⁹。不虞幽冥之中，相攘相軋，亦復如此，又棄職歸墓。墓居羣鬼之間，往來囂襍¹⁰，不勝其煩，不得已避居於此。雖淒風苦雨，蕭索難堪，較諸宦海風波，世途機穽，則如生忉利天¹¹矣。寂歷空山，都忘甲子。與鬼相隔者，不知幾年；與人相隔者，更不知幾年。自喜解脫萬緣，冥心造化，不意又通人跡，明朝¹²當即移居。武陵漁人勿再訪桃花源也¹³。」語訖，不復酬對。問其姓名，亦不答。宋攜有筆硯，因濡墨大書「鬼隱」兩字于洞口而歸。

---

⁴. 爇火：對燃火堆。爇，音ㄖㄜˋ，又音ㄖㄨㄛˋ。
⁵. 神宗：指明神宗萬曆，公元1573年至1620年在位。
⁶. 以上兩句大意謂：我厭惡為官的相競於財貨與權位；相攘、相軋：互相排斥。
⁷. 閻羅：梵文「閻魔羅闍」的簡譯，傳說是主管地獄的神。
⁸. 祿秩：官級。
⁹. 改註陰官：註，以才能來安排官職；此處意謂改註到陰間做官。
¹⁰. 囂襍：喧鬧雜沓。襍：「雜」的異體字。
¹¹. 忉利天：佛經之第三十三天，即兜率天；這是說，鬼的生活雖苦，但比人世則是天上地下，要好得多了。忉，音ㄉㄠ。
¹². 明朝：明天早晨。
¹³. 武陵漁人勿再訪桃花源也：出自陶潛的〈桃花源記〉；說有一漁人，自桃花源入一洞，見有秦時避亂者後裔居其間，生活恬然，令人嚮往；而出來後卻再也遍尋不著了。後世因以稱避世隱居之處為「世外桃源」。

閱微草堂筆記・鬼隱

【翻譯】那鬼說道：「我是明神宗時的縣令，因厭惡為官的人貨物財利互相侵奪，為謀進取互相排擠，於是摒棄了官職，回歸田居。死後請求閻王，莫使我再轉世為人。就以來世的官等，改做陰間的官職。沒想到陰曹地府，互相侵奪排擠的事，也與人間一樣，我又棄了陰官回到墓裡。我的墳墓在群鬼的墓之中，來來往往喧鬧紛雜，不堪別人的打擾，逼不得已，躲來這兒居住。雖然境況悲慘淒涼，冷落衰頹難以承受，但比起官宦間的勾心鬥角，人世間的機關陷阱，就好像在天堂一樣。過著寂靜空曠的山居日子，都忘了歲月的流逝。與鬼群時間的差異，不知過了幾年；與人群的空間距離，更不知過了幾年。我自樂於擺脫世俗的一切因緣，收斂妄念，化育於大自然之中，沒想到又與人相遇，明日早晨應該會搬離此地。你就別再來這如桃花源的地方了。」說完，就不再回答。宋某問這鬼的姓名，也不回答。宋某帶著毛筆硯臺，因而沾了墨，在洞口寫上鬼隱兩個大字，然後就回去了。

作品賞析

　　本文敘述一位明代縣令因厭惡宦海風波，不堪官場傾軋，去職歸家，歿後不願再經輪迴，向陰司提出請求，來生不到陽間做官了，改任陰間的官職，沒料到陰間的官場險惡汙濁之程度與陽世完全無異，在失望之極只好也辭去陰間的官職，隱居到荒山裡去，避開群鬼，以求身心的平靜。他認為在荒山裡雖感到孤寂冷清，但比起陰陽兩界的官場來，倒覺得有如天堂一般。

　　作者雖託言這是明末的事，而其用意即是抨擊同樣腐敗的清代官場，藉由寓言的形式委婉表達了對汙濁險惡的政治現象感到的無奈與不滿，並心生嚮往尋求一如桃花源般平靜的生活，隔絕外世的紛紛擾擾，全文語言明暢，寓意深刻。

問題討論

一、宋某為何臨走前在洞口書寫了「鬼隱」二字？

二、作者想藉這篇寓言表達什麼思想？

三、讀完本文，你有何感想？

中國小說卷

第七章、民國之現代小說

　　民國時期的小說分期，可分為：五四年代之白話小說、三〇年代之左翼與自由小說，以及四〇年代之戰爭小說。茲列舉如下：

第一節、五四年代之白話小說選（1911年～1925年）

《吶喊·狂人日記》

內容導讀

　　〈狂人日記〉是魯迅的一篇短篇小說，收錄在魯迅的短篇小說集《吶喊》[1]中。它也是中國第一篇現代白話文小說。首發表於1918年5月15日第四卷第五號《新青年》月刊。內容大致上是一個患了被害妄想症的主角「狂人」，以日記方式寫成的自述，簡練表露出魯迅對中國傳統陋習的諷刺與譴責。魯迅在篇中視仁義道德為吃人的工具，表現出他對傳統社會的迷信、殘酷和虛偽感到悲憤。

作者介紹

　　周樹人（1881年～1936年），筆名魯迅，是二十世紀中國重要的作家，也是新文化運動的領導人、左翼文化運動的支持者。魯迅的作品包括中短篇小說、雜文、評論、散文、翻譯作品等總字數超過一千萬言，出版有小說集《吶喊》、《徬徨》[2]與《故事新編》[3]等，被稱為「中

---

[1]. 《吶喊》：收錄了魯迅於1918年至1922年所寫的十四篇小說，包括〈狂人日記〉、〈阿Q正傳〉、〈孔乙己〉、〈藥〉等。

[2]. 《徬徨》：收錄了魯迅於1924年至1925年所寫的十一篇小說，包括〈祝福〉、〈傷逝〉、〈在酒樓上〉、〈肥皂〉等。

[3]. 《故事新編》：是魯迅以遠古神話和歷史傳說為題材而寫成的短篇小說集，收錄了魯迅在1922年至1935年間創作的八篇短篇小說；分別是：〈補天〉、〈奔月〉、〈理水〉、〈采薇〉、〈鑄劍〉、〈出關〉、〈非攻〉、〈起死〉，外加一篇〈序言〉。故事有趣，想像豐富。

第七章、民國之現代小說--狂人日記

國現代文學之父」。代表作是〈狂人日記〉與〈阿Q正傳〉，其中〈狂人日記〉是以日記體形式寫成，而〈阿Q正傳〉則是運用紀傳體的方式寫成，可視為「以小說改良社會」的典範，對於五四運動後的中國文學產生了深刻的影響。

課文說明

【本文】

(一)

今天晚上，很好的月光。

我不見他，已是三十多年；今天見了，精神分外爽快。才知道以前的三十多年，全是發昏；然而須十分小心。不然，那趙家的狗，何以看我兩眼呢？

我怕得有理。

(二)

今天全沒月光，我知道不妙。早上小心出門，趙貴翁的眼色便怪：似乎怕我，似乎想害我。還有七八個人，交頭接耳的議論我，又怕我看見。一路上的人，都是如此。其中最凶的一個人，張著嘴，對我笑了一笑；我便從頭直冷到腳跟，曉得他們布置，都已妥當了。

我可不怕，仍舊走我的路。前面一夥小孩子，也在那裡議論我；眼色也同趙貴翁一樣，臉色也都鐵青。我想我同小孩子有什麼仇，他也這樣。忍不住大聲說，「你告訴我！」他們可就跑了。

我想：我同趙貴翁有什麼仇，同路上的人又有什麼仇；只有廿年以前，把古久先生的陳年流水簿子[4]，踹了一腳，古久先生很不高興。

---

[4]. 古久先生的陳年流水簿子：比喻中國封建社會統治的長久歷史。

趙貴翁雖然不認識他，一定也聽到風聲，代抱不平；約定路上的人，同我作冤對。但是小孩子呢？那時候，他們還沒有出世，何以今天也睜著怪眼睛，似乎怕我，似乎想害我。這真教我怕，教我納罕而且傷心。

我明白了。這是他們娘老子教的！

（三）

晚上總是睡不著。凡事須得研究，才會明白。

他們～也有給知縣打枷過的，也有給紳士掌過嘴的，也有衙役占了他妻子的，也有老子娘被債主逼死的；他們那時候的臉色，全沒有昨天這麼怕，也沒有這麼凶。

最奇怪的是昨天街上的那個女人，打他兒子，嘴裡說道，「老子呀！我要咬你幾口才出氣！」他眼睛卻看著我。我吃了一驚，遮掩不住；那青面獠牙的一夥人，便都哄笑起來。陳老五趕上前，硬把我拖回家中了。

拖我回家，家裡的人都裝作不認識我；他們的眼色，也全同別人一樣。進了書房，便反扣上門，宛然是關了一隻雞鴨。這一件事，越教我猜不出底細。

前幾天，狼子村的佃戶來告荒，對我大哥說，他們村裡的一個大惡人，給大家打死了；幾個人便挖出他的心肝來，用油煎炒了吃，可以壯壯膽子。我插了一句嘴，佃戶和大哥便都看我幾眼。今天才曉得他們的眼光，全同外面的那夥人一模一樣。

想起來，我從頂上直冷到腳跟。

他們會吃人，就未必不會吃我。

你看那女人「咬你幾口」的話，和一夥青面獠牙人的笑，和前天

第七章、民國之現代小說--狂人日記

佃戶的話，明明是暗號。我看出他話中全是毒，笑中全是刀。他們的牙齒，全是白厲厲的排著，這就是吃人的傢伙。

照我自己想，雖然不是惡人，自從踹了古家的簿子，可就難說了。他們似乎別有心思，我全猜不出。況且他們一翻臉，便說人是惡人。我還記得大哥教我做論，無論怎樣好人，翻他幾句，他便打上幾個圈；原諒壞人幾句，他便說「翻天妙手，與眾不同」。我那裡猜得到他們的心思，究竟怎樣；況且是要吃的時候。

凡事總須研究，才會明白。古來時常吃人，我也還記得，可是不甚清楚。我翻開歷史一查，這歷史沒有年代，歪歪斜斜的每頁上都寫著「仁義道德」幾個字。我橫豎睡不著，仔細看了半夜，才從字縫裡看出字來，滿本都寫著兩個字是「吃人」！

書上寫著這許多字，佃戶說了這許多話，卻都笑吟吟的睜著怪眼睛看我。

我也是人，他們想要吃我了！

(四)

早上，我靜坐了一會。陳老五送進飯來，一碗菜，一碗蒸魚；這魚的眼睛，白而且硬，張著嘴，同那一夥想吃人的人一樣。吃了幾筷，滑溜溜的不知是魚是人，便把他兜肚連腸的吐出。

我說「老五，對大哥說，我悶得慌，想到園裡走走。」老五不答應，走了；停一會，可就來開了門。

我也不動，研究他們如何擺布我；知道他們一定不肯放鬆。果然！我大哥引了一個老頭子，慢慢走來；他滿眼凶光，怕我看出，只是低頭向著地，從眼鏡橫邊暗暗看我。大哥說，「今天你彷彿很好。」我說「是的。」大哥說，「今天請何先生來，給你診一診。」我說「可以！」其實我豈不知道這老頭子是劊子手扮的！無非藉了看脈這名目，揣一

揣肥瘠：因這功勞，也分一片肉吃。我也不怕；雖然不吃人，膽子卻比他們還壯。伸出兩個拳頭，看他如何下手。老頭子坐著，閉了眼睛，摸了好一會，呆了好一會；便張開他鬼眼睛說：「不要亂想。靜靜的養幾天，就好了。」

不要亂想，靜靜的養！養肥了，他們是自然可以多吃；我有什麼好處，怎麼會「好了」？他們這群人，又想吃人，又是鬼鬼祟祟，想法子遮掩，不敢直接下手，真要令我笑死。我忍不住，便放聲大笑起來，十分快活。自己曉得這笑聲裡面，有的是義勇和正氣。老頭子和大哥，都失了色，被我這勇氣正氣鎮壓住了。

但是我有勇氣，他們便越想吃我，沾光一點這勇氣。老頭子跨出門，走不多遠，便低聲對大哥說道，「趕緊吃罷！」大哥點點頭。原來也有你！這一件大發見，雖似意外，也在意中：合夥吃我的人，便是我的哥哥！

吃人的是我哥哥！

我是吃人的人的兄弟！

我自己被人吃了，可仍然是吃人的人的兄弟！

（五）

這幾天是退一步想：假使那老頭子不是劊子手扮的，真是醫生，也仍然是吃人的人。他們的祖師李時珍做的「本草什麼」[5]上，明明寫著人肉可以煎吃；他還能說自己不吃人麼？

至於我家大哥，也毫不冤枉他。他對我講書的時候，親口說過可

---

[5]. 本草什麼：指《本草綱目》，明代醫學家李時珍的藥學著作，共五十二卷。該書曾經提到唐代陳藏器《本草拾遺》中以人肉醫治癆的記載，並表示了異議。

第七章、民國之現代小說--狂人日記

以「易子而食」⁶；又一回偶然議論起一個不好的人，他便說不但該殺，還當「食肉寢皮」⁷。我那時年紀還小，心跳了好半天。前天狼子村佃戶來說吃心肝的事，他也毫不奇怪，不住的點頭。可見心思是同從前一樣狠。既然可以「易子而食」，便什麼都易得，什麼人都吃得。我從前單聽他講道理，也糊塗過去；現在曉得他講道理的時候，不但唇邊還抹著人油，而且心裡滿裝著吃人的意思。

（六）

黑漆漆的，不知是日是夜。趙家的狗又叫起來了。

獅子似的凶心，兔子的怯弱，狐狸的狡猾，……

（七）

我曉得他們的方法，直接殺了，是不肯的，而且也不敢，怕有禍祟。所以他們大家連絡，布滿了羅網，逼我自戕。試看前幾天街上男女的樣子，和這幾天我大哥的作為，便足可悟出八九分了。最好是解下腰帶，掛在梁上，自己緊緊勒死；他們沒有殺人的罪名，又償了心願，自然都歡天喜地的發出一種嗚嗚咽咽的笑聲。否則驚嚇憂愁死了，雖則略瘦，也還可以首肯幾下。

他們是只會吃死肉的！～記得什麼書上說，有一種東西，叫「海乙那」⁸的，眼光和樣子都很難看；時常吃死肉，連極大的骨頭，都細細嚼爛，嚥下肚子去，想起來也教人害怕。「海乙那」是狼的親眷，狼

---

6. 易子而食：語見《左傳》宣公十五年，是宋將華元對楚將子反敘說宋國都城被楚軍圍困時的慘狀；「敝邑易子而食，析骸而爨。」
7. 食肉寢皮：語出《左傳》襄公二十一年，晉國州綽對齊莊公說：「然二子者，譬於禽獸，臣食其肉而寢處其皮矣；（二子，指齊國的殖綽和郭最，他們曾被州綽俘虜過。）
8. 海乙那：英語 hyena 的音譯，即鬣狗，又名土狼，一種食肉獸，常跟在獅虎等猛獸之後，以牠們吃剩的獸類殘屍為食。

是狗的本家。前天趙家的狗，看我幾眼，可見他也同謀，早已接洽。老頭子眼看著地，豈能瞞得過我。

最可憐的是我的大哥，他也是人，何以毫不害怕；而且合夥吃我呢？還是歷來慣了，不以為非呢？還是喪了良心，明知故犯呢？

我詛咒吃人的人，先從他起頭；要勸轉吃人的人，也先從他下手。

（八）

其實這種道理，到了現在，他們也該早已懂得，……

忽然來了一個人；年紀不過二十左右，相貌是不很看得清楚，滿面笑容，對了我點頭，他的笑也不像真笑。我便問他，「吃人的事，對麼？」他仍然笑著說，「不是荒年，怎麼會吃人。」我立刻就曉得，他也是一夥，喜歡吃人的；便自勇氣百倍，偏要問他。

「對麼？」

「這等事問他什麼。你真會……說笑話。……今天天氣很好。」

天氣是好，月色也很亮了。可是我要問你，「對麼？」

他不以為然了。含含糊糊的答道，「不……」

「不對？他們何以竟吃？」

「沒有的事……」

「沒有的事？狼子村現吃；還有書上都寫著，通紅斬新！」

他便變了臉，鐵一般青。睜著眼說，「也許有的，這是從來如此……」

「從來如此，便對麼？」

「我不同你講這些道理；總之你不該說，你說便是你錯！」

第七章、民國之現代小說--狂人日記

　　我直跳起來，張開眼，這人便不見了。全身出了一大片汗。他的年紀，比我大哥小得遠，居然也是一夥；這一定是他娘老子先教的。還怕已經教給他兒子了；所以連小孩子，也都惡狠狠的看我。

（九）

　　自己想吃人，又怕被別人吃了，都用著疑心極深的眼光，面面相覷。……

　　去了這心思，放心做事走路吃飯睡覺，何等舒服。這只是一條門檻，一個關頭。他們可是父子兄弟夫婦朋友師生仇敵和各不相識的人，都結成一夥，互相勸勉，互相牽制，死也不肯跨過這一步。

（十）

　　大清早，去尋我大哥；他立在堂門外看天，我便走到他背後，攔住門，格外沉靜，格外和氣的對他說，

　　「大哥，我有話告訴你。」

　　「你說就是，」他趕緊回過臉來，點點頭。

　　「我只有幾句話，可是說不出來。大哥，大約當初野蠻的人，都吃過一點人。後來因為心思不同，有的不吃人了，一味要好，便變了人，變了真的人。有的卻還吃，～也同蟲子一樣，有的變了魚鳥猴子，一直變到人。有的不要好，至今還是蟲子。這吃人的人比不吃人的人，何等慚愧。怕比蟲子的慚愧猴子，還差得很遠很遠。

　　「易牙[9]蒸了他兒子，給桀紂吃，還是一直從前的事。誰曉得從盤古開闢天地以後，一直吃到易牙的兒子；從易牙的兒子，一直吃到徐

---

9. 易牙：春秋時齊國人，善於調味；據《管子・小稱》記載：「夫易牙以調和事公（指齊桓公），公曰『惟蒸嬰兒之未嘗』，於是蒸其首子而獻之公。」

錫林[10]；從徐錫林，又一直吃到狼子村捉住的人。去年城裡殺了犯人，還有一個生癆病的人，用饅頭蘸血舔。

「他們要吃我，你一個人，原也無法可想；然而又何必去入夥。吃人的人，什麼事做不出；他們會吃我，也會吃你，一夥裡面，也會自吃。但只要轉一步，只要立刻改了，也就是人人太平。雖然從來如此，我們今天也可以格外要好，說是不能！大哥，我相信你能說，前天佃戶要減租，你說過不能。」

當初，他還只是冷笑，隨後眼光便兇狠起來，一到說破他們的隱情，那就滿臉都變成青色了。大門外立著一夥人，趙貴翁和他的狗，也在裡面，都探頭探腦的挨進來。有的是看不出面貌，似乎用布蒙著；有的是仍舊青面獠牙，抿著嘴笑。我認識他們是一夥，都是吃人的人。可是也曉得他們心思很不一樣，一種是以為從來如此，應該吃的；一種是知道不該吃，可是仍然要吃，又怕別人說破他，所以聽了我的話，越發氣憤不過，可是抿著嘴冷笑。

這時候，大哥也忽然顯出兇相，高聲喝道，

「都出去！瘋子有什麼好看！」

這時候，我又懂得一件他們的巧妙了。他們豈但不肯改，而且早已佈置；預備下一個瘋子的名目罩上我。將來吃了，不但太平無事，怕還會有人見情。佃戶說的大家吃了一個惡人，正是這方法。這是他們的老譜！

陳老五也氣憤憤的直走進來。如何按得住我的口，我偏要對這夥人說，

---

10. 徐錫林：隱指徐錫麟（1873年～1907年），字伯蓀，浙江紹興人，清末革命團體光復會的重要成員。一九○七年與秋瑾準備在浙、皖兩省同時起義；七月六日，他以安徽巡警處會辦兼巡警學堂監督身份為掩護，乘學堂舉行畢業典禮之機刺死安徽巡撫恩銘，率領學生攻佔軍械局，彈盡被捕，當日慘遭殺害，心肝被恩銘的衛隊挖出炒食。

第七章、民國之現代小說--狂人日記

「你們可以改了,從真心改起!要曉得將來容不得吃人的人,活在世上。」

「你們要不改,自己也會吃盡。即使生得多,也會給真的人除滅了,同獵人打完狼子一樣!～同蟲子一樣!」

那一夥人,都被陳老五趕走了。大哥也不知那裡去了。陳老五勸我回屋子裡去。屋裡面全是黑沉沉的。橫梁和椽子都在頭上發抖;抖了一會,就大起來,堆在我身上。

萬分沉重,動彈不得;他的意思是要我死。我曉得他的沉重是假的,便掙扎出來,出了一身汗。可是偏要說,

「你們立刻改了,從真心改起!你們要曉得將來是容不得吃人的人,……」

(十一)

太陽也不出,門也不開,日日是兩頓飯。

我捏起筷子,便想起我大哥;曉得妹子死掉的緣故,也全在他。那時我妹子才五歲,可愛可憐的樣子,還在眼前。母親哭個不住,他卻勸母親不要哭;大約因為自己吃了,哭起來不免有點過意不去。如果還能過意不去,……

妹子是被大哥吃了,母親知道沒有,我可不得而知。

母親想也知道;不過哭的時候,卻並沒有說明,大約也以為應當的了。記得我四五歲時,坐在堂前乘涼,大哥說爺娘生病,做兒子的須割下一片肉來,煮熟了請他吃,[11]才算好人;母親也沒有說不行。一片吃得,整個的自然也吃得。但是那天的哭法,現在想起來,實在還教人傷心,這真是奇極的事!

---

11. 指「割股療親」,即割取自己的股肉煎藥,以醫治父母的重病;這是封建社會的一種愚孝行為。

（十二）

不能想了。

四千年來時時吃人的地方，今天才明白，我也在其中混了多年；大哥正管著家務，妹子恰恰死了，他未必不和在飯菜裡，暗暗給我們吃。

我未必無意之中，不吃了我妹子的幾片肉，現在也輪到我自己，……

有了四千年吃人履歷的我，當初雖然不知道，現在明白，難見真的人！

（十三）

沒有吃過人的孩子，或者還有？

救救孩子……

一九一八年四月。

某君昆仲，今隱其名，皆余昔日在中學校時良友；分隔多年，消息漸闕。日前偶聞其一大病；適歸故鄉，迂道往訪，則僅晤一人，言病者其弟也。勞君遠道來視，然已早癒，赴某地候補[12]矣。因大笑，出示日記二冊，謂可見當日病狀，不妨獻諸舊友，持歸閱一過，知所患蓋「迫害狂」之類。語頗錯雜無倫次，又多荒唐之言；亦不著月日，惟墨色字體不一，知非一時所書。間亦有略具聯絡者，今撮錄一篇，以供醫家研究。記中語誤，一字不易；惟人名雖皆村人，不為世間所知，無關大體，雖亦悉易去。至於書名，則本人癒後所題，不復改也。七年四月二日識。

---

12. 候補：清代官制，通過科舉或捐納等途徑取得官銜，但還沒有實際職務的中下級官員，由吏部抽籤分發到某部或某省，聽候委用，稱為候補。

第七章、民國之現代小說--狂人日記

作品賞析

　　本篇是以日記方式寫成的自述，藉由「狂人」的意識，表露出對中國傳統陋習的諷刺，篇中視仁義道德為吃人的工具，表現出對傳統社會迷信、殘酷和虛偽的憤慨。

　　「吃人」是本篇的重心，無論是趙貴翁、大哥，或是「給知縣打枷過的」、「給紳士掌過嘴的」、「衙役占了他的妻的」、「老子娘被債主逼死的」，還是醫生，甚或自己的母親，無一例外。狂人的心理活動時時刻刻充斥著「吃人」這件事，日記裡頭滿滿的都是「吃人」，這裡頭寄託著一種象徵，是對中國封建社會的深刻揭露，禮教與倫理綱常正在精神上啃蝕著人民。本篇在狂人思緒紊亂之中，深刻的批判了傳統禮教的弊害，在寫實的描寫中，寄寓著象徵意義，使讀者關注狂人錯亂的心理活動之餘，仍不禁揣摩背後的深層底蘊。

　　全篇脈絡清晰，連接緊密，層層深入，筆墨簡練，不以長篇情節為連貫的敘事，在表現人物心理層面上十分細膩。雖內有敘事成份，但側重在於抒寫狂人心理活動。旅美學者夏志清說：「《狂人日記》是魯迅最成功的作品之一，其中的諷刺和藝術技巧，是和作者對主題的精心闡明緊密結合的，大半是運用意象派和象徵派的手法。」吳虞：「把吃人的內容和仁義道德的表面看得清清楚楚，哪些戴著禮教假面具吃人的滑頭伎倆，都被他把黑幕揭破了。」

問題討論

一、讀完本文後你有何感想？

二、小說中透露了哪些制度的弊害？

三、小說中的哪些文句是以象徵、寄寓的筆法來書寫的？

第二節、三十年代左翼與自由小說選(1926～1935)

左翼小說--《農村三部曲・春蠶》

內容導讀

本篇節選自《農村三部曲》。《春蠶》以江南農村為背景,透過農民老通寶一家人蠶花豐收,而生活卻更困苦的事實,反映出舊中國農民須在年成豐收之外,去另找真正的出路。

作者介紹

茅盾(1896 年～1981 年),本名沈德鴻,字雁冰,浙江嘉興桐鄉人。中國現代作家及文學評論家。曾任全國政協副主席、中國作家協會主席。在文學創作方面,茅盾於 1928 年發表首部小說《蝕》(＜幻滅＞、＜動搖＞、＜追求＞三部曲)。著名的作品有代表作《子夜》、《農村三部曲》(＜春蠶＞、＜秋收＞、＜殘冬＞)、＜林家鋪子＞)。

課文說明

【本文】老通寶坐在「塘路」邊的一塊石頭上,長桿煙管斜擺在他身邊。「清明」節後的太陽已經很有力量,老通寶背脊上熱烘烘地,像背著一盆火。「塘路」上拉縴的快班船上的紹興人只穿了一件藍布單衫,敞開了大襟,彎著身子拉,額角上黃豆大的汗粒落到地下。

看著人家那樣辛苦的勞動,老通寶覺得身上更加熱了;熱的有點兒發癢。他還穿著那件過冬的破棉襖,他的夾襖還在當鋪裡,卻不防才「得清明」邊,天就那麼熱。

「真是天也變了!」

老通寶心裡說,就吐一口濃厚的唾沫。在他面前那條「官河」內,水是綠油油的,來往的船也不多,鏡子一樣的水面這裡那裡起了幾道

農村三部曲・春蠶

皺紋或是小小的渦旋，那時候，倒影在水裡的泥岸和岸邊成排的桑樹，都晃亂成灰暗的一片。可是不會很長久的。漸漸兒哪些樹影又在水面上顯現，一彎一曲地蠕動，像是醉漢，再過一會兒，終於站定了，依然是很清晰的倒影。那拳頭模樣的椏枝頂都已經簇生著小手指兒那麼大的嫩綠葉。這密密層層的桑樹，沿著那「官河」一直望去，好像沒有盡頭。田裡現在還只有乾裂的泥塊，這一帶，現在是桑樹的勢力！在老通寶背後，也是大片的桑林，矮矮的，靜穆的，在熱烘烘的太陽光下，似乎那「桑拳」上的嫩綠葉過一秒鐘就會大一些。

離老通寶坐處不遠，一所灰白色的樓房蹲在「塘路」邊，那是繭廠。十多天前駐紮過軍隊，現在那邊田裡留著幾條短短的戰壕。那時都說東洋兵要打進來，鎮上有錢人都逃光了；現在兵隊又開走了，那座繭廠依舊空關在那裡，等候春繭上市的時候再熱鬧一番。老通寶也聽得鎮上小陳老爺的兒子～～陳大少爺說過，今年上海不太平，絲廠都關門，恐怕這裡的繭廠也不能開；但老通寶是不肯相信的。他活了六十歲，反亂年頭也經過好幾個，從沒見過綠油油的桑葉白養在樹上等到成了「枯葉」去餵羊吃；除非是「蠶花」不熟，但那是老天爺的「權柄」，誰又能夠未卜先知？

「纔得清明邊，天就那麼熱！」

老通寶看著哪些桑拳上怒茁的小綠葉兒，心裡又這麼想，同時有幾分驚異，有幾分快活。他記得自己還是二十多歲少壯的時候，有一年也是「清明」邊就得穿夾，後來就是「蠶花二十四分」，自己也就在這一年成了家。那時，他家正在「發」；他的父親像一頭老牛似的，什麼都懂得，什麼都做得；便是他那創家立業的祖父，雖說在長毛窩裡吃過苦頭，卻也愈老愈硬朗。那時候，老陳老爺去世不久，小陳老爺還沒抽上鴉片煙，「陳老爺家」也不是現在那麼不像樣的。老通寶相信自己一家和「陳老爺家」雖則一邊是高門大戶，而一邊不過是種田人，然而兩家的運命好像是一條線兒牽著。不但「長毛造反」那時候，老通寶的祖父和陳老爺同被長毛擄去，同在長毛窩裡混上了六七年，不

但他們倆同時從長毛營盤裡逃了出來，而且偷得了長毛的許多金元寶～～人家到現在還是這麼說；並且老陳老爺做絲生意「發」起來的時候，老通寶家養蠶也是年年都好，十年中間掙得了二十畝的稻田和十多畝的桑地，還有三開間兩進的一座平屋。這時候，老通寶家在東村莊上被人人所妒羨，也正像「陳老爺家」在鎮上是數一數二的大戶人家。可是以後，兩家都不行了；老通寶現在已經沒有自己的田地，反欠出三百多塊錢的債，「陳老爺家」也早已完結。人家都說「長毛鬼」在陰間告了一狀，閻羅王追還「陳老爺家」的金元寶橫財，所以敗的這麼快。這個，老通寶也有幾分相信，不是鬼使神差，好端端的小陳老爺怎麼會抽上了鴉片煙？

可是老通寶死也想不明白為什麼「陳老爺家」的「敗」會牽動到他家。他確實知道自己家並沒得過長毛的橫財。雖則聽死了的老頭子說，好像那老祖父逃出長毛營盤的時候，不巧撞著了一個巡路的小長毛，當時沒法，只好殺了他，～～這是一個「結」！然而從老通寶懂事以來，他們家替這小長毛鬼拜懺念佛燒紙錠，記不清有多少次了。這個小冤魂，理應早投凡胎。老通寶雖然不很記得祖父是怎樣「做人」，但父親的勤儉忠厚，他是親眼看見的；他自己也是規矩人，他的兒子阿四，兒媳四大娘，都是勤儉的。就是小兒子阿多年紀青，有幾分「不知苦辣」，可是毛頭小夥子，大都這麼著，算不得「敗家相」！

老通寶抬起他那焦黃的皺臉，苦惱地望著他面前的那條河，河裡的船，以及兩岸的桑地。一切都和他二十多歲時差不了多少，然而「世界」到底變了。他自己家也要常常把雜糧當飯吃一天，而且又欠出了三百多塊錢的債。

嗚！嗚，嗚，嗚，～～

汽笛叫聲突然從那邊遠遠的河身的彎曲地方傳了來。就在那邊，蹲著又一個繭廠，遠望去隱約可見那整齊的石「幫岸」。一條柴油引擎的小輪船很威嚴地從那繭廠後駛出來，拖著三條大船，迎面向老通寶來了。滿河平靜的水立刻激起潑剌剌的波浪，一齊向兩旁的泥岸卷過

來。一條鄉下「赤膊船」趕快攏岸，船上人揪住了泥岸上的樹根，船和人都好像在那裡打秋千。軋軋軋的輪機聲和洋油臭，飛散在這和平的綠的田野。老通寶滿臉恨意，看著這小輪船來，看著它過去，直到又轉一個彎，嗚嗚嗚地又叫了幾聲，就看不見。老通寶向來仇恨小輪船這一類洋鬼子的東西！他從沒見過洋鬼子，可是他從他的父親嘴裡知道老陳老爺見過洋鬼子：紅眉毛，綠眼睛，走路時兩條腿是直的。並且老陳老爺也是很恨洋鬼子，常常說「銅鈿都被洋鬼子騙去了」。老通寶看見老陳老爺的時候，不過八九歲，～～現在他所記得的關於老陳老爺的一切都是聽來的，可是他想起了「銅鈿都被洋鬼子騙去了」這句話，就仿佛看見了老陳老爺捋著鬍子搖頭的神氣。

　　洋鬼子怎樣就騙了錢去，老通寶不很明白。但他很相信老陳老爺的話一定不錯。並且他自己也明明看到自從鎮上有了洋紗，洋布，洋油，～～這一類洋貨，而且河裡更有了小火輪船以後，他自己田裡生出來的東西就一天一天不值錢，而鎮上的東西卻一天一天貴起來。他父親留下來的一分家產就這麼變小，變做沒有，而且現在負了債。老通寶恨洋鬼子不是沒有理由的！他這堅定的主張，在村坊上很有名。五年前，有人告訴他：朝代又改了，新朝代是要「打倒」洋鬼子的。老通寶不相信。為的他上鎮去看見那新到的喊著「打倒洋鬼子」的年青人們都穿了洋鬼子衣服。他想來這夥年青人一定私通洋鬼子，卻故意來騙鄉下人。後來果然就不喊「打倒洋鬼子」了，而且鎮上的東西更加一天一天貴起來，派到鄉下人身上的捐稅也更加多起來。老通寶深信這都是串通了洋鬼子幹的。

　　然而更使老通寶去年幾乎氣成病的，是繭子也是洋種的賣得好價錢；洋種的繭子，一擔要貴上十多塊錢。素來和兒媳總還和睦的老通寶，在這件事上可就吵了架。兒媳四大娘去年就要養洋種的蠶。小兒子跟他嫂嫂是一路，那阿四雖然嘴裡不多說，心裡也是要洋種的。老通寶拗不過他們，末了只好讓步。現在他家裡有的五張蠶種，就是土種四張，洋種一張。

「世界真是越變越壞！過幾年他們連桑葉都要洋種了！我活得厭了！」

老通寶看著哪些桑樹，心裡說，拿起身邊的長旱煙管恨恨地敲著腳邊的泥塊。太陽現在正當他頭頂，他的影子落在泥地上，短短地像一段烏焦木頭，還穿著破棉襖的他，覺得渾身躁熱起來了。他解開了大襟上的鈕扣，又抓著衣角搧了幾下，站起來回家去。

那一片桑樹背後就是稻田。現在大部分是勻整的半翻著的燥裂的泥塊。偶爾也有種了雜糧的，那黃金一般的菜花散出強烈的香味。那邊遠遠地一簇房屋，就是老通寶他們住了三代的村坊，現在哪些屋上都嫋起了白的炊煙。

老通寶從桑林裡走出來，到田塍上，轉身又望那一片爆著嫩綠的桑樹。忽然那邊田野跳躍著來了一個十來歲的男孩子，遠遠地就喊道：

「阿爹！媽等你吃中飯呢！」

「哦～～」

老通寶知道是孫子小寶，隨口應著，還是望著那一片桑林。才只得「清明邊」，桑葉尖兒就抽得那麼小指頭兒似的，他一生就只見過兩次。今年的蠶花，光景是好年成。三張蠶種，該可以採多少繭子呢？只要不像去年，他家的債也許可以拔還一些罷。

小寶已經跑到他阿爹的身邊了，也仰著臉看那綠絨似的桑拳頭；忽然他跳起來拍著手唱道：

「清明削口，看蠶娘娘拍手！」[1]

---

[1]. 此句是老通寶所在那一帶鄉村裡關於「蠶事」的一種歌謠式的成語。所謂「削口」是方言，指桑葉抽發如指；「清明削口」謂清明邊桑葉已抽放如許大也；「看」亦是方言，意同「飼」或「育」；全句謂清明邊桑葉開綻則熟年可卜，故蠶婦拍手而喜。

農村三部曲・春蠶

　　老通寶的皺臉上露出笑容來了。他覺得這是一個好兆頭。他把手放在小寶的「和尚頭」上摩著，他的被窮苦弄麻木了的老心裡勃然又生出新的希望來了。

作品賞析

　　故事以一個處在動盪不安的年代中的江南農村為背景，透過農民老通寶一家蠶花豐收，生活卻更困苦的事實，樸實地描繪出養蠶過程中所經歷的種種事件，並從農民的立場出發，著眼因經濟環境變遷所帶來的時代衝擊，面對外來品的強力傾銷，單純的農民幾無招架之力，只能任由宰割，成為被層層剝削的對象，在年成豐收之外，還必須另尋生存的出路，形成越豐收越負債的局面。

　　農工生活為題材，真實的寫出了鄉村的生活，也寫出了對現實的無奈，不過不論生活多麼困苦，農民仍咬牙撐過，對未來抱持著希望。

　　小說中的老通寶雖然生活窮苦，但對蠶繭仍抱持著期待，他的思想及作風都相當守舊，對洋貨洋種不以為然，雖然個性樸實，但不隨時代而前進的頑固腦袋，也造就他成為一悲劇性人物。相反的，他的兒子多多並不認為光靠養蠶就可以讓他們過上富裕的日子，他認知了時代的變遷，對老通寶的憂愁嗤之以鼻，仍努力勤奮，並對未來抱持樂觀。

　　本篇小說平鋪直敘，將人物刻劃得相當生動，運用了老少、新舊之間的對比，表現新時代的建立，不只新時代的人辛苦，舊時代的人更痛苦。

問題討論

一、作者透過「老通寶」的形象塑造反映出什麼社會問題？

二、文中哪些句子呈現了江南農村的風貌？

三、本篇小說為何以「春蠶」命名？它代表什麼意義？

中國小說卷

自由小說--《蕭蕭》

內容導讀

〈蕭蕭〉是沈從文的一篇短篇小說，收錄於《沈從文全集》[1]中。本文寫於 1929 年，最初刊於《小說月報》21 卷 1 號，是一篇描寫湘西社會少女命運的小說。蕭蕭從小就失去了父母，在她十二歲時，便成為了她娘家的童養媳，而丈夫年紀還不滿三歲，才斷奶不久。就在她情竇初開時，不幸遭到誘姦，因為生了個兒子，才倖免於死。蕭蕭與禮法制度的衝撞，終於因為家人的消極執行，才有驚無險地渡過了難關。

作者介紹

沈從文（1902 年～1988 年），本名沈岳煥，湖南省鳳凰縣人，出生於湘西一個純樸的農民之家。他的小說取材廣泛，描寫了從鄉村到城市各色人物的生活，其中以反映湘西下層人民生活的作品最具特色。《邊城》是她的小說代表作之一。他的創作表現手法不拘一格，嘗試以各種體裁和結構進行創作，成為現代文學史上不可多得的「文體作家」，他所寫的散文也獨具魅力，為現代散文增添了藝術光彩。

課文說明

【本文】鄉下人吹嗩吶接媳婦，到了十二月是成天有的事情。

嗩吶後面一頂花轎，兩個伕子平平穩穩的抬著，轎中人被銅鎖鎖在裡面，雖穿了平時不上過身的體面紅綠衣裳，也仍然得荷荷大哭。在這些小女人心中，做新娘子，從母親身邊離開，且準備做他人的母親，從此必然將有許多新事情等待發生。像做夢一樣，將同一個陌生男子漢在一個床上睡覺，做著承宗接祖的事情。這些事想起來，當然有些害怕，所以照例覺得要哭哭，就哭了。

---

[1]. 張兆和主編：《沈從文全集》，太原：北岳文藝出版社，2002 年版。

沈從文・蕭蕭

也有做媳婦不哭的人。蕭蕭做媳婦就不哭。這女人沒有母親，從小寄養到伯父種田的莊子上，終日提個小竹兜籠，在路旁田坎撿狗屎。出嫁只是從這家轉到那家。因此到那一天，這女人還只是笑。她又不害羞，又不怕。她是什麼事也不知道，就做了人家的新媳婦了。

蕭蕭做媳婦時年紀十二歲，有一個小丈夫，年紀還不到三歲。丈夫比她年少十來歲，還沒斷奶。地方有這麼一個老規矩，過了門，她喊他做弟弟。她每天應做的事是抱弟弟到村前柳樹下去玩，到溪邊去玩，餓了，餵東西吃，哭了，就哄他，摘南瓜花或狗尾草戴到小丈夫頭上。或者連連親嘴，一面說：「弟弟，哪，啵。再來，啵。」在那滿是骯髒的小臉上親了又親，孩子於是便笑了。孩子一歡喜興奮，行動粗野起來，會用短短的小手亂抓蕭蕭的頭髮。那是平時不大能收拾蓬蓬鬆鬆在頭上的黃髮。有時候，垂到腦後那條小辮兒被拉得太久，把紅絨線結也弄鬆了，生氣了，就搋那弟弟幾下，弟弟自然哇的哭出聲來。蕭蕭於是也裝成要哭的樣子，用手指著弟弟的哭臉，說：「哪，人不講理，可不行！」

天晴落雨日子混下去，每日抱抱丈夫，也幫同家中做點雜事，能動手的就動手。又時常到溪溝裡去洗衣，搓尿片，一面還撿拾有花紋的田螺給坐到身邊的小丈夫玩。到了夜裡睡覺，便常常做這種年齡人所做的夢，夢到後門角落或別的什麼地方撿得大把大把銅錢，吃好東西，爬樹，自己變成魚到水中各處游。或一時彷彿身子很小很輕，飛到天上眾星中，沒有一個人，只是一片白，一片金光，於是大喊「媽」，人就嚇醒了。醒來心裡還只是跳。吵了隔壁的人，不免罵著：「瘋子，你想什麼！白天玩得瘋，晚上就做夢！」蕭蕭聽著卻不做聲，只是咕咕地笑。也有很好很爽快的夢，為丈夫哭醒的事情。那丈夫本來晚上在自己母親身邊睡，吃奶方便，但是吃多了奶，或因另外情形，半夜大哭，起來放水拉稀是常有的事。丈夫哭到婆婆無可奈何，於是蕭蕭輕腳輕手爬起床來，走到床邊，把人抱起，給他看月亮，看星光，或

者互相覷著，孩子氣的「嗨嗨，看貓呵！」那樣喊著哄著，於是丈夫笑了。玩一會會，困倦起來，慢慢地合上眼。人睡定後，放上床，站在床邊看看，聽遠處一傳一遞的雞叫，知道快到什麼時候了，於是仍然蜷到小床上睡去。天亮後，雖不做夢，卻可以無意中閉眼開眼，看一陣在面前空中變幻無端的黃邊紫心葵花，那是一種真正的享受。

蕭蕭嫁過了門，做了拳頭大的丈夫小媳婦，一切並不比先前受苦，這只看她一年來身體發育就可明白。風裡雨裡過日子，像一株長在園角落不為人注意的蓖麻，大葉大枝，日增茂盛。這小女人簡直是全不為丈夫設想那麼似的，一天比一天長大起來了。

夏夜光景說來如做夢。大家飯後坐到院中心歇涼，揮搖蒲扇，看天上的星同屋角的螢。聽南瓜棚上紡織娘咯咯咯拖長聲音紡車，遠近聲音繁密如落雨，禾花風脩脩[2]吹到臉上，正是讓人在各種方便中說笑話的時候。

蕭蕭好高，一個人常常爬到草料堆上去，抱了已經熟睡的丈夫在懷裡，輕輕地輕輕地隨意唱著那自編的四句頭山歌。唱來唱去卻把自己也催眠起來，快要睡去了。

在院壩中，公公婆婆，祖父祖母，另外還有幫工漢子兩個，散亂地坐在小板凳上，擺龍門陣學古，輪流下去打發上半夜。

祖父身邊有個煙包，在黑暗中放光。這種用艾蒿作成的煙包，是驅逐長腳蚊得力東西，蜷在祖父腳邊，猶如一條烏梢蛇。間或又拿起來晃那麼幾下。

想起白天場上的事情，祖父開口說話：

「我聽三金說，前天又有女學生過身。」

---

[2]. 脩脩：狀聲詞；脩，音ㄒㄧㄠ。

大家就哄然笑了起來。

這笑的意義何在？只因為在大家印象中，都知道女學生沒有辮子，留下個鵪鶉尾巴，像個尼姑，又不完全像。穿的衣服像洋人，又不是洋人。吃的，用的，....

總而言之，事事不同，一想起來就覺得怪可笑！

蕭蕭不大明白，她不笑。所以老祖父又說話了。他說：

「蕭蕭，你長大了，將來也會做女學生！」

大家於是更哄然大笑起來。

蕭蕭為人並不愚蠢，覺得這一定是不利於己的一件事情，所以接口便說：

「爺爺，我不做女學生。」

「你像個女學生，不做可不行。」

「我一定不做。」

眾人有意取笑異口同聲地說：「蕭蕭，爺爺說得對，你非做女學生不行！」

蕭蕭急得無可如何，「做就做，我不怕。」其實做女學生有什麼好處，蕭蕭全不知道。

女學生這東西，在本鄉的確永遠是奇聞。每年一到六月天，據說放「水假」日子一到，照例便有三三五五女學生，由一個荒謬不經的熱鬧地方來，到另一個遠地方去，取道從本地過身。從鄉下人眼中看來，這些人都近於另一世界中活下的人，裝扮奇奇怪怪，行為更不可思議。這種女學生過身時，使一村人都可以說一整天的笑話。

祖父是當地一個人物，因為想起所知道的女學生在大城中的生活情形，所以說笑話要蕭蕭也去做女學生。一面聽到這話，就感覺一種打哈哈趣味，一面還有那被說的蕭蕭感覺一種惶恐，說這話的不為無意義了。

　　女學生由祖父方面所知道的是這樣一種人：她們穿衣服不管天氣冷暖，吃東西不問饑飽，晚上交到子時纔睡覺，白天正經事全不作，只知唱歌打球，讀洋書。她們都會花錢，一年用的錢可以買十六隻水牛。她們在省裡京裡想往什麼地方去時，不必走路，只要鑽進一個大匣子中，那匣子就可以帶她到地。城市中還有各種各樣的大小不同匣子，都用機器開動。她們在學校，男女一處上課讀書，人熟了，就隨意同那男子睡覺，也不要媒人，也不要財禮，名叫「自由」。她們也做做州縣官，帶家眷上任，男子仍然喊作「老爺」，小孩子「少爺」。她們自己不養牛，卻吃牛奶羊奶，如小牛小羊；買那奶時是用鐵罐子盛的。她們無事時到一個唱戲地方去，那地方完全像個大廟，從衣袋中取出一塊洋錢來（那洋錢在鄉下可買五隻母雞），買了一小方紙片兒，拿了那紙片到裡面去，就可以坐下看洋人扮演影子戲。她們被冤了，不賭咒，不哭。她們年紀有老到二十四歲還不肯嫁人的，有老到三十四十居然還好意思嫁人的。她們不怕男子，男子不能使她們受委屈，一受委屈就上衙門打官司，要官罰男子的款，這筆錢她有時獨占自己花用，有時和官平分。她們不洗衣煮飯，也不養豬餵雞，有了小孩子，也只花五塊錢或十塊錢一月，雇人專管小孩，自己仍然整天看戲打牌，或者讀哪些沒有用處的閒書。

　　總而言之，說來事事都稀奇古怪，和莊稼人不同，有的簡直還可說豈有此理。這時經祖父一為說明，聽過這話的蕭蕭，心中卻忽然有了一種模模糊糊的願望，以為倘若她也是個女學生，她是不是照祖父說的女學生一個樣子去做哪些事情？不管好歹，女學生並不可怕，因此一來，卻已為這鄉下姑娘初次體念到了。

因為聽祖父說起女學生是怎樣的人物，到後蕭蕭獨自笑得特別久。笑夠了時，她說：

「爺爺，明天有女學生過路，你喊我，我要看看。」

「你看，她們捉你去做丫頭。」

「我不怕她們。」

「她們讀洋書念經你也不怕？」

「念觀音菩薩消災經，念緊箍咒，我都不怕。」

「她們咬人，和做官的一樣，專吃鄉下人，吃人骨頭渣渣也不吐，你不怕？」

蕭蕭肯定的回答說：「不怕。」

可是這時節蕭蕭手上所抱的丈夫，不知為什麼，在睡夢中哭了，媳婦於是用做母親的聲勢，半哄半嚇地說。

「弟弟，弟弟，不許哭，不許哭，女學生咬人來了。」

丈夫還仍然哭著，得抱起各處走走。蕭蕭抱著丈夫離開了祖父，祖父同人說另外樣古話去了。

蕭蕭從此以後心中有個「女學生」。做夢也便常常夢到女學生，且夢到同這些人並排走路。彷彿也坐過那種自己會走路的匣子，她又覺得這匣子並不比自己跑路更快。在夢中那匣子的形體同穀倉差不多，裡面還有小小灰色老鼠，眼珠子紅紅的，各處亂跑，有時鑽到門縫裡去，把個小尾巴露在外邊。

因為有這樣一段經過，祖父從此喊蕭蕭不喊「小丫頭」，不喊「蕭蕭」，卻喚作「女學生」。在不經意中蕭蕭答應得很好。

鄉下日子也如世界上一般日子，時時不同。世界上把日子糟蹋，和蕭蕭一類人家把日子吝惜是同樣的，各有所得，各屬分定，許多城市中文明人，把一個夏天完全消磨到軟綢衣服、精美飲料以及種種好事情上面。蕭蕭的一家，因為一個夏天的勞作，卻得了十多斤細麻，二三十擔瓜。

　　做小媳婦的蕭蕭，一個夏天中，一面照料丈夫，一面還績了細麻四斤。到秋八月工人摘瓜，在瓜間玩，看碩大如盆、上面滿是灰粉的大南瓜，成排成堆擺到地上，很有趣味。時間到摘瓜，秋天真的已來了，院子中各處有從屋後林子裡樹上吹來的大紅大黃木葉。蕭蕭在瓜旁站定，手拿木葉一束，為丈夫編小小笠帽玩。

　　工人中有個名叫花狗，年紀二十三歲，抱了蕭蕭的丈夫到棗樹下去打棗子。小小竹竿打在棗樹上，落棗滿地。

　　「花狗大，莫打了，太多了吃不完。」

　　雖這樣喊，還不動身。到後，彷彿完全因為丈夫要棗子，花狗纔不聽話。蕭蕭於是又警告她那小丈夫：

　　「弟弟，弟弟，來，不許撿了。吃多了生東西肚子痛！」

　　丈夫聽話，兜了大堆棗子向蕭蕭身邊走來，請蕭蕭吃棗子。

　　「姐姐吃，這是大的。」

　　「我不吃。」

　　「要吃一顆！」

　　她兩手哪裡有空！木葉帽正在製邊，工夫要緊，還正要個人幫忙！

　　「弟弟，把棗子餵我口裡。」

　　丈夫照她的命令做事，做完了覺得有趣，哈哈大笑。

她要他放下棗子幫忙捏緊帽邊,便於添加新木葉。

丈夫照她吩咐做事,但老是頑皮地搖動,口中唱歌。這孩子原來像一隻貓,歡喜時就得搗亂。

「弟弟,你唱的是什麼?」

「我唱花狗大告我的山歌。」

「好好地唱一個給我聽。」

丈夫是一面幫忙拉著帽邊,一面就唱下去,照所記到的歌唱:

天上起雲雲起花,

包穀林裡種豆莢,

豆莢纏壞包穀樹,

嬌妹纏壞後生家。

天上起雲雲重雲,

地下埋墳墳重墳,

嬌妹洗碗碗重碗,

嬌妹床上人重人。

歌中意義丈夫全不明白,唱完了就問蕭蕭好不好。蕭蕭說好,並且問從誰學來的,她知道是花狗教他的,卻故意盤問他。

「花狗大告我,他說還有好多歌,長大了再教我唱。」

聽說花狗會唱歌,蕭蕭說:

「花狗大,花狗大,您唱一個正經好聽的歌我聽聽。」

那花狗，面如其心，生長得不很正氣，知道蕭蕭要聽歌，人也快到聽歌的年齡了，就給她唱「十歲娘子一歲夫」。那故事說的是妻年大，可以隨到外面做一點不規矩事情，夫年小，只知吃奶，讓他吃奶。這歌丈夫完全不懂，懂到一點兒的是蕭蕭。把歌聽過後，蕭蕭裝成「我全明白」那種神氣，她用生氣的樣子，對花狗說：

「花狗大，這個不行，這是罵人的歌！」

花狗分辯說：「不是罵人的歌。」

「我明白，是罵人的歌。」

花狗難得說多話，歌已經唱過了，錯了賠禮，只有不再唱。他看她已經有點懂事了，怕她回頭告祖父，會挨頓臭罵，就把話支吾開，扯到「女學生」上頭去。他問蕭蕭，看不看過女學生習體操唱洋歌的事情。

若不是花狗提起，蕭蕭幾乎已忘卻了這事情。這時又提到女學生，她問花狗近來有沒有女學生過路，她想看看。

花狗一面把南瓜從棚架邊抱到牆角去，告她女學生唱歌的事，這些事的來源還是蕭蕭的那個祖父。他在蕭蕭面前說了點大話，說他曾經到路上見到四個女學生，她們都拿得有旗幟，走長路流汗喘氣之中仍然唱歌，同軍人所唱的一模一樣。不消說，這自然完全是胡謅的話。可是那故事把蕭蕭可樂壞了。因為花狗說這個就叫做「自由」。

花狗是起眼動眉毛、一打兩頭翹、會說會笑的一個人。聽蕭蕭帶著欣羨口氣說：「花狗大，你膀子真大」，他就說，「我不止膀子大。」

「你身個子也大。」

「我全身無處不大。」

蕭蕭還不大懂得這個話的意思，只覺得憨而好笑。

到蕭蕭抱了她丈夫走去以後，同花狗在一起摘瓜，取名字叫啞巴的，開了平時不常開的口。

「花狗，你少壞點。人家是十三歲黃花女，還要等十二年後才圓房！」

花狗不做聲，打了那伙計一巴掌，走到棗樹下撿落地棗去了。

到摘瓜的秋天，日子計算起來，蕭蕭過丈夫家有一年半了。

幾次降霜落雪，幾次清明穀雨，一家中人都說蕭蕭是大人了。天保佑，喝冷水，吃粗糲[3]飯，四季無疾病，倒發育得這樣快。婆婆雖生來像一把剪子，把凡是給蕭蕭暴長的機會都剪去了，但鄉下的日頭同空氣都幫助人長大，卻不是折磨可以阻攔得住。

蕭蕭十五歲時已高如成人，心卻還是一顆糊糊塗塗的心。

人大了一點，家中做的事也多了一點。績麻、紡車、洗衣、照料丈夫以外，打豬草推磨一些事情也要做，還有漿紗織布。凡事都學，學學就會了。鄉下習慣凡是行有餘力的都可以勞作中積攢點本分私房，兩三年來僅僅蕭蕭個人份上所聚集的粗細麻和紡就的棉紗，已夠蕭蕭坐到土機上拋三個月的梭子了。

丈夫早斷了奶。婆婆有了新兒子，這五歲兒子就像歸蕭蕭獨有了。不論做什麼，走到什麼地方去，丈夫總跟在身邊。丈夫有些方面很怕她，當她如母親，不敢多事。他們倆實在感情不壞。

地方稍稍進步，祖父的笑話轉到「蕭蕭你也把辮子剪去好自由」那一類事上去了。聽著這話的蕭蕭，某個夏天也看過了一次女學生，雖不把祖父笑話認真，可是每一次在祖父說過這笑話以後，她到水邊

---

[3]. 糲：糙米。

去，必不自覺的用手捏著辮子末梢，設想沒有辮子的人那種神氣，那點趣味。

打豬草，帶丈夫上螺螄山的山陰是常有的事。

小孩子不知事故，聽別人唱歌也唱歌。一開腔唱歌，就把花狗引來了。

花狗對蕭蕭生了另外一種心，蕭蕭有點明白了，常常覺得惶恐不安。但花狗是男子，凡是男子的美德惡德都不缺少，勞動力強，手腳勤快，又會玩會說，所以一面使蕭蕭的丈夫非常歡喜同他玩，一面一有機會即纏在蕭蕭身邊，且總是想方設法把蕭蕭那點惶恐減去。

山大人小，到處樹木蒙茸，平時不知道蕭蕭所在，花狗就站在高處唱歌逗蕭蕭身邊的丈夫；丈夫小口一開，花狗穿山越嶺就來到蕭蕭面前了。

見了花狗，小孩子只有歡喜，不知其他。他原要花狗為他編草蟲玩，做竹簫哨子玩，花狗想方法支使他到一個遠處去找材料，便坐到蕭蕭身邊來，要蕭蕭聽他唱那使人開心紅臉的歌。她有時覺得害怕，不許丈夫走開；有時又像有了花狗在身邊，打發丈夫走去反倒好一點。終於有一天，蕭蕭就這樣給花狗把心竅子唱開，變成個婦人了。

那時節，丈夫走到山下採刺莓去了，花狗唱了許多歌，到後卻向蕭蕭唱：

嬌家門前一重坡，

別人走少郎走多，

鐵打草鞋穿爛了，

不是為你為哪個？

末了卻向蕭蕭說：「我為你睡不著覺。」他又說他賭咒不把這事情告訴人。聽了這些話仍然不懂什麼的蕭蕭，眼睛只注意到他那一對粗粗的手膀子，耳朵只注意到他最後一句話。末了花狗大又唱了許多歌給她聽。她心裡亂了。她要他當真對天賭咒，賭過了咒，一切好像有了保障，她就一切盡他了。到丈夫返身時，手被毛毛蟲螫傷，腫了一大片，走到蕭蕭身邊。蕭蕭捏緊這一隻小手，且用口去呵它，吮它，想起剛才的糊塗，才彷彿明白自己作了一點不大好的糊塗事。

花狗誘她做壞事情是麥黃四月，到六月，李子熟了，她喜歡吃生李子。她覺得身體有點特別，在山上碰到花狗，就將這事情告給他，問他怎麼辦。

討論了多久，花狗全無主意。雖以前自己當天賭得有咒，也仍然無主意。原來這傢伙個子大，膽量小。個子大容易做錯事，膽量小做了錯事就想不出辦法。

到後，蕭蕭捏著自己那條烏梢蛇似的大辮子，想起城裡了，她說：

「花狗大，我們到城裡去自由，幫幫人過日子，不好麼？」

「那怎麼行？到城裡去做什麼？」

「我肚子大了，那不成。」

「我們找藥去。場上有郎中賣藥。」

「你趕快找藥來，我想....」

「你想逃到城裡去自由，不成的。人生面不熟，討飯也有規矩，不能隨便！」

「你這沒有良心的，你害了我，我想死！」

「我賭咒不辜負你。」

「負不負我有什麼用，幫我個忙，趕快拿去肚子裡這塊肉吧。我害怕！」

花狗不再做聲，過了一會，便走開了。不久丈夫從他處拿了大把山裡紅果子回來，見蕭蕭一個人坐在草地上，眼睛紅紅的。丈夫心中納罕，看了一會，問蕭蕭：

「姐姐，為什麼哭？」

「不為什麼，毛毛蟲落到眼睛窩裡，痛。」

「我吹吹吧。」

「不要吹。」

「你瞧我，得這些這些。」

他把手中拿的和從溪中撿來放在衣口袋裡的小蚌、小石頭全部陳列到蕭蕭面前，蕭蕭淚眼婆娑地看了一會，勉強笑著說：「弟弟，我們要好，我哭你莫告家中。告家中我可要生氣！」到後這事情家中當真就無人知道。

過了半個月，花狗不辭而行，把自己所有的衣褲都拿去了。祖父問同住的長工啞巴，知不知道他為什麼走路，走哪兒去？是上山落草，還是作薛仁貴投軍？啞巴只是搖頭，說花狗還欠了他兩百錢，臨走時話都不留一句，為人少良心。啞巴說他自己的話，並沒有把花狗走的理由說明。因此這一家稀奇一整天，談論一整天。不過這工人既不偷走物件，又不拐帶別的，這事過後不久，自然也就忘掉了。

蕭蕭仍然是往日的蕭蕭。她能夠忘記花狗就好了，但是肚子真有些不同了，肚中東西總在動，使她常常一個人乾發急，盡做怪夢。

她脾氣壞了一點，這壞處只有丈夫知道，因為她對丈夫似乎嚴厲苛刻了好些。

沈從文・蕭蕭

仍然每天同丈夫在一處,她的心,想到的事自己也不十分明白。她常想,我現在死了,什麼都好了。可是為什麼要死?她還很高興活下去,願意活下去。

家中人不拘誰在無意中提起於丈夫弟弟的話,提起小孩子,提起花狗,都使這話如拳頭,在蕭蕭胸口上重重一擊。

到九月,她擔心人知道更多了,引丈夫廟裡去玩,就私自許願,吃了一大把香灰。吃香灰被她丈夫看見時,丈夫問這是做什麼事,蕭蕭就說自己肚痛,應當吃這個。蕭蕭自然說謊。雖說求菩薩保佑,菩薩當然沒有如她的希望,肚子中的東西依舊在慢慢地長大。

她又常常往溪裡去喝冷水,給丈夫看見時,丈夫問她,她就說口渴。

一切她所想到的方法都沒有能夠使她與自己不歡喜的東西分開。大肚子只有丈夫一人知道,他卻不敢告這件事給父母曉得。因為時間長久,年齡不同,丈夫有些時候對於蕭蕭的怕同愛,比對於父母還深切。

她還記得花狗賭咒那一天裡的事情,如同記著其他事情一樣。到秋天,屋前屋後毛毛蟲都結繭,成了各種好看的蝶蛾,丈夫像故意折磨她一樣,常常提起幾個月前被毛毛蟲螫手的舊語,使蕭蕭心裡難過。她因此極恨毛毛蟲,見了那小蟲就想用腳去踹。

有一天,又聽人說有好些女學生過路,聽過這話的蕭蕭,睜了眼做過一陣夢,愣愣地對日頭出處癡了半天。

蕭蕭步花狗後塵,也想逃走,收拾一點東西預備跟女學生走的那條路上城去自由。但沒有動身,就被家裡人發覺了。這種打算照鄉下人說來是一件大事,於是把她兩手捆起來,丟在灶屋邊,餓了一天。

家中追究這逃走的根源,纔明白這個十年後預備給小丈夫生兒子

繼香火的蕭蕭肚子已被另一個人搶先下了種。這在一家人生活中真是了不得的一件大事！一家人的平靜生活，為這件新事全弄亂了。生氣的生氣，流淚的流淚，罵人的罵人，各按本分亂下去。懸樑，投水，吃毒藥，被禁困著的蕭蕭，諸事漫無邊際的全想到了，究竟是年紀太小，捨不得死，卻不曾做。於是祖父從現實出發，想出個聰明主意，把蕭蕭關在房裡，派人好好看守著，請蕭蕭本族的人來說話，照規矩看，是「沉潭」還是「發賣」？蕭蕭家中人要面子，就沉潭淹死了她，捨不得死就發賣。蕭蕭只有一個伯父，在近處莊子裡為人種田，去請他時先還以為是吃酒，到了才知是這樣丟臉事情，弄得這老實忠厚的家長手足無措。

　　大肚子作證，什麼也沒有可說。照習慣，沉潭多是讀過「子曰」的族長愛面子才作出的蠢事。伯父不讀「子曰」，不忍把蕭蕭當犧牲，蕭蕭當然應當嫁人作二路親了。

　　這也是一種處罰，好像極其自然，照習慣受損失的是丈夫家裡，然而卻可以在改嫁上收回一筆錢，當作損失賠償。那伯父把這事情告訴了蕭蕭，就要走路。蕭蕭拉著伯父衣角不放，只是幽幽地哭。伯父搖了一會頭，一句話不說，仍然走了。

　　一時沒有相當的人來要蕭蕭，送到遠處也得有人，因此暫時就仍然在丈夫家中住下。這件事情既經說明白，照鄉下規定，倒又像不什麼要緊，只等待處分，大家反而釋然了。先是小丈夫不能再同蕭蕭在一處，到後又仍然如月前情形，姐弟一般有說有笑地過日子了。

　　丈夫知道了蕭蕭肚子中有兒子的事情，又知道因為這樣蕭蕭纔應當嫁到遠處去。但是丈夫並不願意蕭蕭去，蕭蕭自己也不願意去，大家全莫名其妙，只是照規矩像逼到要這樣做，不得不做。究竟是誰定的規矩，是周公還是周婆，也沒有人說得清楚。

沈從文・蕭蕭

在等候主顧來看人，等到十二月，還沒有人來，蕭蕭只好在這人家過年。

蕭蕭次年二月間，十月滿足，坐草生了一個兒子，團頭大眼，聲響洪壯。大家把母子二人照料得好好的，照規矩吃蒸雞同江米酒補血，燒紙謝神。一家人都歡喜那兒子。

生下的既是兒子，蕭蕭不嫁別處了。

到蕭蕭正式同丈夫拜堂圓房時，兒子已經年紀十歲，有了半勞動力，能看牛割草，成為家中生產者一員了。平時喊蕭蕭丈夫做大叔，大叔也答應，從不生氣。

這兒子名叫牛兒。牛兒十二歲時也接了親，媳婦年長六歲。媳婦年紀大，方能諸事作幫手，對家中有幫助。嗩吶到門前時，新娘在轎中嗚嗚地哭著，忙壞了那個祖父、曾祖父。

這一天，蕭蕭剛坐月子不久，孩子纔滿三月，抱了自己新生的毛毛，在屋前榆蠟樹籬笆間看熱鬧，同十年前抱丈夫一個樣子。小毛毛哭了，唱歌一般哄著他：

「哪，毛毛，看，花轎來了。看，新娘子穿花衣，好體面！不許鬧，不講道理不成的！不講理我要生氣！看看，女學生也來了！明天長大了，我們討個女學生媳婦！」

作品賞析

本小說的敘述核心是湘西少女蕭蕭的命運歷程，不只反映了舊時農業社會的習俗，更表現了傳統中國婦女受到強大壓力時所展現出來的強韌，寫出了人性的美和生存的無奈。

「鄉下人吹嗩吶接媳婦，到了十二月是成天有的事情。」作者以平和的筆觸訂定了小說的基調，迎娶童養媳是湘西常見的習俗，小說

中的蕭蕭任人支配命運，年僅十二歲就嫁給了只有三歲的小丈夫，沒有自由，有的只是一個尚須提攜的幼兒丈夫。雖然羨慕女學生的獨立自主，仍是恪守身為童養媳的本分，她的心情是沉悶的、枯燥的，她的世界是封閉的，正是因為如此的單純，才會遭到花狗的誘騙而失身並懷孕。日子一天天過，不知所措的花狗選擇逃避，留下蕭蕭獨自面對。

本篇雖短，內容卻相當深刻。故事中的「女學生」，不只給了小說一個時代背景，更暗示了自覺與反抗，在農村百姓的印象中，更成為了一種外來文化：「近於另一世界中活下的人，裝扮奇奇怪怪，行為更不可思議」，顯現了城市與鄉下之間的巨大差別與距離，以蕭蕭的純真根本無力掙脫，而蕭瀟的女學生夢正是她內心對改變自身境遇的隱微渴望，當其逃跑時欲由「女學生的那條路」逃走，正暗示了其擺脫傳統羈絆的希冀。

本篇最後雖是以喜劇收場，但人性的自由被禮法所綑綁，蕭蕭亦成一個麻木接受束縛的女性，接受了自己的命運，兒子竟也娶了童養媳，就像當年的自己，又是一個新的循環。在喜劇的背後，作者不動聲色地呈現出了更深的無奈，悲劇仍在代代延續，不斷上演。

問題討論

一、作者在小說中如何刻畫蕭蕭的人物形象？

二、本篇小說在情節結構上是如何設計與安排的？

三、小說中的「女學生」有什麼特質？你覺得蕭蕭嚮往當女學生的原因為何？她的心態是如何轉變的？

人、獸、鬼・紀念

第三節、四十年代之戰爭小說選(1937～1949)

《人、獸、鬼・紀念》

內容導讀

本篇節選自錢鍾書所著的短篇小說集《人、獸、鬼》。主題思想環繞在人性的探討上，對初玩愛情遊戲之人的虛榮心作了批判。女主角曼倩在這場遊戲中，尤其感到沒有保障，且矛盾重重。她所受的痛楚源於她的自欺以及其她的弱點。到了最後，表弟天健給她的「紀念」，無時無刻地令她感到難堪。不過天健到頭來也不是勝利者。文中諷刺意涵深刻。

作者介紹

錢鍾書(1910年～1998年)，字默存，號槐聚，江蘇無錫人，中國作家、文學研究家。他是古史學家錢基博之子，幼年過繼給伯父錢基成，由伯父啟蒙。1933年於清華大學外國語文系畢業後，在上海光華大學任教。1935年與楊絳結婚，同赴英國留學。1937年畢業於英國牛津大學，獲副博士學位。又赴法國巴黎大學進修法國文學。1938年秋歸國，先後任昆明西南聯大外文系教授、湖南藍田國立師範學院英文系主任。1941年回家探親時，居住在上海，寫了長篇小說集《圍城》和短篇小說集《人・獸・鬼》。另有散文集《寫在人生的邊上》、學術論著《管錐篇》(引文逾萬種)、《談藝錄》、1949年後有《宋詩選註》。博聞強記，精通數國語言，淹通古今中外文史哲典故，為文幽默詼諧，多諷刺知識分子，堪稱「江南才子」的她於1998年底病逝於北京，其對現代的文藝界，學術界有極重大的影響。

課文說明

【本文】曼倩是個不甚活潑的慢性格兒。所以她理想中的自己是

個雍容文靜的大家閨秀。她的長睫毛的眼睛、蛋形的臉、白裡不帶紅的面色、瘦長的身材，都宜於造成一種風韻淡遠的印象。她在同學裡出了名的愛好藝術，更使喜歡她的男學生從她體態裡看出不可名言的高雅。有人也許嫌她美得太素淨，不夠葷；食肉者鄙，這些粗坯壓根兒就不在曼倩帶近視的彎眼睛裡。她利用天生羞縮的脾氣，養成落落自賞的態度。有人說她驕傲。女人的驕傲是對男人精神的挑誘，正好比風騷是對男人肉體的刺激。因此，曼倩也許並不像她自己所想的那麼淡雅，也有過好幾個追求她的人。不過曼倩是個慢性子，對男人的吸力也是幽緩的、積漸的。愛上她的人都是多年的老同學，正因為同學得久了，都給她看慣了，看熟了，看平常了，喚不起她的新鮮的反應。直到畢業那年，曼倩還沒有情人。在沉悶無聊的時候，曼倩也感到心上的空白，沒有人能為她填，男女同學的機會只算辜負了，大學教育也只算白受了。這時候，憑空來個才叔。才叔是她父親老朋友的兒子，因為時局關系，從南方一個大學裡到曼倩的學校來借讀。她父親看這位老世侄家境不甚好，在開學以前留他先到家裡來住。並且為他常設個榻，叫他星期日和假日來過些家庭生活。在都市裡多年的教育並未完全消磨掉才叔的鄉氣，也沒有消磨掉他的孩子氣。他天真的鹵莽、樸野的斯文，還有實心眼兒的伶俐，都使他可笑得可愛。曼倩的父親叫曼倩領才叔到學校去見當局，幫他辦理手續。從那一天起，她就覺得自己比這個新到的鄉下大孩子什麼都來得老練成熟，有一種做能幹姊姊的愉快。才叔也一見面就親暱著她，又常到她家去住。兩人混得很熟，彷彿是一家人。和才叔在一起，曼倩忘掉了自己慣常的矜持，幾乎忘掉了他是有挑誘潛能的男人，正好像舒服的腳忘掉還穿著鞋子。和旁的男朋友作伴時，她從沒有這樣自在。本是家常的要好，不知不覺地變成戀愛。不是狂熱的愛，只是平順滑溜的增加親密。直到女同學們跟曼倩開玩笑，她纔省覺自己怎樣喜歡才叔。她父母發現這件事以後，家庭之間大起吵鬧，才叔嚇得從此不敢來住。母親怪父親；父親罵女兒，也怪母親；父親母親又同罵才叔，同勸女兒，說才

叔家裡窮，沒有前途。曼倩也淌了些眼淚，不過眼淚只使她的心更堅決，宛如麻繩漬過水。她父母始則不許往來，繼則不許訂婚，想把時間來消耗她的愛情。但是這種愛情像習慣，養成得慢，也像慢性病，不容易治好。所以經過兩年，曼倩還沒有變心，才叔也當然耐心。反因親友們的歧視，使他倆的關係多少減去內心的豐富，而變成對外的團結，對勢利輿論的攻守同盟。戰事忽然發生，時局的大翻掀使家庭易於分化。這造就大批寡婦鰥夫的戰爭反給予曼倩倆以結婚的機會。曼倩的父母親也覺得責任已盡，該減輕干係。於是曼倩和才叔草草結婚，淡漠地聽了許多「有情人終成眷屬」的祝詞，隨著才叔做事的機關輾轉到這裡。

　　置辦內地不易得的必需品，收拾行李，省錢的舟車旅行，尋住處，借和買傢俱，雇老媽子，回拜才叔同事們的太太，這樣忙亂了一陣，才算定下來。新婚以後，只有忙碌，似乎還沒工夫嘗到甜蜜。嫁前不問家事的她，現在也要管起柴米油鹽來。曼倩並不奢華，但她終是體面人家的小姐。才叔月入有限，儘管內地生活當初還便宜，也覺得手頭不寬。戰事起了纔一年，一般人還沒窮慣。曼倩們恰是窮到還要諱窮、還可以遮飾窮的地步。這種當家，煞費曼倩的苦心。才叔當然極體恤，而且極抱歉。夫婦倆常希望戰事快結束，生活可以比較優閒些。然而曼倩漸漸發現才叔不是一個會鑽營差使、發意外財的能幹丈夫。他只會安著本分去磨辦公室裡與天地齊壽的檯角。就是戰事停了，前途還極渺茫。才叔的不知世事每使她隱隱感到缺乏依傍，要一身負著兩人生活的責任，沒個推託。自己只能溫和地老做保護的母親，一切女人情感上的奢侈品，像撒嬌、頑皮、使性子之類，只好和物質上的奢侈品一同禁絕。才叔本人就是個孩子，他沒有這樣寬大的懷抱容許她倒在裡面放刁。家事畢竟簡單，只有早起忙些。午飯後才叔又上辦公室，老媽子在院子裡洗衣服，曼倩閒坐在屋子裡，看太陽移上牆頭，受夠了無聊和一種無人分攤的岑寂。她不喜歡和才叔同事們的家眷往來，講奶奶經。在同地做事也有好多未嫁時的朋友，但男的當然不便

來往，女的嫁的嫁了，不嫁的或有職業，或在等嫁，都忙著各人切身的事。又因為節省，不大交際，所以過往的人愈變愈少。只到晚上或星期末，偶有才叔的朋友過訪；本不來看她，她也懶去應酬。她還愛看看書，只恨內地難得新書，借來幾本陳舊的外國小說，鋪填不滿一天天時間和靈魂的空缺。才叔知道她氣悶，勸她平時不妨一人出去溜達溜達。她悶得熬不住了，上過一次電影院，並非去看電影，是去看什麼在內地算是電影。演的是斑駁陸離的古董外國片子，場子裡長板凳上擠滿本地看客。每到銀幕上男女接吻，看客總哄然拍手叫著：「好哇！還來一個嗎！」她回來跟才叔說笑了一會，然而從電影院帶歸的跳蚤，咬得她一夜不能好睡。曼倩嚇得從此不敢看戲。這樣過了兩年，始終沒有孩子。才叔同事的太太們每碰到她就說：「徐太太該有喜啦！」因為曼倩是受過新教育、有科學常識的女子，有幾位舊式太太們談起這事，老做種種猜測。「現在的年輕人終是貪舒服呀！」她們彼此涵意無窮地笑著說。

去年春天，敵機第一次來此地轟炸。炸壞些房屋，照例死了幾個不值一炸的老百姓。這樣一來，把本市上上下下的居民嚇壞了；就是天真未鑿的土人也明白飛機投彈並非大母雞從天空下蛋，不敢再在警報放出後，聚在街頭仰面拍手叫嚷。防空設備頓時上勁起來。地方報紙連一接二發表社論和通信，說明本市在抗戰後方的重要性，該有空軍保衛。也有人說，還是不駐紮飛機的好，免得變成軍事目標，更惹敵人來炸～～然而這派議論在報上是不反映的。入夏以後，果然本市有了航空學校，闢了飛機場，人民也看慣了本國飛機在天空的回翔。九月秋深，一天才叔回家，說本地又添一個熟人，並且帶點兒親。航空學校裡有才叔一位表弟，今天到辦公處來拜訪他。才叔說他這位表弟從小就愛淘氣，不肯好好念書，六七年不見，長得又高又大，幾乎不認得了，可是說話還是嘻皮笑臉的胡鬧，知道才叔已結婚，說過一兩天要來「認」新表嫂呢？

「我們要不要約他來便飯？」才叔順口問。

人、獸、鬼・紀念

曼倩不很熱心地說：「瞧著罷。他們學航空的人，是吃慣用慣玩慣的，你請吃飯，他未必見情。咱們已經大破費了，他還是吃得不好，也許挨餓呢。何苦呢？與其請吃不體面的飯，還是不請好。他多半是隨說著罷了；他看過你，就算完了。這種人未必有工夫找到咱們家來。」

才叔瞧他夫人這樣水潑不上，高興冷去了一半，忙說：「我們就等著罷。他說要來的，向我問了地址。他還說，風聞你是美人，又是才女，『才貌雙全』，非見不可～～跟我大開玩笑呢？」

「哼！那麼請他不用來。我又老又醜，只算你的管家婆子！給他見到，不怕丟盡了臉！」

「笑話！笑話！」才叔摩著曼倩的頭髮，撫慰她說：「你看見天健，不會討厭他。他有說有笑，很熱絡隨和。性情也很敦厚。」於是話講到旁處。才叔私下奇怪，何以曼倩聽人說她「才貌雙全」時，立刻會發牢騷。然而才叔是天生做下屬和副手的人，只聽命令分付，從不會發現問題。他看見夫人平日不吵不怨、十分平靜，也沒當她是個問題來研究。私下詫異一會，又不敢問。忙著吃晚飯，也就完了。

兩三天後，就是星期日。隔夜才叔又想起天健明晨會來，跟他夫人說了。當日添買幾色菜，準備天健來吃飯。因為天健沒約定來，只是家常飯菜略豐盛些；天健如果來，也不會覺得是特備了等他的。又監著老媽子把客座和天井打掃得比平日徹底。夫婦倆一面忙，一面都笑說准備得無謂，來的又不是大客人。雖然如此，曼倩還換上一件比較不家常的旗袍，多敷些粉，例外地擦些口紅。午刻過了好一會，還不見天健的影子。老媽子肚子餓了，直嚷著要為主人開飯。夫婦倆只好讓她開上飯來對吃。才叔脾氣好，笑著說：「他原沒說定那一天來，是我們太肯定了。今天只算我們自己請自己，好在破費無多！天井好久沒有這樣乾淨了，不知道老媽子平時怎麼掃的！」

曼倩道：「花錢倒在其次，只是心思白費得可恨。好好一個星期日，

給他掃盡了興。來呢說來，不來呢說不來。他只要浮皮潦草，信口敷衍你一聲，哪知道人家要為他忙。只有你這樣不懂事的人，旁人隨口一句應酬，都會信以為真的。」

才叔瞧他夫人氣色不好，忙說：「他就是來，我們也不再招待他了。這孩子從小就是沒頭沒腦的。我們飯後到公園走走，乘天氣好，你也不必換什麼衣服。」曼倩口裡答應，心裡對天健下個「好討厭！」的斷語。

又一星期多了，天健始終沒來過。才叔一天回來，說在路上碰見天健和一個年輕女子在一起：「他也含含糊糊，沒明白介紹是誰。想來是他新交上的女朋友～這小子又在胡鬧了！那女孩子長得不錯，可惜打扮有點兒過火，決不是本地人。他聽說我們那天等他來吃飯，十分抱歉。他說本想來的，給事耽擱住了。過幾天他一定來，教我先向你致意，並且鄭重道歉。」

「『過幾天來』，過幾天呢？」曼倩冷淡地問。

才叔說：「隨他幾時來，反正我們不必預備。大家是親戚，用不著虛文客套。我想他昏天黑地在鬧戀愛，一時未必有工夫來。我們怕是老了！像我今天看見青年情人們在一處，全不眼紅。不知道為什麼，我只覺得他們幼稚得可憐，還有許多悲歡離合，要受命運的捉弄和支配。我們結過婚的人，似乎安穩多了，好比船已進港，不再怕風浪。我們雖然結婚只兩年，也好算老夫妻了。」

曼倩微笑道：「『別咱們，你！』」～這原是「兒女英雄傳」[1]裡十三妹對沒臉婦人的話；她夫婦倆新借來這本書看完，常用書裡的對白來打趣。才叔見夫人頑皮可愛。便走上去吻她。他給自己的熱情麻醉了，沒感到曼倩的淡漠。

---

[1]. 兒女英雄傳：清代文康所著的俠義小說，敘述以宦家子弟安驥與俠女何玉鳳二人為主，曲折俠勇、生動圓滿的故事。

人、獸、鬼・紀念

　　那一夜，曼倩失了大半夜的眠。聽才叔倦懨地酣睡，自己周身感覺還很緊張、動盪。只靜靜躺著詫異，何以自己年紀輕輕，而對戀愛會那樣厭倦。不，不但對戀愛，對一切都懶洋洋不發生興味。結婚才兩年多，陳腐熟爛得宛似跟才叔同居了一世。「我們算穩定下來了」，真有如才叔所說！然而自認識才叔以來，始終沒覺到任何情感上的不安穩。怕外來勢力妨害她倆戀愛的發展，那當然有的。可是，彼此之間總覺得信託得過，把握得住。無形的猜疑，有意的誤解，以及其他精緻的受罪，一概未經歷到。從沒有辛酸苦辣，老是清茶的風味，現在更像泡一次，淡一次。日子一天天無事過去，跟自己毫無關係，似乎光陰不是自己真正度過的。轉瞬就會三十歲了，這樣老得也有些寃枉。還不如生個孩子，減少些生命的空虛，索性甘心做母親。當初原有個空泛的希冀，能做點事，在社會上活動，不願像一般女人，結婚以後就在家庭以外喪失地位。從前又怕小孩子是戀愛的障礙，寧可避免。不知道才叔要不要孩子，怕他經濟又負擔不起。這害人的戰事什麼時候會了結……

　　曼倩老晚才起。她起床時，才叔已出門了。她半夜沒睡，頭裡昏沉沉，眼皮脹結得抬不甚起。對著鏡子裡清黃的長臉，自己也怕細看。洗面漱口後，什麼勁兒都鼓不起。反正上午誰也不會來，便懶得打扮。休息了一會，覺得好受些。老媽子已上街買菜回來，曼倩罩上青布褂子，幫她在廚房裡弄菜做飯。正忙得不可開交，忽聽見打門聲，心裡想這時候有誰來。老媽子跑去開門。曼倩記起自己蓬頭黃臉，滿身油味，絕對見不得生人，懊悔沒早知照老媽子一聲。只聽老媽子一路叫「奶奶！」，直奔灶下，說有個姓周的，是先生那門子親戚，來看先生和奶奶，還站在院子裡呢，要不要請他進來。曼倩知道天健來了，窘得了不得。給老媽子那麼嚷，弄得無可推避，當時要罵她也無濟於事。出去招呼呢？簡直自慚形穢，畢竟客氣初見，不願意丟臉。要是進臥室妝扮一下再見他，出廚房就是天井，到中間屋子折入臥室，非先經過天井不可。不好意思見客，只得吩咐老媽子去道歉，說先生不在家，

等先生回來告訴他。老媽子大聲應著出去了。曼倩一陣羞恨,也不聽老媽子把話傳得對不對,想今天要算是無禮慢客了,天健明知自己在灶下不肯出見。也許他會原諒自己上灶弄得烏煙瘴氣,倉卒不好見客。然而號稱「才貌雙全」的表嫂竟給煙火氣熏得見不了生客,也夠丟人了!這也該怪天健不好,早不來,遲不來,沒頭沒腦地這會子闖來。曼倩正恨著,老媽子進來報客人去了,說星期六下午再來。曼倩沒好氣,教訓老媽子不該有人來直嚷。結果老媽子咕嘟起嘴,鬧著要不幹,曼倩添了氣惱。到才叔回家午飯,曼倩告訴他上午的事,還怨他哪裡來的好表弟,平白地跟人家搗亂。

　　夫婦倆雖說過不特地招待天健,星期六午時才叔還買些糕點帶回。飯後曼倩用意重新修飾一番。上次修飾只是對客人表示敬意,禮儀上不許她蓬頭黃臉出來慢客。這回全然不同。前天避面不見的羞愧似乎還在她意識底下起作用。雖然天健沒瞧見她,而曼倩總覺得天健想像裡的自己只是一個煙熏油膩、躲在灶下見不得他的女人。今天需要加工夫打扮,才能恢復名譽。無意中脂粉比平日施得鮮明些,來投合天健那種粗人的審美程度。

　　三點多鐘,天健帶了些禮物來了。相見之後,曼倩頗為快意地失望。原來他並不是粗獷浮滑的少年,曼倩竟不能照她預期的厭惡他。像一切航空人員,天健身材高壯,五官卻雕琢得精細,態度談吐只有比才叔安詳。西裝穿得內行到家,沒有土氣,更沒有油氣。還是初次見面呢,而他對自己的客氣裡早透著親熱了,一望而知是個善於交際的人。才叔和他當然有好多話可講;但她看出他不願一味和才叔敘舊,冷落著自己,所以他時時把談話的線索放寬,撒開,分明要將自己也圈進去。是的,事實不容許她厭惡天健,除非討厭他常偷眼瞧自己。有一次,天健在看自己時,剛跟自己看他的眼鋒相接,自己臉上立刻發熱,眼睛裡起了暈。像鏡面上呵了熱氣,而天健反坦白地一笑,順口問自己平時怎樣消遣。這人好算得機靈!因為天健送的禮不薄,夫婦倆過意不去,約他明晚來便飯。那頓預定要吃的飯,始終沒省掉。

人、獸、鬼・紀念

　　明天，曼倩整下午的忙，到百凡就緒，可以託付給老媽子了，才回房換好衣服，時間尚早，天健已來，才叔恰出去訪友未回。曼倩一人招待他，盡力鎮住靦腆，從腦子犄角罅縫裡搜尋話題。虧得天健會說話，每逢曼倩話窘時，總輕描淡寫問幾句，仿佛在息息擴大的裂口上搭頂浮橋，使話頭又銜接起來。曼倩明白他看破自己的羞縮，在同情地安撫自己，想著有點滑稽，也對他感激。天健說，他很想吃曼倩做的菜，而又怕曼倩操勞，所以今天的心理不無矛盾。更說他自己也會燒菜，找一天他下廚房顯顯手段。曼倩笑道：「虧得我沒早知道你有這本領！我本不會做菜，以後你來吃飯，我更不敢做，只好請你吃白飯了。」天健有與人一見如故的天才，興會蓬勃，能使一切交際簡易化。曼倩不知不覺中鬆了拘束。才叔回來，看見他倆正高興說笑著，曼倩平時的溫文裡添上新的活潑，知道他夫人對他表弟的偏見已經消釋，私心頗為欣慰。到坐下吃飯時，三人都忘了客套，尤其是曼倩～～她從來沒覺得做主婦這樣容易，招待客人的責任這樣輕鬆。天健敘述許多到本地來以前的事，又說一個同鄉人家新為他布置一間房，有時玩得太晚了，可以在校外住宿。才叔忽然想到和天健一起走的那個女人，問道：「同你一起玩兒的女孩子不會少罷？那天和你逛街的是誰？」

　　天健呆了一呆，說：「哪一天？」

　　曼倩頑皮地插嘴道：「意思是說：『哪一個？』想他天天有女朋友同玩的，所以多得記不清了。」

　　天健對她笑說：「我知道表嫂說話利害！可是我實在記不起。」

　　才叔做個鬼臉道：「別裝假！就是我在中山路拐彎碰見你的那一天，和你並肩走著圓臉紫衣服的那一位～～這樣見證確鑿，你還不招供麼？」

　　天健道：「唉！那一個。那一個就是我房東的女兒……」曼倩和才

叔都以為還有下文，誰知他頓一頓，就借勢停了，好像有許多待說出的話又敏捷地、乖覺地縮回靜默裡去。夫婦倆熬不住了，兩面夾攻說：「無怪你要住她家的房子！」

天健分辯似的忙說：「是這麼一回事？我的房東是位老太太。我在四川跟她的侄兒混得很熟。我到此地來，她侄兒寫信介紹，湊巧她租的屋子有多餘，所以劃出一間給我用～是啊！我偷空進城的日子，有個歇腳點，朋友來往也方便。她只有一子一女。兒子還上學讀書，這位小姐今年夏天大學畢業，在什麼機關裡當科員。那女孩子長得還不錯，也會打扮。就是喜歡玩兒，她母親也管不了她」說到此，天健要停，忽又補上道：「航空學校同事跟她來往的很多，不單是我。」

本身就是科員的才叔聽著想：「原來是個『花瓶』！」還沒說出口，曼倩的笑像煮沸的牛奶直冒出來：「哪位小姐可算得航空母艦了！」才叔不自主地笑了。天健似乎受到刺痛地閃了閃，但一剎那就恢復常態，也攙進去笑。曼倩說過那句話，正懊惱沒先想想再說，看見天健表情，覺得他的笑容勉強，更恨自己說話冒昧，那女孩子沒準是他的情人。今天話比平時說得太多，果然出這個亂子。曼倩想著，立刻興致減退，對自己的說話也加以監視和管束，同時，她看天健的談笑也似乎不像開始時的隨便坦率～但這或許是她的疑心生鬼。只有才叔還在東扯西拉，消除了賓主間不安的痕跡。好容易飯吃完，天健坐了一會就告辭。他對曼倩謝了又謝，稱讚今天的菜。曼倩明知這是他的世故，然而看他這般鄭重其事地稱謝，也見得他對自己的敬意，心上頗為舒服。夫婦倆送他出院子時，才叔說：「天健，你不嫌我這兒簡陋，有空常來坐坐。反正曼倩是簡直不出門的，她也悶得氣悶。你們倆可以談談。」

「我當然喜歡來的！就怕我們這種人，個個都是粗坯，夠不上資格跟表嫂談話。」雖然給笑沖淡了嚴重性，這話裡顯含著敵意和挑釁。虧得三人都給門前的夜色蓋著，曼倩可以安全地臉紅，只用極自然的聲調說：

人、獸、鬼・紀念

「只怕你不肯來。你來我最歡迎沒有。可是我現在早成管家婆子，只會談柴米油鹽了。而且我本來就不會說話。」

「大家毋須客氣！」才叔那麼來了一句。這樣囑了「再會」，「走好」，把天健送走了。

兩天後的下午，曼倩正在把一件舊羊毛裡衣拆下的毛線泡過晾乾了想重結，忽然聽得天健來。曼倩覺得他今天專為自己來的，因為他該知道這時候才叔還沒下班。這個發現使她拘謹，失掉自在。所以見面後，她只問聲今天怎會有工夫來，再也想不出旁的話。前天的親熱，似乎已經消散，得重新團捏起來。天健瞧見飯桌上拆下的毛線堆，笑道：「特來幫你繙線。」曼倩要打破自己的矜持，忽生出不自然的勇敢，竟介面說：「你來得正好，我正愁沒人繙線，才叔手腕滯鈍，不會活絡的轉。我今天倒要試試你。只怕你沒耐心。讓我先把這毛線理成一股股。」這樣，一個人張開手繙線，一個人繞線成球，就是相對無言，這毛線還替彼此間維持著不息的交流應接，免除了尋話扯淡的窘態。繞好兩三個球以後，曼倩怕天健厭倦，說別繞罷，天健不答應。直到桌上的線都繞成球，天健才立起來，說自己的手腕和耐心該都過得去罷，等不及才叔回來，要先走了。曼倩真誠地抱歉說：「太委屈了你！這回捉你的差，要嚇得你下回不敢來了。」天健只笑了笑。

從此，每隔三四天，天健來坐一會。曼倩注意到，除掉一次請她夫婦倆上館子以外，天健絕少在星期日來過。他來的時候，才叔總還在辦公室。曼倩猜想天健喜歡和自己在一起。這種喜歡也無形中增進她對自己的滿意。彷彿黯淡平板的生活裡，滴進一點顏色，皺起些波紋。天健在她身上所發生的興趣，穩定了她搖動的自信心，證明她還沒過時，還沒給人生消磨盡她動人的能力。要對一個女人證明她可愛，最好就是去愛上她。在妙齡未婚的女子，這種證明不過是她該得的承認，而在已婚或中年逼近的女人，這種證明不但是安慰，並且算得恭維。選擇情人最嚴刻的女子，到感情上迴光返照的時期，常變為寬容

隨便；本來決不會被愛上做她丈夫的男子，現在常有希望被她愛上當情人。曼倩的生命已近需要那種證明、那種恭維的時期。她自忖天健和她決不會鬧戀愛～～至少她不會熱烈地愛天健。她並不擔憂將來；她有丈夫，這是她最有效的保障，對天健最好的防禦。她自己的婚姻在她和天健的友誼裡天然的劃下一條界限，彼此都不能侵越。天健確討人喜歡～～她心口相語，也不願對他下更著痕跡的評定，說他「可愛」～～無怪才叔說他善交女友。想到天健的女友們，曼倩忽添上無理的煩惱，也許天健只當她是那許多「女朋友」中的一個。不，她斷不做那一類的女友，他也不會那樣對待她。他沒有用吃喝玩樂的手段來結交她。他常來看她，就表示他耐得住恬靜。天健來熟了以後，她屢次想把才叔說他的話問他，然而怕詞氣裡不知不覺地走漏心坎裡的小秘密，所以始終不敢詢問。這個秘密，她為省除丈夫的誤會起見，並不告訴才叔。因此，她有意無意地並不對才叔每次提起天健曾來瞧她。她漸漸養成習慣，隔了兩天，就準備（她不承認是希望）他會來，午飯後，總稍微打扮一下。雖然現在兩人見慣了，而每聽到他進門的聲音，總覺得震動，需要神速的大努力，使臉上不自主的紅暈在他見面以前褪淨。

　　這樣，她活著似乎有些勁了。過了個把月，已入冬天，在山城裡正是一年最好的時季。連續不斷的晴光明麗，使看慣天時反復的異鄉人幾乎不能相信天氣會這樣渾成飽滿地好。日子每天在嫩紅的晨光裡出世，在熟黃的暮色裡隱退。並且不像北方的冬晴，有風沙和寒冷來掃興。山城地形高，據說入冬就有霧團裹繞，減少空襲的可能性，市面也愈加熱鬧。一天，天健照例來了，只坐一會兒就嚷要走。曼倩說，時間還早，為什麼來去匆匆。天健道：「天氣好得使人心癢癢的，虧你耐得住在家裡悶坐！為什麼不一同上街走走？」

　　這一問使曼倩十分為難。要說願意在家裡悶著，這句話顯然違心，自己也騙不信。要跟天健作伴在大街上走，又覺得不甚妥當，旁人見了會說閒話，有些顧忌～這句話又不便對天健明說。結果只軟弱地答

復說:「你在這兒無聊,就請便罷!」

　　天健似乎明白她的用意,半頑皮半認真的說:「不是我,是你該覺得枯坐無聊。我是常常走動的。同出去有什麼關係?不成才叔會疑心我拐走了你!」

　　曼倩愈為難了,只含糊說:「別胡扯!你去罷,我不留你。」

　　天健知道勉強不來,便走了。到天健走後,曼倩一陣失望,才明白實在要他自動留下來的。現在只三點多鐘,到夜還得好半天,這一段時間橫梗在前,有如沙漠那樣難於度越。本來時間是整片成塊兒消遣的,天健一去,彷彿鐘點分秒間抽去了脊樑,散漫成拾不完數不盡的一星一米,沒有一樁事能像線索般把它們貫串起來。孤寂的下午是她常日過慣的,忽然竟不能再忍受。才想起今天也不妨同天健出去,因為牙膏牙刷之類確乎該買。雖然事實上在一起的不是丈夫,但是「因公外出」,對良心有個交代,對旁人有個藉口,總算不是專陪外人或叫外人陪著自己出去逛的。

　　過一天,天氣愈加誘人地好。昨日的事還有餘力在心上蕩漾著,曼倩果然在家坐不住了。上午有家事須料理;防空的虛文使店家到三點後才開門。曼倩午後就一個人上街去。幾天沒出來,又新開了好幾家舖子,都勉強模仿上海和香港的店面。曼倩站在一家新開的藥房前面,看櫥窗裡的廣告樣品,心裡盤算著進去買些什麼。背後忽有男人說話,正是天健的聲音。她對櫥窗的臉直燒起來,眼前一陣糊塗,分不清櫥窗裡的陳設,心像在頭腦裡舂,一時幾乎沒有勇氣回過臉去叫他。在她正轉身之際,又聽得一個女人和天健說笑,她不由自主,在動作邊緣停下來。直到腳步在身畔過去,才轉身來看,只見天健和一個女人走進這家藥房。這女人的側面給天健身體擋著,只瞧見她的後影,一個能使人見了要追過去看正面的俏後影。曼倩恍然大悟,斷定是「航空母艦」。頓時沒有勇氣進店,像逃避似的迅速離開。日用化妝品也無興再買了,心上像灌了鉛的沉重,腳下也像拖著鉛,沒有勁再

步行回家，叫了洋車。到家平靜下來，才充分領會到心裡怎樣難過。她明知難過得沒有道理，然而誰能跟心講理呢？她並不恨天健，她只覺得不舒服，好像識破了一月來的快活完全是空的～不，不是空的，假使真是空的，不會變成這樣的滋味。她希望立刻看見天健，把自己沸亂的靈魂安頓下去。今天親眼瞧見的事，似乎還不能相信，要天健來給她證明是錯覺。總之，天健該會向她解釋。但今天他不會來了，也許要明天，好遠的明天！簡直按捺不住心性來等待。同時首次感到虧心，怕才叔發現自己的變態。那晚才叔回家，竟見到一位比平常來得關切的夫人，不住的向他問長問短。曼倩一面談話，一面強制著煩惱，不讓它冒到意識面上來。到睡定後，又怕失眠，好容易動員了全部心力，扯斷念頭，放在一邊，暫時不去想它，像熱天把吃不完的魚肉擱在冰箱裡，過一夜再說。明天醒來，昨夜的難受彷彿已在睡眠時溜走。自己也覺得太可笑了，要那樣的張大其事。天健同女人出去玩，跟自己有什麼相干？反正天健就會來，可以不露聲色地借玩笑來盤問他。但是一到午後，心又按捺不住，坐立不定地渴望著天健。

　　那天午後，天健竟沒來。過了一天又一天，天健也不來，直到第五天，他還沒來。彼此認識以後，他從沒有來得這樣稀。曼倩忽然想，也許天健心血來潮，知道自己對他的心理，不敢再來見面。然而他怎會猜測到呢？無論如何，還是絕瞭望，乾脆不再盼他來罷。曼倩領略過人生的一些諷刺，也瞭解造物會怎樣捉弄人。要最希望的事能實現，還是先對它絕望，準備將來有出於望外的驚喜。這樣絕望地希望了三天，天健依然蹤跡全無。造物好像也將錯就錯，不理會她的絕望原是戴了假面具的希望，竟讓它變成老老實實的絕望。

　　這八天裡，曼倩宛如害過一場重病，精神上衰老了十年。一切戀愛所有的附帶情感，她這次加料嘗遍了。疲乏中的身心依然緊張，有如失眠的人，愈困倦而神經愈敏銳。她好幾次要寫信給天健，打過不知多少腹稿，結果驕傲使她不肯寫，希望～「也許他今天或明天自會來」～叫她不必寫。當才叔的面，她竭力做得坦然無事，這又耗去不

少精力。所以，她不樂意才叔在家裡，省得自己強打精神來應付他。然而才叔外出後，她一人在家，又覺得自己毫無保障的給煩惱擺布著。要撇開不想，簡直不可能。隨便做什麼事，想什麼問題，只像牛拉磨似的繞圈子，終歸到天健身上。這八天裡，天健和她形跡上的疏遠，反而增進了心理上的親密；她以前對天健是不肯想念，不允許自己想念的，現在不但想他，並且恨他。上次天健告別時，彼此還是談話的伴侶，而這八天間她心裡宛如發著酵，醞釀出對他更濃烈的情感。她想把絕望哄希望來實現，並未成功。天健不和她親熱偏賺到她對他念念不忘。她只怪自己軟弱，想訓練自己不再要見天健～至多還見他一次，對他冷淡，讓他知道自己並不在乎他的來不來。

　　又是一天。曼倩飯後在洗絲襪。這東西是經不起老媽子的粗手洗的，曼倩有過經驗。老媽子說要上街去，曼倩因為兩手都是肥皂，沒起來去關門，只分付她把門虛掩，心裡盤算，過幾天是耶穌聖誕了，緊接著就是陽曆新年，要不要給天健一個賀年片～只是一個片子，別無他話。又恨自己是傻子，還忘不下天健，還要去招惹他。一會兒洗完襪子，抹淨了手，正想去關門，忽聽得門開了。一瞧就是天健，自己覺得軟弱，險的站立不穩。他帶上門，一路笑著嚷：「怎麼門開著？一個人在家麼？又好幾天沒見面啦！你好啊？」

　　曼倩八天來的緊張忽然放鬆，才發現心中原來還收藏著許多酸淚，這時候乘勢要流出來。想對天健客套地微笑，而臉上竟湊不起這個表情。只低著頭啞聲說道：「好一個稀客！」天健感到情景有些異常。呆了一呆，注視著曼倩，忽然微笑，走近身，也低聲說：「好像今天不高興，跟誰生氣呢？」

　　不知怎樣，曼倩準備對他說的尖酸刻刺的話，一句也說不出。靜默壓著自己，每秒鐘在加重量，最後掙扎說道：「你又何必屈尊來呢？這樣好天氣，正應該陪女朋友逛街去。」說到這裡覺得受了無限委屈，眼淚更制不住，心上想：「糟了糟了！給他全看透了！」正在迷亂著，

發現天健雙手抱住自己後頸,溫柔地吻著自己的眼睛說:「傻孩子!傻孩子!」曼倩本能地摔脫天健的手,躲進房去,一連聲說:「你去罷!我今天不願意見你。你快去!」

天健算是打發走了。今天的事徹底改換了他對曼倩的心理。他一月來對曼倩的親密在回憶裡忽發生新鮮的、事先沒想到的意義。以前指使著自己來看曼倩的動機,今天才回顧明白了,有如船尾上點的燈,照明船身已經過的一條水路。同時,他想他今後對曼倩有了要求的權利,對自己有了完成戀愛過程的義務。雖然他還不知道這戀愛該進行到什麼地步,但是被激動的男人的虛榮心迫使他要加一把勁,直到曼倩坦白地、放任地承認他是情人。曼倩呢,她知道秘密已洩漏了,毫無退步,只悔恨太給天健占了上風,讓天健把事看得太輕易,她決意今後對天健冷淡,把彼此間已有的親熱打個折扣,使他不敢托大地得寸進尺。她想用這種反刺激,引得天健最後向自己懇切卑遜地求愛。這樣,今天的事才算有了報複,自己也可以掙回面子。她只愁天健明天不來,而明天天健來時,她又先吩咐老媽子說「奶奶病了」,讓他改天再來。天健以為她真害病,十分關切,立刻買了兩簍重慶新來的柑子,專差送去。因為不便寫信,只附了一個名片。過一晚,又寄一張賀束,附個帖子請才叔夫婦吃耶穌聖誕晚飯。回信雖由才叔署名,卻是曼倩的筆跡,措詞很簡單,只說:「請飯不敢辭,先此致謝,到那天見。」天健細心猜揣,這是曼倩暗示不歡迎自己去看她;有抵抗能力的人決不躲閃,自己該有勝利者的大度,暫時也不必勉強她。到聖誕晚上,兩人見面,也許是事情冷了,也許因有才叔在旁壯膽,曼倩居然相當鎮靜。天健屢次想在她眼睛裡和臉上找出共同秘密的痕影,只好比碰著鐵壁。飯吃得頗為暢快,但天健不無失望。此後又逢陽曆年假,才叔不上辦公室。天健去了一次,沒機會跟曼倩密談。並且曼倩疏遠得很,每每藉故走開。天健想她害羞遠著自己,心上有些高興,然而看她又好像漠然全沒反應,也感到惶惑。

才叔又上辦公室了,天健再來見曼倩的面。以前的關係好像吹斷

的游絲，接不起來。曼倩淡遠的態度，使天健也覺得拘束，更感到一種東西將到手忽又滑脫的惱怒。他拿不定主意該怎麼辦，是冷靜地輕佻，還是熱烈地鹵莽。他看她低頭在結毛線，臉色約束不住地微紅，長睫毛牢覆下垂的眼光彷彿燈光上了罩子，他幾乎又要吻她。他走近她面前，看她抬不起的臉紅得更鮮明瞭。他半發問似的說：「這幾天該不跟我生氣了？」

「我跟你生什麼氣？沒有這回事。」曼倩強作安詳地回答。

天健道：「咱們相處得很好，彼此間何苦存了心跡，藏著話不講！」

曼倩一聲不響，雙手機械地加速度地結著。天健逼近身，手擱在曼倩肩上。曼倩扭脫身子，手不停結，低聲命令說：「請走開！老媽子瞧見了要鬧笑話的。」

天健只好放手走遠些，憤憤道：「我知道我不受歡迎了！我來得太多，討你的厭，請你原諒這一次，以後決不再來討厭。」說著，一面想話說得太絕了，假使曼倩不受反激，自己全沒退步餘地，便算失敗到底了。曼倩低頭做她的活，不開口。在靜默裡，幾分鐘難過得像幾世。天健看逼不出什麼來，急得真上了氣，聲音裡迸出火道：「好罷！我去了！決不再來打擾你……你也別管我的事。」

天健說完話，回身去拿帽子。曼倩忽抬起頭來，含羞帶笑，看了發脾氣的天健一眼，又低下頭說：「那末明天會。我明天要上街，你飯後有空陪我去買東西不？」天健莫名其妙，呆了一呆，方醒悟過來，快活得要狂跳，知道自己是勝利了，同時覺得非接吻以為紀念不可。然而他相信曼倩決不敢合作，自己也顧忌著老媽子。他出門時滿腔高興，想又是一樁戀愛成功了，只恨沒有照例接吻來慶祝成功，總是美滿中的缺陷。

這個美中不足的感覺，在以後的三四星期裡，只有增無減。天健跟曼倩接近了，發現曼倩對於肉體的親密，老是推推躲躲，不但不招

惹，並且不迎合。就是機會允許擁抱，這接吻也要天健去搶劫，從不是充實的、飽和的、圓融的吻。天生不具有騷辣的刺激性或肥膩的迷醉性，曼倩本身也不易被激動迷誘，在戀愛中還不失幽嫻。她的不受刺激，對於他恰成了最大的刺激。她的淡漠似乎對他的熱烈含有一種挑釁的藐視，增加他的欲望，攪亂他的脾氣，好比一滴冷水落在燒紅的炭爐子裡，「嗤」的一聲觸起蓋過火頭的一股煙灰。遭曼倩推拒後，天健總生氣，幾乎忍不住要問，她許不許才叔向她親熱。但轉念一想，這種反問只顯得自己太下流了；盜亦有道，偷情也有它的倫理，似乎她丈夫有權力盤問她和她情人的關係，她情人不好意思質問她和丈夫的關係。經過幾次有求不遂，天健漸漸有白費心思的失望。空做盡張致，周到謹密，免得才叔和旁人猜疑，而其實全沒有什麼，恰像包裹掛號只寄了一個空匣子。這種戀愛又放不下，又乏味。總不能無結果就了呀！務必找或造個機會，整個占領了曼倩的身心。上元節後不多幾日，他房主全家要出城到鄉下去，他自告奮勇替他們今天看家，預約曼倩到寓所來玩。他準備著到時候嘗試失敗，曼倩翻臉絕交。還是硬生生拆開的好，這樣不乾不脆、不痛不癢地拖下去，沒有意思。居然今天他如願以償。他的熱烈竟暫時融解了曼倩的堅拒，並且傳熱似地稍微提高了她的溫度。

他們的戀愛算是完成，也就此完畢了。天健有達到目的以後的空虛。曼倩在放任時的拘謹，似乎沒給他公平待遇，所以這成功還是進一步的失敗。結果不滿意，反使他天良激發，覺得對不住曼倩，更對不住才叔；自己有旁的女人，何苦「親上加親」地去愛表嫂。曼倩決然而去，不理他的解釋和道歉，這倒減少了他的困難，替他提供了一個下場的方式。他現在可以把曼倩完全撇開，對她有很現成的藉口：自覺冒犯了她，無顏相見。等將來曼倩再找上來，臨時想法對付。曼倩卻全沒想到將來。她一口氣跑回家，倒在床上。心像經冰水洗過的一般清楚，知道並不愛天健。並且從前要博天健愛她的虛榮心，此時消散得不留痕跡。適纔的情事，還在感覺裡留下鬼影，好像印附著薄

人、獸、鬼・紀念

薄一層的天健。這種可憎的餘感,不知道多久才會褪盡。等一會才叔回來,不知道自己的臉放在哪裡。

那天晚上,才叔並沒看出曼倩有何異常。天健幾星期不來,曼倩也深怕他再來,彷彿一種不良嗜好,只怕它戒絕不斷。自從那一次以後,天健對她獲得了提出第二次要求的權力,兩人面對面,她簡直沒法應付。她相信天健不失是個「君子」,決不至於出賣她,會幫她牢守那個秘密。但是,萬一這秘密有了事實上的結果,遮蓋不下的憑據~不!決不會!天下哪有那麼巧的事?她只懊悔自己一時糊塗,厭恨天健混帳,不敢再想下去。

天氣依然引人地好。曼倩的心像新給蟲蛀空的,不復萌芽生意。這樣,倒免去春天照例的煩悶。一天中飯才吃完,才叔正要睡午覺,忽聽得空襲警報。和風暖日頓時喪失它們天然的意義。街上人聲嘈雜;有三個月沒有警報了,大家都不免張皇失措。本地的飛機掃上天空,整個雲霄裡布滿了它們機器的脈搏,然後,漸漸散向四郊去。老媽子背上自己衣包,還向曼倩要了幾塊錢,氣喘吁吁跑到巷後防空壕裡去躲,忙忙說:「奶奶,你和先生快來呀!」才叔懶在床上,對曼倩說,多半是個虛驚,犯不著到壕裡去拌灰塵擠人。曼倩好像許多人,有個偏見,她知道有人被炸死,,而總不信自己會炸死。才叔常對朋友們稱引他夫人的妙語:「中空襲的炸彈像中航空獎券頭彩一樣的難。」一會兒第二次警報發出;汽笛悠懶的聲音,好比巨大的鐵嗓子,仰對著蕩蕩青天歎氣。兩人聽得四鄰畢靜,才膽怯起來。本來是懶得動,此時又怕得不敢動。曼倩一人在院子裡,憋住氣遙望。敵機進入市空,有一種藐視的從容,向高射機關槍挑逗。那不生效力的機關槍聲好像口吃者的聲音,對天格格不能達意,又像咳不出痰來的乾嗽。她忽然通身發軟,不敢再站著看,急忙跑回臥室去。正要踏進屋子,一個聲音把心抽緊了帶著同沉下去,才沉下去又托著它爆上來,幾乎跳出了腔子,耳朵裡一片響。關上的窗在框子裡不安地顫動著,茶盤裡合著的杯子也感受到這力量,相碰成一串急碎的音調。曼倩嚇得倒在椅子

裡，攪了才叔的手，平時對他的不滿意，全沒有了，只要他在自己身邊。整個天空像裝在腦子裡，哪些機關槍聲，炸彈聲，都從飛機聲的包孕中分裂出來，在頭腦裡攪動，沒法顛簸它們出去。不知過了多少時候，才又安靜。樹上鳥雀宛如也曾中止了啁啾，這時候重開始作聲。還是漠然若無其事的藍天，一架我們的飛機忽喇喇掠過天空，一切都沒了。好一會警報解除。雖然四鄰尚無人聲，意想中好像全市都開始蠕動。等老媽子又背包回來，才叔夫婦才同到大街，打探消息。街上比平時更熱鬧，好多人圍著看防空委員會剛貼出的紅字布告，大概說：「敵機六架竄入市空無目的投彈，我方損失極微。當經我機迎頭痛擊，射落一架，餘向省境外逃去。尚有一機被我射傷，迫落郊外某處，在尋探中。」兩人看了，異口同聲說，只要碰見天健，就會知道確訊。才叔還順口詫異天健為什麼好久沒來。

　　天健這時候，人和機都落在近郊四十裡地的亂石坡裡，已獲得慘酷的平靜。在天上活動的他，也只有在地下纔能休息。

　　這個消息，才叔夫婦過三天才確實知道。才叔灑了些眼淚，同時傷心裡也有驕傲，因為這位英雄是自己的表弟。曼倩開始覺得天健可憐，像大人對熟睡的淘氣孩子，忽然覺得它可憐一樣。天健生前的漂亮、能幹、霸道、圓滑，對女人是可恐怖的誘惑，都給死亡勾消了，揭破了，彷彿只是小孩子的淘氣，算不得真本領。同時曼倩也領略到一種被釋放的舒適。至於兩人間的秘密呢，本來是不願回想，對自己也要諱匿的事，現在忽然減少了可恨，變成一個值得保存的私人紀念，像一片楓葉、一瓣荷花，夾在書裡，讓時間慢慢地減退它的顏色，但是每打開書，總看得見。她還不由自主地寒慄，似乎身體上沾染著一部分死亡，又似乎一部分身體給天健帶走了，一同死去。虧得這部分身體跟自己隔離得遠了，像蛻下的皮、剪下的頭髮和指甲，不關痛癢。

　　不久，本市各團體為天健開個追悼會，會場上還陳列這次打下來一架敵機的殘骸。才叔夫婦都到會。事先主席團要請才叔來一篇演講

人、獸、鬼・紀念

或親屬致詞的節目,怎麼也勸不動他。才叔不肯藉死人來露臉,不肯在情感展覽會上把私人的哀傷來大眾化,這種態度頗使曼倩對丈夫增加敬重。一番熱鬧之後,天健的姓名也趕上他的屍體,冷下去了,直到兩三星期後,忽又在才叔夫婦間提起。他倆剛吃完晚飯,在房裡閒談。才叔說:「看來你的徵象沒什麼懷疑了。命裡註定有孩子,躲避不了。咱們也該有孩子了,你不用恨。經濟狀況還可以維持,戰事也許在你產前就結束,更不必發愁。我說,假如生一個男孩子,我想就叫他『天健』,也算紀念咱們和天健這幾個月的相處。你瞧怎樣?」

曼倩不知要找什麼東西,走到窗畔,拉開桌子抽屜,低頭亂翻,一面說:「我可不願意。你看見追悼會上的『航空母艦』麼?哭得那個樣子,打扮得活像天健的寡婦!天健為人,你是知道的。他們倆的關係一定很深,誰知道她不～不為天健留下個種子?讓她生兒子去紀念天健罷。我不願意!並且,我告訴你,我不會愛這個孩子,我沒有要過他。」

才叔對他夫人的意見,照例沒有話可說。他夫人的最後一句話增加了自己的惶恐,好像這孩子該他負責。他靠著椅背打個呵欠道:「好累呀～呀!那末,就看罷!你在忙著找什麼?」

「不找什麼。」曼倩含糊說,關上了抽屜,「～我也乏了;臉上有些升火。想今天也沒忙什麼呀!」

才叔懶洋洋地看著他夫人還未失去苗條輪廓的後影,眼睛裡含著無限的溫柔和關切。

作品賞析

本篇以婚外情為主要題材,故事描寫了三個人兩段情,利用諷刺手法描寫愛情與親情,男與女之間的心理和態度,在時間和季節的變化也加以描述,也對才叔、曼倩、天健三者互相作了強烈的對比。

曼倩才貌雙全，形象高雅，是一個嫻靜、熱愛藝術的小布爾喬亞，她和才叔之間的婚姻平淡如水，失去了幸福的滿足感，兩人因戰爭因素而落腳的內地小城，彷彿是被拋擲地到一個被孤立的陌生之地，「才叔的不知世事每使她隱隱感到缺乏依傍」、「看太陽移上牆頭，受夠了無聊和一種無人分擔的岑寂」，曼倩的心頭孤獨空寂，但老實本分的才叔卻不知情，也走不進，兩人之間宛若隔了一道高牆。才叔的不諳世事與平淡，山城的空寂，加深了曼倩心中的孤寂，缺乏甜蜜愛情滋潤的婚姻，以及環境的因素，使曼倩的情感一直是被壓抑著的，其實她心中也渴望撒嬌，於是天健的出現便提供了曼倩逃離孤寂的情感的出口。曼倩卻懷了天健的孩子，而不知道真相的才叔還提議取名為「天健」，以「紀念」這位罹難的英勇戰士，這個孩子確實成了曼倩人生中的一個「紀念」－－一種懲罰與嘲笑。

關於天健的逝世和孩子的秘密，本篇僅輕描淡寫地做個交代，作者用平靜幽默的筆調描寫了動盪時代下三個小人物的愛恨纏綿，冷靜的敘述下是一個溫熱的故事，人物內心的起伏時而跌宕，時而波瀾不驚，悲喜交加，最後大悲大喜終歸於平淡，充分展示了人生路途上的追求、失落，以及困境。

問題討論

一、作者在本篇中大量運用了比喻句，如「曼倩幾乎忘掉了他是有挑誘潛能的男人，正好像舒服的腳忘掉還穿著鞋子」、「不過眼淚只使她的心更堅決，宛如麻繩漬過水」等。你能再找出幾句並加以分析嗎？

二、作者如何刻畫倩處在才叔和天健之間的複雜心理作用？

三、從文中哪幾句可以看出曼倩和天健兩個人在感情上都用盡心機，想盡辦法讓對方愛上自己，贏得愛情的勝利？

肆

練習篇

中國小說卷

　　本單元之用意,則在於讓讀者檢視習修本課程的成果,並藉由授課教師之批閱而產生雙方互動討論的效果,以提高人生的境界。

題目:請以自由發揮方式,試創作一篇小說。

國家圖書館出版品預行編目資料

中國小說卷／蔡輝振　　編著～二版～
臺中市：天空數位圖書　2025.08
面：17×23公分
ISBN：978-626-7576-26-7（平裝）
1.CST：國文科　2.CST：讀本
836　　　　　　　　　　　　　　　　　　114011036

書　　　名：中國小說卷
發 行 人：蔡輝振
出 版 者：天空數位圖書有限公司
作　　　者：蔡輝振
版面編輯：採編組
美工設計：設計組
出版日期：2025年8月（二版）
銀行名稱：合作金庫銀行南臺中分行
銀行帳戶：天空數位圖書有限公司
銀行帳號：006-1070717811498
郵政帳戶：天空數位圖書有限公司
劃撥帳號：22670142
定　　　價：新臺幣660元整
電子書發明專利第 I 306564 號
※如有缺頁、破損等請寄回更換

版權所有請勿仿製

服務項目：個人著作、學位論文、學報期刊等出版印刷及DVD製作
影片拍攝、網站建置與代管、系統資料庫設計、個人企業形象包裝與行銷
影音教學與技能檢定系統建置、多媒體設計、電子書製作及客製化等
TEL　　：(04)22623893
FAX　　：(04)22623863　　　MOB：0900602919
E-mail　：familysky@familysky.com.tw
Https　：//www.familysky.com.tw/
地　　址：台中市南區忠明南路 787 號 30 樓國王大樓
No.787-30, Zhongming S. Rd., South District, Taichung City 402, Taiwan (R.O.C)